Zu diesem Buch

Robert Anton Wilson, geboren am 18. Januar 1932 in New York, studierte Mathematik, Elektrotechnik, Englisch, Pädagogik und graduierte schließlich in Psychologie. Nach diversen Jobs, unter anderem als Mitarbeiter von «Playboy», ist er heute Vizepräsident des Institute for the Human Future in Berkeley. Er veröffentlichte unter anderem die Bücher «Neuropolitics» (zusammen mit Timothy Leary) und «Cosmic Trigger». Berühmt wurde er durch die zusammen mit Robert Shea geschriebene, inzwischen legendäre Pop-Trilogie «Illuminatus! – Das Auge in der Pyramide» (rororo Nr. 4577), «Illuminatus! – Der goldene Apfel» (rororo Nr. 4696) und «Illuminatus! – Leviathan» (rororo Nr. 4772) sowie seine «Illuminati-Papiere» (rororo Nr. 5191). Zu seiner neuen Trilogie «Schrödingers Katze», deren erster Band mit dem Untertitel «Das Universum nebenan» als rororo Nr. 5287 vorliegt, schrieb «Playboy»: «Eine Mischung aus Krimi, Polit-Ulk, SF und wissenschaftlichen Tatsachen.»

Robert Anton Wilson

Schrödingers Katze
Der Zauberhut

Ein abenteuerlicher Okkult-Thriller
nicht ganz ohne Sex und voller
phantastischer Visionen

Aus dem Amerikanischen
von Pociao

ro
ro
ro

Rowohlt

Veröffentlicht im Rowohlt Taschenbuch Verlag GmbH,
Reinbek bei Hamburg, Juli 1984

Umschlagentwurf Berndt Höppner
Satz Times Lasercomp bei LibroSatz, Kriftel
Druck und Bindung bei Clausen & Bosse, Leck
Printed in Germany
780-ISBN 3 499 15382 3

Bayern 1780 n. Chr.

«Was Abdul Alhazred über Sabbah sagte, war eine einfache Wahrheit: er war ein Erleuchteter. Wir jedoch, in unserem wissenschaftlichen 18. Jahrhundert, dürfen uns nicht länger auf Sabbahs Lehren ausruhen, sondern *müssen einen Schritt weitergehen . . .»*
Bei diesen Worten mußte er so laut lachen, daß ihm der Griffel aus der Hand fiel und er nicht mehr weiterschreiben konnte. Er explodierte förmlich, die Kerzenflamme vor ihm fing an zu zittern und eigentümliche, smaragdgrüne Lichter tanzten über die Wände. Das Lachen erfüllte das ganze Zimmer und war noch draußen auf der Straße zu hören.
Ein zufällig vorbeikommender Bürger bekreuzigte sich gottesfürchtig, als er es vernahm, und eilte hastig weiter. Schließlich war es kein Geheimnis, was für ein durchtriebener Bursche dieser Adam Weishaupt war. Gott allein mochte wissen, was dieses unmenschliche Lachen zu bedeuten hatte.
«Es ist an der Zeit, daß die Illuminaten sich der Wissenschaft bemächtigen», kritzelte Weishaupt, kaum fähig, an sich zu halten. «Deshalb werden wir für die nächsten zweihundert Jahre von der Bildfläche verschwinden. Und dann . . .»
Das teuflische Lachen weckte den Kater Robin, der schlauerweise mit einem Satz aus dem Fenster sprang und nicht eher aufhörte zu laufen, als bis er in München angekommen war.

Meiner unsterblichen Geliebten

Denn vor Liebesklang entweichet
Jeder Raum und jede Zeit

Caveat Lector

Die drei Bände von *Schrödingers Katze* können in beliebiger Reihenfolge gelesen werden.
Das heißt, dieser Band kann vor, nach oder zwischen den Folgen *Das Universum nebenan* oder *Die Brieftauben* gelesen werden.
Außerdem können diese Bände vor oder nach den drei Folgen der *Illuminatus!*-Trilogie und vor oder nach *Die Masken der Illuminaten* gelesen werden.
Der Autor dankt Dr. Blake Williams für die Erlaubnis, Material aus seinen Gesprächen, Briefen, Tagebüchern usw. zu zitieren, das für Dr. Williams' dreibändige Studie *Quantum Physics and Shamanistic Magic* bestimmt ist.
Alles in diesem Buch ist Fiktion. Es hat niemals einen Cagliostro den Großen gegeben, Ulysses ist ein Produkt meiner perversen Phantasie, und Einstein, Malik, Bohr, Marvin Gardens und Schrödinger sind frei erfunden. Dr. Williams zufolge habe ich alles nur geträumt, innerhalb und außerhalb dieses Buches.
Im Anhang findet sich ein Glossar für Leser, denen die Quantenphysik noch eine Nummer zu groß ist.

Cave Canem

Ouvertüre

Als Josephine Malik beschloß, als Vorsitzende von *God's Lightning* zurückzutreten und einen Roman zu schreiben, war sie vierundsechzig Jahre alt und ging auf die dreißig zu.

Das heißt, Jo war vierundsechzig, als sie anfing, sich von den militanten Anti-Sexisten zu lösen und dreißig, als sie sich endlich bequem in San Miguel de Allende eingerichtet hatte und zu schreiben begann.

Sie hatte nämlich von Dr. Mutajuvas Entdeckung der FOREVER-Formel profitiert.

Jo zog sich zum Schreiben nach San Miguel zurück, weil das die einzige Stadt in ganz Terra war, die sie nicht an New York erinnerte. Die mexikanische Regierung hatte den Ort zu einem nationalen Heiligtum erklärt und erhielt ihn in dem Zustand, in dem er sich befunden hatte, als Vater Hidalgo im Jahr 1808 von seinem dortigen Jesuitenkolleg aus die Revolution in Gang setzte.

Sie schrieb meistens nachts, weil sie tagsüber besser schlafen konnte. In San Miguel de Allende heulen nachts die Hunde auf eine Art, wie nur mexikanische Hunde heulen können. Bei Sonnenuntergang ging es mit einem Solo los, dann folgte kurze Zeit später schon ein Duett, und schließlich der Choral, der bis zur Morgendämmerung anhielt und nur dann und wann von anderen Solos, Duetts oder auch Trios unterbrochen wurde. Es war eine Musik, die nicht für menschliche Ohren bestimmt war. Jo fand sie ganz nützlich, um für ihren Roman eine geheimnisvolle Atmosphäre zu schaffen. Er war nämlich aus der Sicht eines Außerirdischen geschrieben, der im System des Hundssterns Sirius lebte.

Jo schrieb einen Roman-innerhalb-eines-Romans-innerhalb-eines Romans. Sie brauchte eine gewisse Distanz zu ihrem Thema, genauso wie sie fünfzehnhundert Meilen Abstand zwischen sich und New York brauchte.

Der Außerirdische schrieb einen Roman über eine Frau namens Roberta Wilson, die an einem Roman über einen Mann namens Joseph Malik schrieb.

Durch Geographie, Ironie und derartige literarische Tricks von der Umwelt abgekapselt, war Jo in der Lage, sich selbst mit einer gewissen Objektivität und manchmal sogar mit Mitleid zu betrachten.

Das Dumme an der Sache war bloß, daß Roberta Wilson, die fiktive Schriftstellerin in ihrem Buch, langsam aber sicher genauso lebendig wurde wie Jo selbst. Vielleicht lag es am Heulen der Hunde, vielleicht an Don Juan, der durch die Schatten Mexikos huschte, vielleicht auch an den Gesetzen der Form . . . jedenfalls fand Jo es immer schwieriger, den einmal umrissenen Sachverhalt innerhalb des Buches vom nicht vorgezeichneten draußen zu unterscheiden.

Manchmal glaubte sie fast, daß Roberta Wilson *sie* geschaffen hatte. Roberta war zu solchen Tricks durchaus imstande: sie war nämlich eine Hexe und lebte in San Francisco.

Manchmal glaubte sie sogar, daß der Außerirdische vom Sirius sie alle beide erfunden hatte.

Jo war im Begriff, sich in eine seiner/ihrer eigenen Metaphern zu verwandeln.

Teil 1

Auf der Suche nach Fenstern

Gene haben, wie Leibniz' Monaden, keine Fenster; die höheren Eigenschaften des Lebens sind sichtbar . . . und wenn sie sich erst einmal gebildet haben, haben Organismen keine Fenster.

Edward Wilson, *Sociobiology*

Ein Schritt weiter

> Ich bin der Meinung, daß jede Realität gleichermaßen real ist. Keine einzelne Realität enthält mehr Wahrheit als eine andere.
>
> Mehan und Wood, *Reality of Ethnomethodology*

CHINA 700 n. Chr.

Ein Mönch, der mit seiner Meditation keinen rechten Erfolg hatte, begab sich zu seinem Lehrer Tao Tsu-Jan und bat ihn um Rat.

«Hör auf, über die Leere zu meditieren», riet ihm der alte Tao. «Meditiere lieber über einen Ochsen.»

Der Mönch kehrte in seine Zelle zurück und meditierte aus tiefster Seele über einen Ochsen. Nach drei Wochen kam er nicht mehr in den klösterlichen Speisesaal, um mit den andern zu essen. Nach einer weiteren Woche war der Ochse zum Zentrum seines Denkens geworden. Und wieder eine Woche später klopfte eines Morgens der alte Tao Tsu-Jan an seine Zellentür und rief:

«Komm sofort heraus, ich muß mit dir reden!»

«Ich kann nicht», erwiderte darauf der Mönch. «Meine Hörner passen nicht durch die Tür.»

In diesem Moment gelangte er zur Erleuchtung.

AFGHANISTAN 1100 n. Chr.

In seiner Jugend war Hassan I Sabbah, der als der Alte vom Berge, Großmeister der Assassinen, Gebieter der Brüder des Lichts, Prophet der Ismaelischen Sekte des Islams und erster einer langen Reihe von Aga Khans in die Geschichte einging, Student am Alchimistischen Seminar der Sufischule der Weisheit. Innerhalb kürzester Zeit hatte er die praktische Seite der Alchimie erlernt und machte sich daran, die gesamte Wissenschaft seiner Zeit durch die Erfindung der Langzeitpille zu revolutionieren, was er jedoch sorgfältig geheimhielt.

Der vornehme Lord Hassan betrachtete die beiden jungen Männer, mit denen er gerade zu Abend gegessen hatte, und befahl: «Schafft sie in den Garten.»

Seine Diener gehorchten eilig, und die jungen Männer, die in tiefem Schlaf lagen, wehrten sich nicht. In ihren Speisen war eine Langzeitpille mit einer reichlichen Dosis Opium versteckt gewesen; sie versanken verzückt, entrückt und sich ihrer irdischen Umwelt überhaupt nicht mehr bewußt in tiefe Träume.

Der Garten – offiziell bekannt als «Garten der Lüste» – erstreckte sich über mehrere Morgen Land. Hier wurden die Kandidaten auf die Aufnahme in den Orden der Assassinen vorbereitet, dem legendären Bund der gefürchtetsten und professionellsten Killer der Geschichte. Im selben Garten wurden jedoch auch Vorkehrungen für die Aufnahme in die Bruderschaft des Lichts getroffen. Die Kandidaten durchliefen die gleichen Zeremonien. Sie selbst entschieden dann, ohne es zu wissen, welchem Orden sie in Zukunft angehören würden – den politischen Assassinen oder den mystischen Illuminaten.

Man brachte die beiden jungen Männer in den Garten der Lüste und bettete sie an zwei verschiedenen Orten ins Gras. Nach kurzer Zeit setzte das zweite Stadium der Langzeitpille ein. Kokain sickerte in ihren Blutkreislauf, hob die Wirkung des einschläfernden Opiums auf und ließ sie voller Energie und Lebensfreude erwachen. Zur gleichen Zeit machte sich auch die Wirkung des in der Kapsel enthaltenen Haschischs bemerkbar, so daß sie jede Einzelheit mit ungewöhnlicher Klarheit erlebten. Die Farben ringsum erschienen ihnen wie glitzernde Juwelen, die auf göttliche Weise strahlten.

Eine Gruppe von anmutigen, schlanken jungen Mädchen – die Hassan aus dem teuersten Bordell von ganz Kairo importiert hatte – saß im Kreis um jeden Kandidaten herum und spielte auf Flöten und anderen süß klingenden Instrumenten. «Willkommen im Himmel», sangen sie, als die erwachenden jungen Männer sich erstaunt aufrichteten. «Durch die Zauberkraft des heiligen Lord Hassans habt ihr bei lebendigem Leib das Paradies betreten.» Sie reichten ihnen «Paradiesäpfel» (Orangen), die viel süßer und fremder schmeckten als die Erdäpfel, die sie bisher gekannt hatten, und zeigten ihnen die Tiere des Himmels (die in manchen

Fällen aus so fernen Ländern wie Japan herangeschafft worden waren), Kreaturen, die weit erstaunlicher waren als die, die man normalerweise in Afghanistan zu Gesicht bekommt.

«Das *ist* das Paradies», rief der erste junge Mann entzückt. «Groß ist Allah und groß ist der weise Lord Hassan I Sabbah!»

Zwanzig Morgen weiter jedoch schaute sich der zweite junge Mann, der von ähnlich liebreizenden Geschöpfen umgeben war wie sein Freund, nur staunend um, lächelte zufrieden und sagte nichts.

Und dann begannen die *Huris* des Himmels, wie es der Koran versprach, für die beiden zu tanzen, und während sie tanzten, warfen sie eine nach der anderen ihre sieben Schleier ab. Die Schleier fielen, die Kapseln setzten immer mehr Haschisch frei, und die jungen Männer sahen immer klarer, fühlten intensiver und erlebten Schönheit und sexuelle Freuden auf eine Weise, die sie in ihrem früheren Erdenleben nie gekannt hatten.

Als die beiden jungen Männer von der Schönheit und den Wundern des Paradieses ganz und gar verzaubert waren, beendeten die *Huris* ihren Tanz und stürzten sich wie Blumen, die man in den Wind wirft, nackt und anmutig auf sie. Einige fielen dem Kandidaten zu Füßen und küßten sie, andere küßten Knie oder Schenkel, eine saugte leidenschaftlich an seinem Penis, andere küßten Brust und Arme und Bauch, wieder andere Augen, Mund und Ohren. Und während der Kandidat in dieser vom Haschisch verstärkten Lawine versank, machte sich eins der Mädchen immer mehr an seinem Schwanz zu schaffen, lutschte und saugte, bis er in ihrem Mund kam, so sanft und langsam und entrückt wie eine fallende Schneeflocke.

Nach einer kleinen Ruhepause hörte die Wirkung des Haschischs langsam auf, und es strömte wieder neues Opium in ihrem Blutkreislauf. Die jungen Kandidaten fielen in tiefen Schlaf und wurden während ihrer Betäubung aus dem Garten der Lüste wieder in den Speisesaal Lord Hassans geschafft.

Dort erwachten sie.

«Wahrlich», rief der erste, «ich habe die Wunder des Himmels gesehen, wie sie der heilige Koran uns verspricht! Ich zweifle nicht länger. Ich werde Hassan I Sabbah mit Zuversicht und Liebe dienen, mehr als ich meinem eigenen Vater je ergeben war.»

«Du wirst in den Orden der Assassinen aufgenommen», sagte der gütige Lord Hassan ernst und feierlich. «Begib dich ins grüne Zimmer, dort wartet dein Vorgesetzter im Orden schon auf dich.»
Als der Kandidat sich entfernt hatte, wandte sich Hassan dem zweiten jungen Mann zu und fragte ihn: «Nun, und du?»
«Ich habe die Medizin der Metalle, den Stein der Weisen, das Elixier des Lebens, wahre Weisheit und vollkommenes Glück entdeckt», antwortete er und zitierte damit die traditionelle alchimistische Formel. «Und das ist mein eigenes Bewußtsein.»
Hassan I Sabbah grinste breit. «Willkommen im Orden der Illuminaten!» sagte er lachend.

BAYERN 1780 n. Chr.
In dem sagenumwobenen alten Ingolstadt, drei Häuser von dem Ort entfernt, wo der junge Frankenstein seine Forschungen betrieben hatte, die seinen Namen für alle Zeiten anrüchig machen sollten, saß Adam Weishaupt, Grand Primus Illuminatus der Bayrischen Illuminaten, freier und eingetragener Freimaurer im 33. Grad, Mitglied des Ordens der Orientalischen Tempelritter im 10. Grad, Erster Sprecher der Großen Orientalischen Loge der reformierten französischen Freimaurer und Professor für Kanonisches Recht an der Universität von Ingolstadt noch spät in der Nacht über seiner Arbeit. Er legte gerade letzte Hand an seine grauenhafte Abhandlung «Über Strip, Schnipp-Schnapp, Weltspiele und Fünfwissenschaft», die spätere Generationen zusammen mit Ludwig Prinns *De Vermis Mysteriis* und dem gefürchteten *Necronomicon* des verschrobenen Abdul Alhazred als die drei schrecklichsten Bücher aller Zeiten bezeichnen sollten.
«Wahrlich», schrieb Professor Weishaupt, «nur wenige Männer zeigten eine so exemplarische und väterliche Warmherzigkeit wie der vornehme Lord Hassan, dessen Anschläge, die sich stets gegen Könige oder Generäle richteten, die Moral seiner Feinde zersetzten und ihn vor der Notwendigkeit bewahrten, eine ganze Armee aufs Schlachtfeld zu schicken. Hier sehen wir eine pragmatische Entsprechung des sentimentalen Pazifismus, vereint mit der moralischen Alternative zu einem Krieg in einer Person. Was Abdul Alhazred über Sabbah sagte, war eine einfache Wahrheit: er war ein Erleuchteter. Wir jedoch, in unserem wissenschaftlichen

18. Jahrhundert, dürfen uns nicht länger auf Sabbahs Lehren ausruhen, sondern *müssen einen Schritt weitergehen* . . .»
Bei diesen Worten mußte er so laut lachen, daß ihm der Griffel aus der Hand fiel und er nicht mehr weiterschreiben konnte. Er explodierte förmlich, die Kerzenflamme vor ihm fing an zu zittern und eigentümliche smaragdgrüne Lichter tanzten über die Wände. Das Lachen erfüllte das ganze Zimmer und war noch draußen auf der Straße zu hören.
Ein zufällig vorbeikommender Bürger bekreuzigte sich gottesfürchtig, als er es vernahm, und eilte hastig weiter. Schließlich war es kein Geheimnis, was für ein durchtriebener Bursche dieser Adam Weishaupt war. Gott allein mochte wissen, was dieses unmenschliche Lachen zu bedeuten hatte.
«Es ist an der Zeit, daß die Illuminaten sich der Wissenschaft bemächtigen», kritzelte Weishaupt, kaum fähig, an sich zu halten. «Deshalb werden wir für die nächsten zweihundert Jahre von der Bildfläche verschwinden. Und dann . . .»
Das teuflische Lachen weckte den Kater Robin, der schlauerweise mit einem Satz aus dem Fenster sprang und nicht eher aufhörte zu laufen, als bis er in München angekommen war.

Ad Astra

Misch dich nicht in die Angelegenheiten der Primaten, denn sie sind schreckhaft und leicht reizbar.

Galaktischer Führer für Primatenplaneten

Die Mehrheit der Primaten war sechsbeinig, aber an ihnen sind wir nicht so interessiert. Wir beschäftigen uns mit einer kleinen Minderheit von domestizierten Primaten, die Pyramiden baute, Bücher schrieb, schließlich ihre Auswanderung ins All in Gang setzte und sich am galaktischen Drama beteiligte.
Das waren sehr schlaue Primaten – Meister in der Kunst der Angleichung und gelegentlich sogar zu kreativem Denken fähig. Aber wenn es die H.E.A.D.-Revolution nicht gegeben hätte, wä-

ren sie ihrem Planeten und dem ewigen Kreislauf von Aufstieg und Niedergang, dem alle Lebensformen auf Planetenoberflächen unterworfen sind, nie entflohen.

H.E.A.D. stand für *Hedonistic Engineering and Development* (Hedonistische Steuerung und Entwicklung). Sie konzentrierte sich im wesentlichen auf die Erforschung der Abläufe, mit deren Hilfe sich das Primatenhirn spaß- und gewinnbringend nutzen läßt.

Zur Zeit unserer Story hatte die H.E.A.D.-Revolution – nach einer Untergrundexistenz von vielen Jahrhunderten – mittlerweile nur etwa zwei Prozent der domestizierten Primaten auf Terra erfaßt. Der Rest der domestizierten Primaten gebrauchte sein Gehirn immer noch dazu, um Elend und Versagen über die Menschen zu bringen.

Diese Leute wußten nicht, daß sie ihr Gehirn mißbrauchten. Sie glaubten, daß irgendwas mit dem Universum nicht in Ordnung war.

Das nannten sie das Problem des Bösen.

Die Experten auf dem Gebiet des Bösen hießen Theologen. Das waren überaus gelehrte Primaten, die besonders auf Primatenlogik spezialisiert waren und lange Werke über die Frage «Warum schuf Gott ein unvollkommenes Universum?» verfaßten.

«Gott» war ihre Bezeichnung für das hypothetische größte Alpha-Männchen der Welt. Da sie Primaten waren, konnten sie nicht begreifen, wie irgend etwas funktionieren sollte, wenn nicht irgendwo ein Alpha-Männchen saß, das alles unter Kontrolle hatte.

Sie hielten das Universum für unvollkommen, weil es offensichtlich nicht für die Bequemlichkeit domestizierter Primaten geschaffen war.

Tatsächlich war das Universum nicht mal für die Bequemlichkeit der sechsbeinigen Mehrheit auf Terra geschaffen. Die Bequemlichkeit und das Behagen einer Spezies auf einer Planetenoberfläche hat nämlich nur wenig mit dem kosmischen Drama zu tun.
Ein paar Primaten hatten das verstanden. Man nannte sie *Zyniker*. Zyniker waren Primaten, die den monotonen Leben-Sterben-Rhythmus des terrestrischen Lebens durchschauten, aber nicht phantasievoll genug waren, um sich eine zukünftige Evolution nach der Etablierung von Langlebigkeit und Fluchtgeschwindigkeit vorstellen zu können.

Das planetarische Leben verläuft zyklisch, weil auch die Planeten selbst zyklischen Umlaufbahnen um ihre Mutterplaneten folgen (vgl. *Galaktische Enzyklopädie*: «Larvale Stadien in der Entwicklung der Spezies»).
Die sechsbeinige Mehrheit auf Terra beispielsweise folgte einem Plan von vier oder mehr Stadien. Im allgemeinen ließ sich ihr Leben in folgende Abschnitte untergliedern: 1. die Embryo- oder Eierform; 2. die larvale Periode; 3. das Schmetterlingspuppenstadium; 4. das ausgewachsene Insekt. In jedem Stadium war der Biot oder die biologische Einheit – das sogenannte Individuum – einer Metamorphose unterworfen, in deren Verlauf er sich ganz oder teilweise verwandelte.
Das gleiche galt auch für die domestizierten Primaten. Die meisten durchliefen die folgenden vier Stadien und behielten neurologische Schaltkreise bei, die charakteristisch für sie waren:

> Prägung und Ausbildung eines selbsterhaltenden Netzwerks im Primatengehirn – das neonate oder Säuglingsstadium (orales Bio-Überlebens-Bewußtsein);

Prägung und Ausbildung eines emotional-territorialen Netzwerks im Primatengehirn – das Kleinkindstadium (anales Status-Bewußtsein);
Prägung und Ausbildung der semantischen Schaltkreise – das verbale oder konzeptuale Stadium (symbolisches, rationales Bewußtsein);
Prägung und Ausbildung des sozio-sexuellen Schaltkreises – das Paarungs- oder Elternstadium (Stammes-Tabu-Bewußtsein).

Das alles war ziemlich mechanisch – wie das Leben auf Planeten nun mal ist.

Genauso wie die sechsbeinigen und die Primaten-Biots und alle anderen terrestrischen Biots zyklische Stadien durchlaufen, macht das auch jede Spezies auf der Oberfläche eines Planeten. Jede Spezies verfügt über eine zyklische Strategie – einen evolutionären Bezugsverlauf –, dem sie automatisch folgt.
Bei der sechsbeinigen Mehrheit läßt sich das am besten am Beispiel des afrikanischen Termitenhügels veranschaulichen. Gegründet wird der Hügel von *Mutanten* – postlarvalen Individuen von anderen Hügeln, die sie nach Erreichen des dekadenten Endstadiums verlassen haben. Diese Mutanten haben Flügel und reisen so lange, bis sie einen geeigneten Ort für ihren neuen Termitenhügel entdeckt haben. Dort lassen sie sich nieder, metamorphieren in Kasten, verlieren ihre Flügel und bauen eine Metropole. Jeder Biot macht einen vierstufigen Zyklus durch und erfüllt seine Rolle in der Hügelgesellschaft. Generationen kommen und gehen. Wenn Räuber oder andere Störungen zur Auflösung der Kolonie führen, werden plötzlich wieder Mutanten mit Flügeln geboren, die sich aufmachen, um eine neue Termitenstadt zu gründen (s. o.).
Die Städte der domestizierten Primaten waren nach ähnlichen Modellen angelegt. Wenn das Schwarmstadium anfing, glaubte

natürlich jeder Biot, daß er seine eigene, individuelle Entscheidung träfe. «Es ist Zeit, sich dünnzumachen, was Neues zu sehen, diesmal vielleicht das wahre Jerusalem zu finden . . .» sagten sie dann optimistisch.
Einer der bedeutendsten Romane von Terra beschreibt dieses Ausschwärmungssyndrom bis ins letzte Detail. Er beschäftigt sich jedoch weder mit der sechsbeinigen Mehrheit noch mit den zweibeinigen Primaten, sondern handelt von einer vierbeinigen Nagetier-Spezies.
Er heißt *Watership Down* und wird allgemein als Lektüre für Besucher primitiver Planeten empfohlen.

Zur Zeit unserer Story fing der größte Schwarm in der Entwicklungsgeschichte der domestizierten Primaten gerade erst an. Es war eine Bewegung, die sie von Grund auf verändern und all ihre Definitionen von der Welt über den Haufen werfen sollte.
Sie waren bereit, vom Planeten auszuschwärmen und den freien Raum zu betreten.

Kleine Vöglein

Freiheit ist das Recht, sein Bestes zu tun.

Aus der Antrittsrede Präsident Hubbards, 1981

1. DEZEMBER 1983:
Benny «Eggs» Benedict, ein populärer Kolumnist bei der New Yorker *News-Times*, von kleiner gedrungener Gestalt und mit beginnender Glatze, setzte sich an seinen Schreibtisch, um seinen täglichen Essay zu schreiben.
Wie jeden Morgen atmete er tief aus, entspannte jeden Muskel einzeln und zwang sein Gehirn allmählich, alle Formulierungs-

versuche abzubrechen. Als er die absolute Leere erreicht hatte, wartete er auf das, was auftauchen würde, um das Vakuum zu füllen. Es waren die beiden Zeilen:

«Kleine Vöglein, ach wie dumm
Picken in der Scheiße rum.»

Benny wurde von nostalgischen Gefühlen überwältigt. Dieser Vers war en vogue gewesen, als er in der vorsintflutlichen Ära der dreißiger Jahre in Brooklyn zur Schule gegangen war. Damals, im finsteren Zeitalter von Roosevelt II., besaßen noch viele Händler in Brooklyn Pferdewagen, und die Pferde ließen, wie das bei dieser Spezies nun mal üblich ist, Berge von Pferdeäpfeln auf den Straßen zurück, wenn sie ihrem Gewerbe nachgingen. In den dampfenden Kothaufen fanden sich immer ein paar Spatzen, die nach unverdauten Haferkörnern suchten, und wenn ein Junge aus Brooklyn das sah, rief er:

«Kleine Vöglein, ach wie dumm
Picken in der Scheiße rum.»

Worauf ein anderer Junge gewöhnlich antwortete:

«Man glaubt es nicht –
Das iss'n Gedicht!»

Benny war verblüfft, daß dieser Kindervers ihm seit mehr als einem halben Jahrhundert im Gedächtnis geblieben war und deshalb eine gewisse Bedeutung haben mußte. Er fing an, auf die Schreibmaschine einzuhämmern und definierte den Kinderreim als perfektes Beispiel eines amerikanischen *Haikus* – die Gegenüberstellung zweier Bilder ohne Kommentar des Autors in einer Art, die weit mehr suggeriert als sie tatsächlich sagt.
«Vögel», schrieb Benny, «gehören zu den traditionellen Symbolen der Schönheit unserer poetischen Vergangenheit, von Bacons Nachtigallen bis zu Keats Lerchen. Pferdeäpfel dagegen erwecken Abscheu und Ekel. Spatzen jedoch sind menschlichen Maßstäben gänzlich fremd, und so picken sie munter im Mist herum und

suchen nach Futter, wohl wissend, daß sie es dort finden werden. Der Vers lehrt uns, daß menschliche Neigungen und Abneigungen vor dem großen Meisterplan der Natur völlig willkürlich, schief, chauvinistisch und irrelevant sind.»

Benny machte seinen Lesern klar, daß auch er die profunde Bedeutung dieses kleinen Verses erst hatte erkennen können, nachdem er sechs Monate im Zen-Zentrum von Manhattan meditiert hatte. «Dieser Vers ist ein Kernsatz des Zen», schloß er.

Das war vermutlich die letzte gelungene Kolumne, die Benny schrieb. Buchstäblich keiner verstand sie, und alle langweilten sich beim Lesen. Es gingen sogar ein paar Leserbriefe ein, in denen man sich beschwerte, daß die Kolumne von fragwürdigem Geschmack sei.

Diese Reaktion deprimierte Benny. Er hielt es für einen Geniestreich, einen echten amerikanischen *Haiku* vor dem Vergessen bewahrt zu haben. Mehr als das hatte jedoch diese Kolumne einen breiten Strom von Erinnerungen an das Brooklyn der dreißiger Jahre in ihm wachgerufen und ihm einen neuen Sinn für seine Wurzeln gegeben, die er mit seinen Lesern zu teilen gehofft hatte. Wer war denn schließlich noch geblieben und konnte sich mit ihm an die Prozedur erinnern, die jedesmal stattfand, wenn der Stromableser von *Monopolated Edison* in jenen Tagen in einem Viertel von Brooklyn aufgetaucht war? Man schickte die Kids als Boten los, die von Haus zu Haus spurteten und «Mon Ed! Mon Ed!» riefen. Jedermann entfernte dann die Salzsäcke, die er auf den Zählern liegen hatte, um den Zähler abzulenken und die Stromrechnung niedrig zu halten.

Es kam ihm fast wie gestern vor, daß er selbst von Haus zu Haus gerannt war und «Mon Ed! Mon Ed!» gerufen hatte. Und hastig hatten die Leute die Salzsäcke in irgendwelchen Wandschränken verstaut, wo der Stromableser sie nicht sehen konnte. Seit mehr als vier Jahrzehnten hatte Benny nicht mehr an diese Zeit gedacht. Sie lebte nur in seiner Erinnerung, wo sie allerdings von einem simplen Kinderreim über kleine Vöglein jederzeit reaktiviert werden konnte. Bennys ganze Haltung Mond Edison gegenüber war von diesen Erlebnissen geprägt; noch immer betrachtete er diese «öffentliche» Einrichtung mit einer Mischung aus Angst und Schrecken.

Als echter Schüler der Zen-Meditation war sich Benny natürlich darüber klar, daß solche negativen Emotionen schlecht fürs Nervensystem sind, und deshalb versuchte er häufig, Mon Ed ohne Vorurteile zu sehen. Es gelang ihm jedoch nicht. Er hatte gelernt, Hitler, Stalin und sogar Nixon zu verzeihen, aber Mon Edison war noch immer so mit Gefühlen beladen, daß er nicht daran denken konnte, ohne daß automatisch sein Blutdruck in die Höhe schnellte. Dazu kam, daß sie erst letzten Oktober mal wieder ihre Preise erhöht hatten. Bei dem Gedanken daran löste Bennys Zen sich in Luft auf.
«Öffentliche Einrichtungen sind das Paradies der Monopolisten und die Hölle der Konsumenten», knurrte er, wohl wissend, daß er noch lange kein Buddha sein würde.
Aber plötzlich fiel ihm ein anderer Kindervers aus den Dreißigern ein, und seine Stimmung besserte sich schlagartig. Im Grunde war es ja ein völlig albernes Ding, aber in der Schule hatten sie sich immer halb totgelacht. Es ging damit los, daß einer fragte:

«Wer schiß ins Waschbecken?»
«Du schißt», antwortete ein anderer.
«Bullshit», erwiderte darauf der erste.
«Wer schiß?» fragte dann ein dritter.
«Frank schiß!» sagte der nächste.
«Bullshit!» protestierte Frank.
«Wer schiß?«
«Joe schiß!» sagte Frank und brachte Joe ins Spiel.
«Bullshit!» sagte Joe prompt.

Und so ging es endlos weiter. «Wer schiß?» «Pete schiß!» «Bullshit!» «Wer schiß?» «Jerry schiß!» «Bullshit!» . . . Und so weiter, und so weiter, bis es allen zu langweilig wurde, was bei Schuljungen allerdings ziemlich lange dauern kann.
Benny war so überwältigt von nostalgischen Erinnerungen, daß er beschloß, seine Mutter im Altenheim von Brooklyn zu besuchen, obwohl die alte Dame ein bißchen neurotisch war, seit sie vor drei Jahren, genauer gesagt am 23. Juli 1981, von einem Taschendieb niedergeschlagen worden war.

Tatsächlich hatte der Anschlag auf seine Mutter Benny mehr zu schaffen gemacht, als er sich eingestehen wollte. Der alte emotionale Schaltkreis der Primaten (anal-territoriales Bewußtsein) in seinem Gehirn reagierte aggressiv: man hatte seinen Stamm angegriffen.
Das verstand Benny nicht. Er war so domestiziert, daß er sich in dem Glauben wiegte, die ganze Angelegenheit würde von Polizei und Gerichten ein für allemal aus der Welt geschafft. Schließlich war der Taschendieb erwischt, verurteilt und zur Hölle geschickt worden. Was sollte denn sonst noch sein?
Benny wußte nicht, daß er ein Primat war. Das war nicht ungewöhnlich; nur wenige domestizierte Primaten erkannten, daß sie noch immer Primaten waren. Alle territorialen Schaltkreise (Verteidigung und Angriff) in Bennys Gehirn explodierten, und er merkte es nicht mal.
Er ging einfach davon aus, daß er vermutlich einen höheren Grad von Zen-Erleuchtung erreicht hatte und nun in der Lage war, Scheißmetaphern aufzustellen, ohne auch nur mit der Wimper zu zucken.
Er erinnerte sich nicht daran, daß alle Primaten ihre Territorien mit Exkrementen markieren und potentielle Angreifer sogar damit bewerfen.

Das Ironische an Bennys analer Besessenheit war die Tatsache, daß das auslösende Moment, also der Angriff auf seine Mutter vor drei Jahren, einer der letzten Raubüberfälle von ganz New York City gewesen war.
Nachdem Präsident Hubbard die Armut abgeschafft und verkündet hatte, daß die wichtigsten Ziele der neuen Regierung die Auswanderung ins All und Lebensverlängerung waren, schlug die Gesellschaft eine radikal neue Richtung ein.

Dank Hubbards Neuerungen und der wachsenden H.E.A.D.-Revolution waren viele Bürger zu *Metanoiden* geworden. Aus ihrer Sicht entwickelte sich alles in harmonischer Bewegung auf eine Art wundervollen Höhepunkt zu. Benny dagegen war einer der letzten Paranoiden, die intensiv spürten, wie alles immer beschissener wurde.

Amerikanisches Haiku

> Die gesamte Entwicklungsgeschichte ist in jedem einzelnen Menschen enthalten und kann mit individuellen Erfahrungen erklärt werden.
>
> Papst Stephan I., *Unus Corpus*

2. DEZEMBER 1983:
Der einzige in ganz New York, der Benny Benedicts Kolumne über die kleinen Vöglein wirklich verstand, war Justin Case, ein sanfter Mittvierziger, der zwar wie ein Schwuler aussah, aber keiner war. Case schrieb unerträglich intelligente Musikkritiken. Als er sehr sehr stoned von diesem Beispiel amerikanischer Volks-*Haikus* las, merkte er sofort, daß es noch volkstümlicher und hübscher klingen würde, wenn man es mit einem echten Brooklyn-Akzent aus den Dreißigern zitierte, etwa so:

«Kloine Vögloin, ach wie dumm
Picken in der Schoiße rum.»

Er war so verliebt in diese Variante, daß er es monatelang zitierte, immer wenn er betrunken oder stoned war. Wenn man zur Intelligenzija von Manhattan gehörte, stieß man in der Winter/Frühjahrs-Saison 1983/84 überall auf Case, der, halb von Orson Welles und halb von Charles Laughton beeinflußt, deklamierte: «Kloine Vögloin, ach wie dumm / Picken in der Schoiße rum!» Irgendwie gelangte das dann auch in die N.B.I.-Akte von Case: «Verdächtiger neigt dazu, in gemischter Gesellschaft obszöne Verse zu rezitieren.» Es wurde sogar im Biest gespeichert.

Der N.B.I. hatte eine Akte über Case, weil einer seiner Informanten zu Protokoll gegeben hatte, daß Case ein guter Bekannter von Blake Williams war. In Wirklichkeit konnte Case Williams nicht ausstehen und man sah ihn nur deshalb in seiner Gegenwart, weil es praktisch unmöglich war, zu den besten Parties auf der Insel Manhattan zu gehen, ohne ihm über den Weg zu laufen. Komischerweise war das der Informantin sehr wohl bekannt, aber sie wußte auch, daß ihr Gehalt von der Anzahl neuer Verdachtspersonen abhing, die sie jeden Monat melden konnte.
Cases N.B.I.-Dossier blieb ziemlich klein. Als Träger der Ehrenmedaille des Kongresses für seine Dienste in Vietnam gehörte er nicht zu der Sorte von Männern, die das Büro allzu genau beobachtete. Schließlich wäre es einigermaßen peinlich gewesen, wenn man es dabei erwischt hätte. Im übrigen konnte man mit seinen Telefongesprächen nichts, aber auch gar nichts anfangen. Sie drehten sich um die unergründlichsten Themen, beispielsweise um die Frage, ob Beethovens Leidenschaft für seinen Neffen unterdrückte väterliche Gefühle, latente Homosexualität oder den Wunsch, Mutter zu werden, bedeutete und ob all diese Elemente im Tonika-Do-Akkord des Fagotts unter dem dominanten Akkord des *Tutti* am Anfang der *Neunten* zum Ausdruck kommen könnten.

Case hatte seine eigene Entwicklungstheorie. Sie lief im wesentlichen darauf hinaus, daß der einzige Zweck des DNS-Skripts darin bestand, den großen Meisterplan in verständlicher Form auszudrücken, so daß es sich selbst begreifen konnte. Da Beethoven dies bereits in der *Siebten, Achten* und *Neunten Symphonie* geschafft hatte, hatte das Leben sowieso keinen Sinn mehr und wurde immer redundanter.
Spezialisten tendieren nun mal dazu, die Dinge auf merkwürdige Art zu betrachten.

Justin Cases Gott war ein toter Ire namens James Augustine Aloysius Joyce, der einmal der größte Tenor des 20. Jahrhunderts gewesen war. Case besaß jede Aufnahme eines Joyce-Konzerts, die jemals mitgeschnitten worden war, und gestand diesem Mann das sensibelste musikalische Empfinden gleich nach dem großen Ludwig selbst zu. Manchmal dachte Case, wenn er doch bloß Komponist statt Sänger geworden wär, mit diesem Ohr . . .
Tatsächlich hatte Joyce erwogen, Priester, Schriftsteller und sogar Arzt zu werden, ehe er sich dann endgültig für die musikalische Karriere entschied. Fast ein Jahrzehnt lang hatte seine Stimme das Publikum von Amerika und Europa entzückt, bis ihn der berühmte Joyce-Skandal zerstörte. Case schäumte jedesmal vor Wut, wenn er irgendwo was über die letzten Tage des großen Sängers las – wie die Konzerte abgebrochen und von Moralaposteln ruiniert worden waren, die so lange «Strapse – Strapse – Strapse!» skandierten, bis der gedemütigte Künstler beschämt von der Bühne schlich. Es war auch kein großes Geheimnis, daß er dem Alkohol verfiel und schließlich daran zugrunde ging. Er verglich sich häufig mit Oscar Wilde und Charles Stuart Parnell und verfluchte verbittert die christlichen Kirchen*.
Case hatte mal eine Affäre mit der Anthropologin und Sexualfor-

* *Terranische Archive 2803:* Wilde hatte im Gefängnis gesessen, weil er homosexuell war, eine Praxis, die von 38 Prozent aller Primaten gelegentlich und von 12 Prozent, deren vierter Schaltkreis (Werbung und Geschlechtsverhalten) auf das gleiche Geschlecht gepolt waren, ausschließlich ausgeübt wurde. Parnell hatte seine politische Karriere verspielt, als er Ehebruch beging, eine im übrigen auf allen Planeten auftretende Primatengewohnheit. Joyces fetischistische Leidenschaft für Mädchenunterwäsche wurde von 33 Prozent der Primaten geteilt, die diese «Gestalt» auf der Stufe der größten Empfindlichkeit des vierten Schaltkreises, in der Pubertät, angenommen hatten. Die Primaten von Terra haben eine merkwürdige Vorliebe dafür, sich gegenseitig ihr Sexualverhalten vorschreiben zu wollen, was oft zu den bizarrsten Resultaten führt. In Cases Jugend standen 95 Prozent der Gesamtbevölkerung wegen solcher Gesetze mit einem Bein im Zuchthaus.

scherin Marilyn Chambers, weil sie seine Leidenschaft für Joyces Musik teilte. In einem typisch männlichen Anflug von Nachgiebigkeit nach dem Koitus hatte er ihr sogar einmal erlaubt, ihm die Theorie der Paralleluniversen zu erklären, eine Sache, die er in Gegenwart von Blake Williams stets als reinen Blödsinn bezeichnete.

«Du meinst, daß Joyces Tick für Mädchenunterwäsche in einem anderen Universum vielleicht nie entdeckt worden und seine Karriere nicht zerstört worden wäre?» fragte er.

«Mehr als das», antwortete Dr. Chambers. «Wenn Wheelers Interpretation vom Zustandsvektor richtig ist, muß es ein solches Universum geben. Und auch eins, in dem Joyce nicht Sänger, sondern Priester geworden ist.»

«Meine Güte», sagte Case. «Ich frage mich bloß, was im Universum nebenan aus *dir* geworden wäre . . .»

Als Justin Case geboren wurde, gab es in ganz Unistat und auch sonst auf Terra noch keinen einzigen Fernseher.

Als er ein Jahr alt war, zündeten die Primaten ihre erste Atombombe.

Im Dezember 1983 besaß Case wie die meisten Leute in Unistat einen Heimcomputer, der seine Finanzen regelte, seine Rechnungen bezahlte, die Kassetten bestellte, die er sich auf seinem Wandbildschirm anschaute, die Zimmertemperatur regulierte, so daß es warm wurde, sobald er ein Zimmer betrat, und nicht selten seine Mahlzeiten zubereitete.

Der einzige Wandel in all den Jahrzehnten, der ihn jedoch wirklich interessierte, war die Qualitätsverbesserung in der Reproduktion von Musik auf Schallplatten und Kassetten.

Ohne Frau, ohne Pferd, ohne Schnurrbart

Eins ist sicher: in Ländern wie Bulgarien, wo die Menschen sich von Polenta, Joghurt und ähnlichen Lebensmitteln ernähren, erreichen sie ein höheres Lebensalter als in unseren Breiten.

Furbish Lousewart V., *Gefahren, wohin man schaut*

23. DEZEMBER 1983:

Auf einer von Mary Margaret Wildebloods extrem exzentrischen Parties hörte Justin Case zum erstenmal von dem Mann ohne Frau, ohne Pferd und ohne Schnurrbart. Joe Malik, der Herausgeber von *Confrontation*, erzählte die Geschichte. Case hatte größte Mühe, ihm zu folgen, denn die Party war in vollem Gang – eine typische Wildeblood-Soiree eben. Alle waren da – angefangen von Blake Williams, bärtig, strahlend, sanft, Erfinder der interstellaren Pharmako-Anthropologie, Gestalt-Neurobiologie und einem runden Dutzend weiterer Wissenschaften, die kein Mensch verstand, über Juan Tootreego, Olympiateilnehmer im Laufen, der den Dreieinhalb-Minuten-Rekord für eine Meile gebrochen hatte, Carol Christmas, blond, sprudelnd, mit der aufregendsten Figur von ganz Manhattan, Natalie Drest, Vorsitzende des Index Expurgatorius bei *God's Lightning*, Marvin Gardens, der zwei Bestseller geschrieben hatte und anscheinend 90 Prozent des gesamten Kokains der westlichen Welt besaß, Bertha van Ation, die Astronomin vom Griffith Observatory, die hinter Pluto zwei neue Planeten entdeckt hatte, bis zu Weskit Fitzloosely, dem Erfinder und Hauptmacher des Gonzo Poetry Gimmicks (es gab weit und breit niemand, der seine Zeilen «Heute wachte ich auf / und meine Eier waren / GRÜN / ich versuchte zu weinen aber / ich hatte keine / Augen» nicht kannte). Immer größere Massen von Namen, Maxi-, Midi- und Mini-Berühmtheiten, schwärmten im Laufe des Abends durch Mary Margarets elegante Sutton Place-Wohnung. Es gab jede Menge Alkohol, jede Menge Gras und dank Marvin Gardens alles in allem viel zuviel Koks.

Im Grunde, sagte Joe Malik gerade, war seine Begegnung mit dem Mann, der keine Frau, kein Pferd und keinen Schnurrbart hatte, Teil eines Experiments in Neuro-Metaprogrammierung. Case hatte keine Ahnung, was diese verdammt blöde Neuro-Metaprogrammierung auf gut deutsch zu bedeuten hatte, und so drang die Geschichte nur als eine Art polyphonischer Kontrapunkt zu den ganzen anderen Stimmen, die um ihn herumschwirrten, zu ihm durch.

Joe Malik, der als der letzte überzeugte Liberale galt, war natürlich zur Hälfte Araber, gleichzeitig aber, wie er selber gern betonte, römisch-katholisch erzogen und später auf der Ingenieurschule (Brooklyn Polytechnic) zum Atheisten geworden, so daß man heute beim besten Willen nichts Islamisches mehr an ihm entdecken konnte. Er redete nur manchmal ziemlich merkwürdiges Zeug, besonders nach seinen melodramatischen Abenteuern mit dem diskordischen Philosophen und Millionär Hagbard Celine.

«Ohne Frau, ohne Pferd, ohne Schnurrbart», sagte Malik.

«Oh, ich finde, Präsident Hubbard macht ihre Sache sehr gut», meinte Blake Williams gerade zu Carol Christmas. «Die Sonnenenergie, die wir von den L5-Raumstädten beziehen, wird unser nationales Bruttoprodukt verdrei- und vervierfachen, und die Art, wie sie die Armut abschaffte, war doch einfach brillant!»

«Aber Hubbard ist so verflucht technokratisch», protestierte der unbelehrbare Fred «Figs» Newton. «Ihrer Regierung fehlt der Geist, der Sinn fürs Tragische, die Erkenntnis . . .»

«Ich kann mich immer noch nicht daran gewöhnen, daß Mary Margaret eine Frau ist», sagte ein Unidentifizierter Mann.

«Ohne Frau, ohne Pferd, ohne Schnurrbart», wiederholte Malik. «Das ist alles, was ich sagte.»

«Ich bitte um Verzeihung», sagte Case, zum erstenmal im Leben von etwas gefesselt, das nichts mit Musik zu tun hatte.

«Und trotzdem sag ich, verflucht seien sie, das ganze *Pack*», heulte irgendwo ein besoffener Schriftsteller. «Diese räudigen Bastarde . . .»

«Es stand im *Reader's Digest*», erklärte Malik und versuchte, die Dinge klarzustellen, ohne allerdings genau zu wissen, wieviel Case überhaupt mitgekriegt hatte.

«Im *Reader's Digest*?» fragte Case.

«Darum geht's doch», fuhr Malik ernsthaft fort. «Ich war völlig zu von schwarzem Alamout, dem besten Haschisch der Welt. Also, ich setzte mich hin und las eine komplette Ausgabe von *Reader's Digest* in einem Zug durch und *verschmolz mit ihr*.»

«Verschmolz mit dem *Reader's Digest*?» Case befand sich jenseits seiner Tiefe und versank schnell in ontologischem Treibsand.

«. . . was den Van Allen-Gürtel in eine gigantische Plazenta verwandelt» – Captain Cosmic war immer noch auf seinem eigenen Trip – «und jeden Organismus in eine Zelle des Mega-Fötus, der sich die glitschigen, viertausend Meilen hohen Wände des Gravitationsschachts emporkämpft . . .»

«Ich wollte eine völlig fremde Science-fiction-Realität erleben», fuhr Malik fort. «*Reader's Digest* stammt von einem anderen Planeten, verstehen Sie, von einer Welt, die von Millionen von Amerikanern bevölkert ist, die aber alles andere als New Yorker Intellektuelle sind. Diese Leute glauben allen Ernstes, daß unsere Regierung noch nie einen unrechten Krieg geführt hat, daß das Haar eines siebtgeborenen Sohns eines siebtgeborenen Sohnes Warzen kuriert, daß Millionäre sich ihr Geld durch Ehrlichkeit und harte Arbeit verdient haben, daß ein jüdisches Mädchen einst von einer Taube schwanger wurde und alle möglichen ähnlichen Sachen, die man in meiner sonstigen Umgebung für mittelalterlichen Aberglauben hält. Der Einstieg in *Reader's Digest* unter dem Einfluß von Haschisch jedoch ist ein Quantensprung in eine andere Realität.»

In der kurzen Pause, die darauf folgte, hörte Case ganz deutlich, wie Juan Tootreego flüsterte: «. . . *Nasenmedizin* von Marvin . . .»

«Es bedeutet Alter Mystischer Orden des Rosenkreuzes», sagte Fred «Figs» Newton am anderen Ende des Raumes.

«Der Trick», fuhr Malik fort, «besteht darin, sich auf die durch *die gedruckte Seite projizierte Realität* zu konzentrieren. Jeder Satz ist ein Signal aus einer anderen Welt, ein Nervensystem, das sich von dem eigenen unterscheidet, mit dem man synergetisch zwischen zwei Flächen . . .»

«Soll das heißen», keuchte Carol Christmas, «daß Sie sich bewußt eine Gehirnwäsche verpaßt haben, nur um an diese *Reader's Digest*-Welt zu glauben?»

«Natürlich», antwortete Malik und zuckte gelangweilt die Achseln. «Ein einziges Ego gibt nun mal nur ein sehr eingeschränktes Bild von der Welt.»

Mittlerweile stürzte Williams sich in die Sterne. «Fluchtgeschwindigkeit, das heißt, achtzehntausend Meilen pro Stunde, läßt die

Fruchtblase platzen, das endokrine Signal, daß der Geburtsvorgang des Planeten beginnt . . .»

«Hört mal alle her», verkündete Mary Margaret Wildeblood. «Hier stelle ich euch Dr. Dashwood aus San Francisco vor, er beschäftigt sich mit dem Orgasmus . . .»

Dashwood, ein pfeifenrauchender Ektromorph, fühlte sich unter ihren neugierigen Blicken etwas unbehaglich.

«Ja, ich *weiß*», pfiff Marvin Gardens paranoid vom andern Ende des Raumes; seine Stimme erinnerte immer ein wenig an Peter Lorre. «Jeder denkt, ich übertreibe, aber ich sage euch, es *stimmt*, es sind wirklich Außerirdische, und sie kontrollieren das *Fernsehen* und die *Zeitungen* und *alle Medien* . . .»

Case fühlte sich plötzlich wie bei einem Bühnenstück, bei dem jeder aus einem anderen Skript liest.

Juan Tootreego: Aber warum haben Sie den neuen Planeten bloß so verrückte Namen gegeben?

Bertha van Ation: Tja, ich bin nun mal so altmodisch, daß ich auch patriotisch bin . . .

Newton: Natürlich hat Giordano Bruno die Rosenkreuzer eigentlich gegründet, um das Papsttum abzuschaffen . . .

Bertha van Ation: Ich meine, warum sollte eigentlich alles im Himmel einen griechischen oder römischen Namen haben?

Benny Benedict: «Wer schiß?» «Er schiß!» «Bullshit.»

Juan Tootreego: Verstehe. Sie haben sich in amerikanische Namen verliebt. Wie Mr. Benét.

Bertha van Ation: Na ja, immerhin habe ich keinen von beiden Wounded Knee genannt.

Betrunkener Schriftsteller: Klar, ich erinnere mich. Ich war noch ein kleiner Junge in Kentucky. «Frank schiß!» «Bullshit!» «Wer schiß?»

Williams: Einsteins Mechanik mitunter gar nicht verbindlich.

Newton: Lieber Himmel, da draußen auf dem Balkon läuft Bigfoot herum!

Wildeblood: Ach was, das ist bloß Simon Moon. Er ist Mathematiker und völlig harmlos.

Malik: So wurde ich also wirklich Mittelamerika. Die Worte prallten von der bedruckten Seite gegen meine Netzhaut, verstehen Sie, wurden vom Nervensystem entschlüsselt und durch den

Erinnerungsspeicher geschleust und formten dann in meinen Nervenzellen einen Mini-*Reader's Digest*. Ich fing ernsthaft an, mir Sorgen über die *Gefahren vorehelichen Geschlechtsverkehrs* zu machen.
Benedict: Das ist doch Kiki im Vergleich zu denen ehelichen Geschlechtsverkehrs. Haben Sie eine Ahnung, was ich jeden Monat an Alimenten zahle?
Unglücklicherweise döste Case an diesem Punkt in seinem Sessel ein (ein Columbia-Joint zuviel) und erfuhr deshalb nicht mehr über den Mann ohne Frau, ohne Pferd und ohne Schnurrbart.
Als er aufwachte, waren die meisten Gäste schon gegangen. Mary Margaret stand mit Dr. Dashwood herum und erzählte ihm die Story von den Einbrechern, die in der letzten Woche ihr Haus auf den Kopf gestellt hatten. «Und das schlimmste ist», sagte sie gerade, «daß sie sogar Ulysses mitgenommen haben.»
«Oh, haben Sie sehr an ihm gehangen?» fragte Dashwood. Offensichtlich glaubte er, es sei von einem Hund oder einer Katze die Rede.
Mary Margaret kicherte, als sie das Mißverständnis bemerkte. «Ulysses war ein Teil von mir», sagte sie.
Case kam auf die Beine und verabschiedete sich höflich. Noch mehr Zweideutigkeiten an einem Abend waren einfach zuviel.

Ulysses war in Wirklichkeit Mary Margaret Wildebloods Penis, der sich jetzt in Dr. Dashwoods Labor befand – eine Tatsache, die keiner von beiden realisierte.
Mary Margaret war nämlich keine *geborene* Frau (was im übrigen nichts Ungewöhnliches war und auf 51 Prozent der Primaten von Terra zutraf), sondern eine *gemachte* Frau. Das war allerdings neu und exotisch. Es war auf unserem primitiven Planeten erst seit rund vierzig Jahren möglich.
Epicene Wildeblood, Mary Margarets früheres Ich, war der bissigste Literaturkritiker von ganz Manhattan gewesen, ein Mann, den jeder Schriftsteller aus tiefstem Herzen verabscheut.

Seine Aphorismen wurden überall gelesen und zitiert, wo man sich selbst wichtig nahm, d. h. vom St. Mark's Place bis zur Hundertzehnten Straße (East). Jeder Wildebloodismus war eine Perle an Witz und ein Giftpfeil an Bosheit. «Science-fiction ist das Vergnügen von Leuten, die die Technologie verdorben hat und die dafür keine Ahnung von Literatur haben»; «Entweder hat McLuhan eine göttliche Vision oder er ist einfach übergeschnappt und es liegt auf der Hand, daß er keine göttliche Vision hat»; «*Illuminatus!* ist nichts anderes als zwei Mini-Nietzsches, die am hellichten Tag von einem psychedelischen Supermann träumen»; «Nixons Memoiren werden in den Annalen krimineller Unterhaltungsliteratur nie neben Casanova stehen, dagegen könnte man sie sich durchaus neben Mussolinis Stück über Napoleon im Archiv himmelschreiender Dummheit vorstellen.»

Schon vor langer Zeit, in der Gilgamesh Junior High School in Babylon, Long Island, wo er auch groß geworden war, hatte Wildeblood seinen Penis Ulysses getauft.
Er nannte ihn so, weil er einen Hang zum Griechischen und eine Vorliebe für dunkle und verbotene Orte hatte.

Mit Sicherheit war Wildeblood keine einfache oder unkomplizierte Frau/Mann. Die Geschlechtsumwandlung war nur der erste Schritt auf dem Weg zu einer kompletten Transformation. Danach hatte sie vor, Nonne zu werden.
Wildebloods Leben stand unter dem Motto eines Dichters, der geschrieben hatte: «Demütigung ist ohne Ende.» Wildeblood wollte mit aller Macht die Grenzenlosigkeit unendlicher Demütigung erforschen. Sie/er wollte sich Gottes Willen unterwerfen,

sich dem Heiligen Geist auf ewig hingeben, von göttlichem Entzücken überwältigt sein.
Mary Margaret Wildeblood war nicht nur eine gewöhnliche Masochistin. Sie war scharf auf den göttlichen Fick.

Als Epicene Wildeblood sich um eine Geschlechtsumwandlung bewarb, gab es bei den Ärzten von John Hopkin's eine Menge Aufruhr. Es gab welche, die hielten ihn nicht für einen echten Transsexuellen, sondern für einen Homosexuellen oder Bisexuellen oder Polysexuellen oder so was Ähnliches.
In Wirklichkeit war er pansexuell, aber da kamen die Ärzte nie drauf. Er paßte einfach nicht in ihre Kategorien. Außerdem konnte er die Operation mit Leichtigkeit auch woanders kriegen, wenn sie ihn ablehnten, und es war beim besten Willen nicht zu übersehen, wie verzweifelt er sich wünschte, eine Frau zu sein.
1983 war das eine durchaus vernünftige und gesunde Entscheidung für jemand, der im Mittelpunkt des intellektuellen New Yorker Lebens stand. Wie die Bewohner des Südens «verdammter Yankee» für ein Wort halten, so hatte man auch in Wildebloods *Milieu* längst vergessen, daß «männlicher Chauvinist» immer noch in zwei Worten geschrieben wird. Der unwesentlichste und ausgefallenste Rest potentieller Männlichkeit war immer noch ein Handikap und definitiv ein Zeichen für moralische Entartung, genau wie die Mitgliedschaft bei der *John Birch Society*, ein Mississippi-Akzent oder eine Verurteilung wegen eines Kapitalverbrechens.
Außerdem wollte Wildeblood *unbedingt* Nonne sein. Ein Priester oder ein Mönch würde eine gewisse Arroganz in seiner Rolle *qua* Priester oder *qua* Mönch ausstrahlen, wie glühend er sich auch in totaler Unterwerfung unter den Willen Gottes üben mochte. Nur eine Nonne konnte die wahre Grenzenlosigkeit der Demütigung erfahren.
Wildeblood hatte es einfach satt, der bissigste Mann von Manhattan zu sein. Er wollte die heiligste Frau werden.

Wildeblood hatte zwei große Geheimnisse, die nicht aufhörten, ihn zu quälen und zu seiner Lust und Demütigung beitrugen, selbst als er schon zur sie geworden war.

Das erste war, daß sein Großvater Hausdiener gewesen war. Das zweite, schlimmer noch, war, daß sie eine heimliche Leidenschaft für Twinkies hatte.

Das war zu jener Zeit eine ernste Sache in Unistat. Die Primaten führten gerade eine ihrer periodischen Stammesreinigungen von Angst durch, bei der man Jagd auf *dreckige Scheißer* machte, die man dann fertigmachen konnte. Domestizierte Primaten haben immer irgendwelche *dreckigen Scheißer* in ihren Reihen, die sie fertigmachen können. In einem Jahrhundert sind es Jugendliche, die masturbieren, im nächsten die Ideologen irgendeiner neuen Politik und im dritten die, die das falsche Gras rauchen. Im Moment waren es die Twinkiesfresser.

Furbish Lousewart war der erste, der Twinkies denunzierte. Er war der Vorsitzende der *People's Ecology Party*, aber er denunzierte so viele, daß die Twinkiesfresser unter seinen Anschuldigungen zunächst nicht allzuviel zu leiden hatten.

1979 heuerte jedoch ein Primat namens Dan White, der zwei andere Primaten erschossen hatte, einen besonders cleveren Anwalt an, um sich vor Gericht zu rechtfertigen. Der Anwalt schaffte es, die Jury davon zu überzeugen, daß White nach einer Überdosis Twinkies vorübergehend nicht Herr seiner Sinne gewesen war.

Gewiefte Primatenjournalisten haben einen Riecher für Ideen, die die Primatenhorde verunsichern, und so hatten sie nichts Besseres zu tun, als auf die Gefahren hinzuweisen, die von Twinkies ausgehen. Unzählige Reportagen über die White-Morde wurden in billigen Revolverblättchen abgedruckt. Danach hatte der twinkiessüchtige Primat erst Bürgermeister George Moscone ermordet und war dann, immer noch unter dem Einfluß des hohen Zuckeranteils dieser Süßigkeiten, in die Halle heruntergestürzt, wo er den Supervisor Harvey Milk erledigte. Innerhalb der nächsten zwei Jahre wurden siebzehn Angeklagte in anderen Teilen

von Unistat entweder freigesprochen oder auf Grund des Twinkies-Einspruchs zu geringeren Strafen verurteilt.
Mittlerweile waren Twinkies in vierzehn Staaten verboten. Die Entscheidung des Kongresses zur Gesetzgebung gegen sie stand noch aus. Das Resultat war unausweichlich, nachdem Präsident Hubbards Revision der Strafgesetzgebung buchstäblich die komplette frühere Gesetzgebung für Verbrechen ohne Opfer abgeschafft hatte. Die Bevölkerung von Unistat, allmählich fast aller *dreckiger Scheißer* (Sündenböcke) traditionellen Kalibers beraubt, erhoben den Twinkiessüchtigen zum neuen nationalen Monster.
Junkies, Homosexuelle und frühere Sündenböcke waren natürlich die eifrigsten Verfolger der Twinkiesfresser. Sie hatten schon lange auf die Chance gewartet, ihre Moral unter Beweis zu stellen.
Alle Primaten glauben, ihre Moral dadurch beweisen zu können, daß sie bei der Jagd auf ausgewählte *dreckige Scheißer* kräftig mitmischen.

Forever

> Sobald der Mensch sich für den Herrn des Universums hält, ist sein Ende gekommen.
>
> Furbish Lousewart V., *Gefahren, wohin man schaut*

Joe Malik, der Herausgeber des *Confrontation*-Magazins, veröffentlichte Justin Cases Musikrezensionen nur, weil sie ihn verwirrten (und amüsierten). Wie die meisten seiner Leser konnte Joe nichts mit dem anfangen, was Case zu sagen versuchte. Aber anders als die Leser, die ihn mit Protesten gegen Cases barocke Unergründlichkeit bombardierten, mochte Joe Probleme. Er war zum Beispiel geradezu besessen von Schachproblemen und logischen Paradoxen. Wie William S. Burroughs brütete er wochenlang über den Kodizes der Mayas und versuchte, die unerforschlichen Glyphen zu entschlüsseln, für die leider noch kein Stein von Rosette gefunden worden war.

1981, vor drei Jahren, war Joe noch ein weißhaariger Mann gewesen, dem man seine sechzig Jahre deutlich anmerkte. Jetzt hatte er wieder pechschwarzes Haar, ein faltenloses Gesicht und konnte ohne weiteres für Anfang Vierzig gelten. Das lag an seiner Verjüngungs- und Lebensverlängerungskur mit FOREVER, die er an dem Tag angefangen hatte, als FOREVER auf den Markt kam. Die *Fundamentalist Christians* und die *People's Ecology Party* (PEP) brandmarkten die Droge und nannten sie blasphemisch und wider Gottes Willen – «der Gipfel an Wahnsinn, den der rational-technologische Fortschritt hervorgebracht hat», sagte Furbish Lousewart V., der Hubbard in der Wahl von 1980 um ein Haar doch noch geschlagen hätte. Joe verachtete Religionsfanatiker und Volkswirtschaftler und benutzte FOREVER weiter. Dissidentische Wissenschaftler meldeten schreckliche Nebenwirkungen, als sie es in Pferdedoktordosen an Labormäuse verpaßt hatten. Joe erinnerte sich noch an ein ähnlich verlaufendes Anti-Marihuana-Forschungsprojekt in den sechziger und siebziger Jahren und machte mit FOREVER weiter. Er rechnete sich aus, daß es ihn bestimmt nicht gleich umbringen würde, wenn irgendwas wirklich nicht stimmte, und sowieso wahrscheinlich bald bessere Verjüngungsdrogen auf dem Markt sein würden.
Joe hoffte, noch ein paar Jahrhunderte mitzuerleben. Wenn es soweit war, der Menschheit die Ewigkeit zu erschließen, wollte er sich die Zeitreise zunutze machen.
Über seinem Schreibtisch im *Confrontation*-Büro hing ein Motto des englischen Biologen J. B. S. Haldane, das Joes Kosmosanschauung auf einen kurzen Nenner brachte. Es lautete:

> DAS UNIVERSUM IST VIELLEICHT NICHT NUR VERRÜCKTER ALS WIR GLAUBEN, SONDERN VERRÜCKTER, ALS WIR DENKEN KÖNNEN.

In Wahrheit war Joe Malik ein antizyklischer Intellektueller. Jedenfalls hielt er sich dafür. Diese Bezeichnung stammte von Arthur

Koestler und definierte die Leute, deren Ideen denen der normalen Intellektuellen immer mindestens fünf Jahre voraus oder hinterher oder sonstwie nicht mit ihnen im Einklang waren.
In den Fünfzigern, als die liberale Intelligenz mit neokonservativen Ideen flirtete, war Joe Trotzkist.
In den Sechzigern war er Liberaler, weil alle anderen, von der Neuen Linken bis zu den Birchers, die Liberalen zum Ziel ihrer Wut gemacht hatten.
In den Siebzigern beschäftigte er sich ausgiebig mit dem Mystizismus der Sechziger, speziell mit der Chaoisten-Philosophie des berüchtigten Hagbard Celine, den er zu dem berühmten Rockfestival in Ingolstadt begleitet hatte, wo die Bayrischen Illuminaten versuchten, das Eschaton zu immanentisieren.
«Dein Nachteil ist, daß weder deine katholischen Eltern noch deine arabischen Onkels und Tanten dich auf den Umgang mit jüdischen Intellektuellen vorbereitet haben. Vermutlich wäre es leichter für dich, eine exzentrische rechte Tageszeitung in Montana, als ein liberales Magazin in New York herauszugeben», hatte Hagbard Celine einmal zu ihm gesagt.
Joe war da anderer Meinung. Er glaubte, es wäre am leichtesten für ihn, in einer L5-Raumstadt zu leben. Also wartete er geduldig auf die nächste Verjüngungsdroge und die Chance, zu den Sternen auszuwandern.

Joe Malik wußte haargenau, wie viele von ihm es gab, ein seltenes Bravourstück für diese Zeit und diesen Planeten. Er hatte sie nämlich alle katalogisiert.
Baby Jo-Jo beispielsweise war der ursprüngliche Joe Malik, der amphibische Schaltkreis mit oraler Nahrungsaufnahme. Baby Jo-Jo hatte nur eins im Sinn: zu vögeln, zu lutschen, zu umarmen, zu schmusen und zu kuscheln. Wenn er gerade mal keine weibliche Gesellschaft um sich hatte, verbrachte Baby seine Zeit damit, in der Badewanne zu liegen, Gras zu rauchen, Mantras zu singen usw., bis er so geil war, daß er sich einen runterholen mußte.

Old Horny war ein anderer genetischer Teil von ihm, als territorialer Säugetier-Schaltkreis in die zwölfte «Tierkreis»-Position solarprogrammiert, wie alle, die zwischen Ende Dezember und Mitte Januar geboren sind – also Jesus, Nixon, Stalin oder Cary Grant. Und wie alle Ziegen will der Steinbock den höchsten Berg bezwingen und den fernsten Stern erreichen. Steinbock hatte die hartnäckigsten Fehler seiner genetischen Kaste, hielt sich selbst immer für die gefestigste Person weit und breit und bei jeder Gelegenheit und schuftete wie ein Tier. (Das Galaktische Archiv hat übrigens bestätigt, daß das Wort Ethik eine Erfindung der Steinböcke ist.) Alles in allem begegnete Joe Old Horny mit einer gehörigen Portion Mißtrauen: bei weitem zu fanatisch und verdammt prometheisch.

Der Skeptiker versteckte sich in Maliks semantischem Schaltkreis. Nach dreieinhalb Jahren Ingenieurschule zum Ende der Weltwirtschaftskrise hatte er eine solide Ausbildung erfahren. Der Skeptiker glaubte so lange nicht an irgendwelche Theorien, bis ein Arbeitsmodell zur Verfügung gestellt wurde.

Mr. D.A. gehörte auch schon seit langem zu Maliks Persönlichkeit. Er war der ausgewachsene hominide Moral-Schaltkreis, die internalisierte Stimme der Nonne aus der St. Theophobia Grammar School und ihrer Priester, die ihm Hölle und Teufel in den schillerndsten Farben ausgemalt hatten. Ganz besonders aber *Ihre* Stimmen. (*Sie* waren alle, die Joe fürchtete.) Mr. D.A. war ziemlich rigide: er mißbilligte alle anderen Egos in Malik und hielt ihm ständig vor: «Du bist ein dreckiger Scheißer und jeder weiß es und ganz besonders *Sie*.» Joe war sich darüber klar, daß er fast sein ganzes Leben, also von sechs bis sechsundvierzig, damit verbracht hatte, Mr. D.A. zu beweisen, daß er in Wirklichkeit eben *kein* dreckiger Scheißer war.

Als er sechsundvierzig war, schaffte er Mr. D.A. auf dramatische Weise mit 500 Mikrogramm einer illegalen Substanz beiseite. Bei diesem geheimen Neurotransmitterforschungsprojekt erkannte Joe nämlich, daß er genausoviel Recht hatte, zu sein, was er war, wie jede x-beliebige Kakerlake oder ein Vogel, Fisch oder anderes pelziges Säugetier.

Joe kam gar nicht auf die Idee, Mr. D.A. nachzutrauern. Mit der Beseitigung dieses Internen Inquisitors befreite er sich von allen

Schuldkomplex-Fallen auf einmal, sogar denen, die von Experten auf dem Gebiet, also Emanzen, Marxisten und der PEP aufgestellt worden waren.
Der Schamane tauchte erst auf, als Malik durch den rebellischen, skandalösen und maßlosen Hagbard Celine mit dem Diskordianismus in Berührung gekommen war. Der Schamane operierte auf den posthominiden, neurosomatischen Metaprogrammierungs-Schaltkreisen und sammelte in einer Tour «paranormale» Erfahrungen, die der Sekptiker wiederum eifrig in irgendwelche wissenschaftlichen Schubladen zu stecken versuchte. Die Spannung zwischen den beiden hielt Joe in beständiger Erregung und Ehrfurcht. Er kam sich vor wie ein Mann, der in einem zerbrechlichen, geheimnisvollen, schillernden Glashaus sitzt.
Der Philosophische Betrachter beschäftigte sich beharrlich mit Gehirnveränderungen, seit Joe auf der Ingenieurschule Korzybski gelesen hatte, und machte dank Celines System immer größere Fortschritte. Natürlich versuchte Baby Jo-Jo immer wieder, alle Gehirnveränderungsexperimente in irgendwelche tantrischen oder Verzückungstrips umzumodeln, während Steinbock das komplette Gehirn auf höhere Intelligenz und größere Effizienz umprogrammieren wollte. Der Schamane tastete sich in immer bizarrere Räume vor in der Hoffnung, dort wie Don Juan auf Verbündete zu stoßen. Der Skeptiker blieb dieser Prozession dicht auf den Fersen und versuchte herauszukriegen, welche Realitäten realer als die anderen waren. Er wurde von Tag zu Tag verblüffter. Und der Clown in ihm konnte noch immer über alle lachen. «Ihr seid doch nichts weiter als ein Haufen dummer Affen, die evolutionäre Visionen dessen haben, was einmal die wahre Menschheit ausmachen wird.»
Wenn Steinbock am Ruder war, fand Joe sich in einem verkommenen realistischen Roman aus den Dreißigern wieder. Wenn Baby Jo-Jo die Metaprogrammierung steuerte, fühlte er sich wie in Beethovens *Siebter*. Wenn der Schamane ihn ablöste, lebte er in einem okkulten Thriller. Und der Skeptiker hielt den ganzen Trip für eine reichlich konfuse Science-fiction-Story nach Art des metaphysisch aufgedonnerten Sternenschöpfer von Olaf Stapledon.
Joe wollte genug Jahrhunderte erleben, um aus diesem unordentlichen Gesindel einen richtigen Menschen zu machen.

Fremde Signale

23. DEZEMBER 1983:
Carol Christmas, aufstrebende Schauspielerin, der bisher noch nicht viel mehr als Off-off-Broadway-Stücke gelungen waren, war ein bißchen sensibel, was ihre zweite Einkommensquelle betraf. Fremde Federn waren ihr da lieber als die Wahrheit, deshalb hörte sie auch, wie Joe Malik «Ohne Pfau, ohne Pferd, ohne Schnurrbart» sagte. Komischerweise dachte auch Blake Williams, der trotz seines interstellaren Monologs Teile mehrerer anderer Gespräche ringsum aufschnappte, daß Malik «Ohne Pfau, ohne Pferd und ohne Schnurrbart» gesagt hätte. Williams und Carol Christmas erlebten Maliks Erklärung durch das semantische Karussell um sie herum etwa so: *Malik: Vorehelicher Geschlechtsverkehr*, stellen Sie sich das vor. Ich war echt entsetzt: die junge Generation steuert geradewegs auf die Hölle zu. Sie sitzt in einem Einkaufswagen, aus dem nach allen Seiten Pessare und Kondome herausquellen. Ich fing an, überall kommunistische Gefahren zu wittern. Jeder, den ich kannte, all meine Freunde, ganz New York erschien mir wie ein fremdes ungesundes Unganzes. Bei Gott, ich *war* Mittelamerika!
«Eggs» Benedict: «Joe schiß!» «Bullshit!» «Wer schiß?»
Natalie Drest: Und wie *untersuchen* Sie Orgasmen, Dr. Dashwood?
«Figs» Newton: Fremde Signale. Er sagte fremde Signale.
Williams: . . . und darum sind wir alle Mutanten. Wenn Mutter DNS gewollt hätte, daß wir reproduzierbare Einheiten wären, hätte sie uns zu Insekten statt Primaten gemacht.
Dashwood: Nun, die Wissenschaft beschäftigt sich ja schon seit geraumer Zeit mit dem Orgasmus. Was aber an unserer Arbeit neu ist, sind gewisse psychologische Unwägbarkeiten . . .
Carol Christmas: Marvin, hat irgendwer Marvin gesehen?
Hemeroid: Aber worum ging's denn nun eigentlich bei diesem Kerl ohne Pfau, ohne Pferd und ohne Schnurrbart?
Benedict: Also wenn ich Vlad wäre . . .ich wüßte schon, wen ich erledigen würde . . .
Carol Christmas: Sind Sie sicher, daß er nicht in der Küche ist? Marvin, bist du da drin?

Malik: Da habe ich dann das Experiment abgebrochen. Und hockte da, völlig eins mit ganz Mittelamerika, total mit dem *Reader's Digest* verschmolzen und kam auf diesen Titel: «Ohne Pfau, ohne Pferd, ohne Schnurrbart.»
Dashwood: In Atome zerplatzen ist männlich und *Wellen* sind weiblich, aber *platzende Ballone* gilt für beide.
Malik: Ich klappte das Heft zu und warf es ins Feuer. Der Titel war so gut, daß ich ihn mir nicht durch irgendwelche Erklärungen versauen wollte.
Natalie Drest: Oh, diese *Wellen* kenne ich, besonders wenn, ähn, der Typ, äh, mich, Sie wissen schon . . . mit der Zunge . . .
Dashwood: Ja, sechsundachtzig Prozent aller Frauen berichten von *Wellen*-Erfahrungen beim Cunnilingus . . .
An diesem Punkt merkte Williams, daß er das Publikum, das vorher seinen Weltraum-Theorien gelauscht hatte, verloren hatte, und außerdem brauchte er dringend frische Luft. Er schob sich rückwärts durch die Menge Richtung Balkon, holte dort tief Luft und betrachtete den südlichen Himmel, wo er das bläuliche Flackern des Sirius entdeckte.
«Ist Marvin da draußen auf dem Balkon?» fragte ein Kontraalt. Es war Carol Christmas.
«Ich fürchte nein», antwortete Williams. «Ich glaube, er ist schon weg.»
«Nein! Und hat alles Koks mitgenommen?»
«Ich nehme an.»
Wieder allein, unterhielt sich Williams kurz mit dem Himmelswagen und fragte sich, wovon zum Teufel Malik bloß gesprochen hatte. Ohne Pfau? Ohne Pferd? Ohne Schnurrbart?
«WER SCHISS?» brüllte Benedict von drinnen.

Ohne Pfau

Der richtige Titel des *Reader's Digest*-Artikels lautete: «Ohne Frau, ohne Pferd, ohne Schnurrbart», nicht «Ohne Pfau, ohne Pferd, ohne Schnurrbart». Wie er in dem Lärm von Wildebloods

Soiree zu erklären versucht hatte, beschäftigte Malik sich mit Neuroprogrammierungsforschung. Er war gerade dabei, mit dem *Reader's Digest* völlig eins zu werden, als ihm dieser wundervolle Titel einfiel, worauf er das Experiment auf der Stelle abbrach. Er wußte intuitiv, daß das Geheimnis eines solchen Titels zehnmal besser war, als die Lösung, also die Erklärung des Titels, je sein konnte.

Joe, dessen Experimente mit Haschisch immer von Hagbard Celines Metaprogrammierungstheorien des sechsten Schaltkreises geleitet waren, hatte sich bei zahlreichen Gelegenheiten einer Gehirnwäsche unterzogen, um nicht nur mit dem *Reader's Digest*, sondern auch mit anderen Publikationen und Kassetten zu verschmelzen, die von Organisationen wie der *John Birch Society*, der Theosophie, den Trotzkisten, diversen Assassinenbünden, UFO-Gesellschaften, dem Buddhismus, der Ersten Bank der Religiosophie, dem *Scientific American*, den Rosenkreuzern, den christlichen Anti-Kommunismus-Kreuzrittern, der *Flat Earth Society*, den Missouri Synod Lutheranern und dem *Hermetic Order of the Golden Dawn* herausgegeben worden waren, und überhaupt allem und jedem, was in einer anderen Tunnelrealität als er selbst lebte. Während die meisten Menschen die Welt durch das Raster einer einzigen Realitätsebene betrachteten, durchschaute Joe den Kosmos also mit Dutzenden solcher Raster und veränderte dabei beliebig seinen Fokus. Das war zwar nicht ganz die Nicht-Ego-Erfahrung des Zen, wie er sich munter eingestand, aber dafür eine Multi-Ego-Erfahrung und damit eine Alternative, um sich aus der Stumpfsinnigkeit eines einzigen Ichs zu befreien.

Joe hatte gelernt, die Wände seines neurologischen Realitätstunnels zu bewegen und sogar von einem Tunnel in einen anderen zu wechseln, ohne sich von Chaneyitis, Schizophrenie, Mystizismus oder all den anderen pathologischen Formen des Relativistischen Bewußtseins des sechsten Schaltkreises infizieren zu lassen.

Er war einer der Pioniere der H.E.A.D.-Revolution.

Er nannte das Simulation des Satori.

Als er einmal ziemlich bekifft war, ging er sogar soweit, diese Erfahrung «Ich-Öffnung» zu nennen.

Aber wie Mason und Dixon wußte Joe Malik ganz genau, daß man *irgendwo* eine Grenze ziehen muß. Es gab bestimmte Realitäten, die er niemals betreten würde. Paranoide Universen waren zwar ganz lustig, wenn man sie besuchte, aber dort leben wollte er nicht.

Im November 1983 hörte er kurz vor dem Einschlafen oder direkt nach dem Wachwerden merkwürdige Stimmen. Sie wiederholten ständig: «Setz dich, wenn du pissen mußt.» Joe hielt sie für Eindringlinge aus einem verhexten, surrealen, Freudschen Universum und lehnte es kategorisch ab, sich weiter damit auseinanderzusetzen. Er verbannte sie durch Konzentration auf sein mysteriöses Maha-Mantra «Ohne Frau, ohne Pferd, ohne Schnurrbart».

Morgens in der U-Bahn machte Joe immer transzendentale Meditation. Er saß mit geschlossenen Augen auf seinem Platz und sah aus, als wäre er eingeschlafen. Dann versank er immer tiefer in einem superflüssigen Vakuum und sang lautlos ohne Frau ohne Pferd ohne Schnurrbart ohne Frau ohne Pferd ohne Schnurrbart ohne Frau ohne Pferd ohne Schnurrbart ohne Frau ohne Pferd.

Einmal empfing er plötzlich ein ganz anderes Wort. Das Wort war «Abwanderung».

Abwanderung

> Wie viele Zenmeister sind nötig, um eine Glühbirne zu wechseln?
> Keiner; das Universum schraubt die Birne ein, und der Zenmeister geht ihm aus dem Weg.
>
> *Privatwitz des Mr. G.*

23. NOVEMBER 1983:

«Abwanderung», sagte Roy Ubu. «Das ist die Lösung.»

Ubu war ein echter Dunkelmann: sein Haar war braun, die Haut gebräunt, und obendrein hatte er auch noch eine Schwäche für braune Anzüge mit dazu passenden zimtfarbenen Socken und Schuhen. Er sah so um die vierzig aus, war aber schon achtundsechzig. Wie Joe Malik nahm Ubu FOREVER, seit es auf dem Markt war.

«Sie sind weder in Rußland noch in China», erwiderte Sylvia Goldfarb, die Wissenschaftsberaterin des Präsidenten. «Das können Sie vergessen. Heutzutage wissen wir über alles Bescheid, was da drüben abgeht.»

Daran hatte Ubu keinen Zweifel. Die Überwachungsmethoden waren soweit fortgeschritten, daß der Sicherheitsberater des Präsidenten bloß das Biest direkt anzuwählen brauchte, um den Blutdruck jedes x-beliebigen Kommissars rauszukriegen.

«Sie können schließlich nicht zur Hölle gefahren sein», versuchte Ubu noch mal.

Sylvia Goldfarb zog ironisch eine Augenbraue hoch. Es war ein witzloser Vorstoß gewesen.

«Es ist unmöglich. Es geht einfach nicht», wiederholte Ubu, als ob sie sein Urteil bestätigt hätte. «Soweit sind wir also schon mal.»

Sylvia Goldfarb wartete. Es lag etwas Drohendes in ihrem Warten. Ubu räusperte sich.

«Ich werde sofort fünf Männer darauf ansetzen», schlug er vor.

Der Stuhl ächzte, als Miss Goldfarb sich ungeduldig über den Schreibtisch lehnte. «Fünf Männer reichen nicht», sagte sie. «Diese Untersuchung ist von oberster Priorität. Wir können nicht tolerieren, daß hundert Wissenschaftler einfach vom Erdboden verschwinden. Jedenfalls nicht, wenn sie so wichtig sind wie diese Männer und Frauen.»

«Eins verstehe ich nicht», sagte Ubu. «Wieso ausgerechnet jetzt? Es hat noch nie eine Regierung gegeben, die die Wissenschaft so gefördert hat. Noch nie gab es so viele Subventionen, nicht nur für die Arbeit an Raumstädten und Lebensverlängerung, sondern auch an Computern, Transplantationen und Klontechnik. Warum in aller Welt sucht sich eine Gruppe von Wissenschaftlern ausgerechnet diesen Zeitpunkt aus, um das Schiff zu verlassen?»

Dr. Goldfarb lächelte. «Nun, ich werde Ihnen sagen, was ich persönlich davon halte. Sie sind auf etwas gestoßen, was sie erforschen konnten, etwas, was sie wirklich faszinierte, was aber für die Regierung, sogar im Jahre 1983 noch viel zu abwegig war. Das ist meine Vermutung, die Sie hoffentlich bestätigen werden. Aber bis wir ganz sicher sind, müssen wir davon ausgehen, daß irgendwas Gefährliches in der Luft liegt. Finden Sie einen von ihnen, Mr. Ubu, und beweisen Sie, daß er oder sie an etwas Harmlosem arbeitet, und Sie haben uns einen großen Stein vom Herzen genommen.»

«Jawohl, Ma'am», sagte Ubu und stand stramm. Und dachte: das wird ein Hammer.

Eine von Präsident Hubbards ersten Amtshandlungen war es gewesen, den FBI abzuschaffen – und damit auch Ubu zu feuern.
«Das amerikanische Volk ist mehr als hundertfünfzig Jahre ohne Geheimpolizei ausgekommen, die in seiner Post herumschnüffelt und seine Telefone anzapft», erklärte Hubbard. «Das wird es wohl auch in Zukunft können.»
Die meisten von Ubus Kollegen flohen aus Washington und suchten sich bei der Polizei oder in Privatdetektiv-Agenturen einen neuen Job. Roy war dageblieben, in der klugen Vermutung, daß er die Regierung besser durchschaute als Hubbard. Innerhalb von einem Monat hatte ihn das neugebildete *National Bureau of Inquiries* wieder angeheuert.
Der angebliche Zweck des N.B.I. bestand darin, Informationen für das Biest zu sammeln. Das Biest – das war der Computer GWB-666, der buchstäblich zum vierten Arm der Regierung geworden war und dessen Archiv vor jeder wichtigen Entscheidung zu Rate gezogen wurde.
Tatsächlich übernahm der N.B.I. jedoch auch viele Funktionen des alten FBI, denn auch die Bürokratien hatten wie andere Genpole gelernt, zu überleben. Diese Tatsache war in den Budget-Veranschlagungen so geschickt verborgen, daß weder Hubbard noch einer ihrer engsten Berater sie je entdeckte. (*Wenn Bürokratien aufgelöst werden, sterben sie nicht, sondern wechseln nur ihren Namen:* Gilhooleys Erste Fundamentale Entdeckung.)
Und doch gab es einen bedeutenden Unterschied. Da Hubbard das Strafvollzugssystem abgeschafft hatte, waren die einzigen Bürger, die etwas von der Regierung zu befürchten hatten, jene immer selten werdenden, bizarr geprägten Biots, die gegen andere gewalttätig wurden – und die schickte man einfach zum Teufel.

M.O.Q.

Rhesusäffchen werden wie andere höhere Primaten stark von ihrer sozialen Umgebung geprägt – ein isolierter Affe drückt immer wieder auf einen Schalter, der ihm keine andere Belohnung bietet als den Anblick eines anderen Affen.

Edward Wilson, *Sociobiology*

23. DEZEMBER 1983:

An diesem Tag machte Dr. Dashwood daheim beim Orgasmus-Zentrum von San Francisco einen ziemlich nachdenklichen und schweigsamen Eindruck.

«Also, wir nehmen uns so einen Kerl – einen Schweinekopf mit nicht viel mehr Ahnung von Psychologie oder Anthropologie, oder Soziologie, oder Medizin, oder Geschichte, oder Ethik, oder Logik als von Nuklearphysik – und drücken ihm ein Gewehr, einen Schlagstock und eine Dose *Mace* in die Hand und lassen ihn los, mein Gott, um den Rest der Bevölkerung zu ‹überwachen›! Schwachsinn. Totaler Schwachsinn.»

Das war Dr. Mounty Babbit, das quecksilbrigste Mitglied des Orgasmus-Zentrum-Teams und wie viel zu viele Wissenschaftler heutzutage einer von der radikalen Sorte. Dr. Dashwood beugte sich tiefer über sein Steak. Er wollte nicht in die Diskussion hineingezogen werden.

«Wollen Sie die Polizei etwa entwaffnen, wie in England?» fragte der alte Dr. Heyman. Heyman hatte mit Kinsey gearbeitet und profitierte heute noch davon, ansonsten hatte er nichts vorzuweisen, das ihn einem Arbeitgeber empfehlen konnte. «Würde hier nie laufen. Die Amerikaner haben einfach nicht den gleichen Respekt vor Recht und Ordnung wie die Briten.»

«Na schön», meinte Babbit ruhig. «Dann bewaffnen Sie auch die Öffentlichkeit. Sorgen Sie dafür, daß jeder eine Knarre hat und weiß, wie er damit umgehen muß. Gleichen Sie das Mißverhältnis irgendwie aus.»

«Unsinn!» rief Heyman. «Das führt zu reinster Anarchie!»

Dr. Dashwood konzentrierte sich angespannt auf sein fades Kartoffelpüree.

«Was macht eigentlich Drei-A?» fragte ihn eine sanfte Kontraaltstimme. Sie gehörte zu Dr. Harriet Hopgood, die bemerkt hatte,

daß ihr Boss sich bei der politischen Diskussion langweilte. Drei-A war Teil des Kodes – die Testpersonen durften nie bei ihren persönlichen Namen genannt werden – und bezeichnete die junge Dame im Labor Drei, Miss Rhoda Chief.
«Sehr beeindruckend», sagte Dr. Dashwood. «Sie war bis dreiundzwanzig gekommen, als ich zum Lunch ging, und immer noch gut dabei. Ich habe Jones dagelassen.»
«Dreiundzwanzig», sagte Dr. Babbit. «Unglaublich.»
Drei-A war ein Kode für M.O.Q., eine Abkürzung für Multipler-Orgasmus-Quotient. So lautete die wissenschaftliche Bezeichnung für den Versuch, herauszukriegen, wie viele Orgasmen eine multi-orgasmusfähige Frau unter idealen Laborvoraussetzungen haben kann.
Anders ausgedrückt war M.O.Q. eine Roboter-Säugetier-Dyade. Das ausgewählte Säugetier (das übrigens bemerkenswert kooperativ war) hieß Rhoda Chief und war die bedeutendste Rocksängerin der Achtziger und gleichzeitig die berüchtigste Hure seit der Pompadour. Der Roboter war ACE (*artificial coital equipment* – künstlicher Koitusapparat), eine Anlage, die von Masters und Johnson übernommen und leicht verbessert worden war. Eine der vorgenommenen Korrekturen war ein echter Penis, den Dashwood von einer Unterweltfigur namens Robert Pearson erstanden hatte – ohne irgendwelche indiskreten Fragen nach dem Woher, versteht sich.
Pearson hatte den Penis Ulysses von den Einbrechern, die Mary Margaret Wildebloods Apartment in New York ausgeräumt hatten. Pearson war ein «Hehler», wie man so was auf primitiven Planeten nannte. Er hatte den weiten Weg nach San Francisco gemacht, weil er genau wußte, daß das Orgasmus-Zentrum Spitzenpreise für derartige Spezialitäten zahlte.
«Dreiundzwanzig», wiederholte Babbit immer noch fasziniert.
«Wirklich sehr beeindruckend», fügte Dr. Hopgood hinzu, wobei sich ein neiderfüllter Unterton in ihre Stimme schlich. Dr. Dashwood warf einen Blick auf ihr schwammiges Gesicht und schaute schnell wieder weg – sie war offenkundig am Dahinschmelzen.
In diesem Moment tauchte Dr. Dashwoods Sekretärin am Tisch auf. «Da ist ein Telegramm für Sie gekommen», sagte sie. «Ich dachte, es ist vielleicht wichtig.»

Als Dr. Dashwood den Umschlag aufriß, starrte ihm eine recht merkwürdige Nachricht entgegen:

KING KONG IST FÜR DEINE SÜNDEN GESTORBEN.
EZRA POUND.

Ezra Pound, grübelte Dr. Dashwood, wo habe ich den Namen bloß schon gehört? Dann fiel es ihm plötzlich ein: dieser Bursche vom Fernando Poo-Komitee (oder war es Hernando Foof-Komitee?), der ihn eines Morgens mal in einem höchst peinlichen Augenblick angerufen hatte. Er starrte auf die idiotische Nachricht. Mein Gott, dachte er, irgendso ein verdammter Verrückter, der mich *anmachen* will.
Ezra Pound hatte angerufen, als Rhoda Chief gerade ihren dritten explosiven Orgasmus hatte und Dr. Dashwood um ein Haar seine professionelle Ethik vergessen und sich auf sie gestürzt hätte. Es war ein verrücktes Gespräch gewesen; es ging um die Misere von Giovanni Oops oder so was Ähnliches.
Glücklicherweise waren Rhodas Orgasmen seitdem verhältnismäßig zahm gewesen. Dr. Dashwood hatte seine professionelle Haltung wiedergewonnen, wenn er auch immer noch ein bißchen aus der Fassung war.
«Mir ist zu Ohren gekommen, daß in Chicago einhundertachtundsechzig *Gorillas* als Bullen arbeiten», fuhr Mounty Babbit fort.
Dashwood wurde langsam sauer. «Freud», kommentierte er, «hatte eine interessante Theorie über die Motivation von Angst vor der Polizei.»
Das versetzte der Unterhaltung einen gehörigen Dämpfer, was Dr. Dashwood jedoch schon bald bereute. Ohne die Ablenkung von Babbits Provokationen des alten Heyman kreisten Dashwoods Gedanken um nichts anderes als die süße kleine nackte Rhoda. Immer wieder stellte er sich vor, wie sie den Vierzehnzöller King Kong in ihre anscheinend endlose Ekstase hineinstieß. Wie ein Pfeil, wie Ulysses selbst, bohrten sich seine Gedanken in diese Honigmuschi, goldhaarig, feucht und geil von dreiundzwanzig Orgasmen . . .
Wissenschaft, rief er sich selbst zur Ordnung, ist eiserne Selbstdisziplin.

Aber da fiel ihm der alte lateinische Witz wieder ein: *Penis erectus non compos mentis* – ein steifer Penis kennt kein Gewissen.
O Galileo und Darwin, habt ihr auch solche Tage erlebt? Er beendete seine Mahlzeit in verdrießlichem Schweigen und merkte gar nicht, daß er schwer atmete, als er mit höchst verdächtiger Eile zum Labor Drei zurückhastete. Er riß sich zusammen und atmete wieder normal, obwohl das die pulsende Erregung, die er in seiner Hose zu ignorieren versuchte, nur verstärkte. King Kong ist für deine Sünden gestorben, dachte er, für jede Ablenkung dankbar, also was zum Teufel ist daran so witzig? Plötzlich sah er Fay Wrays zerrissenes Kleid vor sich, als sie mit Bruce Cabot durch den Dschungel rannte, und weiß der Geier, was der fette Gorilla mit ihr angestellt hätte, wenn er auch nur einen Moment lang ohne die ständigen Störungen von Tyrannosauriern und Pterodaktylen mit ihr allein gewesen wäre.
Der Techniker R. N. Jones hatte ein knallrotes Gesicht und glasige Augen, als er ihm meldete: «Nummer dreißig soeben beendet.»
Rhoda lag noch immer mit geschlossenen Augen auf dem Rücken, und endlich schien ihr schöner heller Körper völlig entspannt. Ihre Hand lag auf dem Kontrollhebel, und Ulysses steckte noch zu dreiviertel in ihrer feuchten Möse. Als Dr. Dashwood sie anschaute, krampfhaft bemüht, nicht zu starren, sagte sie leise: «Vaseline.»
«Vaseline?» fragte Dashwood noch mal nach und fuchtelte dabei ungeschickt mit Bleistift und Papier herum. Die Nippel sind fast so groß wie Mandeln, fuhr es ihm durch den Kopf.
«Vaseline», wiederholte sie halb wie in Trance. «Bitte.»
R. N. Jones holte ein Glas und reichte es ihr rüber, wobei seine Augen sich angestrengt auf einen Punkt über ihrem Kopf konzentrierten. Dr. Dashwood konnte eine leichte Ausbeulung in Jones' Hose erkennen.
«Sie, äh, können jetzt gehen», sagte Dr. Dashwood und bemerkte, wie sich seine Stimme bei «jetzt» überschlug.
Rhoda rieb währenddessen Ulysses' Schaft mit Vaseline ein.
«Sind Sie denn gar nicht hungrig?» fragte der Doktor ehrfürchtig.
«Ich glaube doch. Aber die Wissenschaft geht vor», sagte sie mit einem merkwürdig verzerrten Grinsen. Jetzt rieb sie sich das

Rektum mit Vaseline ein. Dr. Dashwood bemerkte nervös, daß ihr rundes Hinterteil genauso süß war wie die Vorderansicht. Nun bohrten sich ihre Finger ins Rektum hinein, tiefer und tiefer, und das Lächeln in ihrem Gesicht nahm etwas von dem seligen Ausdruck eines chinesischen Buddhas an. Offenkundig hatte sie das Verlangen in ihrer Vagina befriedigt (jedenfalls vorübergehend, vermutete Dr. Dashwood), war aber – im Interesse der Wissenschaft, versteht sich – noch immer bereit auszuprobieren, wie viele Orgasmen sie in einer einzigen Sitzung vertragen konnte.
«Vielleicht sollten Sie lieber doch hierbleiben», sagte er schnell zu Jones. «Ich hatte ja ganz vergessen, daß ich noch einen Termin habe.»
Als er Jones seinen Notizblock übergab, sah er, wie Rhoda Ulysses in ihr rosiges Ärschchen stieß. Sie atmete keuchend und massierte mit der anderen Hand ihre Klitoris. Das Hinterteil, das sich in die Höhe reckte, und die Brüste, die nach unten schwangen, weil sie sich in einer knienden Position befand, erschienen ihm als die schönste Anordnung von Kurven, die er je gesehen hatte. Schlagartig wurde er sich der wachsenden Ausbeulung in seiner Hose, die nun auch für Jones erkennbar sein mußte, bewußt.
Aber plötzlich bewegte Rhoda den Hebel so schnell sie nur konnte, und Ulysses bohrte sich mit brutaler Gewalt in sie hinein. «Ja», stöhnte sie, «nimm mich. Du sadistisches Schwein. Du dreckiger verkommener Sexist. Nimm mich, tu mir weh, stoß mich in den Arsch.» Die Bewegung ihrer Hand wurde schneller und krampfhafter.
«Viel Glück», brummte Dashwood Jones überflüssigerweise noch zu und entfloh. Es gab nur eine Lösung, wenn die Dinge sich so zuspitzten.
«Ich nehme mir eine Stunde oder so frei», informierte er kurz seine Sekretärin und schnappte sich seinen Mantel.
Zehn Minuten später war er in seinem Apartment, ein paar Häuserblocks weiter nördlich, und wählte eine Nummer.
«Fifis Massagesalon», meldete sich eine vertraute Stimme.
«Hier spricht Doktor Dashwood», sagte er schnell. «Mein Rücken macht mir wieder zu schaffen. Könnten Sie mir Miss Serpentine für eine Spezialbehandlung rüberschicken?»
«Sie ist in fünf Minuten bei Ihnen, Sir.»

Er legte auf und betrachtete die Wölbung in seiner Hose. Nimm dich zusammen, sagte er sich und entspannte sich langsam. Fünf Minuten wirst du ja wohl warten können.
Er stöberte in seiner Plattensammlung und legte dann *Songs of the Blue Whales* auf den Stereoplattenspieler. Das lenkte ihn immer so schön ab. Dann durchforstete er seine Bücherregale und fand ein Buch über George Dorns filmische Aufarbeitung der dreißiger Jahre. Ziemlich schweres Kaliber. Aber dann explodierte er wenigstens nicht gleich, wenn sie reinkam. Er schlug es aufs Geratewohl auf.

> In Fay Wray jedoch erscheint uns die Weiße Göttin in jungfräulicher Gestalt, während der eifersüchtige Vater hier zum riesigen Affen King Kong wird (der natürlich gleichzeitig, wie Wilson 1970 im *Journal of Human Relations* darlegte, als Symbol für kapitalistischen Wettbewerb wie auch als das «Aufgehoben» des Freudschen Es zu bewerten ist).

Frank Dashwood legte das Buch wieder weg und kniff die Augen zusammen. Also das war ja wirklich seltsam: King Kong fing an, ihn zu verfolgen. Eine derartige Folge von Zufällen ergab doch überhaupt keinen Sinn und verletzte außerdem auch noch die Gesetze der Statistik, auf denen sich sein ganzes wissenschaftliches Verständnis aufbaute. Sie erinnerte ihn an die absurden und okkulten Spekulationen über «bedeutungsvolle Zufälle» von Freuds altem Widersacher C. G. Jung.
Plötzlich kriegte es Dr. Dashwood mit der Angst. Er witterte einen bedeutungsvollen Zufall.
In letzter Zeit waren nämlich an den Außenwänden des Orgasmus-Zentrums, an seinem eigenen Apartmenthaus und an vielen Gebäuden, die er auf dem Weg ins Büro passierte, lauter absurde Graffiti aufgetaucht. All diese Graffiti waren mit «Ezra Pound» unterschrieben – das fiel ihm jetzt erst auf. Es war derselbe Name, den dieser Bursche mit der hohen Piepsstimme von der Fair Play For Finagle Law Group, oder wie das hieß, an jenem Morgen angegeben hatte.
Waren diese Graffiti etwa nur für ihn bestimmt?

Das war Paranoia, klare Sache.
Dr. Dashwood versuchte, sich an die bizarren Botschaften Pounds zu erinnern.
«Altarlicht beim Tod ist die Lösung»; «Weder Tod noch Leben im Halben Haus»; «Reiß dein euliges Haus ab.» Was für ein Kode konnte das sein?
Dr. Dashwood atmete schwer. Das war doch alles Unsinn, er war nur ein bißchen überreizt. Vergiß es.
Es gab natürlich da ein mathematisches System, bei dem eine beliebige Reihe plötzlich durch eine Folge von geordneten Verbindungen unterbrochen wird. Sie hieß Markoff-Kette.
Aber Markoff-Ketten kamen schließlich in reinen Zahlenfolgen, nicht im wirklichen Leben vor.
Oder in Büchern von schlechten Schriftstellern.
Mit Schaudern erinnerte sich Dr. Dashwood plötzlich an die alte Science-fiction-Story von L. Ron Hubbard. Da findet so ein armer Teufel plötzlich heraus, daß er in Wirklichkeit nur im Buch eines schlechten Schriftstellers existiert und daß der Autor fest entschlossen ist, ihn im letzten Kapitel umzulegen.
Er zog das Telegramm aus der Tasche und las es noch einmal:

KING KONG IST FÜR DEINE SÜNDEN GESTORBEN.
EZRA POUND.

Wer zum Teufel war dieser ominöse Pound? Dem Telefon nach zu urteilen hatte er eine ziemlich hohe Stimme, so ähnlich wie Micky Maus oder Charly McCarthy. Und er arbeitete im Auftrag von – was war er noch? – das Fair Play für Geronimo Glop-Komitee? Wer oder was war Geronimo Glop überhaupt – und was hatte er mit King Kong zu tun?
Es klingelte.
Dashwood fragte in die Sprechanlage: «Wer ist da?»
«Tarantella.» Die Stimme war leise und sehr erotisch.
«Kommen Sie rauf», sagte er und betätigte den Summer.
Tarantella Serpentine kam durch die Tür wie die leibhaftige Personifizierung dunkler und wilder Schönheit. Sie war ziemlich groß und erinnerte komischerweise an Racquel Welch und die frühe Jane Russell zugleich, je nachdem, von welchem Blickwinkel man

sie betrachtete. Das lange schwarze Haar hing ihr lose über die Schultern und reichte halb über den Rücken. Sie trug eine rostrote Bauernbluse, unter der die weichen Brüste, von keinem BH gehalten, sich hart gegen den Stoff preßten. Dazu einen engen schenkelkurzen Minirock, der die ganze prachtvolle Länge ihrer Beine freiließ, und schwarze Nylons. Ein wissendes Lächeln spielte um ihre vollen sinnlichen Lippen, die ihn immer an Sophia Loren erinnerten. «War's wieder mal so aufregend im Labor, Daddy?» fragte sie.
«Allerdings, verflucht noch mal», sagte er offen. «Ich kann mich kaum noch beherrschen.»
Sie lächelte noch einladender. «Dann brauchst du wohl die Spezialbehandlung», meinte sie.
«Immer noch fünfundsiebzig Dollar?»
«Für dich ja.» Sie fuhr sich mit der Zunge über die Lippen.
Er hatte schon oft gedacht, daß Tarantella Serpentine wirklich mit ganzem Herzen bei ihrer Arbeit war.
«Gemacht», sagte er. «Himmel noch mal, heute hab ich's wirklich nötig.»
«So angespannt, Baby? So verkrampft?» fragte sie sanft, als sie ihn zum Massagetisch im Schlafzimmer lenkte. «Mach dir keine Sorgen. Mama kriegt das schon wieder hin.»
«Die Leute glauben immer, meine Arbeit wär ein Spaß», beschwerte er sich. «Aber die haben ja keine Ahnung! Zum Beispiel, wie vorsichtig man mit den Testpersonen sein muß. Eine falsche Bewegung, und ich wäre geliefert. Ans Kreuz schlagen würden die mich. Ich würde nie mehr in meinem Beruf arbeiten dürfen. Ich schwöre bei Gott, wenn es dich und Fifis Salon nicht gäbe, ich würde glatt durchdrehen!»
«Armer Mann», sagte sie mitfühlend, als er sich auf den Tisch setzte und sie anfing, ihm den Gürtel aufzuschnallen.
«Wie hieß sie noch – die eine, die dich immer so scharf macht und quält?»
«Rhoda», sagte er stumpf und erinnerte sich wieder.
«Also Liebling, du machst jetzt einfach die Augen zu, und ich bin so lange Rhoda, bis du dich besser fühlst.» Sie zog ihm die Hose aus und fing an, sein Hemd aufzuknöpfen. «Ich bin deine Rhoda und ich kann es nicht ertragen zu wissen, daß ich dich erst aufge-

regt und dann einfach sitzengelassen habe.» Sie zog ihm das Hemd aus und bückte sich, um ihm die Unterhose über die Füße zu streifen.

«Rhoda gibt dir, was du brauchst – deine Spezialbehandlung.» Sie bückte sich wieder, nahm seinen Penis in die Hand und fuhr mit der Zunge blitzschnell über den Schaft. Er wurde augenblicklich steif. «Nun», hauchte sie, «laß die Augen zu, Rhoda holt nur schnell ihre Sachen.»

Frank streckte sich mit geschlossenen Augen auf dem Massagetisch aus und erinnerte sich undeutlich an die mündliche Abschlußprüfung für seinen Ph. D. Das hier ist allerdings eine bessere Art, seine mündliche Prüfung zu machen, dachte er.

Rhoda kam mit einem prickelnden Massageöl zurück. (Rhoda? Nein, Tarantella.) «Jetzt mußt du dich entspannen», sagte sie und verteilte es auf seiner Brust. «Entspann dich einfach und träum von Rhoda – oder was auch immer du träumen willst.» Ihre geschickten Finger schlängelten sich an seinem Körper entlang und entspannten jeden Muskel. Ab und zu schnurrte sie einschmeichelnd: «Viel besser. Gleich fühlst du dich noch *viel* besser.» Eine Hand glitt unter seine Eier und die andere massierte den Schaft seines Penis. «Oh, *so* schnell . . . und er wird *so* groß», summte sie. Dann ein flüchtiger Kuß auf die Spitze des Penis. Die Hände fuhren langsam an seinen Beinen hinab, entspannten sie und massierten den Krampf in seinen Zehen weg. Alle paar Sekunden hauchte sie ihm einen sanften Kuß auf die Schwanzspitze oder fuhr ihm mit der Zunge drüber und murmelte: «Laß dich einfach gehen, träum vor dich hin, jaa, ganz locker und entspannt, ahhh, so groß und rot und hart . . .»

Frank sah vor sich, wie Rhoda sich ACE ins Loch gebohrt hatte, aber jetzt schloß diese Vision, von der Macht der Phantasie beflügelt, auch ihn selber ein. Er stand am Fußende ihres Bettes, und ihr Mund war offen und hungrig. Da hörte Tarantella plötzlich auf und sagte: «Einen Augenblick, gleich geht's weiter.» Sie streichelte ihm mit einem Vibrator über die Stirn. «Entspann all deine verkrampften Gesichtsmuskeln», sagte sie sanft und ließ das penisförmige elektrische Gerät um seinen Mund kreisen, über die Wangen wie ein Barbier, um den Nacken herum und über die Schultern. «Entspann dich noch mehr», sagte sie. «Träum einfach, Baby, träum was. Es gibt keine andere Realität als die Sinne.» Der Vibrator kreiste über seine Brust bis hinunter zum Bauch; er fühlte sich weit weg und hellwach zugleich, das Mädel war wirklich eine Hexe mit dieser Maschine. «Nun mach ihn groß und hart. So groß und hart wie noch nie. Noch größer und härter als letztes Mal, Liebling.» Der Vibrator glitt durch das Schamhaar, umspielte die Peniswurzel und kletterte dann langsam, ganz langsam den Schaft hoch. «Größer, immer größer», flüsterte sie. Es stimmte, er machte die Augen auf, und das war die größte Erektion und die dickste und stärkste, die er je gehabt hatte. *Du bist Petrus der Fels,* dachte er, *und auf diesen Felsen will ich meine Kirche bauen.*

«Und jetzt den Strip», sagte er.

Tarantella bewegte sich ein paar Schritte von ihm weg und schaltete den Vibrator aus. «Jetzt», kündigte sie dramatisch an, «wird Tarantella für dich tanzen. Und in ein paar Minuten machst du deine Augen wieder zu und ich bin wieder Rhoda.»

«Ja», sagte er, «ja.»

Tarantellas Tanz war halb ägyptisch, halb modern und halb Bestandteil ihrer eigenen aufregend erotischen Phantasie. Sie wirbelte umher, ließ ihren Bauch kreisen, zuckte und tänzelte wie ein Reh, posierte wie eine Statue, kam näher und zog sich wieder zurück, und am Schluß knöpfte sie ihre Bluse auf und ließ sie zu Boden fallen. Die straffen vollen Brüste bewegten sich ungehindert und sinnlich beim Atmen – sie stand einfach da, schaute ihm in die Augen und ließ langsam ihre Hüften dazu kreisen, viel erotischer als dieses lächerliche Gestoße. Jetzt tanzte sie weiter. Die Äpfelchen hüpften auf und ab und sein Soldat stand stramm, auch wenn sie sich im Moment gar nicht mit ihm beschäftigte. Langsam ließ sie sich nach hinten fallen, der Minirock rutschte immer weiter noch oben, bis man die ebenholzschwarzen Härchen sehen konnte, die über den Rand des Höschens lugten. Dann sprang sie plötzlich auf, stellte sich über ihn und schüttelte ihren ganzen Körper wie bei einem Austreibungsritual der Voodoo. Die prächtigen Titten schwangen hin und her und kamen immer näher, bis erst die eine und dann auch die andere genau über seinem Penis hingen und leicht gegen seine Spitze schlugen. Als sie wieder aufsprang und davontanzte, fummelte sie sich am Rock

herum, und dann, als sie ihn endlich abschüttelte und ganz still vor ihm stand, mit nichts am Leib als einem rotem Slip und schwarzen durchsichtigen Nylonstrümpfen, wäre er um ein Haar schon durch diese visuelle Stimulation gekommen.
Jetzt kam sie wieder auf ihn zu. Je eine Hand auf die Hüften gestemmt, langsam, langsam, kam mit kreisenden und stoßenden Bewegungen näher, und jede Sekunde rutschte ihr Höschen um den Bruchteil eines Zentimeters weiter nach unten. Als sie nur noch zwei Meter von ihm entfernt und das dicke schwarze Schamhaarbüschel im Ansatz schon deutlich sichtbar war, blieb sie stehen. Die rechte Hand schob sich ins Höschen. Während sie angestrengt versuchte, ihre Augen offenzulassen und ihn krampfhaft anstarrte, brachte sie sich langsam, ganz langsam zum Orgasmus. Er sah, wie sich ihre Augen verengten, kurz bevor die Hüften sich unwillkürlich spannten, und wie Gesicht und Busen vor Schweiß glänzten. Dann waren die Augen wieder da, sie schwankte noch einen Moment, streifte dann das Höschen ab und stand endlich völlig nackt vor ihm.
«Jetzt», stöhnte sie. «Jetzt! Ich bin Rhoda!»
Sie sprang durch den Raum, stürzte sich auf seinen ausgestreckten Körper und nahm seinen Penis bis zur Wurzel in den Mund.
Frank schloß wieder die Augen. Er stellte sich Rhoda vor, während der feuchte heiße Mund mit seinem Schaft spielte, die Zunge in quälenden Kreisen die Spitze liebkoste und kleine Seufzer animalischer Lust aus ihrer Kehle kamen. Langsam hob sie den Kopf, langsam rutschte der Penis aus ihrem Mund und nur die Zunge hielt ihn noch, bewegte sich auf und ab, kreiste, fuhr spielerisch den Penis herunter bis zu den Eiern, wieder hinauf zur Spitze, und der ganze Mund schloß sich um ihn. Sie war eine Künstlerin, die Hände schienen überall zugleich zu sein, erst hier, dann da, schoben sich unter seinen Arsch und hievten die Hüften aufwärts, bis er realisierte, daß er ihren Mund fickte. Das war nämlich eine der größten Wonnen in der Primatensexualität. Dashwood stöhnte wie ein brünstiger Berggorilla.
«Jetzt», keuchte er erstickt.
Sie schob sich über ihn, bis ihre Brüste plötzlich über seinem Mund baumelten, ließ sich langsam auf ihn herunter und lenkte seinen Schwanz in sich hinein.

«Den Vibrator!» rief er plötzlich. «Gib mir den Vibrator.»
Sie langte neben den Tisch und fand das Instrument. «Jessas ja», rief sie, «schieb ihn rein.» Er schob ihn über ihr Ärschchen, während sie sich fauchend und stöhnend wie eine läufige Pantherkatze auf ihm bewegte, und fand die Analöffnung. Langsam und vorsichtig stieß er den Vibrator hinein, erst ein Sechstel Zentimeter, dann ein Viertel, jetzt einen halben. Ihre Möse wurde heißer und er merkte, daß sie jeden Moment kommen würde. Schnell rammte er ihr den Vibrator bis zum Anschlag in den Arsch, und während sie auf ihm auf und ab hüpfte und mit leidenschaftlichem vaginalen Griff seinen Schwanz umklammerte, bäumte er sich plötzlich auf, es fühlte sich an als ob sein glühender Schwanz mit seiner Länge und Härte bis in ihre Bauchhöhle reichte, als er wieder und wieder spritzte . . . und für ein paar Sekunden das Bewußtsein verlor.
Als er wieder zu sich kam, war er ein völlig glücklicher Primat mit glühenden Neuronen. Sie lag über ihm ausgebreitet, schlaff und schweißgebadet. Sie grinste verzerrt und sagte: «Das macht fünfundsiebzig Dollar, Liebling – aber wenn du noch mehr so gute Ideen hast wie die letzte, werde ich *dich* das nächste Mal bezahlen.»
Als sie beim Anziehen waren, klingelte es.
«Ich geh schon», sagte Frank. Er fühlte sich wieder frisch, jung und dynamisch.
Es war ein Postbote mit einem Eilbrief für Doktor Francis Dashwood. Viel zu glücklich, um sich an die merkwürdigen Vorfälle vor Tarantellas barmherzigen Diensten zu erinnern, riß Frank den Umschlag auf. Es war eine Karte von Fernando Poo aus dem Weltatlas der *Encyclopedia Britannica*. Auf den Rand hatte einer gekritzelt:

Vierzehnhundertzweiundsiebzig
Fernando Poo entdeckt Fernando Poo
Ezra Pound

Washy

30. NOVEMBER 1983:

Auch über den vermißten George Washington Carter Bridge, den ersten Wissenschaftler, der nach seiner Entlassung aus der Regierung wie vom Erdboden verschluckt war, hatte der N.B.I. ein Dossier.

Ubu kannte sämtliche Fakten über Dr. Bridge, die je gespeichert worden waren. Er wußte beispielsweise, daß Bridge am 16. Juni 1953 in Bad Ass, Texas, geboren wurde und damals neun Pfund und achtzig Gramm gewogen hatte. Er wußte auch, daß Bridges Social Security-Nummer 121-23-1723 und seine GWB-Nummer 345-363-5693 war. Er kannte seine sexuelle Vorliebe für hellhäutige farbige oder orientalische Frauen mit Hochschulabschluß, die schwarze Spitzen-BHs trugen, wenn er sie fickte. Er wußte, daß Bridge einen BA für Schwarze Studien und einen MS für Soziobiologie von der Miskatonic University und einen Ph. D. für Primatologie von der Ingolstädter Universität hatte. Er wußte, daß Bridge dreimal getauft worden war: einmal im Alter von zwei Jahren von den Afro-Methodisten durch vollständiges Untertauchen, dann noch mal mit vierzehn von der römisch-katholischen Kirche durch Anfeuchten einer Augenbraue und schließlich mit siebzehn vom Ku-Klux-Klan mit einem Eimer Kuhscheiße. Er wußte, daß Dr. Bridge Bad Ass einen Monat später verlassen und nie wieder einen Fuß in seine Heimatstadt gesetzt hatte. Er wußte, daß Dr. Bridge in Arkham, Massachusetts, New York City, Los Angeles, Ingolstadt, Bayern, dem transsylvanischen Teil von Ungarn, Washington D.C., und Berkeley studiert oder gearbeitet hatte.

Er wußte, daß ein Psychiater der Regierung, der mit Ausnahme von extrem auffallenden Schizophrenikern alle seine Patienten gleich beurteilte, Dr. Bridge als «normal, aber mit unterdrückten homosexuellen Neigungen» eingestuft hatte. Er wußte, daß Dr. Bridge während seiner Arbeit beim Projekt Zyklop einer Sicherheitsüberprüfung unterzogen worden war, und daß er auf einer Washingtoner Party einmal geäußert hatte, daß er den damals amtierenden Präsidenten Gerald Ford für ein Arschloch hielte.

Er wußte, daß Dr. Bridges Studienkommilitonen an der Miskatonic ihn «Washy» genannt hatten.
Und so wußte er noch ein paar tausend ähnliche Kleinigkeiten, von denen keine einzige ihm Aufschluß darüber geben konnte, warum Dr. Bridge als einer der ersten in einer ganzen Prozession von ähnlich Untergetauchten verschwunden war. Mittlerweile waren es einhundertsiebenundsechzig.
«Ich wußte ja, daß dieser Fall ein Hammer ist», seufzte er, als er sich wieder einmal die Daten anschaute.
Die einzige Begebenheit, die über Dr. Bridge nicht gespeichert und gleichzeitig der Schlüssel zu seinem späteren Verhalten war, war die Tatsache, daß er am 23. November 1971 auf das berüchtigte *Necronomicon* von Abdul Alhazred gestoßen war, und zwar in der deutschen Übertragung durch von Junzt (*Das verrückte Araberbuch*, Ingolstadt 1848).
Bridge, damals noch nicht Doktor Bridge, sondern einfach Washy, war von der Bibliothekarin der Miskatonic, Miss Doris Horus, auf diesen sonderbaren Wälzer aufmerksam gemacht worden, weil sie wußte, daß er seine Schwarzen Studien ernst nahm. Und es gab da einen Satz im *Verrückten Araberbuch*, der Dr. Bridge den Kopf verdrehte.
Dieser Satz lautete:

Gestorben ist nicht, was für ewig ruht, und mit unbekannten Äonen mag sogar der Tod noch sterben.

H.O.M.E.S. auf Lagrange

GALAKTISCHE ARCHIVE:
Die erste Idee für L5-Raumstädte kam im Jahre 1968 von Professor Gerard O'Neill und einer Gruppe seiner Studenten aus Princeton. Sein Vorschlag war so radikal, daß es fünf Jahre dauerte, bis er zum erstenmal gedruckt wurde: 1973 in *Physics Today*.
Professor O'Neill hatte seinen Studenten eine simple, aber grund-

sätzliche Frage gestellt – eine, die unausweichlich auf jedem Planeten auftaucht, der sich über den Aufstieg-Niedergang-Kreislauf eines Lebens auf der Planetenoberfläche hinausentwickelt. O'Neill fragte:

Ist die Oberfläche eines Planeten der geeignete Ort für eine expandierende technologische Zivilisation?

Wenn man diese Frage erst einmal stellte, war die korrekte Antwort natürlich unausweichlich.
Zu den Symptomen, die dafür sprachen, das Geschlossene System planetarischer Industrie in ein Offenes System planetarischer und außerplanetarischer Industrie umzuwandeln, gehörten:

die rapide Erschöpfung fossiler Energiequellen auf Terra, die zu einer verzweifelten Suche nach neuen Energiequellen führte;
die buchstäblich grenzenlos vorhandene Sonnenenergie im Weltraum;
die Bevölkerungsexplosion und die steigende Langlebigkeitswelle, die unausweichlich eine neue Phase des Ausschwärmens erforderten;
wachsende Umweltverschmutzung und ökologisches Ungleichgewicht als Folge des Bestrebens, Energie aus irdischen Quellen für diese wachsende Primatenbevölkerung zu gewinnen;
die Revolution der gesteigerten Erwartungen – ein soziologisches Phänomen, das aus den wissenschaftlichen und technologischen Fortschritten der letzten zwei Jahrhunderte resultierte und die Mehrheit der Primaten zu der Überzeugung bekehrte, daß sie ein Recht auf einen anständigen Lebensstandard hatte;
der Zusammenbruch der Revolution der gedämpften Erwartungen, nachdem die schlaueren Primaten von Terra erkannt hatten, daß gedämpfte Erwartungen für die Mehrheit des Planeten den reinen Hungertod bedeutete;
das Hungerprojekt, das von einem Schaltkreis-Fünf-Primaten namens Erhard ins Leben gerufen worden war,

der die Menschen zu der Hoffnung ermutigte, daß Hungersnöte ein für allemal abgeschafft werden könnten;
der anhaltende Einfluß eines Schaltkreis-Sechs-Primaten namens R. Buckminster (Bucky) Fuller, der hartnäckig darauf beharrte, daß das Primatengehirn für «totalen Erfolg im Universum» geschaffen war;
und schließlich das Debakel um die Atomkraftwerke auf der Oberfläche von Terra, die pausenlos große Verwüstungen in ihrer Umgebung anrichteten und schließlich einige der Primaten dazu brachten, sich an den Sciencefiction-Schriftsteller Robert Anson Heinlein zu erinnern, der schon in den vierziger Jahren all das vorausgesehen und in seiner Story *Blow-ups Happen* die Lösung gleich mitgeliefert hatte: nämlich die Atomkraftwerke in den Weltraum zu verlagern.

Um 1984 war ein Drittel der Industrieanlagen von Terra, wie O'Neill es prophezeit hatte, in die L5-Gegend verlegt worden – Lagrange Punkt Fünf, wo die Schwerkraftfelder von Erde und Mond im Gleichgewicht sind. Die Kolonialisten hatten sogar einen eigenen Song, den ein anderer Science-fiction-Schreiber in einem Buch mit dem Titel *Das Universum nebenan* erfunden hatte. Der Song hieß «H.O.M.E.S. auf Lagrange».
H.O.M.E. stand für High Orbital Mini Earths (Minierden auf der Umlaufbahn) und war eine Erfindung des Neurologen Dr. Timothy Leary.

Ein Besucher aus dem Märchenland

«Partizipation» ist unbestritten das neue Konzept der Quantenmechaniker. Es bringt den alten Terminus «Beobachter» der klassischen Theorie zu Fall, also den Wissenschaftler, der sicher hinter einer dicken Glasscheibe steht und unbeteiligt beobachtet, was passiert. So geht's nicht, meinen die Quantenmechaniker.

Wheeler, Misner und Thorne, *Gravitation*

1. MAI 1934:

«Sie nennen es Liberalismus und Sozialismus, diese Schweine, aber in Wirklichkeit ist das nichts anderes als ihre Version von Straßenräuberei. Sie sind schon verdammt lange hinter mir her, genauso wie hinter Henry Ford und jedem anderen einigermaßen Unabhängigen in diesem Land. Merk dir das, mein Sohn, vergiß nicht, was dein Vater dir sagt. Der Crane-Besitz ist ein Vermögen wert und sie werden versuchen, ihn dir wegzunehmen. Sie versuchen es ja jetzt schon, ihn mir wegzunehmen. Ich habe jeden Penny davon auf ehrliche Weise verdient, als ich ORGASMOR erfand, und ich habe keineswegs die Absicht, zuzulassen, daß sie es uns wegnehmen, weder dir noch mir. Mach dir nur mal klar, warum alle Bankiers Rosenfelt-Liberale sind, mein Junge, und erinnere dich daran, wer deine Feinde sind. Glaub bloß nicht, daß es diese idiotischen Sozialisten sind oder diese anderen Verrückten wie Townsend mit seinen dreißig Dollar jeden Donnerstag. Es sind diese Judenbankiers, die sich die Rosinen aus dem Kuchen picken wollen. Rosenfelt ist nur ihre Marionette.»

Das war der alte Crane, Tom Crane, der Mann, der ORGASMOR erfunden hatte. Er erteilte hier gerade im Central Park, wo die kleinen Vöglein sangen, seinem Sohn eine Lektion. Tom Crane hatte eigentlich mehr von einem Dinosaurier als von einem Primaten; er war ein zähes unsentimentales Reptil, dessen ganzer Reichtum schlicht auf Betrug basierte. Selbstverständlich hütete er sich davor, in seinen Anzeigen ausdrücklich zu behaupten, daß ORGASMOR die Orgasmusfähigkeit steigerte – er sagte nur, daß es «angenehm verführerisch» sei und «stimulierend auf alle Körperzellen und -gewebe» wirke. Die FDA konnte ihm nie nachweisen, daß seine Leute diesen verbreiteten Mythos in die Öffentlichkeit lanciert hatten, indem sie einem Produkt, das sich in seiner chemischen Zusammensetzung nicht allzusehr von Coca-Cola unterschied, einfach Schmiermittel zugesetzt hatten. Aber wenn man das Gesetz streng auslegen wollte, mußte man sagen, daß Crane seine Kunden definitiv hinters Licht führte.

«Schließlich hat es bisher noch niemand *vergiftet*», pflegte Crane auf solche Haarspaltereien zu antworten.

Tatsächlich folgte Hugh Crane, der 1934 erst zehn war und zwölf werden mußte, ehe er entdeckte, daß die richtige Schreibweise des Präsidentennamens Roosevelt war, den weitschweifigen Belehrungen seines Vaters nur teilweise. Er hatte das alles schon tausendmal gehört und außerdem war der Mysteriöse Tramp viel interessanter.

Der Mysteriöse Tramp, vermutlich ein Besucher aus dem Märchenland, hielt jeden an, der vorbeikam, und stellte ihm eine Frage. Aber jeder schüttelte den Kopf und machte, daß er weiterkam. Das verblüffte den kleinen Hugh: wenn die Antwort immer negativ ausfiel, warum hörte der Tramp dann nicht auf zu fragen? Glaubte er den Leuten etwa nicht? Bot er ihnen vielleicht die Chance, die Grenze zum magischen Reich zu überschreiten und sie waren alle zu feige, um es zu versuchen?

«Siehst du, mein Junge, Rosenfelt und die Rhodes-Schüler haben den Kuchen längst unter sich aufgeteilt und so Leute wie uns müssen sie einfach loswerden . . .» Tom Crane rasselte immer noch seine alte paranoide Leier runter, und plötzlich standen sie genau vor dem Tramp. Hugh spitzte die Ohren, um die Geheimnisvolle Frage aufzuschnappen.

«He, Mister, ham Se wohl mal'n Groschen übrich, hab seit drei Tagen nix im Magen, Mister, he, Sie, Mister . . .»

«Suchen Sie sich lieber Arbeit», sagte der alte Crane und legte einen Schritt zu. «Siehst du, mein Junge, das ist die Sorte Nichtsnutze, die unser Land kaputtmachen . . .»

Aber der Junge, der eines Tages Cagliostro, der Entfesselungskünstler werden sollte, schaute zurück und sah, wie der Mysteriöse Tramp ganz langsam zu Boden fiel; wie ein Baum, den der Verwalter des Craneschen Landsitzes draußen auf Long Island gefällt hatte, bewegte sich der Tramp nicht mehr, kein bißchen, und er schien sogar steif zu werden, wie der Baum, nur schneller.

Arbeitslosigkeit wurde im Finsteren Zeitalter damals (vor Hubbard) als *Krankheit* angesehen. Leute, die sie hatten, mußte man meiden, denn häufig war sie ansteckend, besonders in den Dreißigern.

Niemand erkannte, daß Arbeitslosigkeit keine «Krankheit», sondern eine natürliche Folge hochentwickelter Technologie war. Zwischen den ersten zaghaften Versuchen Roosevelts II., das «Problem der Arbeitslosigkeit» in den Griff zu bekommen, und dem Aufschwung der R.I.C.H.-Wirtschaft hatte die Gesellschaft von Unistat mühsam und zähneknirschend eingesehen, daß ein gewisses Ausmaß dieser Krankheit unabänderlich zu sein schien.

Hubbard hielt Arbeitslosigkeit in einer hochentwickelten technologischen Gesellschaft jedoch für *die* Gelegenheit, die den Primaten von Terra endlich ermöglichen würde, Domestizierung und Sklavenmentalität zu überwinden.

Spock? Spock? Spock?

23. DEZEMBER 1983:

Während sich Dr. Dashwood in San Francisco den Kopf über den ominösen Ezra Pound zerbrach und Mary Margaret Wildeblood sich in New York auf ihre Party vorbereitete, schlug sich in der *Pussycat*-Redaktion von Chicago ein schwarzer Riese namens «Rosey» Stuart mit einem Urlaubsantrag herum.

«Das ist wirklich der Gipfel an Idiotie», beschimpfte er seine Sekretärin. «Scheint fast, als ob das ein Computer mit Nervenzusammenbruch verzapft hätte. Hören Sie sich diesen Quatsch an: Ein halber Mann-Tag ist nicht gleichzusetzen mit einem halben Tag, es sei denn der Mann befindet sich tatsächlich den ganzen Tag im Büro oder die Hälfte eines vollen Tages, je nachdem. (Dies gilt auch für weibliche Angestellte.) Was zum Kuckuck soll das bedeuten?»

«Soll ich beim Personalbüro anrufen und jemand bitten, es Ihnen zu erläutern?» fragte die Sekretärin Marlene Murphy, eine freche kleine Rothaarige, die weder anständig maschinenschreiben noch Diktate aufnehmen konnte und ihren Job nur deshalb behielt, weil sie so gut zum Image von *Pussycat* paßte.
«Außerdem widerspricht es dem Formular von letzter Woche», brummte Stuart weiter.
«Das war ja auch ein Irrtum», erklärte Marlene geduldig. «Irgendein Irrer ist hier nachts eingedrungen und hat es auf dem Fotokopierer vervielfältigt. Sollte wohl so eine Art Privatwitz sein.»
«Lieber Himmel», nörgelte Stuart und imitierte dabei Elmer Fudd, «jedenfalls hatte es bedeutend mehr Sinn als das hier.»
Marlene zuckte mitfühlend die Achseln. «Aber mit dem hier müssen wir nun mal leben.»
Stuart schüttelte müde den Kopf. «Was ist das bloß für eine Welt, in der die Realität verrückter ist als die Satire?»
Darauf erhielt er keine eindeutige Antwort. «Wollen Sie, daß ich im Personalbüro anrufe?» fragte Marlene noch einmal.
«Himmel nein!» explodierte Stuart. «Bringen Sie diese Lahmärsche bloß nicht auch noch ins Spiel. Tragen Sie mich einfach für die ersten drei Juliwochen ein, und wenn sie sagen, das geht nicht, dann gehe ich eben zu Sput.»
Stan Sput war der Begründer des *Pussycat*-Empires und arbeitete nicht nur als Verantwortlicher Redakteur und Verleger, sondern legte stets Wert darauf, das *Pussycat*-Image in seinen öffentlichen, vielbeachteten Auftritten zur Schau zu stellen.
Stuart zerknüllte den Urlaubsantrag und warf ihn in den Papierkorb.
«Was liegt denn jetzt an?»
«Dr. Dashwood. Wegen des Interviews.»
«O ja», sagte Stuart und drehte sich mit seinem Stuhl, um aus dem Fenster zu gucken. «Rufen Sie seine Sekretärin an und fragen Sie, ob er zu sprechen ist.»
Während Marlene zu ihrem Schreibtisch im Vorzimmer zurückkehrte, schaute Stuart über Chicago und dachte über seinen raschen Aufstieg bei *Pussycat* nach. In Chicagos Southside-Ghetto geboren – sein richtiger Name war Franklin Delano Roosevelt –,

war er zunächst dem üblichen verbrecherischen Lebensskript verarmter Alpha-Männchen gefolgt. Aber während seiner zweiten Haftstrafe hatte er einen äußerst seltsamen Zellengenossen gehabt – einen selbsternannten Sufi und Meister aller Spielarten persischer Magie. Bei seiner Entlassung war «Rosey» Stuart überzeugt, daß nichts ihn aufhalten konnte; also besorgte er sich in Rekordzeit einen akademischen Grad in Literatur von Harvard und begann seinen großen Roman über die Erfahrungen der Schwarzen in Amerika.

Etwa um diese Zeit waren Rassismus und Armut so gut wie abgeschafft, und einen Erstlingsroman unter die Leute zu bringen, erwies sich als schwieriger als je zuvor. Stuart hatte sich fünf Jahre bei *Pussycat* abgerackert und immer noch nicht die Hoffnung aufgegeben, daß er ihnen eines Tages seinen Roman über ein paralleles Universum andrehen könnte, wo Rassismus noch existiert und ein übler Schwarzer Magier das Land beherrscht, indem er mit dämonischen Kräften den Körper des Weißen Präsidenten besetzt.

Letztes Jahr hatte sich die Redaktion von *Pussycat* plötzlich vervierfacht. Sput Sputnik hatte allmählich die Nase voll von immer mehr Imitationen seines Illustrierten Phantasiebuches für Onanierer. Er hatte alle Redakteure der Konkurrenzblätter mit einer saftigen Gehaltserhöhung zum Überlaufen angestiftet.

Plötzlich hatte *Pussycat* also sechs Chefredakteure, zwölf hauptamtliche Redakteure, vierundzwanzig freie Redakteure und dreißig Redakteursanwärter. Die anderen Verleger mußten plötzlich ohne ihren Stab Erscheinungstermine einhalten. Zwei gingen pleite, einer beging Selbstmord und die anderen brauchten ein Jahr, bis sie sich wieder gefangen hatten.

«Geschäft ist Geschäft», sagte Sput immer. Es sah sich gern als eine Mischung aus zähem, mit allen Wassern gewaschenen Geschäftsmann und führendem Philosophen des 20. Jahrhunderts zugleich, als Supermann aller zärtlichen Mädchenträume, als Held der freien Presse, als Feind aller Bigotterie und Intoleranz und als den nicht anerkannten Meisterpsychologen aller Zeiten. Wenn er gewußt hätte, daß es so was wie einen Weltmeister im Pfannkuchenessen gibt, hätte er wahrscheinlich nach dessen Titel geschielt. Er hielt sich für einen Verfechter der Renaissance.

Obwohl Stuart sich trotz dieser Konkurrenz vom Lehrling zum Chefredakteur hochgedient hatte, kannte er Sput kaum. Sput ließ sich nämlich in den Büros nie blicken und zog es vor, seine Arbeit in seinem Haus auf Manhattan zu erledigen. Stuart sah ihn nur bei den seltenen Gelegenheiten, wenn er zu einer Konferenz nach New York zitiert wurde.
Diese Konferenzen gingen ihm übrigens allmählich auf den Wecker. Wie gewisse Filmschauspieler, die einfach spielen *müssen*, auch wenn weit und breit keine Kamera zu sehen ist, war Sput wild entschlossen, nicht nur seine Redakteure zu beeindrucken, sondern gleich die ganze Welt zu erobern. Seit Jahren bestand er darauf, während der Konferenzen Schach zu spielen. Zu diesem Zweck hielt er sich einen heruntergekommenen Großmeister als harten Gegner, aber da der Großmeister ziemlich genau wußte, was gespielt wurde, gewann Sput jedes Spiel. Die Idee hatte er aus einem recht mittelmäßigen Roman über Napoleon, in dem ein korsischer Soziopath als Meister des Schachspiels dargestellt wurde, der im Verlauf eines Spieles mit seinen Generälen über Militärstrategie und mit seinen Richtern über den Napoleonischen Gesetzeskodex diskutierte.
Vor kurzem hatte Sput einen Roman über Nero in die Finger gekriegt. Das Resultat war noch beunruhigender, als wenn man ihn ansprach, wenn er gerade damit beschäftigt war, einer offensichtlichen Arche Noah-Falle auszuweichen. Er saß hinter seinem Schreibtisch und ließ sich gerade gemütlich einen abkauen, als Stuart ihn das letzte Mal besuchte. Es war zum Verrücktwerden.
«Sie wollen mit mir über die nächsten sechs Interviewpartner sprechen?» fragte Stuart. Er nahm Platz und bemerkte, daß die erotische Technokratin, die da vor dem Großen Mann auf den Knien lag, eine der letzten Pussyettes zum Aufklappen gewesen war. Sie war sogar die erste, von der nicht die übliche Aufnahme mit Spreize erschienen war (die waren ja mittlerweile nichts Besonderes mehr, weder bei *Pussycat* noch bei ihren Nachahmern), sondern eine geile Muschi aus flachem Winkel, bei der sich die Schamlippen ganz deutlich unter den Schamhaaren hervor*wölbten*. Stuart war neugierig, wie der Fotograf diesen Effekt hingekriegt hatte, und fragte ihn: «Hast du etwa erst an ihr rumgefummelt, eh du losgeschossen hast?»

«Ach was», antwortete der lakonisch, «das haben wir auch probiert, aber die Lippen kamen immer noch nicht gut genug raus. Schließlich habe ich ihr die Spalte mit meinem gesamten Haschischvorrat vollgestopft.»
«Jessas!» Stuart war ganz weg und fiel, ohne es zu merken, in seinen alten Texas-Slang zurück.
«Deshalb hat sie auch diesen entrückten Blick drauf. Sie war völlig daneben, ehe wir endlich alles wieder raus hatten. Ich wette, du hattest keine Ahnung, daß man auch auf diese Tour high werden kann.»
«Ich frag mich bloß, was passiert wär, wenn man sie gleich danach gebumst hätte», meinte Stuart nachdenklich.
«Keine Ahnung», seufzte der Fotograf. «Sput hat sie mit Beschlag belegt, sobald er die ersten Probeaufnahmen sah.»
Und da kniete sie nun, nackt, glänzend vor Öl (hatte Sput in dem Nero-Buch gelesen) und leckte sorgfältig seinen Pimmel auf und ab, während er den Supercoolen spielte und die Interviewliste überflog.
«Präsident Hubbard will ich nicht», sagte er. «Sie ist zu widersprüchlich.»
«Verdammt noch eins, Sput, das sollen unsere Interviews ja auch sein!» Stuart erinnerte sich, daß er das scheinbar auf jeder dieser Konferenzen wiederholen mußte.
«Nicht *so* widersprüchlich», antwortete Sput. «Die Intellektuellen* können sie nicht ausstehen, weil sie Wissenschaftlerin ist. Was noch . .. ah, da haben wir Jane Fonda und Timothy Leary, die sind gut. Aber, lieber Himmel, Robert Anton Wilson, um Gottes willen, dieser verfluchte *Science-fiction-Schreiber*!»
«Wir haben schließlich auch Vonnegut interviewt», sagte Stuart und beobachtete, wie der Kopf der Dame rhythmisch Sputs Schwanz entlangfuhr.
«Ja, aber das ist ja auch ernsthafte Literatur. Das ist ganz was anderes», sagte Sput und atmete ein bißchen schwerer. «Außer-

* *Terranische Archive 2803:* Zur Zeit unserer Komödie bildeten diejenigen Primaten, die sich auf die Verbalmanipulation des dritten Schaltkreises spezialisiert hatten, einen Genpool, der sich von dem der mathematischen Manipulationsspezialisten unterschied. Die, die das verbale Environment kontrollierten, nannten sich «Intellektuelle».

dem ist es schließlich kein Geheimnis, daß *Das Universum nebenan* die Leute aufwiegelt und dazu verführt, Buddhisten oder Nudisten oder so was zu werden. So was können wir nun mal nicht brauchen, das bringt nur Ärger. Und ein Science-fiction-Schreiber in fünf Jahren ist ja auch genug. (Langsamer, Süße, langsam –) Wie ich sehe, haben Sie den Generalstaatsanwalt noch nicht auf der Liste.»
«Das ist genau das gleiche Spiel wie jedesmal», erklärte Stuart und bemerkte aus dem Augenwinkel, wie die Hand des Mädchens ihren Bauch entlang zwischen ihre Schenkel glitt. «Sie will uns einfach kein Interview geben. Sie hält uns eben immer noch für Schmutz und Schund.»
«Verdammt noch mal, wir gehen nie unter den üblichen Gesellschaftsstandard», protestierte Sput beleidigt. «Diese alte Schachtel ist ja hysterisch.»
«Tja, hysterisch oder nicht, jedenfalls gibt sie uns kein Interview.»
«Faschistische reaktionäre alte Hexe», tobte Sput. «Eines Tages werde ich –» Plötzlich hellte sich seine Miene auf. «Hör mal, meine Süße», sagte er zu der Kleinen, die zu seinen Füßen kniete. «Du bist der Generalstaatsanwalt – also leg los wie ein *Staubsauger*, verflucht noch mal!» Der Kopf der Kleinen hüpfte schneller auf und ab, während Sput sich zufrieden lächelnd in den Sessel zurücklehnte.
«Reaktionäre WASP-Schachtel», grunzte er. «So ist's gut, so ist's gut, da hast du's, du verdammter Gegner des Ersten Verfassungszusatzes!»
«Eh – Dr. Francis Dashwood», schlug Stuart vor.
«Sehr gut, *sehr* gut.» Sput hielt den Atem an, als hätte er die Lunge voller Marihuanarauch. «Du Gestapo-Schwein!» beschimpfte er die Kleine zu seinen Füßen.
«Wie wär's mit Jackie Kennedy-Onassis?»
«Yeah, yeah, Klasse», meinte Sput vage. Er fing ein bißchen an zu zittern. «Wen haben Sie noch?» flüsterte er.
«Dr. Spock.»
«Spock?» fragte Sput. Dann wiederholte er schrill: «Spock! Spock!????» Er kommt jeden Augenblick, dachte Stuart. Das Ganze war ihm ziemlich peinlich. «Schluck's runter, du Abhörfreak!»

Rückblickend dachte Stuart, es sei eine reichlich konfuse Konferenz gewesen.
Seine Sekretärin erschien in der Tür. «Ich habe Dr. Dashwood erreicht», sagte sie. «Er ist zu Hause. Ich habe ihn in der Leitung.»
Stuart nahm den Hörer ab und sagte: «Ah, guten Tag, Dr. Dashwood. Es ist mir eine große Freude, mit Ihnen zu sprechen.»
«Ist das auch wahr?» antwortete eine gepreßte Stimme am anderen Ende. «Haben Sie auch wirklich nichts mit diesem Poof oder Foof zu tun?»
Stuart war wie vor den Kopf geschlagen. Konnte es möglich sein, daß der Direktor der bekanntesten Sexualforschungsorganisation von ganz Amerika ein paranoider Verrückter war? «Spreche ich mit Dr. Francis Dashwood?» fragte er vorsichtig.
«Ja, ja, natürlich – aber wie soll ich wissen, mit wem ich spreche?»
«Tja», sagte Stuart. «Wenn Sie Zweifel haben, dann rufen Sie mich doch zurück. Rufen Sie die Auskunft an, lassen Sie sich die Nummer geben und dann von der Zentrale mit mir verbinden. Das sollte Sie doch wohl überzeugen.»
«Genau das werde ich tun», sagte der Doktor. «Es sind nämlich jede Menge verdammt merkwürdiger Dinge heute passiert. Ich will nur sicher sein, daß Sie nicht zur Kohorte von diesem Ezra Pound gehören.» Er legte abrupt auf.
Ezra Pound, dachte Stuart betäubt. Der Doktor glaubt tatsächlich, daß ein toter Dichter und Volkssänger hinter ihm her ist.
Ein Irrer reinsten Wassers! Ein echter wahnsinniger Wissenschaftler!
Offenkundig würde diese Angelegenheit größte Sorgfalt erfordern. Man konnte schließlich Dashwood nicht einfach abschreiben, nur weil er ein bißchen überkandidelt war, dazu war er viel zu bekannt. Das Interview würde stattfinden, aber man mußte Dashwood mit Glacéhandschuhen anfassen.
Das Telefon klingelte, und er hob ab.
Dr. Dashwood ist wieder in der Leitung», sagte seine Sekretärin.
«Stellen Sie ihn durch.» Er wartete und sagte dann: «Dr. Dashwood?»
«Nun, ich nehme an, Sie sind es wirklich», sagte die Stimme am anderen Ende. «Bitte entschuldigen Sie. Ein Mann in meiner

Position ... mit all den Schizophrenikern und Irren, die frei herumlaufen ...»
«Aber ja, ich verstehe Sie vollkommen», sagte Stuart und verdrehte die Augen zum Himmel. «Dichter haben ja schon immer Ressentiments gehegt ...» Er hatte keinen Zweifel mehr: der gute Doktor war so durchgedreht wie eine Tanzmaus.

«Sheets» Kelly: Kunst als Rebellion

Er bellt nicht wie ein Hund, und er kennt die Geheimnisse der Tiefe.

Gérard de Nerval, auf die Frage, warum er sich einen Hummer als Haustier hielt.

In Wirklichkeit litt Dr. Dashwood an einem akuten Anfall von Chaneyitis.
Chaneyitis konnte jeden treffen, der irgendwas mit Verwaltung, Gesellschaften, Bürokratien, Computern, Diagrammen, Statistiken oder komplizierten Datenverarbeitungssystemen zu tun hatte. Die Symptome ähnelten der einer paranoiden Schizophrenie: wachsende Desorientierung, zunehmende Verwirrung und Abwesenheit, extravagante metaphysische Theorien als Erklärung für die merkwürdigen Wahrnehmungen, die das Nervensystem überschwemmten, und schließlich die Tendenz, irgendeine allumfassende Weltverschwörung dafür verantwortlich zu machen.
Die Chaneyitis wurde von einem Biot – einer biologischen Einheit – namens Markoff Chaney verbreitet, der übrigens nicht mit den berühmten Chaneys aus Hollywood verwandt war.
Markoff Chaney war ein Midget, ein Zwerg also, und hatte drei große Leidenschaften im Leben: erstens, Haß, Ekel, Wut und Verachtung für das mathematische Konzept, zweitens, Haß, Ekel, Wut, Verachtung und Hang zu Gewalt, was das Konzept des Überdurchschnittlichen anging, und drittens, Haß, Ekel, Wut, Verachtung, Hang zu Gewalt und Mordlust, wenn er mit dem

abstrakten, fast bedeutungslosen, semantisch naiven, chauvinistischen und voreingenommenen mathematischen Konzept des *Unterdurchschnittlichen* konfrontiert wurde.

Chaney war eine Ein-Mann-Revolution: wandelnde Entropie. Er war ausgezogen, um jede Primateninstitution, die damit zu tun hatte, die Lüge der Normalität oder den Mythos des Abweichlers zu verfestigen, in Schutt und Asche zu legen.

«Das Normale ist das, was keiner ganz ist», war sein Slogan. Den schrieb er überall hin, von Männerklotüren und Rückseiten von Dollarscheinen bis zu allen möglichen anderen Orten, wo er ein breites Publikum erreichen konnte.

Normalerweise schrieb er auch noch seinen zweiten Slogan «Schafft den Formatismus ab» dazu.

Chaney hatte bei Professor Edward Estlin «Sheets» Kelly am Antioch College «Textanalysen Moderner Dichtung» gehört. Er hatte gut aufgepaßt, denn Dichter waren ja nun ganz bestimmt Abweichler der domestizierten Primatengesellschaft. Chaney versuchte immer etwas zu lernen, sei es von Homosexuellen, Genies, Krüppeln, Sciene-fiction-Schriftstellern, Schizophrenen oder anderen, die außerhalb des Massen-Kasten-Systems existierten und spitz gekriegt hatten, wie man sich auf unkonventionelle Weise durchmogelt. Dichter waren die Monster unter den Dissidenten, und er war sicher, daß er was von ihnen lernen konnte, wenn er nur hart genug arbeitete.

Chaney lernte was, das stand fest, aber nicht gerade das, was die meisten Dichter bewußt auszudrücken versuchen. Er lernte, daß der dritte Schaltkreis des Hominiden-Gehirns – der semantische Schaltkreis also – leicht in einen der sieben Typen von Ambiguität manipuliert werden kann. Er lernte, daß eine versteckte Metapher effektiver als eine offene ist, weil der Leser sie aufnimmt, ohne es selber zu merken. Er lernte auch, daß die Struktur der Form zur Botschaft selbst werden kann.

Kurz, er lernte, daß domestizierte Hominiden in ihren eigenen semantischen Exkrementen leben und ihr Revier durch Metaphern kennzeichnen. Er lernte, daß durch die kreative Manipulation semantischer Signale die Wände des Realitätsschachts, in dem die Hominiden leben, verändert werden kann.

Seit zwanzig Jahren war es Chaneys größter Ehrgeiz, die Wände des Realitätsschachts zu erschüttern. Dutzende von Primateninstitutionen hatten schon dran glauben müssen. Im Moment konzentrierte er sich auf das Orgasmus-Zentrum, mit der Absicht, Dr. Dashwoods Begriffswelt in eine vollkommene surrealistische Dimension zu verschieben.

Chaneys Taktik bestand darin, zufällige, aber stark explosive Signale – Informationseinheiten, die über die sieben Typen von Ambiguität aus der Dichtung verfügten – in das Nervensystem der Person oder Gruppe, die er gerade auf dem Kieker hatte, einzuschleusen. Er spürte instinktiv, was der Psychiater Paul Watzlawik mehr technisch in seinen berühmten Desinfektionsexperimenten nachgewiesen hatte, nämlich erstens, daß ein Primatengehirn überall eine Bedeutung zu entdecken versucht, und zweitens, daß, je vieldeutiger diese Signale sind, die Erklärungsversuche der Primaten auch um so metaphysischer werden.

Dr. Watzlawik hatte das herausgekriegt, indem er Primatenstudenten auf der Universität beobachtete. Wenn man ihnen eine Mischung aus richtig und schwachsinnig vorsetzt, versuchen sie immer, gesunde von kranken Zellen zu trennen. Spontan erfanden die Studenten Theorien von wahrhaft barocker metaphysischer Komplexität.

Markoff Chaney hatte dasselbe gelernt, nachdem er siebzehn verschiedene Interpretationen von Dylan Thomas' Zeile «Altarwise by owl-light in the halfway house» gelesen hatte.

Die Immanentisierung des Eschaton

In den letzten Wochen des Jahres 1983 schwirrte es überall von Gerüchten; das kommende Jahr garantierte einen neuen Aufschwung von apokalyptischen Legenden. Für diesen Mythos gab es vier Hauptquellen: George Orwell, Charles T. Russell, Elijah Mohammed und Aleister Crowley. Zusammengenommen bildete dieses Viermannteam das, was der Anthropologe der Universität von Chicago, Vonnegut, ein *Granfaloon* nennt, also ein System, in dem die individuellen Mitglieder sich ihrer Mitverantwortung an

der monumentalen Verwirrung, die aus ihrer Arbeit entsteht, gar nicht bewußt sind.
Orwell, der englische Sozialist und Masochist, hatte sich 1984 als Fixpunkt für ein besonders schlimmes Anti-Utopia gesetzt. Russell, Autodidakt und größtenteils mißgebildeter Evangelist, hatte 1914 für 1984 den Untergang der Welt prophezeit und mit seinen Prognosen mehrere Sekten, unter anderem die Zeugen Jehovas und die *Children of Yah*, mehr oder weniger beeinflußt. Elijah Mohammed, der ehemalige Führer einer Sekte namens Nation of Islam, die die Presse in Black Muslims umgetauft hatte, erzählte einigen seiner Vertrauten, daß Gott Allah im Jahre 1984 die Weißen Teufel vom Planeten entfernen und ein Paradies für die schwarze Menschheit errichten würde. Crowley, der ausgeflippteste unter diesen Ausgeflippten, hatte vorausgesagt, daß *irgendwann in den Achtzigern* das Zeitalter des Horus beginnen würde, das unter dem Motto «Tue, was du willst» stand. Bei soviel Drohungen, die über 1984 schwebten, richteten sich die meisten Crowley-Schüler für die Manifestation des falkenköpfigen Gottes auf dieses Jahr ein.
Keine dieser Ideen hatte weite Verbreitung gefunden, aber immerhin sorgten sie für einen unterschwelligen Hintergrundslärm, den jeder mehr oder weniger bewußt wahrnahm. Aus diesem dunklen Gepolter am Horizont tauchte ein Mythensystem auf, das dem metanoiden Charakter der Unistat-Gesellschaft von 1983 recht genau entsprach. Viele glaubten, daß die längst überfällige Massenlandung von fliegenden Untertassen kurz bevorstand. Andere wollten aus gutunterrichteten Kreisen erfahren haben, daß die Wissenschaftler, die die Langlebigkeitspille FOREVER erfunden hatten, kurz vor der Freigabe einer Unsterblichkeitspille standen. Graffiti wie «1984: Immanentisierung des Eschaton» tauchten fast überall auf, obgleich man nur selten ihre wahre Bedeutung erkannte.
Die Revolution der gesteigerten Erwartungen hob den Aktivitätsspiegel im Phantasieschaltkreis der Primatengehirne.

Teil 2

Stoische und christliche Ejakulationen

Wenn man stoische mit christlichen Ejakulationen vergleicht, erkennt man viel.

William James,
Varieties of Religious Experience

Wie die terranischen Primaten domestiziert wurden

GALAKTISCHE ARCHIVE:

Präsident Hubbard hatte die Armut mit Hilfe eines Plans abgeschafft, den sie R.I.C.H.-Wirtschaft getauft hatte.

R.I.C.H. stand für *Rising Income through Cybernetic Homeostasis* (Wachsendes Einkommen durch kybernetische Homöostasis).

Das war ein verteufelt kluger Schachzug. Alle Formen menschlicher Arbeit, bis auf die kreativste, nämlich die der Metaprogrammierungsschaltkreise in der vorderen Schädelhälfte, die sich in der Evolution erst ganz zuletzt gebildet haben und die alten automatischen Gehirnfunktionen der ersten vier Schaltkreise bei weitem übertreffen, wurden abgeschafft. Natürlich war es schon seit etwa 1948 theoretisch möglich, einen Großteil der mechanischen Arbeit abzuschaffen. Schon damals hatte der gewitzte Primatenmathematiker Norbert Wiener vorausgesagt, daß selbstkorrigierende (kybernetische) Maschinen schon bald in der Lage sein würden, ganze Fabriken zu kontrollieren.

Aber schon viel früher hatte ein griechischer Primat mit Metaprogrammierungsschaltkreis namens Aristoteles beobachtet, daß es eines Tages möglich sein würde, die Sklaverei abzuschaffen, und zwar dann, «wenn der Webstuhl und andere Maschinen automatisiert sein werden».

Die Primaten von Terra hatten jedoch über Generationen hinweg an der Sklaverei festgehalten, trotz des wachsenden Elends, das dies für ihren hominiden dritten und vierten Schaltkreis (semantisch und moralisch) bedeutete. Und zwar ganz einfach deshalb, weil es bisher immer noch keine automatisierten Maschinen gab. Wie so mancher utopistisch veranlagte Primat bekümmert feststellen mußte, ist es unumgänglich, daß unter den herrschenden primitiven planetarischen Bedingungen nun mal «einer die

Drecksarbeit machen muß». Die simpelste Art, solche Leute zu finden, war, einen schwächeren Nachbarstamm zu überfallen und eine Anzahl Biots mit nach Hause zu bringen, die dort domestiziert werden konnten.

Das war dann auch so oft passiert, daß es auf ganz Terra kein hominides Rudel mehr gab, das noch keine Anzeichen von *Domestizierung* und *Sklavenmentalität* zeigte, eine Tatsache übrigens, auf die als erster ein halsstarriger deutscher Primat namens Nietzsche gekommen war.

Dank der wachsenden individualistischen Funktionen des dritten und vierten Schaltkreises (semantisch und moralisch) war die Sklaverei in Unistat so verabscheuungswürdig geworden, daß sie schon innerhalb eines Jahrhunderts nach Entstehung der Rudel-Formation formell «abgeschafft» wurde. Infolge von Trägheit hielt sie sich noch eine Weile in der Form von «Lohnabhängigkeit», die erforderte, daß alle Primaten, die nicht aus den sechzig Familien stammten, die hier fast alles «besaßen», für diese Familien und Konzerne arbeiten mußten, um sich die für ihr Überleben notwendigen Scheine (genannt «Geld») zu sichern.

Letztlich war die Sklavenmentalität so tief in den domestizierten Primaten verwurzelt, daß die Kybernetik in den ersten dreißig Jahren nach Wieners Entdeckung, die es durchaus ermöglichte, die Schufterei der Primaten zu reduzieren, nur spärliche Fortschritte machte. Alle wichtigen Primatenbanden – die Konzerne der Alpha-Männchen, die Handelsgewerkschaften der Primaten, der Rat oder die «Regierung» der Primaten, die Totem-Kulte oder «Kirchen» der Primaten – glaubten, daß das traditionelle domestizierte Kastensystem die einzig mögliche Ordnung war, in der die Primaten leben konnten. Sogar die Roten Primaten teilten diesen Wahn und unterschieden sich von den anderen nur durch ihre Vorstellung über die Verteilung der vorhandenen Mittel.

Präsident Hubbard forderte die domestizierte Primaten-Denkungsart kühn heraus, indem sie ankündigte, daß jeder, der durch eine Maschine ersetzt werden *könnte*, durch eine Maschine ersetzt werden *würde*.

Zuerst dachten die Primaten, die Welt würde untergehen.

Aber dann stellte sich heraus, daß sie nur die Armut abgeschafft hatten.

Eine approximative Simulation von Irrsinn

«Jede falsche oder auch nur teilweise falsche Prämisse, die exakt und logisch weitergedacht wird, verursacht eine approximative Simulation von Irrsinn.» Blake Williams überquerte etwa auf der Höhe der 72nd Street den Broadway und dozierte immer noch.

«Ja, ja, natürlich, Professor, aber wenn Sie nur mal einen Moment zuhören würden . . .» protestierte Natalie Drest.

«Sehen Sie, junges Fräulein, die meisten Prämissen unseres heutigen religiösen, wissenschaftlichen und philosophischen Denkens müssen falsch oder zumindest teilweise falsch sein, jedenfalls vom Standpunkt einer fortgeschrittenen Zivilisation aus betrachtet. Was würde eine höhere Intelligenz wohl von unseren Doktrinen von *Transsubstantiation*, *eingeschlossenen Quarks* oder dem *kategorischen Imperativ* halten?»

«Ja nun, Professor, aber . . .»

«Verdammt noch mal, wollen Sie mir endlich zuhören? Ein Großteil unserer Überzeugung und unseres Verhaltens wird einer höheren Intelligenz, die unseren Planeten unter die Lupe nimmt, wie klinischer Wahnsinn vorkommen!»

«Klar, alles ist relativ, ich weiß, Professor, aber . . .»

«Hören Sie», sagte Dr. Williams plötzlich mit entwaffnender Ehrlichkeit. «Wollen Sie nun ficken oder nicht?»

Ihre Antwort ging im Heulen einer Sirene unter, die den Riverside Drive entlangraste.

«Was?»

«Ich sagte, ich versuche seit zehn Minuten, Ihnen zu erklären, daß ich erst diesen Tripper loswerden muß . . .»

«Das geht schon in Ordnung, meine Liebe», meinte Professor Williams entgegenkommend. «Ich bin schließlich ein liberaler Mann. Ich verstehe den Überschwang der Jugend, die Macht der Hormone, die durch Ihr pulsierendes junges Blut strömen, die noble Weigerung Ihrer Generation, die Tabus der Alten als bindend für den freien Geist der Achtziger anzuerkennen, und im übrigen bin ich in einem Alter, wo ich nicht mehr *jeden* Abend bumsen muß. Sie sind trotzdem eingeladen, mich in meine schäbige Bude zu begleiten und meine alten Joan Baez-Platten zu hören.»

«Meine Güte, Professor, wissen Sie, was Sie sind? Sie sind cool. Nicht die Spur von sexistisch.»
«Oh, hmm, danke, meine Liebe. Ich werde langsam alt, das ist alles. Nun, was das Einstein-Rosen-Podolsky-Gedankenexperiment betrifft ...»

Tanzende Photonen

Die intellektuelle Liebe zu den Dingen besteht im Verständnis für ihre Perfektion.

Spinoza

23. DEZEMBER 1983:
Linda Lovelace, eine Projektion aus Licht, die mit hundertsechsundachtzigtausend Meilen pro Sekunde durch einen Film rast, dessen Handlung sich tatsächlich vor Jahren in Miami ereignete, nimmt langsam zwei Zentimeter, dann fünf, dann sieben, zehn und jetzt tatsächlich alle zwanzig Zentimeter von Harry Reems' Penis in den Mund. Der paranoide kleine Marvin Gardens, der mit dem Mantel über dem Schoß in seinen Sitz zusammengekauert dahockt, schnieft seine letzte Linie.
Es war das vierundvierzigste Mal, daß Marvin sich *Deep Throat* anschaute, das dreiundzwanzigste Mal auf Koks, und wieder einmal verwandelte sich seine Hand unter dem Mantel auf magische Weise in Linda Lovelaces Mund; eine andere Realität tat sich auf, in der tanzende Photonen auf der Leinwand und die synergetischen Synapsen in seinem Gehirn sich vereinigten um mehr als 3-D besser als Technicolor wirklicher als wirklich Gott ja höher als ein Kinderdrachen oh Gott.
Marvin erlebte einen jener seltenen glücklichen Augenblicke, in dem die außerirdische Bedrohung ihm nichts anhaben konnte.

Allmählich löste sich die Party auf. Das soziale Molekül brach auseinander, und die verschiedenen Atome strebten in die diversen Teile der Stadt zurück. Und im abwärts fahrenden Aufzug: «Vlad, also ein Mann wie Vlad, seine Selbsteinschätzung müßte auf einem ziemlich abstrakten Konzept von Gerechtigkeit basieren, darüber muß man sich im klaren sein, also wäre der Mönch, den er durchbohrte, der Lügner.» Auf dem Sutton Place draußen versuchte Malik immer noch, der blonden Off-Broadway-Schauspielerin Carol Christmas was zu erklären.

«Wenn ich den Artikel gelesen hätte, wäre das Geheimnis gelüftet gewesen. Aber so werde ich nie die Grenzen meines Wissens oder irgend jemand anderen Wissens vergessen. Ohne Pfau, ohne Pferd, ohne Schnurrbart. Es ist wie ein Koan, ein interstellares Signal, das die Wissenschaft nicht entschlüsseln kann, aber hören Sie mal, um die Zeit sollten Sie keinesfalls allein durch die Stadt gehen, eine attraktive junge Dame wie Sie . . . Es wäre mir eine Ehre . . .»

Unter der Leuchtreklame des Kinos, die immer noch für DEEP THROAT warb, hörte er Carols Stimme zusammen mit dem Klappern ihrer Absätze auf dem Pflaster, klack, klickediklack: «Aber Sie haben sich ja wie ein Bücherverbrenner benommen, ich meine, ist das nicht eine Spur zuviel Mittelwesten?»

Harry Reems ist kurz vor dem Kommen und Marvin Gardens auch. Irgendwo im Hinterkopf macht er sich Gedanken über die Unsterblichkeit von Protoplasma, denn wenn er kommt, wird sie ihn aus dem Mund nehmen, und er wird ihr – platsch! – übers ganze Gesicht spritzen. Marvin wartet, aber wie steht's mit einer Amöbe, stirbt sie, wenn sie sich teilt? Sind es dann zwei Amöben oder zwei Ichs, wo vorher eins war? Gott, sie hat ihn ganz drin jetzt, schneller, nennen wir sie mal Krazy und Ignatz, also Krazy ist die erste Amöbe und Ignatz ein Zwilling, oder sind beide noch Krazy, also zwei Krazies statt einem? Jessas, voll drin bis zum Hals, und wenn sie sich noch mal teilen, haben wir vier, jetzt mit der Zunge über die Spitze, ah, das ist gut, und gleich wird sie ihn wieder ganz verschlingen, nennen wir sie, sagen wir Groucho, Chico, Harpo und Zeppo, welches ist die Originalamöbe oder sind es alle, sind Amöben dann also wirklich unsterblich? Jetzt jetzt jetzt kommt es eine Amöbe die sich unendlich teilt weiter und weiter in alle Ewigkeit und jetzt eine Riesenexplosion von DNS-Samen jetzt jetzt ahh Himmel noch mal ja jetzt jetzt ja ewiger Gott oh gut.

Und sogar die Lieferanten machen sich jetzt auf den Weg, durch das Foyer mit dem Vlad-Poster und dem Hutständer, lassen keinen Krümel, keinen vollen Aschenbecher, kein Anzeichen einer Party zurück, nur ein leeres Zimmer, wo Mary Margaret Wildeblood erschöpft in einen Sessel sinkt und das Heilige Herz anstarrt, das über dem Kaminsims hängt.

«Blake Williams hatte eine phänomenale Eselsbrücke für meine Entdeckung», erzählte Bertha van Ation Juan Tootreego begeistert, als sie am *Deep Throat*-Kino vorbeikamen. «Aber für manche Planeten scheint unglücklicherweise Einsteins Mechanik mitunter gar nicht verbindlich. Sehen Sie? Die Asteroiden, Merkur, Pluto . . .»

Aber zurück zu den Amöben: Marvin Gardens, etwas entspannter als vorher, knöpft sich den Mantel zu und strebt dem Ausgang zu. Linda Lovelace schleckt und schlabbert auf der Leinwand hinter ihm weiter. Mittlerweile hat er sich dafür entschieden, daß nach der ersten Teilung natürlich zwei Amöben da sind, aber man sollte sie vielleicht *Kinder* der ersten Amöbe nennen – *er, sie* oder *es*? Und nach der zweiten Teilung sind es vier. Nach der dritten Teilung acht. Nirgendwo scheint die durch die Umschreibung «Tod» symbolisierte Phasenveränderung einzutreten. Ist eine der acht Enkelamöben die Originalamöbe, *er, sie* oder *es*? Oder sind sie alle Originale? Und wie geht 8 = 4 = 2 = 1 eigentlich?

«Wenn die Quantenmechanik funktioniert», Williams betont jedes Wort einzeln, «dann werden alle beliebigen Photonenpaare, die einmal Kontakt zueinander hatten, sich auch weiterhin *augenblicklich* und ständig gegenseitig weiter beeinflussen, selbst, wenn sie sich mittlerweile an entgegengesetzten Punkten des Universums befinden. Das ist Bells Theorem.»

«Weißt du, was *Raumschiff Enterprise* mit Klopapier gemeinsam hat?» fragte Benny Benedict Figs Newton. «Beide umkreisen Uranus und vernichten Klingons. Capito?»
Newton zuckt innerlich zusammen, quält sich ein Grinsen ab und erinnert sich an L.P.D.: der Eid, die Kleider des Landes zu tragen und seine Gebräuche anzunehmen.

Markoff Chaney stand kurz vor der Erfüllung eines Traums.

Er wohnte jetzt wieder in seinem alten Zimmer im YMCA auf der Chicago Avenue und benutzte es als Hauptquartier für weitere Anti-Dashwood-Aktivitäten. Er hatte einen kleinen Spaziergang gemacht und dachte an der Kreuzung Michigan und Lake Shore Drive gerade über ein neues Briefpapier mit dem Kopf BRÜDERLICHER ORDEN ALLER HASSGRUPPIERUNGEN und Robert Welch, Abbie Hoffmann, Anita Bryant und George Wallace als Direktoren nach. Ob er Natalie Drest zur ersten Vorsitzenden machen sollte?

«Ssssst!» unterbrach ihn da eine Stimme. «Du – ja du, du *Zwerg*!»

Der Midget erstarrte und wirbelte herum. «Sssst!» machte er. «Du – ja du, du Arschloch!»

«He, so war's doch nicht gemeint!» antwortete der andere. «Ich will dir ein Geschäft vorschlagen.» Der Midget betrachtete ihn eisig; schließlich sah er wirklich nicht so abgerissen und schäbig aus wie jemand, der sich mitten auf der Straße von völlig Fremden solche Angebote machen ließ.

«Was hast du zu verkaufen?» fragte er.

«Ich will dir nichts verkaufen», beruhigte ihn der freundliche Riese. «Ich will dir was schenken. Hundertfünfzig Dollar.»

«Und was soll ich dafür tun?» fragte der Midget vorsichtig und rückte einen Schritt näher.

«Ich bin Butler», sagte der Mann. Tatsächlich sah er genauso aus wie einer von den Butlern, die der Midget im Kino gesehen hatte. Unterhalb der Nase war sein Gesicht viel länger als das der andern Leute, und das gab ihm permanent den Anschein, als habe er etwas gewittert, aber noch nicht gefunden. Chaney war aufgefallen, daß im Gegensatz dazu die meisten Leute von Chicago so aussahen, als ob sie gerade was entdeckt hatten, was zehnmal schlimmer war, als sie es sich vorgestellt hatten. «Die Dame, für die ich arbeite, ist sehr reich und sehr exzentrisch.» Er versuchte einen lüsternen Blick, aber der fiel so kläglich aus, daß er wie ein blinzelnder Bischof aussah. «Sie steht auf Zw . . .

auf so Leuten wie dich, also Typen, die kleiner sind als der Durchschnitt.»

Markoff Chaney blieb das Herz stehen. War denn das die Möglichkeit?

«Ich gehe nirgendwohin, wo es kein Licht gibt oder keine Polizei in der Nähe ist», sagte er mißtrauisch.

«Es ist nur gerade hier die Straße runter. Auf dem Lake Shore Drive.»

«Hundertfünfzig Dollar?»

«Ganz genau. Manchmal kriegt sie diese Anfälle, und dann schickt sie mich auf die Suche.»

«Ich bin dabei», sagte der Midget entschlossen.

Er spürte, wie das Blut hinter seiner Stirn zu pochen anfing. Au revoir, ma chérie, dachte er, überzeugt, daß das «Auf Wiedersehen, Jungfräulichkeit» auf französisch hieß.

«Nur noch eine Sache», sagte der Butler, als sie nebeneinander hergingen. «Du mußt genau das machen, was ich dir sage. Hab keine Angst, sie ist nicht pervers – keine Peitschen, Ketten oder so was – aber, nun ja, ihr Geschmack ist ein bißchen sonderbar. Jedenfalls kannst du sicher sein, daß dir nichts passiert.»

«Nur raus mit der Sprache», sagte der Midget.

«Es ist so ähnlich wie ein kleines Theaterstück, eine Scharade sozusagen», begann der Butler und senkte dabei die Stimme. Er erklärte gewisse Dinge.

«Was?» sagte der Midget. «Ich kann sie nicht mal ficken?»

«Es wird die Sache schon wert sein», sagte der Butler. «Und du streichst hundertfünfzig Piepen dafür ein, vergiß das nicht.»

«Na ja», sagte Chaney und dachte an eins seiner Grundprinzipien der Guerilla-Ontologie. «Irrsinn ist eine entwicklungsfähige Alternative.»

Markoff Chaney war noch Jungfrau. Frauen von seiner eigenen Größe konnte er nicht ausstehen. Sie anzumachen hätte soviel bedeutet wie asymptotischer Inzest.

Riesenfrauen dagegen zogen ihn automatisch und unwiderstehlich an. Leider beruhte diese Leidenschaft nicht auf Gegenseitigkeit. Bestenfalls fanden sie ihn niedlich. Schlimmstenfalls schimpften sie ihn «häßlichen kleinen Chauvi».
Einige der verrücktesten Schriften aus der Frauenbefreiungsbewegung stammten übrigens gar nicht von Frauen. Der ausgeflippte Chaney hatte sie als Teil seiner Guerilla-Kriegführung gegen Riesinnen verfaßt, die alles hatten, was er wollte, es ihm aber nicht gaben.
Und diese Schriften hatten Marvin Gardens endgültig davon überzeugt, daß eine heimliche Verschwörung zur totalen Abschaffung der Männlichkeit in vollem Gang war.

Methodische Schauspielerei

> Magie ist die Kunst, Veränderung durch einen Willensakt zu schaffen.
>
> *Aleister Crowley*

23. DEZEMBER 1983:
In dem Apartment am St. Mark's Place, East Village, starren tibetanische Poster und astrologische Karten auf die Couch herab, wo Joe Malik und Carol Christmas in erometaphysische Erkenntnistheorie vertieft sind.
Die Hand in ihr Höschen zu kriegen war leichter gewesen, als er sich vorgestellt hatte. Joe Malik dachte schon, er wär aus dem Schneider, aber prompt tauchte der erste Haken auf, ein emotionales Problem, das an ausgewachsenen Wahnsinn grenzte. Es hatte mit Carols drittem Mann zu tun, einem puertorikanischen Dichter, der behauptete, *Santaria*-Mitglied zu sein, was immer das sein sollte, und mit der Stadt New York einfach nicht zu Rande kam. Magie in New York war einfach unmöglich, weil ihre Intelligenzschicht sich praktisch ausschließlich aus jüdischen Atheisten rekrutierte. – «Aber ich bin überhaupt kein jüdischer Atheist», protestierte Joe, «ich bin ein arabischer Agnostiker»,

und er fragte sich, was zum Teufel all das mit einem simplen Fick zu tun hatte, aber Carols dritter Mann, der genausogut mit ihnen auf der Couch hätte sitzen können, glaubte außerdem, daß Carol ihm helfen könnte, wieder zu schreiben, wenn wenigstens *sie* an Magie glaubte; im übrigen war es sowieso nicht viel anders als zu schauspielern, *Santaria*, was immer das war, ist genau das gleiche wie methodisches Schauspielern, erklärte Carol, und Joe schloß aus dem, was er hörte, daß es wohl eher so was Ähnliches wie Christliche Wissenschaft sein mußte, aber worauf das alles hinauslief, jetzt, wo er seine Hand wieder aus ihrem Höschen rausgezogen hatte – denn sie jetzt zu bedrängen wäre natürlich brutal und chauvinistisch gewesen –, war, daß dieser puertorikanische Bastard sie mit einem *Loa* belegt hatte, als sie sich getrennt hatten, und daß sie sich jetzt einfach nicht mehr entspannen konnte, es sei denn, sie würden das Apartment exorzieren . . . «Ach du lieber Himmel!» keuchte Joe, dessen Eier mittlerweile hart wie Stein waren.

«Es ist genau wie methodische Schauspielerei, Liebling», wiederholte Carol zuversichtlich.

«Sie meinen», sagte Natalie, angezogen, ehrfürchtig und stoned, «daß dieser, wie hieß er doch gleich, dieser Zustandsvektor in jedem Fall zusammenbricht?»

«Nein, nein, nein», verbesserte Blake Williams eilig. «Das ist nur die Everett-Wheeler-Grahamsche Auffassung und offensichtlich Unsinn. Es bedeutet, daß Furbish Lousewart und nicht Eve Hubbard im Universum nebenan Präsident ist. Reine Science-fiction, und ich, äh, frage mich, was Everett, Wheeler und Graham wohl geraucht haben, als ihnen dieses Modell einfiel. Was ich Ihnen zu erklären versuche, meine Liebe, ist die plausibelste Alternative, zu der man kommt, wenn man Bells Theorem wörtlich nimmt.»

«Die Wellentheorie», ergänzte Natalie wie aus der Pistole geschossen.

«Aber die Wellen verbreiten sich augenblicklich über das kom-

plette Universum», erklärte Williams weiter. «Das nennt man das Quantenunteilbarkeitsprinzip, kurz QUIP. Dr. Nick Herbert hat es Kosmischen Leim getauft.»
«Genau wie das Kräuseln des Wassers in einem Teich. Jessas!» Natalie war wie betäubt. «Teile von uns beeinflussen sich also jetzt immer noch mit Joe Malik und den anderen Leuten auf der Party. Das ist supertoll!»
«Ja, denn QUIP findet nichtörtlich statt, ist also unabhängig von Raum und Zeit», fuhr Williams fort. «Sie müssen sich also nicht nur Zeit-, sondern auch Raumwellen vorstellen, wenn Sie der Quantenwelt auf die Schliche kommen wollen.»

Natalie Drest hatte pechschwarzes Haar, schneeweiße Haut, eine schlanke Mannequinfigur und war eine fast unwirkliche Erscheinung. Sie hatte auch keinen Tripper, das war bloß eine Ausrede gewesen, um sich Williams für eine Weile vom Hals zu halten. Außerdem hatte nicht er sie auf der Wildeblood-Party aufgegabelt, wie er glaubte, sondern sie ihn. Ihr Haar war erst pechschwarz, seit sie es mit Miss Clairol bearbeitete, vorher war es mattbraun gewesen. Und selbst der Mann, der sie auf Williams Fall angesetzt hatte, war eine wandelnde Fiktion. Sie arbeitete schon seit Monaten in dem Glauben für ihn, er sei vom N.B.I., in Wirklichkeit hatte er jedoch mit dem N.B.I. so gut wie nichts zu tun.
Eigentlich war Natalie eingesetzt worden, um *God's Lightning* auszuspionieren, eine Organisation, aus der sie eigentlich schnellstens hatte aussteigen wollen, weil sie ihr nämlich eine Heidenangst einjagte. Aber irgendwas, was sie gesagt hatte, mußte gewisse Kreise gezogen haben, und eines Tages tauchte ein Mann bei ihr auf, zeigte ihr einen falschen Ausweis, wurde reingelassen und tischte ihr die unverfrorensten Lügen seit der Präsidentschaftswahl von 1972 auf.
Natalie war erleichtert, *God's Lightning* zu verraten, selbst an den N.B.I. Wahrscheinlich hätte sie die Organisation auch an die

GPU oder die Gestapo verkauft, wenn der Mann behauptet hätte, dafür zu arbeiten.

Natalies Hauptproblem war, daß sie verrückt nach Schwänzen war. Natürlich war das im Grunde ein völlig normaler Zustand für einen gesunden jungen weiblichen Primaten, aber fast alle größeren Zivilisationen, deren patriarchalische Werte auf vorehelicher Enthaltsamkeit für Primatenfrauen bestanden, hatten daraus ein Problem gemacht. In den Fünfzigern und Sechzigern war es in Natalies Zivilisation vorübergehend kein Problem mehr gewesen, aber damals war sie noch ein Kind und verpaßte deshalb diese kurze hedonistische Epoche. 1968 kam Natalie in die Pubertät, und weil sie mehr auf Zack war als der Durchschnitt, orientierte sie sich an den smartesten Primatenfrauen dieser Zeit. Leider waren die smartesten Frauen dieser Zeit extrem penophobisch: sie glaubten und verkündeten es in allen Medien, daß Männer Ausbeuter, Chauvinisten und Schweine waren. Die einzig angemessenen sexuellen Ventile für geile junge Frauen, sagten sie, waren Masturbation, Vibratoren und andere Frauen.

Natalie wurde von diesem 1968er Realitätstunnel geprägt und verbrachte dort eine lange und einsame Zeit.

1969 stieß sie irgendwie zu *God's Lightning*, der brutalsten und antimännlichsten aller Frauenbefreiungsorganisationen. Ihre kognitive Abneigung nahm exponentiell zu; sie mußte lernen, all ihren Gefühlen, Ideen, Sinneseindrücken, Launen, Sehnsüchten, Tricks und Drüsenreaktionen komplett zu mißtrauen. Sie erschien sich selbst immer unwirklicher. Eine zweite Natalie, die so fühlte, dachte und handelte, wie man es von ihr erwartete, ersetzte allmählich die echte Natalie. Sie war intelligent genug, um diesen Prozeß mit einer gewissen Beunruhigung zu beobachten, aber nicht hip genug, um zu realisieren, daß es den meisten Menschen früher oder später auf diese oder jene Art genauso erging.

Um 1983 war Natalie völlig unwirklich geworden. Sie hatte fünfzehn Jahre Masturbation, Vibratoren und andere Frauen hinter sich und war immer noch verrückt nach Schwänzen – eigentlich sogar mehr als je zuvor. Aber Männer, und zwar alle Männer, waren Erzfeinde.

Natalie brach diesen doppelten Knoten, indem sie für eine Organisation spionierte, die sie für den N.B.I. hielt. Nach sechs Monaten setzten ihre Auftraggeber (die sich in Wirklichkeit einen Dreck um *God's Lightning* scherten) sie auf einen Fall an, der sie wirklich interessierte. Sie erzählten ihr, daß Dr. Williams verdächtigt wurde, militärische Geheimnisse an China weiterzugeben. Sie glaubte ihnen kein Wort und fragte sich, was wohl wirklich dahintersteckte. Natürlich spielte das im Grunde überhaupt keine Rolle, sie würde sowieso selbst entscheiden, was sie ihnen erzählte und was nicht.

Aber Natalies Auftraggeber kannten ihre geheimen Vorbehalte und persönliche Ethik und machten sich keine Sorgen. Was sie auch berichten würde – man würde es mit den Ergebnissen der drei anderen Agenten vergleichen, die man auf Williams angesetzt hatte, und aus den Details eine annähernde Wahrheit herauskristallisieren.

Nur einmal, als sie sich mit marokkanischem Haschisch angetörnt hatte, explodierte Natalie Drests unterdrückte Heterosexualität mit voller Kraft. Das war auf einer schrecklichen Party in Justin Cases East Side-Bude und der Typ, der ihr gefiel, war zufälligerweise der behaarte Mathematiker Simon Moon. *Er sieht aus wie ein Neandertaler*, dachte sie, *und er redet wie ein düsengetriebener psychedelischer Einstein*, aber ihre Neuronen sirrten: *In dir. Du willst ihn in dir. So tief es geht. Jetzt.* Ihr Körper gab die Botschaft non-verbal weiter, und voller Staunen beobachtete sie Künste an sich, von denen sie gar nichts wußte.

Simon ignorierte sie und philosophierte weiter mit Blake Williams über Schrödingers Katze.

«Ähem, ja, das glaube ich schon, Simon, aber das gilt auch für rückwärts in der Zeit, weißt du . . .» murmelte Williams.

«Aber ja, und sicher gibt es auch Kindheitserlebnisse, die ich gehabt haben könnte – folglich in einem anderen Universum auch gehabt habe.»

Natalie schob sich näher ran; das Haschisch und ihre Genetik taten ein übriges, die Hüften wackelten, sie starrte Simon geradewegs in die Augen und signalisierte ihm: *Fick mich. Fick mich auf der Stelle.* «Nehmt ihr zwei die Mathematik nicht ein bißchen zu ernst?» wandte sie ein. «Schließlich ist Mathe ja nichts weiter als ein Werkzeug.»

Simons Blick flackerte über sie hinweg und kehrte zu Williams zurück. «In einem durchaus möglichen Universum wurde mein Vater im Metallarbeiterstreik von 1933 getötet und ich überhaupt nie geboren.»

«Wie viele Arbeiter kamen denn bei dem Streik ums Leben?» fragte Natalie, feuchtete herausfordernd ihre sinnlichen Lippen an und funkte: *Ich nehm ihn auch in den Mund.*

«Sechsunddreißig», antwortete Simon wie aus der Pistole geschossen. Die Zahl hatte sich genauso tief in sein Gedächtnis gebrannt wie das Jahr 1942.

«Dad saß drei Monate im Knast, weil er drei Bullen tätlich angegriffen hatte. In Wirklichkeit hatten natürlich sie ihn angegriffen.»

«Sie sind der erste Intellektuelle, den ich kenne, der aus der Arbeiterklasse stammt», sagte Natalie ehrfürchtig und funkte: *Ich respektiere dich. Ich brauche dich. Bitte fick mich.*

«Ich bin kein Intellektueller», sagte Simon scharf. «Ich bin Mathematiker.» Es war nicht zu übersehen, daß er Intellektuelle verabscheute. Er war tatsächlich der Meinung, daß nur liberale Kunstschulstudenten in New York Intellektuelle waren, und die hielt er ohne Ausnahme für Arschlöcher. Die konnten ja noch nicht mal einen kaputten Fernseher reparieren, ganz zu schweigen davon, das Biest zu programmieren. Sein Blick kehrte wieder zu Blake Williams zurück.

So ging das noch zehn Minuten weiter, bis Natalie schließlich am Boden zerstört das Feld räumte und sich dabei wie eine erfolglose Nutte vorkam. Erst eine halbe Stunde später hatte sie sich wieder einigermaßen gefaßt und dachte: *Vielleicht ist er schwul.*

Aber da war sie auf dem Holzweg. Simon hatte eine Vorliebe für schwarze Frauen. Er hatte diese sexuelle Prägung biochemisch in seine Synapsen verankert, als er mit elf über einer schwarzen Pussyette des Monats masturbierte und dabei den ersten Orgasmus seines Lebens hatte.

Justin Case schleppte eine Nutte mit, die am Port Authority Terminal die Eight Avenue abklapperte. Im Hotel Claridge auf der Forty-Fourth Street dirigiert er sie: «Langsamer, noch langsamer, *ganz langsam*, nur die Spitze, ah ja, lieber Himmel, so ist's gut, noch ein bißchen langsamer.» Er sitzt auf dem Bett und stellt sich mit zusammengekniffenen Augen das psychische Hologramm von Carol Christmas vor: den schmalen blonden Lockenkopf, die himmelblauen Augen, die lebhafte Figur und, lieber Himmel, allein der Gedanke – auch das Schamhaar ist blond Jessas mach es blond warum nicht ist ja schließlich *meine* Phantasie. «Gut, ja, gut, darf ich dich Carol nennen oh ich bete dich an Carol jetzt schneller, schneller Carol . . .»
«Umsglubgug», antwortete die Kleine mit gekonnter Leidenschaft.

«Dodgson stellte fest, daß er den Kontakt zu normalen Erdenmenschen immer mehr verlor, je mehr Fortschritte er in seinen mathematischen Forschungen machte.» Ja, das war wieder Blake Williams, der immer noch auf die arme Natalie Drest einquatschte. «Sie waren sich dieser Theorie, die auf logischen Kategorien aufbaute, die wiederum von Axiomen abhängig waren, von denen er als Mathematiker wußte, daß man sie weder beweisen noch widerlegen konnte, einfach teuflisch sicher. Ohne es zu merken, überquerte er die Grenze zu außerirdischem Bewußtsein, das ihn automatisch mit dem riesigen Bestand an potentiellen Mutanten, den ganz Jungen, in Verbindung brachte. Mehr und mehr faszinierte ihn die Art, wie Kindergehirne funktionieren, die, ähem, Freiheit und Anmut ihres erkenntnistheoretischen Spiels. Sie führten ihn an die Pforten des Wunderbaren. Und außerdem machte er gerne Fotos von nackten kleinen Mädchen.»

«Schneller oh schneller Jessas Jessas Jessas Jessas Jessas», betete Justin Case inbrünstig.

Die Kopenhagener Interpretation

> Es besteht eine scharfe Meinungsverschiedenheit unter Fachleuten bezüglich dessen, was bewiesen und was nicht bewiesen werden kann, wie auch eine unüberbrückbare Kluft über das, was Sinn und was Unsinn ist.
>
> Eric Temple Bell, *Debunking Science*

Eigentlich gab es überhaupt nichts Sonderbares an Blake Williams, bis auf die Tatsache, daß er leidenschaftlich in einen Toten verliebt war. Diese große, wenn auch leicht bizarre Passion war natürlich völlig platonisch; es gab ganz und gar nichts Perverses an dem guten alten Doc Williams, außer seinem Kopf. Mit seiner 1,80-Statur, dem sorgfältig gepflegten grauen Bart und der dicken schwarzgerahmten Brille war Williams das lebende Beispiel eines modernen und bedeutenden Allgemeinwissenschaftlers. Nach dem Vorfall mit dem Ofen auf der Gansevoort Street hielt er lieber den Mund, wenn es um seine etwas abartigen Ideen und Leidenschaften ging.

Der Mann, den Blake Williams so verehrte, war Niels Bohr, der Physiker, der das taoistische Yin-Yang zu seinem Wappen gemacht hatte, als er vom dänischen Hof in den Adelsstand erhoben worden war. Das war schon in den dreißiger Jahren gewesen und lag weit vor der Zeit, als der Taoismus bei Physikern Mode wurde. Bohr hatte fast genauso viel zur Quantentheorie beigetragen wie Planck, Einstein oder Schrödinger, und sein Modell eines Atoms – das sogenannte Bohr-Modell – wurde buchstäblich für eine ganze Physikergeneration maßgeblich (vor Hiroshima). Bohr selbst glaubte jedoch nie daran, genauso wenig wie an irgendeine andere seiner Theorien. Er erfand die sogenannte Kopenhagener Interpretation, die im wesentlichen darauf hinausläuft, daß ein Physiker an nichts anderes als an seine Berechnungen im Labor glauben sollte. Alles andere, den ganzen Bereich der Mathematik und Theorie, eine Berechnung auf der anderen aufzubauen, hielt Bohr für ein Modell dafür, wie der menschliche Geist funktioniert, nicht aber das Universum. Blake Williams verehrte Bohr um seiner Kopenhagener Interpretation willen, die es möglich gemacht hatte, daß er ernsthaft und voller Hingabe Physik studierte, ohne auch nur ein einziges Wort davon zu glauben. Das war nicht übel, denn Williams' eigene Ausbildung als Anthropologe hatte ihm ebenfalls beigebracht, alle menschlichen Symbolsysteme zu studieren, ohne an ein einzelnes zu glauben.

Auf einer niedrigeren Ebene – und eine niedrigere Ebene läßt sich immer finden – war Williams ein Wissenschaftler, der nicht an die Wissenschaft glaubte, weil er durch Hexerei von Kinderlähmung geheilt worden war. Aber an Hexerei glaubte Williams erst recht nicht. Er glaubte an gar nichts. Er hielt sämtliche Glaubenssysteme für illustrative Informationen zur Psychologie domestizierter Primaten.

«Das Studium des menschlichen Glaubens ist das Paradies der Ethnologen und die Hölle der Logiker», pflegte er zu sagen.

Eigentlich war Blake Williams nicht durch Hexerei von der Kinderlähmung geheilt worden. Die Sister-Kenny-Methode hatte ihn geheilt.

Aber er wuchs in dem Glauben auf, daß es Hexerei gewesen sein mußte. Das lag daran, daß alle Experten Unistats in dieser Zeit, also die Mitglieder der American Medical Association, die nicht zugeben wollten, daß es auch noch andere Gesundheitsexperten gab, behaupteten, daß die Sister-Kenny-Methode Hexerei war. Sie sagten außerdem, daß sie nicht funktionierte.

Da die Sister-Kenny-Methode in seinem Fall offensichtlich Erfolg gehabt hatte, wuchs Blake mit der festen Überzeugung auf,

daß die Experten keine Ahnung hatten, wovon zum Teufel sie redeten. Im übrigen war er schrecklich neugierig auf alle Formen von Hexerei, was schließlich dazu führte, daß er Anthropologe wurde.
Schon bald, auf seiner ersten Exkursion zu den Hopi-Indianern, entdeckte der junge Williams, daß Hexerei bei Gott und des Teufels Großmutter durchaus funktionierte. Zögernd und heimlich fing er an, sein Wissen mit sorgfältig ausgesuchten Kollegen zu teilen. Die meisten reagierten ausweichend, wenn er das Thema anschnitt, nur Marilyn Chambers, Autorin des epochemachenden Werkes *Neuro-Anthropology*, war überraschend abgeklärt.
«Jeder, der damit zu tun hat, weiß Bescheid», sagte sie erschöpft.
«Aber warum spricht dann keiner davon?» fragte Williams, jung und naiv.
«Freud und Charcot führten einmal Wort für Wort die gleiche Diskussion», antwortete Dr. Chambers. «Aber damals ging es um den sexuellen Ursprung von hysterischen Neurosen bei viktorianischen Frauen. Charcot lud Freud ein, sich lächerlich zu machen und in der Öffentlichkeit davon zu sprechen . . .»
«Verstehe», meinte Blake Williams langsam. Er verstand.
Er fing an, sich in zwei verschiedenen Büchern Notizen zu machen, eins, in dem er Artikel und Bücher zur Veröffentlichung überarbeitete, und das andere, um Dinge, die sich seiner Meinung nach nicht zur Veröffentlichung eigneten, festzuhalten.
Die Kunst des Bio-Überlebens in der akademischen Welt der Primaten war ihm geläufig.
Nur einhundertsiebenundsechzig Männer und Frauen in ganz Unistat wußten vom Projekt Pan und Dr. Williams' wichtigsten Entdeckungen.
Praktisch war einer nach dem anderen, angefangen bei George Washington Cleaver, spurlos verschwunden.

Unamerikanische Umtriebe

23. DEZEMBER 1983:
R. N. Jones, technischer Assistent im Orgasmus-Zentrum, bestand darauf, nur mit seinen Anfangsbuchstaben angesprochen zu werden. Niemand außer seiner Mutter und ihm selbst wußte, was R. N. bedeutete, deshalb nannten ihn die meisten Leute Jonesy.

Als Jonesy an diesem Tag Feierabend machte, war er ziemlich geladen. Rhoda Chiefs Sinnlichkeit wirkte, um es mal milde zu sagen, reichlich ansteckend. Jonesy konnte das Wort «Organismus» in einer wissenschaftlichen Fachzeitschrift nicht mehr lesen, ohne «Orgasmus» draus zu machen. Er konnte Donald Duck nicht mehr sehen, ohne Donald Fuck zu denken. Er konnte nicht mal eine Speisekarte studieren, ohne «Vanille» als «Vagina» zu lesen. Jedesmal, wenn er zum Klo ging, ertappte er sich mit dem Schwanz in der Hand bei dem Gedanken, wie schön es wäre, ihn ein bißchen zu reiben, nur eine Minute oder so.

Ich muß mir endlich einen anderen Job suchen, dachte er mürrisch.

Jonesy war für die Zeit und die ihn umgebende Gesellschaft ein völlig normaler Primat. Ungefähr zweimal im Jahr besuchte er eine Kirche. Seine Frau war nicht ganz frigide. Er hatte zwei nette Kinder, die gelegentlich versuchten, sich gegenseitig mit scharfkantigen Gegenständen umzubringen. Er konnte Neger, Hippies und Kommunisten nicht ausstehen, denn sie hatten nur eins im Sinn: ihn und seine Familie aus dem Haus zu treiben und sie in einem Zelt im Park schlafen zu lassen. In guten Zeiten wählte er republikanisch und in schlechten demokratisch.

Jonesy glaubte, daß Sex eigentlich keine Sünde war, vorausgesetzt, die beteiligten Personen waren verschiedenen Geschlechts und verheiratet oder doch wenigstens verliebt und nicht allzu nah miteinander verwandt und vergaßen nicht, die Jalousien herunterzuziehen. Andernfalls war es nicht nur mehr oder weniger Sünde, sondern auch schmutzig und ein Zeichen von Schwäche. Wie alle Primaten in seiner Gesellschaft und Zeit glaubte Jonesy, daß jedes Zeichen von Schwäche schlimmer als Sünde und Schmutz zusammen war und vielleicht sogar noch schlimmer als Hochverrat. Jonesy hielt es mit Stärke, Selbstkontrolle und Dis-

ziplin. Seit er sechs war, hatte er nicht mehr geweint. Er lachte nie unmäßig laut und seine Orgasmen waren natürlich kurz und belanglos.
Um sein tägliches Brot zu verdienen, war das Orgasmus-Zentrum nicht gerade der ideale Ort für einen wie Jonesy.
Heute war es besonders schlimm. Jonesys Frau war mit den Kindern nach Russian River in die Sommerferien gefahren. Jonesy war scharf wie ein Zuchtbulle, und bei seiner Lebensphilosophie gab es absolut keine Chance, irgendwas an diesem Zustand zu ändern.
Als er durch die Straßen von San Francisco spazierte und dabei allen Arten von prächtigen Bienen begegnete, schwarzen, weißen, orientalischen, in leichten Sommerkleidern und gewagten Miniröcken, kam er sich vor wie einer, der durch ein Restaurant geht und dabei am Verhungern ist.
Verdammt noch mal, dachte er, *die Röcke werden aber auch jedes Jahr kürzer*. Und während er sich noch mit dieser quälenden Aussicht herumschlug, blieb neben ihm eine atemberaubende Schönheit stehen, um sich nach einer Münze zu bücken, die ihr runtergefallen war. Er hörte fast das Schmettern der Trompeten, als er den süßen Anblick eines weiblichen Ärschchens vor der Nase hatte, das von nichts anderem als einem Nichts von schwarzen Spitzenhöschen bedeckt war.
Aufgewühlt stürzte er weiter.
Er beschloß, noch nicht gleich nach Hause zu gehen. Seine Schwägerin Brigitte, ein bißchen zu knackig und verführerisch, wohnte nämlich direkt unter ihnen, und heute abend wollte er ihr beim besten Willen nicht über den Weg laufen. Er war fest entschlossen, seine Tugend und seine eheliche Treue nicht aufs Spiel zu setzen.
Da streifte sein Blick ein Neonschild mit der Aufschrift: FIFI's MASSAGESALON. Jonesy machte auf der Stelle kehrt und ging in der anderen Richtung weiter. Er hatte von den Spezialbehandlungen aus Fifi's Angebot gehört, und er kannte Gerüchte über Fifi's tüchtigste Masseuse, die sagenhafte Tarantella Serpentine. «Schon der Geruch dieses Geschöpfs ist den Preis wert», hatte Mounty Babbit geschwärmt. Jonesy litt Höllenqualen.
Er war jetzt mitten in Tenderloin, und die Kinoreklamen steigerten seine Verwirrung nur noch mehr. DEEP THROAT, versprach die eine,

SAUGT ALLE MÄNNER AUS. Jonesy verstand die Zweideutigkeiten nur zu gut – seine liebe Mathilda, Mutter seiner Kinder, hätte einem solchen Verbrechen wider die Natur niemals zugestimmt. Die nächste Reklame verhieß FELLINIS TOM SAWYER – NUR FÜR ERWACHSENE. Bei der Vorstellung, was dieser degenerierte Spaghetti-Regisseur wahrscheinlich mit der klassischen sauberen amerikanischen Tragödie angestellt hatte, wurde Jonesy übel; er konnte sich lebhaft ausmalen, welche neuen Abenteuer Tom und Becky im Abgrund von McDougal's Cave mit Injun Joe erwarteten.

Die dritte Reklame verkündete: DIE LUSTMÄDCHEN VON PORT SAID – SIE LEBEN NUR FÜR SEX UND ALLAH. Eine Gruppe demonstrierender Black Muslims blockierte den Eingang.

Jonesy fluchte lauthals. Er hielt zwar Sexfilme für unamerikanisch, aber Demonstranten waren mit Abstand noch unamerikanischer. Er hatte den Eindruck, als ob die ganze Welt, oder doch wenigstens ein beträchtlicher Teil davon, heutzutage unamerikanisch war.

Schließlich flüchtete sich Jonesy völlig verwirrt von all den Verlockungen ringsum in ein Restaurant, das dämmerig genug aussah, um relativ frei von weiteren verführerischen Anblicken zu sein. Irgendwo in seinem Hinterkopf summte immer noch Rhoda Chiefs Stimme herum: «Oh, fick mich schneller, ACE, du Teufel, du Engel, fick deine Rhoda.»

Jonesy fiel in einer dunklen Ecke des Restaurants an der Wandseite auf einen Stuhl. Scheinbar, das bemerkte er erst jetzt, hieß es THE ORE HOUSE.

Nachdem seine Augen sich an die Dunkelheit gewöhnt hatten, entdeckte er etwas, was ihn noch viel mehr verstörte.

Die Kellnerinnen waren allesamt blond, oder wenigstens blond gefärbt.

Und sie waren allesamt oben ohne.

Oberhalb der Gürtellinie trugen sie nur große goldene Ohrringe oder goldene Kettchen um den Hals mit Gravierungen wie «Nugget», «Goldie», «Stony», «Brick» usw.

Hastig wandte sich Jonesy der Speisekarte zu. Alles hatte phantasievolle Namen: «The Prospector's Pleasure» (Hamburger mit Pommes frites), «The Alchemist's Delight» (Cheeseburger mit Pommes frites) oder «The 49er» (Olivebürger mit Pommes frites).

Da erschien die Kellnerin an seinem Tisch. Was für ein Pech, sie schien auch noch die größten Titten der ganzen Kneipe zu haben. Angestrengt, wie ein Kranker, der mit aller Macht aus seinem Bett klettern will, zwang Jonesy sich, ihr ins Gesicht zu gucken. Ihre Augen machten sich über seine offensichtliche Disziplin lustig. Er keuchte: «Den 69er – äh, ich meine den 49er. Und eine Flasche Bud.»

«Bud haben wir nicht, Sir. Schlitz, Hanns oder Miller.» Sie hingen einfach nur da, taten keinem was. Warum war es denn bloß so schwer, sie direkt vor der Nase zu haben? Warum mußte er den Impuls, an diesen spitzen kleinen Nippeln zu saugen, mit aller Macht niederkämpfen? Warum stellte er sich vor, daß sie ihn baten: Oh, fick mich, ACE, steck deinen Schwanz zwischen uns und reib ihn hin und her? War er etwas am Verrücktwerden?

«Schlitz», sagte er schwach und guckte auf ihre Stirn. Sogar, wenn er ihr in die Augen schaute, sah er ihre Titten vor sich, groß, rund, zum Anbeißen.

Er starrte angestrengt auf den Pfefferstreuer. Er hatte die Form einer Oben-ohne-Kellnerin mit Titten, die größer als der Kopf waren. Er starrte auf die Speisekarte. Er las dreimal «Spargeltitten», ehe er realisierte, daß da «Spargelspitzen» stand.

Die Kellnerin kam zurück. Sie hatte auch die Titten wieder mitgebracht. Na klar hatte sie das, erwartete er etwa, daß sie sie auszog und in der Küche an die Wand hing? War er wirklich verrückt?

«Wir haben leider kein Schlitz mehr, Sir.»

«Miller», keuchte er. Sie schienen zu wachsen, ja wirklich, sie schoben sich immer näher an seinen Mund. An so einem Ort würde man es ihm doch wohl nicht übelnehmen, wenn er mal kurz reinbiß, oder?

Sie ging das Miller holen.

Jonesy stand mühsam auf und taumelte Richtung Klo. *Darf der Schwäche nicht nachgeben*, dachte er. Was würde Mathilda sagen, wenn man ihn einbuchtete, weil er versucht hatte, einer Kellnerin seinen Schwanz zwischen die Titten zu schieben? Und was würden die Nachbarn von ihm halten?

Jonesy sah schon die Schlagzeilen vor sich: TECHNIKER NACH TITTEN EN BROCHETTE VERHAFTET.

Als er aus der Toilette kam, bemerkte er eine leere Schuhputznische, die offensichtlich noch geöffnet war. Dankbar ließ er sich in den Sessel fallen. Wenn er sich die Schuhe putzen ließ, wäre er ein paar Minuten sicher. Vielleicht hörte er dann auch endlich Rhoda Chiefs hysterischen Singsang nicht mehr: «Oh, fick meine Muschi, ACE, fick mir die Pisse aus dem Leib . . .»
Offenbar war der Stuhl irgendwo angeschlossen, denn als er sich setzte, ertönte ein Summer, und der Schuhputzer erschien.
Nur, daß es kein Schuhputzer war.
Es war ein Girl. Eine Schuhputzer*in*, verbesserte er sich.
Eine *Oben-ohne*-Schuhputzerin.
Die ganze Welt ist unamerikanisch, dachte Jones verzweifelt. Das anbetungswürdige Geschöpf trug eine schwarze Strumpfhose. Wolkenkratzer-Absätze, einen rot-weiß-blauen Rock, der mit dem unteren V des Höschens abschloß, und oberhalb der Gürtellinie überhaupt nichts.
Während sie sich da unten an seinen Schuhen zu schaffen machte, entdeckte Jones, daß es weniger peinlich und unangenehm war, auf ihre Titten zu starren als woandershin. Bum, bum, bum, hüpften sie, als sie arbeitete. Schließlich gab er der unterdrückten Erregung nach. Er merkte, wie er einen Harten kriegte und tat nichts dagegen. Er wurde größer und größer, ein dicker Brocken. Ein richtiger Held. Er pulsierte, er konnte es beinah durch die Hosen sehen. Nur ein paar Zentimeter vor seinem bebenden Penis hüpften und schwangen diese prächtigen Titten vor ihm hin und her. Er konnte sich in allen Einzelheiten ausmalen, wie der Penis zwischen sie schlüpfte, sich heiß nach oben schlängelte und endlich heißer und härter als je zuvor in ihrem Mund landete.
«Ein Dollar, Sir.» Die Schuhe waren fertig.
Zitternd stand Jonesy auf und stolperte fast schwindlig ins Restaurant zurück.
Aus unerfindlichen Gründen servierte man ihm einen Cheeseburger statt einem Oliveburger. Er merkte es gar nicht, kaute geistesabwesend darauf herum und genoß aus vollen Zügen den Anblick so vieler Titten: große Titten und kleine Titten, runde Titten und kegelförmige Titten, Titten mit großen Nippeln und Titten mit klitzekleinen süßen Nippeln, hübsche Titten von vorn und prachtvolle Titten von der Seite, ein Crescendo von himmlischen Titten.

Mittlerweile akzeptierte er seinen stahlharten Schwanz als natürliche Tatsache. Vielleicht würde er ihn pulsierend und energiegeladen behalten, bis Mathilda im August aus Russian River zurückkam.
«Noch ein Miller», rief er.
Später dachte er, daß er mehr als einmal noch ein Miller bestellt haben mußte. Vielleicht mehrere Male. Er war sich nicht so ganz sicher.
Als er nach Hause zurückfuhr, hatte er leichte Halluzinationen. Lag das am Bier oder an Rhoda Chiefs bittender und bettelnder Stimme: «Fick mich noch mal, fick mich noch mal, fick mich noch mal»? Was immer es war, jedenfalls schienen alle Frauen Löcher in den Kleidern zu haben, immer an den kritischen Stellen, und riesige Titten hingen heraus, haarige kleine Fotzen lugten ein bißchen schüchterner von unten hervor. Jede Titte in der U-Bahn schien seinen pochenden Harten einzuladen: «Komm doch ein bißchen zwischen uns, du riesiger Bursche.» Und jede Fotze schien noch lauter zu rufen: «Oh, komm doch in mich rein, du bist so hart und so heiß . . .» Verrückt und durchgedreht.
Jonesy wünschte inbrünstig, daß Mathilda zu Hause geblieben wäre und die Kinder allein nach Russian River geschickt hätte. Er fürchtete sich davor, seiner knackigen und verführerischen Schwägerin Brigitte zu begegnen. Seit Mathilda weg war, waren ihm Brigittes lustige Flirtereien immer weniger wie Spaß und immer mehr wie eine richtige Einladung vorgekommen. Der Gedanke an Ehebruch in einer Familie, die sich so nahestand, ließ Jonesy erschauern – es war so gut wie sicher, daß so was eines Tages rauskam.
«Ich muß stark sein», ermahnte er sich.
«Ich bin stärker», antwortete sein steifer Penis selbstgefällig.
«Hi, Brigitte», rief er im Flur. Seine Stimme klang wie die eines müden Technikers am Ende eines harten Arbeitstages, keine Lust, sich zu unterhalten.
«Komm nur rein», rief sie munter. «Ich hab dir ein Steak gemacht.»
«Hab schon gegessen», rief Jonesy und versuchte, seiner Stimme den Klang eines Chefingenieurs zu geben, der völlig erschöpft ist

von lauter Problemen, die so enorm sind, daß nicht mal Einstein ihre verschiedenen Verwicklungen verstanden hätte.
«Na, dann iß ein Stück Kuchen, und trink einen Kaffee. Ich habe Pfirsichkuchen gekauft, den magst du doch so gern.»
Jonesy wurde schwach. Grapefruit, Feigen, Pfirsiche; Sublimation, verdammt noch mal, Sublimation.
Du wirst ganz ruhig bleiben, ermahnte er seinen Penis streng.
Ich werde ganz ruhig bleiben – bis ich in Brigittes heißer kleiner Muschi stecke, antwortete er unverschämt.
«Kommst du?» rief Brigitte.
«Aber nur für ein paar Minuten», antwortete er im Ton eines Burschen, der die Pyramiden entworfen und die verdammten Dinger dann eigenhändig, Sein für Stein, zusammengesetzt hat.
Als er in die Küche kam, stand Brigitte am Herd. Sie trug ein rotes Negligé, das sich aufreizend von ihrer weißen Haut abhob. Jonesy fragte sich, ob man die traubengroßen Nippel wirklich durch den feinen Stoff sehen konnte oder ob er immer noch Halluzinationen hatte.
«Ich komme gerade aus der Badewanne», sagte sie beiläufig. «Hoffentlich stört's dich nicht. Bleibt ja in der Familie . . .»
«In der Familie», wiederholte er mit einem Lachen, das selbst in seinen eigenen Ohren wie das eines Übergeschnappten klang. Sie schaute ihn nachdenklich an.
Brigitte war eine Frau zum Anbeißen, und sie wußte es auch. Ihr Haar war eine Mischung aus rot und blond und hing ihr lang und lockig fast bis zu dem frechen kleinen Ärschchen herab. Ihre Brüste waren rund wie Aprikosen und erinnerten an den alten Witz von ‹den Paar Titten, an denen man seinen Hut aufhängen kann›. Sie war schlank und gutgebaut, was besonders in diesem durchsichtigen Fummel zur Geltung kam. Nach ihrer kurzen Ehe und der darauffolgenden Scheidung hatte sie ein paar Jahre in Los Angeles gelebt. Als sie dann nach San Francisco zurückkam, schien sie von einer geheimnisvollen Erfahrung erfüllt zu sein. Wenn Jonesy und Mathilda gutgläubig ihre Meinung dazu äußerten, zwinkerte sie einfach mit den Augen. Selbstkontrolle schien ein Fremdwort für sie zu sein. Und Schwäche zu fürchten, kam ihr gar nicht erst in den Sinn. Manchmal vermutete Jonesy, daß sie in Los Angeles wahrscheinlich *jede* Schwäche kennengelernt hatte,

die es überhaupt gibt – und manchmal, wenn er nicht aufpaßte, war er drauf und dran, sich diese *Schwächen* in allen Einzelheiten auszumalen. Es war schrecklich und aufregend zugleich, speziell bei Schwächen, bei denen sie einen Schwanz in den Mund nahm und daran saugte und nuckelte, so wie die französischen Mädchen – verdammt noch mal, er war ja schon wieder dran!
Brigitte beugte sich von hinten über ihn, um ihm Kaffee einzugießen. Dabei berührte eine weiche runde Brust seine Schulter. «War's ein *harter* Tag?» fragte sie. Er überlegte, warum sie es ausgerechnet so sagte. So wie er dasaß, war es so gut wie ausgeschlossen, daß sie seinen steifen Penis nicht bemerkt hatte.
«So lala», sagte er unverbindlich und nahm sich ein Stück Kuchen.
Brigitte setzte sich ihm gegenüber und schnitt sich ein Stück Steak ab.
Unschuldig sagte sie: «Ich nehme an, daß jeder Job seine Höhepunkte und seine Nachteile hat, ganz besonders beim Orgasmus-Zentrum.»
«Ähem, ja», antwortete er.
«Ich finde das toll», sprudelte sie weiter, «daß so viele Mädchen bereit sind, dahin zu kommen und sich für die Wissenschaft auszuziehen. Vielleicht melde ich mich da auch mal.»
«Mmmm», meinte er vage, nicht ganz sicher, was das nun wieder heißen sollte.
«So viele intime Geheimnisse müssen euch Typen doch schrecklich scharf machen», fuhr sie fort, ganz die reine Unschuld.
An dem Lächeln in ihren Augen sah man ganz genau, welche Wirkung diese Richtung ihrer Unterhaltung hatte.
«Ein Wissenschaftler», meinte Jonesy mit Nachdruck, «muß Integrität besitzen. Das gilt sogar für einen technischen Assistenten wie mich.»
«Integrität ist eine gute Sache», sagte Brigitte vorsichtig, «aber man sollte sich nicht drauf ver*steifen*.»
«Ich bin nicht steif», rief er wütend, «ich meine – ich versteife mich nicht – ich meine – ach, zum Teufel damit.»
Ihr Lächeln war zum Verrücktwerden.
«Oh», sagte sie sanft. «Du bist ja heute so nervös und *fickrig*. Warum fällt mir bloß nichts ein, womit ich dich entspannen könnte?»

«Ich bin schon okay», sagte er kurz.

Sanft, träge und ein bißchen spöttisch antwortete sie: «Ich will nur nicht, daß du so ärgerlich und gereizt bist, nur weil Mathilda dich den ganzen Sommer hier allein läßt. Ich meine, ich kann für dich kochen und waschen und so was, aber wenn da noch was anderes ist, etwas, was du ganz besonders vermißt –»

«Nein», sagte er, «mir geht's ausgezeichnet.» Er aß seinen Kuchen und drehte sich vor dem Aufstehen mit dem Stuhl, damit er sie dabei nicht ansehen mußte. «Ich glaub, ich geh schlafen», meinte er vage.

«Armer Mann», sagte sie, «so ganz allein in dem großen Bett.»

Jonesy schlurfte in sein Schlafzimmer. Als er seinen Pyjama anzog, hörte er sie in der Küche mit dem Geschirr klappern. Hörte – Teufel auch, er konnte sie sehen, als ob die Wände aus Glas wären. Das rote Negligé flatterte lose um sie herum, während sie die Teller abwusch. Jedesmal, wenn sie sich bewegte, lugte eine kleine Titte einladend heraus. Jonesy knipste das Licht aus und kletterte zwischen die Laken. Er behielt die Hände auf der Bettdecke, so weit wie möglich von seinem pulsierenden Schwanz entfernt.

Ich werde stark sein, dachte er. *Ich werde stark sein. Ich werde stark sein.*

Da ging die Tür auf.

«R. N.», sagte Brigitte atemlos. «Ich glaube, da ist jemand auf der Terrasse. Ein Einbrecher!»

Jonesy taumelte in die Küche und schaute zur Hintertür hinaus. Natürlich war kein Mensch zu sehen.

«Das sind bloß deine Nerven», sagte er. «Offenbar bin ich nicht der einzige, der heute abend gereizt ist.»

Er steuerte wieder in Richtung Schlafzimmer.

«R. N.», sagte sie, «vielleicht kommt er ja zurück.»

«Wenn er kommt, kannst du mich ja rufen.» Jonesy stolperte blind zurück ins Bett.

Ich werde stark sein. Ich werde stark sein. Ich werde stark sein.

Da ging die Tür schon wieder auf.

«Leihst du mir was zum Lesen?» fragte Brigitte.

Jonesy war sich darüber klar, daß keine der vorausgegangenen Versuchungen ihn darauf vorbereitet hatte. Er lag im Bett. Sie stand einen halben Meter entfernt, in einem durchsichtigen Negligé und stöberte im Bücherregal herum. Sein Harter war größer als die *Trans America*-Pyramide. Jede Sekunde könnte sie auf die Idee kommen, daß ein Erdbeben im Anmarsch war und sich in sein Bett flüchten.

Ich werde stark sein. Ich werde stark sein . . .

«Oh, das *Pussycat*-Magazin», sagte sie. «Das mag ich.»

Sie blätterte bis zur Pussyette des Monats.

«Verdammt noch mal», sagte sie. «Sie ist viel hübscher als ich. Warum müssen diese Mädchen immer viel hübscher sein als ich?» Sie fummelte mit dem Foto vor seiner Nase herum. «Ist sie nicht viel hübscher als ich?»

«Nein», sagte er mit erstickter Stimme. «Nein, ich glaube nicht.»

«Wirklich? Aber guck doch mal der Busen. So süß und klein, so niedlich. Nicht so groß und kuhförmig wie meiner.» Sie hielt das Bild neben ihren eigenen. «Siehst du?»

«Du bist nicht kuhförmig», protestierte Jonesy schließlich, als es offensichtlich war, daß er irgendwas sagen mußte. «Ein großer Busen ist auch sehr attraktiv.»

«Oh, wie nett von dir, das zu sagen.» Sie ließ das Magazin sinken und küßte ihn auf die Stirn. «Du bist schrecklich süß, R. N.»

«Ähem, wir sollten wirklich nicht . . .» fing er an.

«Mein Gott, was für einen phantastischen Harten du hast», unterbrach sie ihn. «Der reinste Eiffelturm!»

Jonesy wurde purpurrot. «Wird schon wieder weggehen», sagte er albern.

«Oh, du Armer, *Armer*. Und du bist zu schüchtern, um mich zu Hilfe zu rufen . . .» Ihre Augen waren voller schwesterlicher Sympathie und Großmütigkeit.

«Das wäre nicht richtig», sagte Jonesy unbehaglich. Er wünschte, sie würde endlich von seinem Bett verschwinden. «Was, wenn Mathilda . . .»

«Oh, *ich* würde nichts erzählen. Du?»

«Natürlich nicht.»

«Dann kann sie es auch nicht rauskriegen.»

«Aber», protestierte Jonesy schwach, «Ehebruch ist schließlich eine ernste Sache . . .»

«Ach was!!!» antwortete Brigitte scharf. «Das ist doch *albern*,

R. N. Du bist ganz schön geil.» Sie berührte leicht seinen Penis. «Mannomann, er ist so groß wie ein Kirchturm» – und mit großen unschuldigen Augen – «und um die Wahrheit zu sagen, R. N., ich bin's auch. Und offensichtlich gibt es dafür nur eine Lösung.»
«Aber», sagte Jonesy, «was ist mit meiner Willensstärke? Was ist mit der armen Mathilda? Was mit Zivilisation und menschlicher Würde?»
«Mann Gottes!» explodierte sie. «Du bist ein alter Hampelmann! Also wirklich, ihr Leute aus dem Mittelwesten seid einfach provinziell. Himmel noch mal, Jonesy, wenn du mich nicht fickst, dann mach ich es eben selber. Ist es das, was du willst?»
«Warum denn nicht», greinte Jonesy verzweifelt. «Dann ist es jedenfalls kein Ehebruch.»
«Du bist ein technischer Bastard», fauchte Brigitte wütend. «Na gut, wenn du meinst, dann mach ich's mir eben selbst.» Und damit schwang sie sich aus dem Bett und stürzte aus dem Zimmer.
Jonesy starrte die Wand an. Er dachte an Mathilda. Er dachte an die Nachbarn. Er dachte an Gott und die Prophezeiungen sämtlicher Gottesexperten, von denen er je gehört hatte. Sie bestanden ohne Ausnahme darauf, daß Gott über Ehebruch extrem engstirnig und intolerant dachte. Er dachte daran, wie Brigitte jetzt unten in ihrem Zimmer lag und mit ihrer Muschi spielte, sie träge und sehnsüchtig streichelte, bis sie kam. Er dachte an ihre Muschi und an lauter Finger, die sich darin bewegten. Er dachte daran, wie heiß sich sein steifer Schwanz anfühlte.
«Brigitte», rief er. «Warte doch.»
«Fick dich doch selbst, du Blödmann», kam ihre nicht gerade elegante Antwort von unten.
Jonesy stand auf und stolperte zur Tür. Unten schlug Brigitte fuchsteufelswild ihre Tür zu.
Himmel, Kreuz und Donnerwetter, dachte er.
Er torkelte barfuß die Treppe hinunter und klopfte an ihre Tür. «Brigitte?»
«Hau ab!» rief sie.
«Das kannst du mir doch nicht antun», rief Jonesy zurück. «Du hast mich zum Tier gemacht! Du kannst mich doch jetzt nicht einfach so hängenlassen.»

«Geh und hol dir einen runter und erlös die ganze Welt vom Ehebruch, du *Schlappschwanz*!»
Jonesy machte die Tür auf.
Brigitte lag splitterfasernackt auf dem Bett ausgebreitet. Zwischen ihren gespreizten Beinen der atemberaubende Anblick ihrer rotblonden Muschi. Mit ihrer rechten Hand führte sie eine geschälte Banane zum Mund und mit der linken eine zweite über die Klitoris.
«Mein Gott!» sagte er total schockiert.
«Faß mich ja nicht an», warnte sie. «Keinen Schritt weiter, du selbstgerechter Puritaner. Du kannst mir zugucken – das würde mir sogar gefallen, besonders, wenn du dir dabei auch einen runterholst. Aber faß mich ja nicht an! Du hast deine Chance gehabt, du Schwachkopf.» Und damit nahm das schamlose Geschöpf die Banane in den Mund und fing an, leidenschaftlich an ihr zu lutschen. Jonesy schaute stöhnend zu, wie sie die andere Banane gegen die Klitoris rieb und ihre Hüften langsam kreisend nach oben stieß, um ihre Erregung zu steigern.
«Warte», rief er. «Bitte –»
Aber sie rieb ihre Muschi weiter und schob die Banane nach und nach ganz tief in ihre Vagina hinein. Sie bäumte sich auf, stieß sie rein und raus aus ihrer Möse und lutschte dabei die ganze Zeit seufzend und stöhnend vor Lust an der anderen Banane. Jonesy war völlig weg. Langsam fing er an, nach seinem Penis zu tasten. Er starrte die anbetungswürdige Frau mit ihren zwei Bananen an und identifizierte seinen Penis abwechselnd mit der einen und dann mit der anderen, stellte sich vor, daß er ihn über ihren Mund rieb und dann, daß er ihn in ihre Möse rammte, außer sich vor dem ganzen Stöhnen und Aufbäumen. Sie kannte keine Scham, ihre Lust steigerte sich immer mehr, bis er es nicht mehr aushielt und sich ungehobelt wie Karloff auf sie stürzte.
«Gut.» Sie grinste gerissen und ließ die Bananen fallen.
«Jetzt bist du wenigstens sicher, daß es *deine* Entscheidung ist.» Sie schlängelte sich herum, nahm seinen Penis in den Mund und hielt ihm ihre Pussy unter die Nase. Jonesy gab sich dem Unamerikanismus hin.
Er war Opfer einer *Mama Vibe* geworden, ohne auch nur im entferntesten zu ahnen, was da mit ihm passierte.

Die Form des Unterschieds

Diese verdammte Quantenspringerei beunruhigt mich immer mehr.

Erwin Schrödinger in seiner Privatkorrespondenz mit Albert Einstein

23. DEZEMBER 1983:

Williams dozierte immer noch, dieser Schaumschläger läßt sich wirklich durch nichts aus der Ruhe bringen. «Dem gesunden Menschenverstand, ähem, also, dem gesunden Menschenverstand, meine Liebe, erscheint das Universum völlig gesetzmäßig. Makroskopisch gesehen, darüber sind sich die Physiker einig, ist das Universum so gesetzmäßig und diszipliniert wie die Kammermusik des 18. Jahrhunderts. Auf der Quantenebene jedoch, äh, auf der Quantenebene herrschen die Anarchisten. Eris, die Göttin des Widerspruchs, regiert . . . und, ähem, mitten in dem ganzen Chaos, in dem die Göttin offensichtlich mit der Welt würfelt, verbindet ein Feedback-System, das schneller als mit Lichtgeschwindigkeit funktioniert, eine Art vierdimensionales kybernetisches Programmzentrum, jedes anarchistische Teilchen mit jedem anderen unvorhersehbaren zufälligen Ereignis in Raum und Zeit . . . Hören Sie eigentlich zu?»

Von San Diego bis nach Maine

«Wie Wellen in einem Teich, natürlich, Professor.»
«Nur daß die Wellen schneller als Licht sind», psalmodierte Williams. «Und überall gleichzeitig.»
«Wie *I Ging*-Hexagramme. Jessas, Professor, ich hätte nie gedacht, daß Physik so unheimlich ist», sagte Natalie ehrfürchtig.
«Das ist nur der Einstein-Rosen-Podolsky-Effekt. Warten Sie, bis ich Ihnen von Bells Theorem erzählt habe.»
«Yeah, äh, aber wie wär's vorher noch mit Joan Baez?»
«Natürlich.»
Williams ging zum Plattenspieler und hob den Tonarm, während zur gleichen Zeit dreiundreißig Blocks entfernt Justin Case ekstatisch und inbrünstig betete: «Oh Gott oh Gott oh Gott . . .»

Nach einem relativ schlechten Anfang lief die Verbindung zwischen Franklin Delano Roosevelt und Dr. Dashwood wie geschmiert.

«Man kann kein in die Tiefe gehendes Interview machen», hatte Stuart erklärt, «wenn man sich nicht entspannt und versucht, sich gegenseitig kennenzulernen. Kommen Sie doch einfach heut abend auf Sputs Party in New York. *Pussycat* übernimmt die Spesen. Bringen Sie Ihre Frau oder Freundin mit, Mann. Ach was», fügte er plötzlich hinzu, «bringen Sie doch alle beide mit, wenn Sie Lust haben.»

Dr. Dashwood, der weder eine Frau noch eine feste Freundin hatte, nahm statt dessen Tarantella Serpentine mit. In ihrem tief ausgeschnittenen silbernen Abendkleid, das ihren bemerkenswerten Busen weitgehend enthüllte und sich um die Hüften schmiegte, sah sie einfach hinreißend aus. Sie ist eine Lady, dachte er, sie wird bestimmt nicht mehr lange in diesem Massagesalon herumhängen. Offensichtlich hatte das Schicksal Größeres und Besseres mit ihr vor.

Zu Dashwoods Überraschung war Stuart in Begleitung einer Mieze, die trotz ihres guten Aussehens und ihres modischen Abendkleides verriet, daß sie so was wie ein Hippie oder Yippie war, sobald sie den Mund aufmachte. Außerdem stand sie bestimmt unter dem Einfluß irgendwelcher Drogen; sie sagte dauernd «cool» und «irre» und «Wahnsinn». Stuart stellte sie als Stella Only vor.

Wenn sie überhaupt einen zusammenhängenden Satz rausbrachte, endete er unweigerlich mit «und diese ganze Scheiße».

Zuerst fuhren sie in die Wohnung von Wildeblood, um sich die *crème de la crème* von Manhattans Intelligenzija anzuschauen. Irgendein Verrückter erzählte was von einem Mann ohne Frau, ohne Pferd und ohne Schnurrbart. Aber Bertha van Ation, die große Astronomin war da, und Marvin Gardens, der berühmteste Romanschriftsteller der Welt, ebenfalls.

Als sie wieder draußen waren, sagte Stuart: «Versuchen wir's ohne Taxi. Sputs Wohnung ist nicht weit von hier.»

Also marschierten sie los in Richtung Norden und kamen dabei an einem großen bärtigen Mann vorbei, der der berühmten Feministin Natalie Drest irgendwas erklärte, das von Neumanns Katastrophe hieß.

«Ich im *Pussycat*-Gebäude», sagte Tarantella. «Das ist, als ob ein Traum in Erfüllung geht.»

«Wahnsinn», stimmte Miss Only zu.

Dashwood ließ die beiden ein paar Schritte vorausgehen und fragte Stuart leise: «Hat sie was mit Drogen zu tun?»

«Drogen?» fragte Stuart erstaunt. «Himmel nein, Alter. Ein bißchen Pot vielleicht, aber das ist das Äußerste.»

Dr. Dashwood runzelte mißbilligend die Stirn. «Wie haben Sie sie eigentlich kennengelernt?» fragte er.

«Sie war Pussyette des Monats. Im Mai.»

Dashwood starrte Miss Only an. Es war nicht zu fassen, aber solange sie den Mund hielt und keine 68er Haight Ashbury-Sprüche klopfte, war sie tatsächlich eine Schönheit. Und das Kleid stand ihr wirklich gut.

«Miss Only», sprach er sie an, «sind Sie eigentlich Modell von *Beruf*?»

«Ich heiße nicht Only», sagte sie. «Ich bin Stella. Einfach Stella. Kein Nachname.»

Dashwood sah sie zweifelnd an. Ihre kleine Gruppe bestand nun aus zwei Leuten, die die beiden andern Leute jeweils eindeutig für verrückt hielten.

«Warum soll eine Frau einen Nachnamen haben?» erklärte sie sokratisch. «Und welchen Nachnamen? Den ihres Vaters? Den ihres Mannes, wenn sie einen hat? Die ganze Scheiße? Verstehen Sie?»

«Sind Sie eine Feministin? Oder ein White Muslim? Oder irgendwas anderes?» fragte er verwirrt.

«Ich bin Stella. Einfach Stella», sagte sie nachdrücklich.

Sie bogen in den Innenhof des *Pussycat*-Gebäudes ein.

«Von außen sieht es aus wie jedes andere Gebäude auf dem Drive. Aber warte, bis du drin bist, Süße», sagte Stella und legte liebevoll den Arm um Tarantella. «Wahnsinn, *echt*!»

An der Tür hing ein griechisches Motto: ELEUTHERIA.

«Was heißt das?» fragte Dr. Dashwood und versuchte einen

schwachen Witz, indem er hinzufügte: «Kommt mir alles griechisch vor.»
«Freiheit», übersetzte Stuart und drückte auf die Klingel.
Ein Lautsprecher in der Wand sagte näselnd: «Identifizieren Sie sich bitte.»
«Stuart», sagte Stuart. «Mit drei Gästen.» Für die anderen fügte er hinzu: «Das ist ein Computer. Er reagiert auf die Stimme. Viel sicherer als Fernsehkameras. Keine Stimme ist so wie die andere, wissen Sie.»
«Wissenschaftlich», kommentierte Stella ehrfürchtig. «Elektronik und die ganze Scheiße.»
«Kommen Sie bitte herein», sagte die näselnde Stimme. Der Summer ertönte. Stuart drückte die Tür auf und brachte sie in die Eingangshalle mit einem Wappen, das Sput frech mit einem grotesken riesigen Aluminiumpenis verschönert hatte.
«Einer von Sputs Witzen», erklärte er matt.
Plötzlich fiel Dashwood Rhoda ein, und er fragte sich einen Moment lang, ob sie wohl endlich mit ACE fertig war.
Sie gingen durch die Halle und die Treppe hinauf, vorbei an einem hübschen und sehr originellen Original von Renoir. «Sexy», sagte Tarantella, beeindruckt vom Realismus der Fleischschattierungen.
«Renoir», erklärte Stella. «Impressionismus und diese Scheiße.»
Sie betraten einen brechend vollen Ballsaal. Ein Großteil der Frauen war völlig nackt – Pussyettes aus dem Club, die für Sputs Gäste so erschienen, wie die Clubbesucher sich das immer vorstellten, und die Cocktails verteilten. Sie kamen an einer griechischen Vase vorbei, die, fast 1,50 hoch, mit dem Portrait einer Nymphe geschmückt war, die vor einem mit entschlossenem Grinsen und beeindruckender Erektion ausgestatteten Satyr davonlief. Auf der rechten Seite des Raums saßen Sput und ein kleiner Kreis von Freunden bequem auf großen Sitzkissen und zogen an einer Wasserpfeife, während der Rest der Gäste stand und trank. An der Wand über ihnen hing ein echter Warhol – die hundert Campbell-Suppendosen.
«Freiheit», sagte Sput gerade, «ist das Schrecklichste auf der Welt. Tatsache. Die Leute geben sich die größte Mühe, um sich zu beweisen, daß sie nicht frei sind. Wenn sie sich nicht überzeugen

können, daß sie von den Bullen überwacht werden, dann sind es die Nachbarn. Setzt man sie mitten in der Wildnis aus, Hunderte von Meilen von der nächsten Ansiedlung entfernt, dann fallen sie in die Kindheit zurück und bilden sich ein, daß der Alte Mann im Himmel sie beobachtet. Nur damit sie glauben können, unter Zwang zu handeln und nicht wirklich verantwortlich zu sein für das, was sie tun.» Er machte eine Pause und zog nachdenklich an der Huka.

«Was ist denn das?» fragte Dashwood. «Türkischer Tabak?»

«Ähem, ja», sagte Stuart. «Türkischer Tabak.»

«Hier haben wir Freiheit», fuhr Sput fort. «Jeder hier ist frei. Und was machen sie? Genau das gleiche wie auf jeder anderen Party auch. Sie warten darauf, daß ich was Unmögliches mache, damit sie sich dranhängen können. Es ist zum Kotzen.»

«Sput», sagte Stuart in die Pause, «ich möchte Ihnen Dr. Dashwood von der Stiftung für Orgasmusforschung vorstellen. Und Miss Tarantella Serpentine. Stella kennen Sie ja.»

«Das will ich meinen», sagte Stella zweideutig.

«Dr. Dashwood, es ist mir eine Ehre, eine große Ehre. Ladies», sagte Sput mit einer halb angedeuteten Aufsteh-Geste, «nehmen Sie sich ein Kissen und setzen Sie sich zu uns. Ziehen Sie sich aus, wenn Sie Lust haben. Schnappen Sie sich einen Schlauch von der Pfeife – oder rufen Sie eine Pussyette, wenn Sie Durst haben. Mein Heim steht Ihnen zur Verfügung», sagte er großartig und imitierte dabei eine arabische Geste aus einem alten Ronald Colman-Streifen. Stuart sah, daß er völlig zu war. Und wie üblich machte der «türkische Tabak» einen Philosophen aus ihm.

Sie setzten sich hin, und Stuart winkte einer Pussyette, die Drinks zu servieren. Aus dem Augenwinkel bemerkte er, wie Dr. Dashwood probeweise am Schlauch der Wasserpfeife zog. Er fing an zu husten, wurde vor Verlegenheit ganz rot und zog dann noch mal. «Starker Tobak», meinte er nachdenklich.

Sput verstand ihn falsch. «Für meine Gäste nur das Beste», prahlte er. «Zweihundert Piepen die Unze.»

Der Doktor sah ihn überrascht an. «Ziemlich teuer für Tabak», meinte er sichtlich beeindruckt.

Sput starrte ihn einen Moment an und fing dann an zu grinsen. «Sie haben wirklich Sinn für Humor, Doc», sagte er jovial.

Der Doktor war ganz verwirrt und nahm noch einen Zug.
«Wo ist denn der Swimming-pool?» fragte Tarantella.
«Durch die Tür da und dann die Treppe runter», antwortete Sput. «Aber ich glaube, momentan ist er voller krakeelender Besoffener aus Hollywood.»
Stella, die reichlich gezogen hatte, legte den Schlauch beiseite und hielt sich mit den Fingern die Nase zu. Der Doktor starrte sie an. Sie ließ ein Nasenloch los und atmete fast zwanzig Sekunden lang aus. Dann atmete sie genauso lange wieder ein und hielt sich wieder die Nase zu.
«Was macht sie denn?» fragte er Stuart besorgt.
«Pranayama. Das ist eine hinduistische Atemübung.» Stuart zwinkerte ihm zu. «Das steigert den Genuß von . . . türkischem Tabak.»
«Ich gehe eine Runde schwimmen», verkündete Tarantella. «Kommt jemand mit?»
«Später», sagte Stuart. «Ich muß mich erst mal eine Weile ausruhen.» Er nahm noch einen tiefen Zug.
«Als ich mit *Pussycat* anfing», verriet Sput plötzlich und kehrte damit zu seinem früheren Thema zurück, «hatte ich nur den einen Gedanken: den Totalanteil an Freiheit in der Welt zu steigern. Natürlich war es nicht gegen meine Absicht», meinte er mit einem gerissenen Grinsen, «im Verlauf dieses Prozesses zum Millionär zu werden. Aber Freiheit war das eigentliche Ziel. Und nun, nach zwanzig Jahren, was sehe ich da? Was sehe ich? Ich sag euch, was ich sehe. Die Leute sind genauso feige und verschreckt wie eh und je und warten immer noch auf Befehle. Nichts kann die Menschheit verändern. Jesus konnte es nicht. Jefferson konnte es nicht. Nicht mal Hubbard hat es geschafft. Die Leute sind einfach hoffnungslos.»
«Sie machen sich zu viele Gedanken», meinte Stella mitfühlend. «Über die Leute. Die Freiheit. Die ganze Scheiße.»
Sput starrte sie an. «Stella», sagte er plötzlich. «Die Dame ohne Nachnamen. Ich langweile mich, Stella. Mir geht's schlecht, ich habe Lebensangst und noch ein paar andere modische französische Varianten von Überspanntheit; ich sterbe, ägyptisch, sterbe. Jeder erwartet von mir, daß ich meinem Namen Ehre mache. Kaust du mir einen ab? Gleich? Hier?»

«Ich hab mich sowieso schon gefragt, wann das kommen würde», sagte sie. «Hinterher stellst du mich aber höchstpersönlich drei Produzenten aus Hollywood vor, okay?»
«Vier. Ich bin heute großzügig.»
«Abgemacht», sagte sie, rutschte zu ihm hinüber und machte sich an seinem Reißverschluß zu schaffen.
«Ist in dem Tabak was drin?» fragte Dr. Dashwood mißtrauisch. «Mir ist plötzlich so komisch.»
«Hey», rief eins von den Mädchen in die Runde. «Sput läßt sich einen abkauen.» Eine kleine Menschentraube versammelte sich um sie.
«Warte», sagte Sput, als sie ihm die Hose herunterzog. «Du mußt erst noch was sagen.»
«Was denn?» fragte Stella belustigt.
«Du sagst: Ich bin Margaret Thatcher und will dir einen blasen, Sput. Und, äh: spritz deinen heißen Saft in meinen Mund.»
«Okay. Ich bin Margaret Thatcher und will dir einen blasen, Sput. Spritz deinen heißen Saft in meinen Mund.»
«Mit Überzeugung, verdammt. *Viel mehr Überzeugung*.»
«Da ist bestimmt was drin, in dem Zeug», sagte Dr. Dashwood. «Ich merke es doch. Ich sollte wirklich lieber gehen.» Aber er machte keine Anstalten, aufzustehen. Er sah sich ein bißchen abwesend um und bemerkte, wie Sput seinen Bolzen in Stellas Mund schob. «Ach, du lieber Himmel», murmelte er. «Das muß ein Halluzinogen sein. Nicht mal der *Pussycat*-Verleger würde so was in einem Raum voller Menschen machen.» Er rieb sich nachdenklich die Augen. «Miss Only – ich meine Stella, ist das ein Traum?»
«Schlabber, schlabber» war die Antwort.
«Mr. Stuart, ist das ein Traum?»
«Nehmen Sie noch einen Zug, Doc. Die Nacht ist noch jung und wir sind alle wundervoll.» Stuart hatte mit einer sehr attraktiven Pussyette getuschelt und entledigte sich gerade ebenfalls seiner Hose.
Dr. Dashwood hörte nichts mehr. Er wurde von einem Kissen aufgesogen. «Was für eine erstaunliche Blauschattierung», murmelte er vor sich hin. «Das müssen zwei Fäden sein, die miteinander verwoben sind.»

«Dreh dich mal andersrum», sagte Stuart zu seiner Pussyette. «Wie wär's mit 'nem 69er?»
«Schluck es runter, Maggie, schluck alles runter», hörte Dr. Dashwood eine halberstickte Stimme keuchen. «Schluck jeden gottverdammten Tropfen, du *verfluchtes englisches Klatschweib.* ICH BIN AMERIKANER!»
«Und ich bin aus der Realität in die Phantasie gerutscht», sagte Dr. Dashwood nachdenklich.
Hinter ihm plärrte Buffy Saint Marie aus dem Lautsprecher:

«God is alive, magic is afoot . . .»

Mittlerweile zogen sich Joe Malik und Carol Christmas aus. Sie halfen sich gegenseitig aus den Klamotten, der übliche Ärger mit dem BH. Lieber Himmel, müssen die Hersteller denn unbedingt jeden Traum von Verliebten verhindern oder gar zerstören? Was zum Teufel ist mit diesen Haken los?
«Bist du wirklich Araber?» fragte Carol heiser.
«Sieht man mir das nicht an?»
«Na ja, ein bißchen vielleicht, aber du hast überhaupt keinen Akzent . . .»
Jedesmal wenn man aus der Hose steigt kommt man sich vor wie ein Trottel warum laufen wir nicht alle in Kimonos rum wie die Japaner das würde vieles einfacher machen ich fühle mich jedenfalls wie ein Idiot hier auf einem Bein balancierend da will man glänzen wie Valentino und sieht statt dessen aus wie Long John Silver
«Ich bin in Brooklyn geboren», erklärte Joe, noch immer auf einem Bein schwankend. «Nur mein Vater war Araber. Ein Scheich, um genau zu sein. Ich bin der Sohn eines Scheichs.» Der Versuch, wieder Valentino zu sein.

Die Katze und der Hund

> Wenn wir erst mal mehrere Universen akzeptieren, dann brauchen wir uns auch nicht mehr den Kopf darüber zu zerbrechen, was «wirklich» passiert ist, weil jede mögliche Vergangenheit gleichermaßen «wirklich» ist.
>
> Joseph Gerver, «The Past as Backward Movies of the Future», *Physics Today*, April 1971

«Der, der fing . . . der zögert, ist verloren», sagte Marvin Gardens eines Tages im *Confrontation*-Office. Joe Malik hielt das für einen der interessantesten Freudschen Versprecher, die er je gehört hatte. Er notierte ihn in seinem Tagebuch, das später natürlich den Illuminaten in die Hände fiel.

Marvin und Joe hatten sich noch nie besonders gut verstanden, aber nur deshalb, weil Marvin Joe für einen außerirdischen Spion und Joe Marvin für einen Bekloppten hielt.

«Marvin ist ganz bestimmt nicht verrückt», pflegte Justin Case zu sagen. «Er ist genial. Der größte Verarschungskünstler seit Hitchcock. Und keiner merkt, was für ein irrer Satiriker er ist.»

Als man ihm das wiedererzählte, sagte Marvin: «Justin Case hält sich wohl für liberal, dabei ist er auch bloß ein Opfer der Gehirnwäsche, die die Invasion der Amazonen in Gang setzte.»

Marvin Gardens hatte ein Trauma aus den Siebzigern behalten und nannte die Frauenemanzipation stets nur die Amazoneninvasion. Er glaubte, oder er tat wenigstens so, daß die Anführerinnen allesamt Außerirdische waren, die 1968 mit einer fliegenden Untertasse auf der Erde gelandet waren und alles daransetzten, durch sogenannte semantische Schwarze Magie die totale Macht zu erreichen. «Sie haben die Sprache atomisiert und einen semantischen Smog geschaffen, in dem die normale Menschheit von Abstraktionen wie ‹Vorsitzenden› ausradiert und simple säugetierische erotische Signale in eine neue Sünde namens ‹Sexismus› verpolitisiert werden. Jeder Mann, der es wagt, ihnen entgegenzutreten, wird zum ‹männlichen Chauvinisten› und jede Frau, die nicht mitmacht, zum Opfer *männlicher* Gehirnwäsche. Wahrscheinlich haben sie in zehn Jahren in sämtlichen Bereichen der Industrie die Schlüsselpositionen besetzt (im Verlagswesen haben sie das sowieso schon geschafft), *und dann fällt die Regierung um.*

Vermutlich landen dann auch die männlichen Teile ihrer Spezies und machen uns alle zu Sklaven. (Ein paar von ihren Männern sind schon da, man schaue sich nur mal in der literarischen Szene von Manhattan um.) Das ist der raffinierteste Infiltrationsjob in der kompletten Geschichte der galaktischen Spionage. Nur weil ich gewagt habe, ihre Pläne zu verraten, beschimpfen sie mich als ‹männliches Chauvinistenschwein›, was ja noch zehnmal schlimmer ist als ‹männlicher Chauvinist› und ungefähr soviel bedeutet wie SP* auf der Hitliste der Scientologen.»

Manche Leute glaubten wie Justin Case, daß Marvin das nicht ernst meinte, sondern nur eine Chance gewittert hatte, reich und berühmt zu werden, indem er eine extrem abweichlerische Haltung vertrat. Andere dagegen behaupteten, daß er das alles todernst meinte und damit ein klassischer Fall von Kokain-Paranoia war. Wenn man eine dieser Theorien in seiner Gegenwart erörterte, legte Marvin stets größten Wert darauf, daß «es noch eine dritte Möglichkeit gibt. Ich könnte ja schließlich auch recht haben. In diesem Fall ist es natürlich schön bequem für *sie*, wenn man meinen Geisteszustand oder meine Integrität anzweifelt. Es kommt mir fast so vor, als hätten *sie* sich verschworen, meine Ehre mit Füßen zu treten. Vielleicht haben sie Angst, daß man auf mich hört, bevor es zu spät und die Besetzung perfekt ist.»

Marvins größter Feind bei der männlichen Hälfte der Bevölkerung war natürlich Frank Hemeroid. Komischerweise wußte Hemeroid kaum was von Marvins Existenz und war daher gar nicht in der Lage, ihm bewußt zu schaden. Aber trotzdem war er sein größter Feind. Manchmal hatte Marvin ihn genauso wie die Anführerinnen der Frauenbewegung im Verdacht, ein Außerirdischer zu sein.

Diese Feindschaft hatte Hemeroid sich durch seine Bücher zugezogen, die laut Marvin von Verrat nur so strotzten. In Wirklichkeit reflektierten sie nur die literarische Gesellschaft der siebziger Jahre, in der die meisten Leute ein bißchen verrückt und alle Verlierer waren. Diese Welt wurde von Hemeroid perfekt eingefangen: in seinen Romanen waren die meisten Figuren ein biß-

* Suppressive Person – jeder, der an der Scientologie was auszusetzen hat. (A. d. Ü.)

chen verrückt und alle waren Verlierer. Von den Kritikern, die ebenfalls durchweg Verlierer waren, wurde er brutaler Realist genannt. Marvin hielt ihn für einen Verräter am Planeten Erde. Marvin verarbeitete all diese Beobachtungen in seinen Dialogen (er sah sich selbst gern als platonisch veranlagt). Dabei gab es zwei Sprecher: Frank Hemeroid, der die Werte und Realitätskonzepte der Siebziger repräsentierte, und Ernest Hemingway, Marvins Kindheitsheld, den man literarisch verstoßen hatte, als die Außerirdischen den Planeten besetzt hatten. Hemingway stand für den Mann, den individuellen Mann, den universalen Einzelgänger, der er vor der außerirdischen Invasion gewesen war.

FRANK: Hast du denn je wirklich an deinen Mythos geglaubt, du alter Heuchler? Hast du geglaubt, du kannst aus einer neurotischen, zum Selbstmord neigenden Familie kommen und dich durch bloße Willensstärke in einen Held verwandeln, einen tapferen Krieger, einen großen Künstler, einen Großwildjäger, eine Kultfigur, ein Sinnbild für Würde und Mut in Gefahr? Hast du nicht gewußt, daß du ein Wurm bist und daß alle Menschen Würmer und Feiglinge sind und daß du am Ende doch verlieren würdest? Hast du nicht gewußt, daß du ganz genau so wie alle anderen bist, von Selbstmitleid und Zweifeln geplagt, bis du endlich den letzten kosmischen Abzug drückst?

ERNEST: Ich habe nie gesagt, daß es einfach ist. Ich habe gesagt, daß ein Mann nicht zum Aufgeben geschaffen ist, auch wenn alle anderen um ihn herum aufgeben. Ich habe gesagt, daß das Bemühen, bewußt und tapfer zu sein, bewundernswert ist, ganz gleich, wie die Konsequenzen aussehen mögen.

FRANK: Bewußtsein? Tapferkeit? Bewußtsein heißt nur, sich seines eigenen Leidens in einer blinden Existenz bewußt zu sein, und Tapferkeit ist nichts anderes als eine Geste gegen das unvermeidliche Ende. Eine dumme Geste, denn Feiglinge leben länger, und wenn sie feige genug sind, treffen sie all die bequemen Entscheidungen und haben all die Sicherheiten, die in einem Todesuniversum wie unserem überhaupt möglich sind.

ERNEST: Das leugne ich nicht, und im übrigen habe ich schließlich diese Brutalität grausamer als irgendwer anders aus beispielsweise deiner Generation dargestellt. Trotzdem finde ich es bewundernswert, tapfer zu sein und Risiken einzugehen für Dinge, die man

wertschätzt. Wenn alles Säugetierische und Instinktive einem rät, wegzulaufen, und man bleibt trotzdem stehen und läuft nicht weg, dann lernt man erst, was es heißt, ein Mann zu sein.
Und so weiter. Marvin war von der Würde des Menschen besessen. Die ökologischen Relativisten, die erzählten, daß eine Ameise oder ein Schwein genausogut an die Würde der Ameisen oder Schweine glauben könnten, konnte er nicht ausstehen. Menschen sind weder Ameisen noch Schweine, sagte er dann kurz und stufte den Nörgler als vermutliches Opfer der außerirdischen Amazonen ein.
Über den eigentlichen Faktor, der wirklich alles in seiner Philosophie bestimmte und erklärte, schrieb Marvin jedoch wie die meisten Philosophen nur wenig. Wie auch Marx seinen Hautausschlag im ganzen *Kapital* nicht erwähnte und Freud sich hütete, seine eigenen sexuellen Handicaps zu beschreiben, ließ Marvin Gardens kein Wort über die Quelle und das Motiv seiner ganzen Theorien verlautbaren. Und das war sein Penis. Er war allerhöchstens 10 cm lang und schuld an seiner defätistischen Psychologie über die Dinge im allgemeinen und Frauen im besonderen, gegen die er so kämpfen mußte, um seine Philosophie vom Transzendentalen Männlichen Mut aufzubauen. Dabei machten die Frauen, die er als Außerirdische einstufte, ihm nur ein kleines bißchen mehr angst als die übrigen.
Manchmal verfaßte Marvin Gardens auch Dialoge zwischen dem Pawlowschen Hund und Schrödingers Katze. Sie waren im allgemeinen kurz und erinnerten irgendwie an Zen-Geschichten:

HUND: Ich kann millionenfach beweisen, daß wir nicht frei sind.
KATZE: Und ich kann beweisen, daß wir's sind.
HUND: Wie denn?
KATZE: Wer fragt da wie denn?

Vierundsechzig Amöben

> Der Glaube oder die unbewußte Überzeugung, daß alle Behauptungen Subjekt-Prädikat-Form haben oder anders ausgedrückt, daß jede Tatsache eine bestimmte Sache mit einer bestimmten Qualität ist, hat es den meisten Philosophen unmöglich gemacht, die Welt der Wissenschaft zu erklären.
>
> Bertrand Russell, *Our Knowledge of the External World*

23. DEZEMBER 1983:
Als die Konversation sich in eine andere Quantenrichtung verlagerte, war Natalie Drest völlig weg. «Sie, Sie mögen Krazy Kat also auch?» japste sie.
«In der Tat, meine Liebe», strahlte Blake Williams. «Es könnte sogar sein, daß ich der ergebenste Schüler Herrimans auf der ganzen Welt bin.»
Allerdings verschwieg er ihr (noch), daß er Krazy im großen Puzzlespiel der Wellenmechanik für ein Symbol für Schrödingers Katze hielt.
Denn selbst Blake Williams fragte sich gelegentlich, ob er nicht über die Köpfe seines Publikums hinwegredete.

Mittlerweile sucht Joe Malik nach etwas Passendem für das Regal hinter der Couch, als sein Blick auf die Statue der Jungfrau von Guadalupe fällt, die in einer Ecknische steht und mit einem Fuß den Kopf der Schlange zu Boden drückt. Er fragte sich, was zum Teufel dieses *Santaria* bloß darstellen sollte, wie immer von dem blinden Geschick weiblicher Hände überrascht, während Carol seinen Penis ohne hinzugucken in sich hineinlenkte, tatsächlich lag sie mit geschlossenen Augen da und genoß ohne Zweifel eine sehr persönliche Phantasievorstellung (bin ich Paul Newman? Woody Allen? Dieser verfluchte dritte Ex-Mann? Erster oder zweiter Ex-Mann? Irgendein blöder Fußballheld, den sie vor zehn Jahren auf der High School kennengelernt hatte?) einfach reinschieben und festhaken langsam auflösen mit ihr verschmelzen hineintauchen in den großen Ozean der Sinne das Fenster finden.

Ohne Pfau ohne Pferd ohne Schnurrbart (dachte Carol Christmas) er ist echt aber ein Araber das ist nett ein Sultan und wir sind in seinem Harem es ist wieder das erste Mal nein ein Film ja ein Film die Kamera fährt näher ran überall Techniker die mir zugucken Augen die mich beim Ficken beobachten der erste künstlerisch echt wertvolle Film tiefer ahhh gut tiefer der erste Pornostreifen der den *Academy Award* gewinnt kein Off-off-Broadway mehr für mich zugucken mir zugucken wie ich Millionen Männer ficke mir zugucken in den Kinos wie die Kleine vom *Pussycat* an der wir vorbeikamen ihre Schwänze massieren träumen von mir träumen von mir und kommen dabei denk nicht an Ronnie denk nicht denk nicht mongoloid sagte der Doktor und ich sagte ich hab noch nie was mit 'nem Chinamann gehabt hab's zuerst nicht verstanden warum ich warum ausgerechnet ich bei den Millionen von Geburten an diesem Tag und auf diesem Planeten warum ich denk nicht dran werd nicht wieder traurig laß dich einfach fallen die Kamera das Objektiv der Kamera schwenkt auf mein Gesicht für den Orgasmus und Millionen von Männern gucken in den Kinos zu und kommen einer nach dem andern ein verdammt grausames und ungerechtes ein mörderisches Universum mein armer Ronnie kommen spritzen spritzen spritzen *Academy Award* kommen und jetzt ich kommen ohne Pfau? Ohne Pferd? Ohne Schnurrbart?

Und Joe Malik keucht «Ich liebe dich», glaubt es in diesem warmen Augenblick selber, als er langsam aus den Nachwehen ihres Orgasmus auftaucht und auf seinen eigenen Höhepunkt zurast und sie murmelt «Liebling oh Liebling» Paul Newman? Ex-Männer? Ich? Ich? *ICH??? Ich?*

Und fünfzig Blocks weiter nördlich protestierte Natalie Drest noch immer.
«Und ich dachte, Sie wären ein Intellektueller . . .»
«Ich bin ein Intellektueller, meine Liebe. Aber auch ein Unintellektueller. Und sogar ein Mittellektueller, nehme ich an. Ein einzelnes Ego, wie unser Freund Joe Malik heut abend auf der Party bemerkte, ist schließlich eine lächerlich eingeengte Perspektive unseres Universums.» Williams lächelte.
«Sie meinen, Sie haben drei Egos, und eins davon ist ein Krazy Cat-Fan, das andere versucht, moderne Physik vom anthropologischen Standpunkt aus zu erklären, und was macht das dritte?»
«Ahh, meine Liebe, das ist eben die größte Leistung, das dritte Ich zu öffnen . . .»

What they forgot to kill said Joe
Went on to organise

«Was ich mag, ist, daß es Offisa Pup so peinlich ist, Hund zu sein, wissen Sie. Das ist Symbolismus.»

Went on to organise

«Offisa Pup, meine Liebe, ist das Super-Ego . . .»

Went on to organise

In Cicero, Illinois, saß zur gleichen Zeit ein gewisser Mister Stanislaus Oedipusky mit seiner Verlobten, Miss Mary Keller, vor dem Fernseher.
«Richtig, richtig!» schrie der Showmaster so hysterisch, als ob er soeben den ersten Kontakt zu außerirdischen Lebewesen hergestellt hätte. «Sie haben die 27 000 Dollar gewonnen. Sind Sie nun bereit für die 81 000-Dollar-Frage?»
Stanislaus gähnte verstohlen. «Wollen wir uns nicht lieber einen Film angucken?» fragte er. «Auf dem neunten Kanal gibt's *King Kong*.»

«Nein, nein», sagte Miss Kelly. «Jetzt wird's doch gerade erst spannend.»
Stan seufzte. Er mochte die Show nicht, sie brachte ihn völlig durcheinander. *Prove Your Conspiracy* war der Hit der TV-Saison, wenn auch ein bißchen schwer verständlich für Ma und Pa im Wohnzimmer von Des Moines, und der Vertrag würde mit ziemlicher Sicherheit nächstes Jahr nicht verlängert werden. Die Mitspieler waren normale Leute aus dem Publikum, die sich jedoch wie viele Kennedy-Mord-Fans unglaublich komplizierte und weitreichende Verschwörungen innerhalb und außerhalb der Regierung ausgedacht hatten. Eine Jury von Experten, die aus einem gutaussehenden jungen Harvard-Professor, der niemandem Angst einjagte, einem populären Broadway-Kolumnisten und einem berühmten Hollywood-Cowboy im Ruhestand bestanden, stellten Fangfragen zu Tatsachen, die nicht in die Verschwörungstheorien der Spieler paßten. Dann mußte der jeweilige Kandidat diese Fragen entweder erklären oder wenigstens wegerklären.
Der heutige Kandidat glaubte an die Bayrischen Illuminaten, einen Geheimbund von Bankiers, Satanisten und Kommunisten, der angeblich schon seit 1776 die Welt regierte.
Stanislaus Oedipusky mochte die Show auch deshalb nicht, weil er sich nie entscheiden konnte, ob die diversen Verschwörungen nun echt waren oder nicht.
Außerdem hatte er sich für heute abend noch was vorgenommen – Miss Kellys Eltern waren für zwei Tage verreist und *King Kong* war mit Sicherheit erotischer als das ganze Palaver über bayrische Kommunisten und Teufelsanbeter, die Sirhan Sirhan durch Fernhypnose beeinflußt haben sollten.
«Ich bin soweit», sagte der Kandidat, ein glatzköpfiger Buchhalter, mutig.
«Himmel, ist das spannend», plapperte Miss Kelly fröhlich.
«Yeah», sagte Stan und machte eine neue Dose Bier auf.
«Wir kommen direkt nach dieser Werbeeinblendung zu Ihrer Frage zurück», schrie der Showmaster, als ob er die Ankunft Christi meldete.
Ein goldenes Girl erschien auf dem Bildschirm, das mit Abstand besser aussah als die Monroe, oder die Dietrich in ihrer Blütezeit. Sie legte den Telefonhörer auf und machte ein mutloses und

verzweifeltes Gesicht. «Lieber Himmel», sagte sie in die Kamera, «das ist jetzt schon das dritte Mal, daß er ‹zuviel zu tun› hat, um sich mit mir zu treffen.» Sie runzelte nachdenklich die Stirn. «Stimmt vielleicht was nicht mit mir?»
Stan legte beiläufig seinen Arm um Miss Kellys Schultern und drückte sie brüderlich-zärtlich. Jetzt erschien auf dem Bildschirm ein Schauspieler im Kostüm zweier riesiger Nasenlöcher, unter dem seine Beine hervorlugten. «NASENTROPFEN», dröhnte er durch einen Echo-Verstärker. Die Kamera schwenkte kurz auf das Gesicht der Schauspielerin, die schuldbewußt und ertappt dreinsah. Dann wechselte die Szene zu einer ganzen Reihe von Schauspielern, die alle in Nasenkostümen tanzten und dazu einen Song über die Gefahren von Nasentropfen zum besten gaben. «Liebe Güte», rief sie zickig. «Habe *ich* etwa Nasentropfen?» Ein Schauspieler in weißem Kittel, unter dem das Wort GESTELLT eingeblendet wurde, runzelte ernst die Stirn und sagte: «Wissenschaftliche Tests haben bewiesen . . .»
Stan bewegte leicht die Hand und strich über Miss Kellys Brust. Sein Gesicht war ausdruckslos, er schien ganz vertieft in das, was die Schauspieler über Nebenhöhlenvereiterung erzählten. Fast sah es so aus, als ob sich seine Hand ohne sein Wissen selbständig machte. Miss Kelly schob sie schweigend auf ihre Schulter zurück. Die tanzenden Nasen besangen das Produkt, für das sie warben, und zwanzig Sekunden später war die Hand schon wieder da und lag so freundschaftlich wie nur möglich auf ihrer Brust. «Nein», sagte sie und schob sie weg.
Auf dem Bildschirm starrte jetzt eine Hausfrau mit hervorquellenden Augen ins Publikum. «Ein Hahn in meiner Küche», rief sie verblüfft. Die Kamera fuhr an ihr vorbei auf einen Hahn zu, der hinter ihr auf der Spüle stand. Der Hahn warf den Kopf zurück und krähte. Dann verwandelte er sich auf übernatürliche Weise in den roten Hahn auf einer Dose *Chanticlair* (MACHT *ALLES* SAUBER).
«Ja», rief ein unsichtbarer Sprecher. «Seien Sie sauberer als sauber – haben Sie den roten Hahn in der Küche.»
Miss Kelly kicherte nervös und schob seine Hand wieder weg, die so unbemerkt wie ein schüchternes Hündchen wieder zu ihrer Brust zurückgewandert war.
«Wir werden doch heiraten», sagte Stan düster und starrte auf den Bildschirm.

«Aber bis jetzt sind wir noch nicht verheiratet», sagte Miss Kelly steif.

Die Hand fiel mutlos wie ein verwundeter Soldat herunter. Und landete auf eine Art, die sie gar nicht mitkriegte, in ihrem Schoß, wo sie reglos und wie tot liegenblieb.

«Nein», sagte sie, und seine Hand stahl sich davon wie ein sterbendes Kücken. Er küßte sie aufs Ohr.

«Also ehrlich», sagte sie sauer. «Du denkst aber auch nur das eine.»

«Ich liebe dich», hauchte er traurig.

«Dann würdest du mich mehr respektieren», antwortete sie scharf.

Er küßte sie wieder. «Nicht mal ein Priester würde was dagegen haben, daß ein Verlobter seine Braut küßt.» Er seufzte tief. «Manchmal glaube ich, du liebst mich überhaupt nicht.»

«Jawohl!» johlte ein Cowboy auf dem Bildschirm. «HIER DRAUSSEN IM WESTEN GIBT'S DIE ECHTEN SCHARFEN MACHOMANN-SLIPS! DIE JOCKEY JOE JOCKIE SHORTS!» Dann erschien die Nahaufnahme einer Schaufensterpuppe, die Jockey Joe Jockie Shorts anhatte und eine unheimlich dicke Ausbeulung am richtigen Platz zur Schau stellte.

Miss Kelly kicherte wieder, diesmal ein bißchen nervöser als vorher. «Du liebst mich überhaupt nicht», murmelte Stan vorwurfsvoll, während seine Zunge liebevoll von ihrem Ohrläppchen zum Mundwinkel wanderte.

«Ich liebe dich», sagte sie. «Und ich will dich heiraten. Aber ich will auch, daß du stolz auf mich bist. Nicht, daß du mich für irgend so eine Schlampe hältst wie diese Stella Wie-hieß-sie-dochgleich.»

«Und ich liebe dich.» Stan hörte sich an, als läge er auf dem Totenbett. «Ich liebe dich so sehr, daß es weh tut.» Seine Hand ruhte mucksmäuschenstill in ihrer Achselhöhle, weitab vom Schuß. «Ich liebe und ich respektiere dich. Ehrlich!» Seine Hand kroch einen Zentimeter weiter und blieb dort liegen.

«Nur einen Kuß», sagte er schüchtern, «dann gucken wir weiter Fernsehen.»

«KÖRPERGERUCH IST ABSTOSSEND!» rief der Sprecher. «Deshalb haben alle Jockey Joe Jockies Shorts einen parfümierten Streifen aus weißer sauberer Baumwolle . . .»

«Also gut, einen Kuß», sagte Miss Kelly vorsichtig. «Aber nur einen.»
Ein vorbeifahrendes Auto streifte mit seinen Scheinwerfern ihr Fenster. Sein Radio dröhnte bis ins Zimmer:

«God is alive,
Magic is afoot . . .»

«Nur einen», wiederholte Mary fest.

«Das heißt also, daß jeder, der mit Marvins Kokain in Berührung gekommen ist, mit allen andern, die damit zu tun hatten, in Verbindung steht?» erkundigte sich Natalie. Das Ganze wurde langsam kompliziert.
«Sie haben es erfaßt.» Williams strahlte zufrieden. «Das ist eine perfekte Beschreibung von Bells Theorem. Die verborgene Variable, die den Zustandsvektor zusammenbrechen läßt, kann nur bedeuten, daß alles andere im Universum zusammenwirkt.»
«Oh, toll, Mann!» Natalie bemerkte, daß die Quantentheorie und das Haschisch merkwürdige Sachen in ihrem Kopf anrichteten. Weit, weit weg entdeckte sie einen Garten voller exotischer Lüste und einen Mann, der Ajatollah Chomeini ähnelte und aus einem Zeitfenster nach ihr Ausschau hielt.
«Und was bedeutet das für unseren Begriff des freien Willens?» fragte Williams die Klasse. (Er hat sie in die Klasse aller Klassen versetzt, in der allerdings kein einziger Mitschüler aus seiner Quanten-Anthropologie-Klasse vertreten ist.)

I never died, said he
I never died, said he

«Es bestätigt und widerlegt zugleich den freien Willen», beantwortete Blake Williams seine eigene Frage. «Vom Standpunkt der Verborgenen Variablen aus ist alles an unseren traditionellen Philosophien wahr, nur in einem jeweils anderen Sinn. Nehmen wir beispielsweise ein Photon auf einer Kinoleinwand und stellen uns einen unglücklichen, einsamen Neurotiker vor, der sich durch den Tanz all dieser Photonen sexuell erregen läßt . . .»

Markoff Chaney fühlte sich zwar wie ein gottverdammter Trottel, hatte aber trotzdem Herzklopfen, als er in seinem Teddy Snowcrop-Kostüm den Flur entlangwatschelte. Der Butler hatte gesagt, daß die dritte Tür zum Schlafzimmer führte, wo seine Gastgeberin schon auf ihn wartete.

«Entropie erfordert keine Wartung», sagte er sich wieder und wieder. Er stieß die Tür auf und betrat das erste Luxusschlafzimmer seines Lebens.

Wie man ihm vorher gesagt hatte, gab es nur eine einzige Lampe neben dem Bett, deren Licht über die Zimmerdecke huschte und einen warmen Schimmer verbreitete. Das Bett war gemacht und mit einem wertvollen Erbstück bedeckt. Daneben, vom indirekten Licht beleuchtet, stand ein Tisch mit einer einzelnen Dose Snowcrop-Orangensaft, genau wie er erwartet hatte.

Und auf dem Bett lag splitterfasernackt seine Gastgeberin und tat so, als ob sie schlief.

Chaney hielt den Atem an. Nach dem zu urteilen, was man von ihm verlangte, war er auf eine verrückte alte Schachtel vorbereitet gewesen; statt dessen war es zu seinem Entzücken nicht zu übersehen, daß die Dame noch recht jung war und sich gut gehalten hatte. Sie war entschieden *sexy*. Vielleicht war sie verrückt (nur, wie sollte er das beurteilen? Vermutlich war es für reiche Leute ganz normal, ihre Phantasien auszuleben), aber unappetitlich war sie ganz bestimmt nicht.

Sie war die erste lebendige nackte Frau seines Lebens und keinen Deut weniger attraktiv und knackig als, sagen wir, die *Pussycat*-Pussyette des Monats. Das sprühend feuerrote Haar lag über dem Kissen ausgebreitet. Das angeblich schlafende Gesicht war voll süßer und friedlicher Erwartung. Er betrachtete die runden Schultern, die zwei schneeweißen Brüste, die sich mit ihrem Atem hoben und senkten, die niedlichen kleinen Nippel, die in auffällig

großen Höfen von der Brust abstanden, den weichen Bauch und das Beste, das dicke rötliche Haarbüschel, das ihr Geschlecht verbarg. Und Beine hatte sie wie eine Revuetänzerin.
Er spürte, wie sein Schwanz hart wurde, während er sie betrachtete. *Meine erste Frau*, dachte er. *Danke, o Herr*. Sein Mund war trocken, und sein Herz schlug wie verrückt. Er stand wie angewurzelt da, hauchte ein Dankgebet und konnte es kaum fassen, daß dies kein Traum, sondern Wirklichkeit war.
Sie wartet auf mich – auf mich!
Zum erstenmal war Markoff Chaney wirklich glücklich. Mutig machte er ein paar Schritte auf sie zu und nahm die Dose mit dem Orangensaft in die Hand. Mit dem Öffner, der auch auf dem kleinen Tisch lag, machte er zwei Löcher rein. Seine Hände zitterten, und jedesmal, wenn ihr Bauch sich beim Atmen bewegte, vibrierte sein Penis im gleichen Rhythmus.
Mit der einen Hand die Dose umklammernd, kletterte er aufs Bett und ertappte sie plötzlich bei einem Lächeln. Aber sie machte ihre Sache gut und ließ die Augen zu.
Vorsichtig legte er sich neben ihre Hüfte, betrachtete diese großen Brüste, diese echten weiblichen 3-D-Brüste. Kein Foto, sondern wirklich und wahrhaftig hier neben ihm auf dem Bett. Und auch noch zwei auf einmal, Himmel noch mal! Unendlich vorsichtig hob er die Dose und ließ ein paar Tropfen Orangensaft auf ihre Schamhaare tropfen.
Sie seufzte und erschauerte.
Er träufelte ein bißchen mehr. Ihre Beine spreizten sich wollüstig, sie zog die Knie an. Endlich sah er sie – die äußeren Schamlippen und dann die offene Spalte, genauso wie er sich immer erträumt hatte. Der Schimmer des rötlichen Haarbüschels war noch viel aufregender, als er sich je ausgemalt hatte. Er ließ noch ein paar Tropfen in ihre Möse fallen und beugte sich über sie. Dann schob er seinen Rüssel in ihre Schamhaare und manövrierte seine Zunge in die Spalte zwischen ihre Schamlippen.
Sie schmeckte köstlich. Ihm schwanden fast die Sinne, in all seinen Phantasien war er nie auf die Idee gekommen, sich den Saft einer Frau mit Orangensaft vermischt vorzustellen. Es war fabulösphantastisch, wie Mad Avenue sagen würde. Er leckte zwischen den Lippen auf und ab und bebte vor Erregung, als er ihren Geruch

und die schnell anwachsende Lust bemerkte, die von ihr ausgingen. Ihre Lippen schwollen an, bis er auch die kleinen Lippen spüren konnte, die sich wollüstig nach außen wölbten. Er goß mehr Orangensaft nach und ging mit seiner Zunge blindlings auf die Jagd. Er fand die Klitoris – eine köstlich-freche kleine Kirsche – und nahm sie zwischen die Lippen. Sie fing an zu stöhnen und warf die Beine über seine Schultern, um ihn fester gegen ihre Möse zu pressen. «Teddy», murmelte sie. *«Du bist zurückgekommen.»*
Schließlich leben wir alle in unsern Phantasiewelten und lassen die Realität nur über uns ergehen, dachte er philosophisch. Die Anweisungen beherzigend, fing er an, sie in kreisenden Bewegungen zu lecken. Langsam arbeitete er sich von den äußeren Schamlippen nach innen vor und endete wieder bei der Klitoris. Sie bäumte sich auf wie das laut donnernde Meer, und seine Erregung steigerte sich von Minute zu Minute, während er sich ihre Empfindungen vorstellte und gleichzeitig dran teilhatte. Ihre Hände umklammerten die Ohren des Teddy Snowcrop-Kostüms. Sie zog ihn heftig zu sich heran, bäumte sich auf und fickte buchstäblich seinen Mund. Er leckte wie ein Wahnsinniger und genoß dabei den schalen, moschusartigen weiblich-hitzigen, mit Orangensaft vermischten Geschmack. Wenn eine Bar wagte, so was beispielsweise unter dem Namen Come Cocktail anzubieten, würde sie mit Sicherheit ein Bombengeschäft machen. Er sah die Küche vor sich, wo irgendein Bursche das Schwein hatte, die Mädels so lange fingern zu dürfen, bis sie kamen, und das Ganze dann mit Orangensaft auffüllen – Jessas, was für eine Idee!
«Oh, deine Zunge, deine Zunge», keuchte sie. «Steck sie rein, Teddy, *steck sie rein*!»
Der Midget schob seine Zunge in ihre Vagina und bewegte dabei den Kopf ruckartig vor und zurück, als würde er sie ficken. Ihre Beine auf seinem Rücken erschlafften, spannten sich, wurden wieder schlaff.
Jetzt kommt sie, dachte er verzückt. *Endlich bringe ich eine Frau zum Orgasmus!* Er strengte sich an, stieß seine Zunge noch tiefer in sie hinein, berauscht von ihrem schweren Parfum und ließ in seiner Erregung den Orangensaft fallen. Er schob beide Hände unter sie, hievte ihren Arsch hoch, zog die Pussy zu sich hoch, keuchte verzweifelt und stieß seine Zunge mit aller Macht in sie hinein.

«TEDDY SNOWCROP!» rief sie wie von Sinnen. «FRODO BAGGINS! PETER PAN!! KINDHEIT!!! UNSCHULD!!!! LECK MICH!!!!!!» Sie kam, sprudelte wie eine Ölquelle, ihr Saft strömte in seinen Mund, und er knabberte mit den Zähnen an ihren Schamlippen, ritt mit zusammengekniffenen Augen ihre Möse, wie einer, der sich mit letzter Kraft und nur mit seinen Zähnen am Rand einer Klippe festhält, stieß und wippte mit ihr auf und ab, schluckte den süßen weiblichen Saft, das Elixier, und nach Jahrzehnten und Jahrzehnten von Frust kam auch er jetzt, explodierte aus reiner Lust daran, daß sich ihre Seele ihm zu jedem Zucken und Beben ihrer leidenschaftlichen Pussy öffnete.

Zwei Dinge schossen ihm durch den Kopf: *Jetzt müssen sie den Teddy Snowcrop reinigen lassen.*

Und: *Ob ich wohl jetzt immer noch Jungfrau bin?*

Die R.I.C.H.-Wirtschaft

GALAKTISCHE ARCHIVE:

Präsident Hubbards erster Schritt, um die R.I.C.H.-Wirtschaft zu etablieren, bestand darin, einen Preis von fünfzigtausend Dollar für jeden Arbeiter auszusetzen, der eine Maschine erfinden konnte, die ihn ersetzte.

Als die Gewerkschaften ihr deshalb auf den Pelz rückten, konterte Hubbard mit dem Angebot von dreißigtausend Dollar jährlich für *alle anderen Arbeiter*, die durch eine derartige Maschine ersetzt werden konnten. Prompt kriegten sich die Gewerkschaftler untereinander in die Haare, einige akzeptierten den Vorschlag als gute Idee (das waren die, die normalerweise weniger als zwanzig Riesen im Jahr verdienten), während die Führer immer noch an ihren konditionierten domestizierten Primatenreflexen klebten: Beschäftigung ist GUT und Arbeitslosigkeit ist SCHLECHT.

Während sich die Gewerkschaften zerstritten und ihre gemeinsame Front gegen das R.I.C.H.-Szenario allmählich zerfiel, starteten die Konservativen eine andere Kampagne. Sie behaupteten, Hubbards Pläne schürten die Inflation. Hier zeigte sich Hubbards politisches Genie. Sie machte sich nicht die Mühe, mit den intellektuellen Konservativen zu verhandeln, die ja im Grunde alles verkappte Theologen waren. Statt dessen bat sie Konzerndirektoren und andere Alpha-Männchen zu einer Reihe von Multi-Media-Veranstaltungen ins Weiße Haus und demonstrierte ihnen, wie R.I.C.H. für sie arbeiten würde.

Die Hauptargumente bei diesen Veranstaltungen lauteten:

1. Eine Maschine arbeitet vierundzwanzig Stunden am Tag statt acht – und verdreifacht daher von heute auf morgen die Produktion;
2. Maschinen werden nicht krank;
3. Maschinen kommen nie zu spät;
4. Maschinen bilden keine Gewerkschaften, die höhere Löhne und bessere Sozialleistungen fordern;
5. Maschinen nehmen keinen Urlaub;
6. Maschinen hegen keinen Groll auf ihren Chef und stören deshalb auch nicht die Produktion;
7. die Kybernation macht sowieso jedes Jahrzehnt riesige Fortschritte, trotz der Opposition von Gewerkschaften, Verwaltung und Alpha-Männchen – also ist es doch wohl besser, eine große Bevölkerungsschicht mit dreißig- bis fünfzigtausend Dollar im Jahr für ihre Gruppenschlauheit zu belohnen, als sie unter der Demütigung der Sozialfürsorge leiden zu lassen;
8. die gesteigerte Produktion, die als Folge von Kybernation und der Etablierung von Weltraumstädten zu erwarten ist, braucht *Konsumenten*, und eine Gesellschaft von Sozialhilfeempfängern ist eine Gesellschaft von ziemlich schlechten Konsumenten.

Und während die Alpha-Männchen sich immer noch darum stritten, ob das auch alles «korrekt» war, passierte diese Neuerung klammheimlich den Kongreß.

Schon ein Jahr später tauchte der erste Prototyp der neuen multierfindungsreichen Freizeitklasse auf der Bildfläche auf. Es war ein Cherokee-Indianer namens Starhawk, der Maschinendreher in Tuscon gewesen war. Als er sich aus diesem Job herauserfunden hatte, ließ er sich in verschiedenen Unternehmen in vier anderen Mechanikerjobs ausbilden, fand für jeden einen Ersatz und verfügte für diese Heldentaten mittlerweile über ein garantiertes Einkommen von zweihundertfünfzigtausend Dollar im Jahr.

Dann widmete er sich der Malerei im traditionellen Stil der Cherokee – genau das hatte er sowieso schon immer machen wollen, schon seit er noch ein kleiner Junge war und keine Ahnung hatte, daß er arbeiten mußte, um sich seine Brötchen zu verdienen.
Um 1983 gab es über tausend Fälle. Viele hatten sich später wissenschaftlich ausbilden lassen und ein paar waren sogar schon in L5-Weltraumstädte ausgewandert. Das Phänomen des *Ausschwärmens* begann.
Die Mehrheit der Arbeitslosen, die mit dreißigtausend Dollar im Jahr ein bequemes Leben führen konnte, verbrachte allerdings die meiste Zeit damit, Alkohol zu trinken, Gras zu rauchen, sich an sexueller Primatenakrobatik zu versuchen und vor ihren Wand-TVs zu hocken.
Wenn die Moralisten sich über solche untermenschlichen Existenzen aufregten, antwortete Hubbard: «Und was für ein Leben führten sie, als sie noch Idiotenjobs machten, die jede Maschine besser erledigen kann als sie?»
Manche Arbeitslose bemühten sich um andere Arbeit, schließlich sind achtundvierzigtausend oder dreiundfünfzigtausend besser als dreißigtausend. Gewöhnlich merkten sie dann recht schnell, daß sie für die Jobs, die überhaupt noch zu haben waren, eine bessere Ausbildung brauchten. Viele gingen wieder aufs College, und die Erwachsenenbildung, die schon in den Siebzigern eine rasch anwachsende Industrie gewesen war, gehörte jetzt zu den am schnellsten wachsenden Bereichen überhaupt.
Also bereitete Hubbard sich auf Phase II der R.I.C.H.-Wirtschaft vor.

Satire

Die Dialoge zwischen Frank Hemeroid und Ernest Hemingway wurden im Verlauf der siebziger Jahre immer schwülstiger und moralischer. Marvin war einfach nicht in der Lage, sich einem sexuellen Partner zu nähern, der seinem gequälten Ego fremder war als seine eigene rechte Faust. Er sublimierte.

ERNEST: In jedem von uns steckt Angst, der wir die Stirn bieten müssen. Wer *zögert*, ist verloren. Wer es aber mit der Angst aufnimmt, der bleibt für alle Zeiten unbesiegt, selbst wenn sein Körper stirbt.

FRANK: Nun mach aber mal einen Punkt. Der einzige Grund, überhaupt so was wie «Tapferkeit» zu zeigen, ist der, als dreckiger Scheißer zu gelten, wenn man davonläuft.

ERNEST: Jeden Tag begegnest du auf der Straße tausend Helden und kommst nie dahinter, wie mutig sie ihre Last tragen.

FRANK: Ich weiß. Die Frau mit dem mongoloiden Kind. Der blinde Mann, bei dessen Anblick es einem ungemütlich wird. Das Opfer einer Vergewaltigung, das sich zusammenreißt und sich weigert, verrückt zu werden. Der blöde Bulle mit einem Magengeschwür, der trotzdem hinter einem flüchtigen Dieb herläuft, der noch dazu bewaffnet ist. Ich bin schließlich auch nicht blind. Du siehst sie nur im Moment ihrer Heldentat. Du bleibst nicht dran und guckst dir an, wie Schlag auf Schlag folgt, bis ihr ganzer Heroismus völlig sinnlos wird und sie einer nach dem anderen aufgeben, um sich dem universalen Chor der Verzweifelten anzuschließen.

ERNEST: Ich habe ein paar erlebt, die nie aufgegeben haben. Ein Schwein quiekt, wenn es die Axt fallen sieht. Aber es gibt Männer, die sehen die Axt ihr ganzes Leben lang und schweigen trotzdem.

FRANK: Aber die Axt fällt dann doch, oder nicht? Ist deine Weigerung zu quieken nicht nur ein großer Schwindel, eine gigantische Lüge? Ist es nicht viel ehrlicher, mit den anderen Schweinen zu quieken?

ERNEST: Ich habe nun mal was dagegen, Menschen als Schweine zu betrachten.

FRANK: Du bist wirklich ein Romantiker, du alter Dummkopf. Wenn du ehrlich genug gewesen wärst und mit den anderen Schweinen gequiekt hättest, dann hätte die Menschheit die Wahrheit schneller erkannt. An jedem Krieg, der nach dieser Zeit stattfand, bist du mitschuldig, ist dir das klar? Wenn jeder einfach quieken und weglaufen würde, gäbe es keinen Krieg.

Logisch, daß kein Mensch solchen Quatsch veröffentlichen würde, aber Marvin brauchte zehn Jahre, um das zu kapieren. 1979 machte er sich daran, das schlechteste, geschmackloseste und vulgärste Buch aller Zeiten zu schreiben. Er war an dem Punkt psychologischen Masochismus' angelangt, wo er sich beweisen mußte, daß all seine pessimistischen Befürchtungen wahr waren, nur aus der Lust daran, dann ein für allemal zu wissen, daß das Universum in Wirklichkeit ein völlig schwachsinniges Konzept ist. «Die öffentliche Meinung ist das Paradies der Misanthropen und die Hölle der Humanitarier», kommentierte er bitter. Als Helden wählte er ein Monster, das so monströs war, daß es jeder menschlichen Hoffnung spottete, aber auch so undurchschaubar, daß es nicht die böse Faszination ausstrahlte, die von einem Hitler, Nixon oder Jack the Ripper ausgegangen war. Er entschied sich für Vlad Teppis – *Vlad den Pfähler* –, einen ungarischen religiösen Fanatiker aus dem 14. Jahrhundert, der Zehntausende umgebracht hatte, weil sie mit seinen extrem abstrusen theologischen Überzeugungen nicht übereinstimmten.

Marvins Roman rechtfertigte ihn nicht nur, sondern verherrlichte ihn geradezu und denunzierte gleichzeitig Liberalismus, Nachgiebigkeit und die Gegner der Todesstrafe. Außerdem kamen die brutalsten Vergewaltigungsszenen darin vor, die Marvins misogyner Phantasie entspringen konnten.

VLAD DER BARBAR war ein unverhüllter Aufruf zu Gewalt hinter der Maske der reaktionärsten moralistischen Vorurteile, die man sich nur vorstellen kann. Der erste New Yorker Verleger, dem er das Manuskript anbot, kaufte es, und zwar für einen höheren Vorschuß als Albert Speers Memoiren oder eins der Bekenntnisse der Watergate-Verbrecher. Noch ehe das Buch erschien, wurde ein Filmvertrag ausgehandelt. John Wayne spielte Vlad und sah unglaublich überzeugend aus, wenn er erklärte, warum Mord und Vergewaltigung die höchsten menschlichen Tugenden waren.

Marvin wurde nahegelegt, sofort mit dem zweiten Teil VLAD DER SIEGER anzufangen.

Weil Marvin in seiner komisch-verschrobenen Art ein echter Philosoph war, war VLAD DER BARBAR eigentlich gar nicht übel. Bei seinen Recherchen war Marvin über ein Rätsel gestolpert, das Vlad Teppis für den Erforscher des menschlichen Gehirns im allgemeinen und der herrschenden Klasse im besonderen irgendwie interessant macht. Das Geheimnis war folgendes: zwei frühe, beinah zeitgenössische und wahrscheinlich authentische Quellen berichten

von einer Geschichte, doch jede erzählt sie anders. Es gibt also keinen wissenschaftlichen Beweis dafür, welche Quelle richtig ist.
Zwei Mönche machten eines Abends auf Vlads Schloß halt und baten um Unterkunft für die Nacht. Vlad ließ ihnen ein fürstliches Mahl herrichten und fragte sie anschließend, wie das Volk von Ungarn wirklich über ihn dachte. Der erste Mönch antwortete diplomatisch und unaufrichtig, daß jedermann Vlad für einen strengen, aber gerechten Herrscher hielt. Der zweite Mönch dagegen sagte mutig die Wahrheit: das ganze Volk hielt Vlad für einen bestialischen Irren. Daraufhin ließ Vlad einen der beiden Mönche pfählen. Das Problem liegt darin, daß die erste, wahrscheinlich authentische Quelle behauptet, daß er den schmeichlerischen Lügner hinrichten ließ, während die zweite, wahrscheinlich ebenfalls authentische Quelle berichtet, daß er den ehrlichen Mönch umbringen ließ. In Marvins Buch blieb dieses Geheimnis offen, und das war vielleicht auch der Grund dafür, daß das Buch bei den Intellektuellen so en vogue war.
Es schien, als hätte jeder irgendein intuitives, prälogisches Gefühl dafür, welchen Mönch ein Mann vom Kaliber Vlad Teppis pfählen lassen würde. Viele waren überzeugt, daß ein Exzentriker wie er den töten ließe, der es wagte, die Wahrheit zu sagen. Andere glaubten jedoch genauso stark, daß Vlad ein besonders sadistisches Vergnügen und eine moralische Rechtfertigung obendrein darin finden würde, beide Mönche damit zu überraschen, daß er den Schmeichler hinrichten ließ.
Es war Blake Williams, der in seiner kritischen und überzeugenden Rezension im *Confrontation*-Magazin als erster darauf hinwies, daß eine intuitive Beurteilung dieses Falles in Wirklichkeit der Gradmesser für die eigene Meinung über die herrschende Klasse im allgemeinen ist. Manche sind der Ansicht, daß es immer am besten ist, zu lügen und zu schmeicheln, wenn man mit den Mächtigen zu tun hat (nach dem Motto: gib dem mit der Waffe in der Hand das, was er scheinbar haben will), schrieb er, während andere davon überzeugt sind, daß es das Sicherste und Klügste ist, die Wahrheit zu sagen, und zwar deshalb, weil alle Herrschenden so sehr an Schmeichelei und Betrug gewöhnt sind, daß sie darauf warten, *irgendwo irgendjemand* zu finden, der ihnen wenigstens einmal im Leben die Wahrheit sagt. Williams gab zwar zu, daß Marvin

Gardens einen wichtigen Punkt zur Sprache gebracht hatte, indem er das Geheimnis offen ließ, war aber im übrigen ganz und gar vernichtend in seiner Analyse der Super-Agnew-Moral in diesem Roman. Er kam gar nicht auf die Idee, daß er es hier im Grunde mit der bittersten Satire des ganzen Jahrzehnts zu tun hatte oder daß Marvin sein Werk im Freundeskreis als «erbitterte Verteidigung von Mom, Apfelkuchen und dem elektrischen Stuhl» bezeichnete.

Die Debatte über Vlads Wahl, wie es bald überall hieß, verbreitete sich von Küste zu Küste. «Was würdest du tun, wenn du einer von den beiden Mönchen wärst?» wurde man ständig gefragt.

«Ich würde das tun, was der erste Mönch getan hat», antwortete Simon in einem Gespräch mit ein paar anderen Programmierern, mit denen er am Biest arbeitete. «Ich würde Vlad weismachen, daß er der Inbegriff eines christlichen Staatsmannes ist, was er ja auch tatsächlich war.»

«Ich würde die Wahrheit sagen», meinte Markoff Chaney in einem Greyhound-Bus. «Schon um zu beweisen, daß kleine Männer großen Mut haben.»

«Ich würde lügen», gestand Dr. Frank Dashwood auf einer eleganten Nob Hill-Party in San Francisco. «Es ist das Gefährlichste auf der Welt, die Wahrheit zu sagen, gleichgültig, ob im Transsylvanien des 14. Jahrhunderts oder im Amerika des 20. Jahrhunderts, besonders wenn man einen Regierungsbeamten vor sich hat, der ein primitiver Barbar ist.»

Professor Fred («Fidgets») Digits, der seine Verbindung zur Warren Belch Society sorgfältig geheimhielt und sich deshalb seine akademische Autorität erhielt, publizierte schließlich in der *Technology Review* einen Beitrag, in dem er das Problem aus der Perspektive der von Neumann/Morgenstern-Spieltheorie anging. In diesem Kontext haben es die Mönche im wesentlichen mit dem Problem der *Einschätzung* zu tun. Beide müssen, ehe sie sprechen, Vlads Reaktion voraussehen können. Wird er für einen ehrlichen Bericht dankbar sein oder wird er sich darüber ärgern? Jeder in einer autoritären Umgebung steht diesem Dilemma tagtäglich gegenüber, es verseucht Konzerne, Armeen und staatliche Bürokratien. «Es handelt sich um die klassische Desinformations-Situation», schloß Digits. Er war zufrieden, daß er das Problem analysiert hatte, auch wenn er keine Lösung wußte.

Andere wiesen auf die ähnliche Logik des berüchtigten «Snafu-Prinzips» hin, das der exzentrische Geschäftsmann Hagbard Celine in seinem witzig-perversen kleinen Buch *Pfeif nicht, wenn du pißt* aufgebracht hatte. Dem Snafu-Prinzip zufolge ist eine korrekte und ehrliche Kommunikation nur zwischen Gleichen möglich, und jede Macht-Matrix ist eine Desinformations-Situation. Da dies das eigentliche Prinzip der Macht herauszufordern und geradewegs in die Anarchie zu führen scheint, war es einer Menge Leute gar nicht recht, daß der verrückte Marvin das Vlad-Rätsel überhaupt gestellt hatte.

Unbekannte Äonen

> Gestorben ist nicht, was für ewig ruht, und mit unbekannten Äonen mag sogar der Tod noch sterben.
>
> *Von Junzt*

Als Wissenschaftler hielt Washy Bridge von Junzt natürlich für einen Psychopathen und das *Necronomicon* für den Fieberwahn eines geistesgestörten Cannabis-Konsumenten. Trotzdem ließ ihn dieser eine dürre Satz des Deutschen, auf den er 1971 gestoßen war, nicht mehr los, forderte ihn heraus, hielt ihn zum Narren, erregte ihn. Er fing an, die Quellen der Frankenstein-Legende innerhalb des Shelley-Byron-Kreises zu studieren. Er reiste nach Michigan, um mit H. C. E. Coppinger, dem genialen Physiker, zu diskutieren, der mit seinem aufsehenerregenden Buch *The Aspects of Immortality* die kryonische Bewegung ins Leben gerufen hatte. Die Idee ließ ihn einfach nicht mehr ruhen. 1974 blätterte er sogar ein wenig beschämt in den Werken eines abstrusen Mystikers aus Providence, Rhode Island, der viel über die Metaphysik des *Necronomicon* geschrieben hatte. In diesen Schriften stieß Washy auch auf eine bessere Übersetzung als die von von Junzt:

That is not dead which can eternal lie
And with strange aeons even death may die.

Contra Naturam

Der Feind ist die Dummheit (und zwar unsere eigene).

Ezra Pound

23. DEZEMBER 1983:
Justin Case fühlte sich, als ob er Bäume ausreißen könnte, voller Symphatie für seine Mitmenschen, und gab der jungen Dame, die ihm während seiner Christian Science-Kopulation mit Carol Christmas assistiert hatte, ein großzügiges Trinkgeld. Auf dem Nachhauseweg grübelte er hingerissen darüber nach, wie einfach das Leben doch war und wie leicht, die eigenen kleinen Problemchen mit Hilfe des Wasserbetts, einer kooperativen warmmundigen Frau, Christian Science und ein paar tiefen Schnaufern von Marvin Garden's unglaublichem Koks zu transzendieren.

Auf der Fourteenth Street in der Nähe des Union Square hielt ihn ein Zombie an. Der Zombie hatte eine blasse Gesichtsfarbe, große Augen, die sich nie bewegten, einen Mund, der nie lächelte und einen unübersehbaren Todesschatten im Gesicht. «Lieben Sie Ihren Nachbarn?» fragte er.

«Entschuldigen Sie», sagte Justin und machte einen Schritt zur Seite, «aber ich . . .»

«Es ist so einfach, seinen Nachbarn zu lieben», sagte der Zombie und machte ebenfalls einen Schritt zur Seite. «Die wissenschaftlichen Prinzipien der Christlichen Liebe sind jetzt erforscht und jedermann zugänglich. Für einen Dollar, einen einzigen Dollar können Sie ein Exemplar des Werkes *What Religiosophy Means* erwerben. Es ist das Buch, das alle Fragen der Philosophie definitiv und wissenschaftlich beantwortet.»

«Bitte», Justin versuchte an ihm vorbeizukommen, «ich muß . . .»

«Für fünfzig Cents», fuhr der Zombie fort, ohne jede Regung in Gesicht oder Augen, «bekommen Sie *The Scientific Cure For Depressions, Economic and Psychological.*»

«Ach, leck mich doch am Arsch», fauchte Justin im territorialen Kode von Schaltkreis zwei. «Verschwinde. Geh mir aus dem Weg, du Miesling.»

«Das hier war umsonst», sagte der Zombie und drückte ihm ein

vierseitiges Blatt mit dem Titel *Usura Contra Naturam Est* in die Hand. «Kein Grund, sauer zu sein, Bruder.»
Zu Hause schaute Justin sich das Pamphlet an. Es bestand aus Zitaten von Thomas von Aquin, Ezra Pound, B. F. Skinner und Dr. Horace Naismith, dem Gründer der Ersten Bank der Religiosophie. Die Zitate von Aquin und Pound verurteilten das Geldverleihen gegen Zinsen. Die Zitate von Skinner lehrten, daß man Menschen darauf konditionieren konnte, jedes gewohnte Verhaltensschema abzulegen und es durch ein anderes zu ersetzen. Die Zitate von Dr. Naismith forderten dazu auf, der Ersten Bank der Religiosophie beizutreten, oder doch wenigstens eins seiner Bücher oder Pamphlete zu kaufen: *What Religiosophy Means*; *The Scientific Cure For Depressions, Economic and Psychological*; *Jesus Christ's Secret Teachings About Money* und *Operant Reinforcement, the Bible Alternative to Satan's International Bankers**.

In jenen Zeiten waren die Straßen voll mit Zombies. Die Religiosophen waren die, die am meisten Robotern ähnelten; nicht umsonst hatte Dr. Horace Naismith, der Gründer der Bewegung, fünf Jahre bei B. F. Skinner in Harvard studiert. Alle Religiosophen wurden von Grund auf konditioniert, unermüdliche Proselyten zu sein. Blake Williams hatte sogar einmal ein mathematisches Puzzle entwickelt, das auf der Wahrscheinlichkeitsrechnung

* *Terranische Archive 2803:* Zins war der Preis für den Gebrauch des umlaufenden Mediums (Geld). Primatologen fanden ähnlichen Geldfetischismus auf Hunderten von anderen Planeten, wo sich hominide Typen entwickelten; Geld und Tauschhandel sind mithin typische Primatenverhalten, die man Schimpansen und anderen Antropoiden ohne weiteres beibringen kann. Außer Thomas von Aquin, Pound und Naismith gab es auch noch andere Philosophen auf Terra, beispielsweise Thomas Edison, Buckminster Fuller, C. H. Douglas und viele mehr, die menschlichere Alternativen zu dieser Affenwirtschaft entwickelten. *Da das Primatenverhalten sich nur unter dem Druck neuer Technologien ändert* (Moons Erstes Gesetz), blieb der Geld- und Zinsfetisch erhalten, bis das dritte Stadium der R.I.C.H.-Wirtschaft die Notwendigkeit eines zirkulierenden Mediums abschaffte.

basierte, durch eine x-beliebige amerikanische Stadt zu gehen, ohne von einem von ihnen angesprochen zu werden, was sich übrigens schwieriger erwies als das alte Problem, durch Dublin zu gehen, ohne an einem Pub vorbeizukommen.
Die Ganesha Freaks waren fast genau solche Androiden. Von Swami Mammonanda geführt, waren sie ebenfalls darauf konditioniert, sich nicht abschütteln zu lassen, wenn sie auf der Straße bettelten, und weiter daran zu glauben, daß die Welt am 1. Mai 1984 *Samadhi* erreichen würde, wenn sie bis zu diesem Tag hundert Millionen Dollar auf Mammonandas Konto einzahlten und dafür von Ganesha, dem indischen Papa Legba oder Öffner zwischen den Welten, mit Bronzemedaillen belohnt wurden.
Die Schlimmsten von allen waren aber die Loonies, Schüler des Neon Bal Loon, einem englischen Exzentriker, der aus Albert Pike in Goatu, Wobblysex, Buggering-on-the-Thames, Lousewartshire, England, stammte. Pike behauptete allen Ernstes, ein wiedergeborener Tibeter zu sein und bestand darauf, daß Neon Bal Loon in dieser früheren Inkarnation sein echter tibetischer Name gewesen war. Er lehrte, daß die Erde hohl war und von einer Gruppe nackter Frauen, Hexen, bewohnt wurde, die für alles Böse auf der Oberfläche verantwortlich waren. Seine Anhänger beteten in lateinischen Verballhornungen (*pig-latin*) und standen dabei wie Störche auf einem Bein. Pike predigte, daß dies die Sprache der Lemuren sei.

Frank Hemeroid starrt völlig entgeistert auf die Aufschrift an einem Nachtautomat auf der Fortysecond Street:

ALLE ANGESTELLTEN SIND ANGEWIESEN,
SICH DIE HÄNDE ZU WASCHEN,
EHE SIE DAS PISSOIR BENUTZEN.
DAS MGT.

Mary Margaret Wildeblood räkelt sich wohlig in ihrem kuscheligen warmen Bett, schluckt eine Pille mit weiblichen Hormonen und Wasser aus dem silberbeschlagenen Krug neben der Uhr und schlägt eine abgegriffene Ausgabe von *Die hundertzwanzig Tage von Sodom* auf, erinnert sich plötzlich wieder an den Fuß unter dem Kinn, die Fesseln, der nackte Körper Cagliostros an die Bettpfosten gefesselt, sie fängt an zu lesen, Jesus betrachtet sie vorwurfsvoll und traurig, als sich ihre Hand zum Tisch zurückstiehlt, über Krug und Uhr tastet, hinunter zur Schublade, um verstohlen (wie perfekt: Jesus schaut zu) den Vibrator herauszuziehen, und jetzt kommt der Teil mit den Foltern für schwangere Frauen.

Währenddessen liest Marvin völlig verwirrt:
Chromosomenverkleinerung (Meiosis) tritt in frühen Teilungen des Synkaryon auf –
Synkaryon? Was zum Teufel ist denn das nun schon wieder? Überspringen wir einfach ein Stück.
– das die Keimzellen (Gameten) produziert (Gameten-Genesis), die eine Kern-Reorganisation durchmachen (Autogamie), tritt bei Formaniferans auf.
Syngamie kann zwischen ähnlichen Gameten (isogam), aber auch zwischen offensichtlich verschiedenen Gameten (anisogam) stattfinden.
Also ist das dann noch dieselbe Amöbe, Kruzitürken, warum können sie es einem nicht in klaren Worten erklären; haben die Außerirdischen die *Britannica* etwa auch schon unter Kontrolle?

Und wieder ein schrilles Sirenengeheul vor dem Hintergrund des sanften Vibratorsurrens noch nicht geboren was zum Teufel meinte er damit noch nicht geboren und den vaginalen Gravitationsschacht hinauf? *Die hundertzwanzig Tage von Sodom* zittern leicht in Marys linker Hand, während die rechte gekonnt den Vibrator immer tiefer in sich hineinbohrt, «aber die Natur kennt keine Grausamkeit und kümmert sich auch nicht darum, weil sie nur eine sinnlose Maschine ist. Um also auf fünfte Art eine Fehlgeburt einzuleiten, nimmt man eine Kette und fesselt die Frau straff» tiefer und tiefer und tiefer das Blut des Lammes das Opfer so rein und unschuldig nimm mich nimm mich Herr wieder und wieder tiefer wieder und wieder.

Stanislaus Oedipusky legte seine Hand auf Marys Schulter und bohrte den Daumen in ihre Achselhöhle.
Der Harvard-Professor im Fernsehen fragte gerade: «Also, folgendes hätte ich gern gewußt: wenn die Illuminaten alle Indizien für die Kennedy-Morde, das King-Attentat und den Untergang der Titanic vertuscht haben, wie Sie behaupten, und die ganzen Fossilien in der Erde vergraben haben, damit wir glauben, daß die Welt älter als viertausend Jahre ist und uns dazu bringen, daß wir an der Bibel zweifeln, warum in Gottes Namen haben sie Sie dann immer noch nicht umgelegt, sondern lassen Sie auch noch das dritte Mal in dieser Show mitwirken?»
Die Kamera schwenkte auf den Kandidaten und zeigte einen Mann mit beginnender Glatze und einem hageren nervösen Gesicht in Nahaufnahme.
«Sie wagen nicht, mich zu töten», fing er an, «wegen gewisser Papiere, die ich in einem versiegelten Bankdepot hinterlegt habe. Stories aus dem *New Yorker*, in denen jedes fünfte Wort unterstrichen ist, die ganz deutlich beweisen, wie ungeniert sie in aller Öffentlichkeit miteinander kommunizieren – und die Leute glauben immer noch, diese Geschichten hätten nichts zu bedeuten, pah!»
Stan war platt. Er wünschte wirklich, er könnte sagen, ob die

Illuminaten existierten oder nicht. Einstweilen glitt seine Hand langsam in die Achselhöhle hinunter.

«Nein», sagte Mary prompt.

«Ich *berühre* dich doch gar nicht», protestierte Stan, der sich zu Unrecht beschuldigt fühlte. «Ich berühre dich *in keinster Weise.*»

«Na ja, du berührst mich nicht an einer schlimmen Stelle, aber du fängst schon wieder an . . .»

«Was ist denn an einer Achselhöhle bloß schlimm? Weil sie behaart ist?» fragte Stan, grammatikalisch falsch, aber ehrlich.

Mary sah für einen Augenblick ganz verwirrt aus, und der Ex-Cowboy aus der Jury fragte: «Gibt es überhaupt jemand, den Sie uns hier nennen können, der *nicht* zu den Illuminaten gehört?»

«Nun, der Ajatollah Chomeini wahrscheinlich . . .» setzte der Kandidat an.

Und Marvin Gardens schnieft noch ein *bißchen* mehr Koks, nur ein ganz kleines bißchen, dreht den UKW-Tuner auf der Suche nach Musik, die genauso schnell ist wie sein Nervensystem und denkt nach. Bei der fünften Generation hat man ah, äh, vierundsechzig Amöben, ein ausgewachsenes Öko-System, was ich bloß gern rauskriegen würde sind das nun alles Permutationen und Kombinationen wie die vierundsechzig Hexagramme im *I Ging* oder sind es mehr oder weniger dieselben wie die kreativen vierundsechzigmal wiederholt? Jessas, vielleicht doch lieber noch einen Schnief, einen einzigen winzigen kleinen Schnief, tja, mit der Klonerei, die sie jetzt in den Labors anstellen, gibt's *mich* vielleicht eines Tages auch vierundsechzigmal die Außerirdischen auf die Art aus dem Verkehr ziehen Jessas nee aber Linda Locelace meine Güte wenn ich der je begegnen würde wär ich bestimmt zu schüchtern um etwas zu sagen, ich meine bei Picasso, da konnte man wenigstens hingehen und sagen: «Mein Herr, ich bewundere Ihre Arbeit und würde gern eine kleine Skizze bestellen», ein ganz normaler Künstler mit seiner Frau, aber man könnte schließlich nicht einfach hingehen und sagen: «Linda, ich bewundere Ihre Arbeit, würden Sie mir bitte höchstpersönlich einen abkauen?»

Went on to organise
Went on to organise

«Ich glaube, die Platte hat einen Sprung», sagte Natalie, als sie endlich wieder ein Wort rausbringen konnte.
«Ähem, ja, meine Liebe, aber Ignatz, wie ich schon sagte, ist ziemlich schwer von Kapee, er kann Katzen einfach nicht ausstehen.»

Went on to orggggprp

«Während Krazy genau weiß, daß eigentlich jeder Ziegelstein ein phallisches Geschenk ist. Krazy erinnert sich, oder glaubt, sich an eine frühere Inkarnation zu erinnern, in der sie und Ignatz sich liebten . . .»

Und im kurzen Augenblick des Orgasmus, im orgonischen Plasma, wo das Ego sich ausweitet, um wellenförmig durch den Sternenraum zu strömen, wie Hagbard uns durch Miss Portinari lehrte, in *potentia* schneller als Lichtgeschwindigkeit sich zu allen Grenzen hin ausweitend, sieht Joe Malik voller Grauen das brennende rote Auge und den goldenen dreieckigen Rahmen 3 × 3 × 3, das Zeichen Choronzons, 333, dessen Name und Zahl Die Große Lüge bedeutet.

Projekt Pan

Auf keinem Blatt Papier und auf keinem Stückchen Computerband wurde das Projekt Pan je mit dem Orgasmus-Zentrum Inc. in Verbindung gebracht. Tatsächlich kamen alle finanziellen Unterstützungen von einer Treuhandgesellschaft in Cincinnati, die steuerfrei arbeitete und angeblich nur Missionsarbeit bei den hedonistischen Heiden von Unistat leistete. Dieses abstruse Verfahren amüsierte Blake Williams unendlich und brachte Dr. Frank Dashwood jedesmal an den Rand eines Nervenzusammenbruchs. Und Williams war kaum noch zu bändigen, als man schließlich die Gelder sogar über die Erste Bank der Religiosophie in Bad Ass, Texas, laufen ließ.

Die Treuhandgesellschaft in Cincinnati hieß *Knights of Christianity United in Faith.* Ein ehrlicher und frommer Mann namens James T. Treponema hatte sie gegründet, weil er ernstlich befürchtete, daß das massenhafte Auftauchen von gynäkologischen Abbildungen auf dem Hochglanzpapier der Illustrierten den Abstieg und Fall des amerikanischen Imperiums zur Folge haben könnte. Als Treponema beim großen kalifornischen Erdbeben ums Leben kam, hatte Dashwood die KCUE infiltriert und heimlich unter seine Kontrolle gebracht. Die Mitglieder waren nach wie vor davon überzeugt, den sogenannten «Schmutz und Schund» der achtziger Jahre zu bekämpfen; in Wirklichkeit finanzierten sie jedoch das Projekt Pan. «Sauber, aber nicht geschmacklos», pflegte Blake fröhlich zu sagen, aber Dashwood machte sich noch immer Sorgen.

Eine gräßliche Chemikalie

> Da es ausgeschlossen ist, daß das Universum durch Umformung früherer Stadien seinen jetzigen Zustand erreicht hat, könnte es dann durch die Mitwirkung der Beteiligten entstanden sein? Aus dieser Sicht wäre das Konzept von «Stadien» von vornherein falsch. Die wesentliche Funktion ist die Beteiligung.
>
> Wheeler, Misner und Thorne, *Gravitation*

TERRANISCHE ARCHIVE 2803:

Alle Gelehrten sind sich darüber einig, daß man zuerst den brutalen und blutigen Hintergrund des *Zauberhuts* begreifen muß, ehe man das Werk selbst verstehen kann. Roberta Wilson, muß man wissen, war erst neun Jahre alt, als ihr «Land» (Unistat) in den Zweiten Weltkrieg verwickelt wurde. Das war der Konflikt, in dem die «deutsche» Wehrmacht unter Kanzler Streicher sechs Millionen Zivilisten, Männer, Frauen und Kinder, auf der Basis einer primitiven rassischen Mythologie ermordete, die auf keine rationale Weise mit dem Krieg selbst in Zusammenhang stand. Diese barbarische Auseinandersetzung wurde dadurch beendet, daß die Unistatler Atombomben einsetzten und zwei Zivilbevölkerungsgruppen in den Städten Hiroshima und Nagasaki einäscherten. Innerhalb von nur einem Jahr hatten die «Franzosen» und die «Indochinesen» einen neuen Krieg angezettelt, der andauerte, bis Wilson über vierzig war und in den die Unistatler eingriffen, als die Franzosen zu erschöpft waren, um allein weiterzukämpfen. In diesem Konflikt setzten die Unistatler Splitterbomben, die sich speziell gegen die Zivilbevölkerung richteten, und Napalm ein, eine gräßliche Chemikalie, die sich auf tausend Grad Celsius erhitzte, wenn man sie mit menschlicher Haut in Berührung brachte. Vor diesem sadistischen Hintergrund zerbröckelten alle sozialen Werte, und das Leben in den «zivilisiertesten» Nationen wurde gefährlicher als das Leben im Dschungel, aus dem die Menschheit vor einer Million Jahren aufgetaucht war. Die sogenannten Unterhaltungsmedien dieser Epoche trieften vor Mord und Totschlag. Alle sieben Minuten ereignete sich in Unistat eine Vergewaltigung, und alle zwölf Minuten ein Mord. Es war eine wahnsinnige Zeit.

Der Geist dieser Ära kommt am besten in einer symptomatischen Anekdote zum Ausdruck, die in Robertas damaligem Wohnort Chicago passierte, als sie etwa siebenunddreißig war. Eine Gruppe Anti-Kriegs-Aktivisten kündigte an, daß sie am folgenden Sonntag vor einem Kirchenportal einen Hund mit Hilfe von Napalm umbringen würde. Die Anführer vermieden wohlweislich, den Namen der Kirche zu nennen, damit die Polizei ihnen nicht gleich dazwischenfunken konnte. Die Aktion, verrückt wie sie war, sollte den Bürgern von Chicago eine konkrete Vorstellung davon vermitteln, was es heißt, einen lebenden Organismus mit Napalm zu verseuchen, was ihre Regierung ja in Indochina tagtäglich mit unzähligen Kindern machte. Die Mehrheit der Pazifisten wollte natürlich genauso wenig mit der geplanten Hundeverbrennung zu tun haben wie der Rest der Bevölkerung. Die Gruppe, die den Plan ausgeheckt hatte, argumentierte kalt und logisch: «Wenn euch eine Hundeverbrennung so viel ausmacht, wie könnt ihr dann immer noch Steuern zahlen und eine militärische Taktik unterstützen, die Tag für Tag Menschen verbrennt?» Da es darauf keine Antwort gab, sperrte man die Pazifisten kurzerhand wegen Ruhestörung ein.
«Wir störten nicht die Ruhe», soll später einer von ihnen gesagt haben, «wir störten den Krieg.»

Tote Gehirne

Ich will das Geheimnis des Lebens ergründen!

Baron Viktor Frankenstein

Die ursprüngliche Wiederbelebungs-Gesellschaft wurde von einer Gruppe Medizinstudenten und anderen Materialisten im London des frühen 19. Jahrhunderts gegründet. Nicht lange zuvor hatte man in Notre-Dame die Göttin der Aufklärung gekrönt. Es lag eine gewisse Kühnheit in der Luft, und die Wiederbelebungs-Gesellschaft hatte kein geringeres Ziel, als herauszufinden, ob man einen Toten tatsächlich wieder zum Leben erwecken

konnte. Ein Großteil ihrer Forschung griff der Zeit voraus und brachte keine rechten Ergebnisse, aber ein Bereich, die Arbeit mit ertrunkenen Männern und Frauen bewies, daß viele, die man für tot erklärt hatte, weiterleben konnten. Die Techniken, die diese Forscher einführten, sind heutzutage für Lebensretter auf der ganzen Welt eine Selbstverständlichkeit. Bedeutende Fortschritte auf dem Gebiet der Wiederbelebung setzten jedoch erst in den sechziger Jahren des 20. Jahrhunderts ein, als viele Patienten, die man nach einem Herzversagen für tot gehalten hatte, wiederbelebt werden konnten. Daraufhin wurde der Tod neu definiert und trat erst ein, wenn alle Gehirnfunktionen aufhören. Es war allerdings schon bekannt, daß die molekulare Erinnerung im elektrisch «toten» Gehirn erhalten bleibt. So bemühte sich die Forschung als nächstes darum, sogar solche Gehirne wiederzubeleben, die keine elektrischen Impulse mehr zeigten.
1977 brachte ein Biologe namens Paul Segall in San Francisco über das KTVV-Fernsehen einen Hamster zum Leben zurück, dessen Gehirnwellen seit fünfundvierzig Minuten nicht mehr reagiert hatten. Laut aktueller medizinischer Definition war der Hamster während dieser fünfundvierzig Minuten «tot» gewesen.

Internationale Kokain GmbH

Tod allen Fanatikern!

Hassan I Sabbah

Die Diskussion über das Vlad-Rätsel hatte ein allgemeines Interesse an den Problemen der Desinformation zur Folge. Aus schweren Mathematikwälzern grub man das sogenannte Gefangenen-Dilemma wieder aus und zerrte es an die Öffentlichkeit. Und das Empedoklessche Paradox kam sogar in der Johnny Carson Show zur Sprache.
Zwei Acidheads aus Berkeley, die man auf der Telegraph Avenue nur The Cat und The Dog nannte, stellten sich 1980 einen noch fruchtbareren Nährboden für Desinformation vor. «Was würde wohl passieren», fragte The Cat eines Tages im Café Mediterra-

neum, «wenn wir uns einen Laster zulegten, auf die eine Seite INTERNATIONALE KOKAIN GMBH pinselten und damit durch die Stadt brausten?»

«In Berkeley würden die Bullen bloß lachen. Sie würden es für einen der Witze von der Hog Farm oder den Merry Pranksters oder so was halten. Aber in San Francisco, da würden sie kein Risiko eingehen. Der erstbeste Bulle würde uns bis auf die Knochen filzen», antwortete The Dog.

«Ach was», mischte sich da ein erfolgloser Dichter namens Robert W. Anton ein, «die sind doch viel hipper in San Francisco, als ihr denkt. Aber in Los Angeles . . .»

Die Diskussion sprang vom Med zu Moe's, von Moe's zu Sather Gate, überquerte die Bay und erschien in Herb Cohens Kolumne. Schließlich breitete sie sich von Küste zu Küste aus und erstickte alle Debatten um das Vlad-Rätsel. Am Schluß machte ein Theologe aus San Francisco namens Malaclypse der Jüngere das einzig experimentell Logische und bepinselte tatsächlich geschmackvoll und professionell seinen Laster. Damit fuhr er durch die Bay Area und jeder sah:

INTERNATIONALE KOKAINIMPORT GMBH

LIMA SAN DIEGO VANCOUVER

«ES GEHT LEICHTER MIT COKE!!!!»

In der ersten Woche wurde er dreimal angehalten und durchsucht – einmal in Sausalito, dem Kokain- und Vaseline-Zentrum von Unistat, wo besonders mißtrauische Bullen vorherrschten. In Berkeley wurde er dafür kein einziges Mal angehalten und nach der zweiten Woche ließ man ihn auch in San Francisco in Ruhe. Augenblicklich erschien eine ganze Flotte von ähnlichen Lastern auf der Bildfläche.

Desinformation war etabliert. «Heil Eris», sagte Malaclypse der Jüngere, der auf seine verschrobene Art ein frommer Mann war. Nach dem ersten Monat wurde faktisch kein einziger Laster mehr angehalten oder durchsucht. Bullen, die sich in der Anfangsphase dieser aufstrebenden surrealistischen Politik bis auf die Knochen blamiert hatten, weigerten sich, das Risiko einzugehen, wieder ausgelacht zu werden. Keiner wollte wirklich wissen, wie viele dieser Laster tatsächlich Kokain transportierten.

Aber so richtig abstrakt wurde es erst, als opferlose Verbrechen in Hubbards Kode neu definiert wurden.

Das Spiel

> Wir sind der Kode, die genetische Information und nicht die Substanz, aus der der Körper besteht. Information ist potentiell unsterblich, und es ist unsere Absicht, sie tatsächlich unsterblich zu machen.
>
> *Dr. Paul Segall, 1976*

TERRANISCHE ARCHIVE 2803:
Die Erfindung des Symbolismus und der Kodierung gab den ersten terranischen Zivilisationen einen Schlüssel zur Überwindung des Todes. Das Signal Ρει παντα (alle Dinge fließen) beispielsweise, das über zweiunddreißig Jahrhunderte von Heraklits Nervensystem in jedes Nervensystem, das noch griechisch dekodieren kann, hinüberblitzt, erlaubt ihm, über die Zeit hinweg zu kommunizieren. Frühe Terraner waren ganz besessen von dieser zeitbindenden Kapazität von Symbolsystemen und kodierten alles mögliche in ihre ursprünglichen Signale hinein. So waren Wilson und Leary in der Lage, in *Das Spiel des Lebens* ausführlich darzustellen, daß das hebräische Alphabet im ganzen System der Kabbala verschlüsselt ist, daß die Tarotkarten Querverweise zwischen der Kabbala und den acht Schaltkreisen der neurogenentischen Evolution bildeten, daß das *I Ging* vierundsechzig Kodierungen des DNS-RNS-Dialogs aus den acht neurogenetischen Schaltkreisen enthielt; daß das Periodensystem der Elemente in der Achtmal-acht-Anordnung des Schachbretts enthalten ist und vieles mehr. Einige frühe Vermittler von Informationen verschlossen in ihren Kodes sogar Prahlereien über die Unsterblichkeit, die sie auf diese Weise erreichten – Ovid zum Beispiel protzt am Ende der *Metamorphosis*, daß seine Worte Bronze überleben würden; Bacon prunkt in den Sonetten noch schamloser mit seinem Sieg über die Zeit, und so weiter, und so weiter. Das Spiel mit der Unsterblichkeit in *Schrödingers Katze* dagegen ist von ganz anderer Art.

Geht nicht arglos in die Nacht

Geht nicht so arglos in die Nacht hinaus
Kämpft, kämpft gegen den Untergang des Lichts.

Dylan Thomas

GALAKTISCHE ARCHIVE:

Präsident Hubbards Art, die Langlebigkeitsrevolution zu fördern, war typisch für sie. Sie setzte eine jährliche Belohnung von hunderttausend Dollar für den *Nicht-Wissenschaftler* aus, der den bedeutendsten Beitrag im Kampf gegen das Altern leistete. Da die Wissenschaftler, die sich mit den Möglichkeiten der Lebensverlängerung beschäftigten, schon zu den beiden am stärksten staatlich geförderten Gruppen von Unistat gehörten (die andere waren die Raumfahrttechniker), tolerierten sie diese verrückte Idee eher amüsiert als beleidigt. Im ersten Jahr wurden 5237 Bewerbungen eingereicht. Eine Stichprobe mit Hilfe des Biests ergab, daß 4023 davon aus der neuen Freizeit-Klasse stammten, also von ehemaligen Arbeitern, die sich aus diversen Jobs herauserfunden hatten und mittlerweile über ein Einkommen von fünfzig- bis achtzigtausend Dollar im Jahr verfügten. Der Rest kam von Leuten, die durch deren Erfindungen arbeitslos geworden waren. Offenbar langweilten sich viele von ihnen bei einem Leben, das zum größten Teil aus Ficken, TV und Ferien bestand, zu Tode, obwohl das genau das war, was die meisten Primaten sich vorgestellt hatten, wenn sie sich ihren Lebensunterhalt einmal nicht mehr selbst erarbeiten mußten.

Im zweiten Jahr verzeichnete man über dreißigtausend Eingänge – genau wie Hubbard erwartet hatte.

Die Langlebigkeitsrevolution hatte unausweichliche Wirkungen. Jetzt, da man davon ausgehen konnte, nicht Jahrzehnte, sondern Jahrhunderte zu erleben, vollzog sich im Denken spontan der nächste Schritt. Die Hominiden von Terra orientierten sich um und konzentrierten sich auf die Suche nach Unsterblichkeit.

Und noch ein Trend setzte sich durch. Die Mehrheit der praktischen, testbaren, Hyper-Langlebigkeitsvorschläge stammte von den Kolonialisten der L5-Raumstädte.

Die domestizierten Primaten von Terra begannen, ihre Evolution bewußt in Richtung auf Kosmische Unsterblichkeit zu steuern.

Für Justin Case war das so, als sei dies die erste Regierung der Geschichte, die Beethoven ernst nahm. Ihm erschien Hubbards Philosophie eindeutig als Ableger des letzten Satzes der *Neunten*.

Die ersten Maiknospen

Und auf dem Amboß unserer Seelen werden wir das unerschaffene Bewußtsein unserer Spezies schmieden.

Papst Stephan I., *Unus Corpus*

Da auch Katzen einen Buddha-Mind haben, mußte selbst Marvin Gardens seine Erfahrungen mit der Ersten Noblen Wahrheit machen. 1981 hatte er eines Tages den Fehler gemacht, statt wie sonst seinen üblichen Schnief zu machen, ein großes Stück Haschkuchen aus Afghanistan zum Nachtisch zu verspeisen. Darauf kam es natürlich prompt zu einem Ausbruch von Aktivität in den Depressions-Schaltkreisen seines Thalamus. *Der Tramp bewegte sich nicht.* Wie Eliot sah er den Schädel unter der Haut. Tränen flossen über seine Wangen. Da saß er und weinte um all das Fleisch, das ewig gefolterte Fleisch das verdammte ewig gefolterte Fleisch dieser Welt. Und heulte vor Wut über den Verlust des Nippels der Selbstversenkung. Er war in Belsen. Er stand aufrecht im weißen Licht, als Hiroshima in Schutt und Asche versank. Er schaute zu, wie die Große Armee im Schnee vor Moskau erstickte. Immer wieder fiel der Tramp auf den Bürgersteig, und er sah, wie die Wölfe den zu Tode erschrockenen Karibu einkreisten, sah das Grinsen Caligulas und überall Sadisten, die Eltern von tausend Kriegen weinten mit ihm um ihre ermordeten Kinder («Mit Kindern sollten wir sehr sehr vorsichtig umgehen», kam eine vorwurfsvolle Stimme durch das Fenster im Raum), und eine Sekunde lang hatte er die verrückte religiöse Vision, daß man AUFHÖREN MUSS ZU TÖTEN, es gibt keinen anderen Weg und es ist längst zu spät für irgendwelche Alternativen. So einfach, man sollte es noch kursiv wiederholen, *MAN MUSS AUFHÖREN ZU TÖTEN.* Die plötzliche Klarheit dieser Einsicht überwältigte ihn. Er stellte

sich seine Zukunft als unermüdlicher Kämpfer für die Wahrheit dieser Vision vor. Er würde seine eigene Fernsehshow, ein Bombengeschäft machen und sie an die größten Sendeanstalten des Landes verkaufen. Sie würde *Corporal Works of Mercy Hour* heißen. Jede brutale oder verletzende Szene würde herausgeschnitten. Es würden ganz einfach lauter anständige Leute sein, die anständige Sachen machten, wie sie Thomas von Aquin in seinem berühmten Werk aufzählt: die Kranken und Gefangenen besuchen, die Hungrigen speisen, den Heimatlosen Schutz gewähren, den Leidenden zur Seite stehen, den Bedrückten Trost spenden und für die ganze Menschheit beten.
So einfach war das und weit entfernt von all der Ironie und der Bitterkeit seines gepflegten Humors – mit einem Wort: *ahimsa*.
Jaaa-aa-a: Ehre sei Gott! Ehre, Ehre, Ehre.
Er stolperte an seinen Schreibtisch, um die Erleuchtung festzuhalten, aber als er endlich dort angekommen war, hatte die Mikroamnesie bereits wieder alles weggespült, und es fiel ihm einfach nicht mehr ein, was es gewesen war, das ihm so klar und bedeutend erschienen war. Statt dessen meldete sich eine andere Stimme, und hastig schrieb er mit, was sie sagte:

Unter dem stürmischen Wind erschauern die ersten Knospen des Mai.

In diesem Augenblick entschied sich drüben in Los Angeles Eve Hubbard, für das Amt des Präsidenten zu kandidieren.

Das Universum entscheidet

23. DEZEMBER 1983:
In Sputs Bude wurde es langsam ein bißchen unheimlich.
Dr. Dashwood hockte mitten in einem Chaos von keuchenden und sich windenden Körpern. Er erkannte verschiedene mathematische Kurven, die sich aus der Bewegung von Schultern, Beinen und Hüften und diversen anderen Körperteilen ergaben und

versuchte ganz zufrieden, sich an die Namen und Gleichungen dieser Kurven zu erinnern. Er war mächtig stoned, allerdings war ihm das selbst nicht so ganz bewußt.
«Einsam?» fragte eine Pussyette und krabbelte auf ihn zu. «Ganz und gar nicht», antwortete er. «Am Anfang dachte ich, man hätte mir irgendwelche Drogen verpaßt, aber das ist wohl nicht wahr. Ich denke nämlich mit außergewöhnlicher Klarheit.»
«Oh, Junge, ja», sagte sie. «Du bist zu stoned, um mitzumachen, was?»
«Glauben Sie mir, meine Liebe, Sie liegen völlig falsch. Religion, negative Entropie und Sex – ist doch alles dasselbe. Hab ich gerade entdeckt.» Dr. Dashwood starrte sie an wie eine Eule. «Wenn man stoned ist, kann man sich schließlich nicht mit Mathematik beschäftigen», fügte er noch hinzu.
Tarantella Serpentine war offenbar schon seit einer ganzen Weile vom Swimming-pool zurück und kam jetzt zu ihm herübergekrochen. «Oh, yeah, Baby», sagte sie. «Du bist überhaupt nicht bekifft. Aber jetzt will ich meine Spezialbehandlung. Du weißt schon – die, die du sonst immer von mir kriegst.»
Und ohne ein weiteres Wort rollte sich die schamlose Person auf den Rücken und zog seinen Kopf in ihren Schoß.
«Also wirklich», protestierte er. «Doch nicht in aller Öffentlichkeit. Diese Leute hier sind sicher alle völlig skrupellos und high.»
«Hilf ihm mal ein bißchen, Süße», sagte Tarantella verschwörerisch zu der kleinen Pussyette.
Ohne ein Wort fing sie an, seinen Gürtel aufzuschnallen. Offenbar hatte sie genausowenig Sinn für Anstand wie Tarantella.
«Also Moment mal, Moment –» rief Dr. Dashwood hilflos. Aber sie machte einfach weiter. Ihre Zunge leckte fieberhaft und leidenschaftlich über seinen Schaft. Dann packte Tarantella seinen Kopf und zog ihn zwischen ihre Beine.
«Ich will wirklich nicht – glug, glub . . .» keuchte er, immer noch unfähig, das alles zu fassen.
Aber die Zunge auf seinem Penis brachte ihn so in Fahrt, daß er alles andere vergaß. Gehorsam drückte er kleine Küßchen auf Tarantellas Möse und erinnerte sich dabei an die Wonnen, die sie ihm heute nachmittag bereitet hatte. Mittlerweile fuhr die Zunge seinen Schwanz nicht mehr auf und ab wie vorher, sondern umkrei-

ste hartnäckig die Spitze. Seine Erregung überraschte ihn selbst – schließlich hatte er doch erst vor kurzem einen Orgasmus gehabt. Eine plötzliche Bewegung zu seiner Rechten ließ ihn aufschauen. Sput war aufgestanden und beugte sich über ein Mädchen, das auf allen vieren vor ihm kniete und seinen Penis in ihr Rektum stieß. Vor ihr stand ein zweiter Mann und holte sich verträumt einen runter, während sie ihn ansah und mit offenem Mund auf seine Spermaladung wartete.

Zu schade, daß ich mir keine Notizen machen kann, dachte Dr. Dashwood. *Höchst interessant, wie die andere Hälfte es so treibt.* Aber Tarantellas duftende Möse, die sich seinem Mund und Nase entgegenreckte, war ganz naß, und er ermahnte sich, weiterzumachen, während die Kleine unter ihm immer heftiger seinen Pimmel bearbeitete. Er schaute hinter sich, um zu sehen, ob noch mehr Leute im Spiel waren, und sah, daß ihr ein drittes Mädchen abwechselnd an der linken und rechten Brust saugte, während sie sich gleichzeitig von F. D. R. Stuart die Möse lecken ließ und zusah, wie er einen Finger in die sich windende Pussy des anderen Mädchens steckte. Es war alles ganz gemütlich, aber Dr. Dashwood machte sich ernstlich Sorgen, ob die verdammte Droge eigentlich jeden Sinn für Anstand auslöschte.

Es wäre immerhin ein mathematisches Wunder, wenn wir alle gleichzeitig kämen, schoß es ihm durch den Kopf.

Die finsteren Machenschaften von Ezra Pound und dem Fair Play for Fernando Poo Committee hatte er total vergessen.

Im Kelly-Haushalt ging es dagegen noch einigermaßen gesittet zu. Nach einer Stunde hatte Stan seine Hand unter Marys Pullover und auf ihrem BH, aber es war immer noch tabu, sie zu bewegen, ganz besonders beim Küssen.

Mit dem Küssen ging es jedenfalls gut voran. Mary Kelly atmete schon sichtlich schwerer und gelegentlich, wenn sie mal wieder «nein» stöhnte, waren weder sie noch er ganz sicher, um was es eigentlich ging.

«LASSEN SIE ES NICHT SOWEIT KOMMEN, DASS EPIDERMOPHYTOSIS IHRE EHE ZERSTÖRT» plärrte der Fernseher. «NEUN VON ZEHN ZAHNÄRZTEN HALTEN –»

«Wir sollten wirklich besser aufhören», keuchte Mary.

«Ich kann nicht aufhören», stöhnte Stan. «In mir ist ein Tiger erwacht.» Er küßte sie so leidenschaftlich er konnte und wagte gleichzeitig, nach ihrem Nippel zu tasten. Zu seinem Entzücken konnte er ihn unter dem BH ganz deutlich fühlen.

«Nein, bitte tu das nicht», hauchte Mary. Aber diesmal machte sie keinen Versuch, ihn zurückzuhalten. Tatsächlich waren ihre kleinen Fäuste geballt, als ob sie nicht ihn, sondern sich selbst bekämpfte.

«Ich liebe dich, ich liebe dich», schnaufte er, wie ein Wal, der an den Strand gespült wird. Er fummelte ein bißchen mehr an dem Nippel herum.

«Bit – te! sagte sie, aber ihre kleinen Fäuste waren noch immer so widerstandslos wie tote Soldaten.

Stan ließ bereitwillig eine Hand in ihren Schoß sinken – ein taktischer Fehler, wie sich herausstellte, denn sie wurde auf der Stelle stocksteif und stieß ihn mit beiden Fäusten von sich weg.

«Nein!» heulte sie, als ob sie einer exquisiten chinesischen Folter ausgesetzt wäre.

Stan zog sich zurück. «Tut mir leid», murmelte er wie ein auf frischer Tat ertappter Dieb. «Du hast mich so geschärft –»

«Wir hören besser auf», sagte sie, «ehe ich dich noch mehr schärfe.»

«Nur noch einen Kuß», bettelte Stan pathetisch.

«Nein, wir sollten –»

«Ich rühre dich nicht an. Ehrenwort.»

«Wir sollten –»

«POST KRISPIES», brüllte der Fernseher, «UND JEDER TAG BEGINNT MIT EINEM WOHLSCHMECKENDEN UND GEHALTVOLLEN START FÜR IHREN KLEINEN ASTRONAUTEN.» Auf dem Bildschirm raste eine penisförmige Rakete Richtung Mond.

Weder Stan noch Mary bemerkten sie. Sie versanken in einem, wie sie glaubten, leidenschaftlichen Seelen-Kuß. Sie zählte im Geist mit, weil ein lokaler Moralapostel ihr doch tatsächlich weisgemacht hatte, daß es nach zwanzig Sekunden Sünde war.

Ungefähr bei vierzehn verlor sie jedoch Gott sei Dank die Übersicht.

Währenddessen überwachte Mounty Babbit im Orgasmus-Zentrum die Fortschritte von Rhoda Chief. Auf eigene Verantwortung, denn seine Neugier kannte keine Grenzen mehr, hatte er doch die notwendige Ausrüstung für eine intravenöse Ernährung Rhodas beschafft. Mounty selbst kaute nervös an einem Apfel und machte sich gelegentlich eine Notiz.

Rhoda war in Schweiß gebadet. Ein Schlauch steckte in ihrem linken Arm, und über ihr schwebte ACE wie ein finsterer interplanetarischer Roboter. Die Bettlaken waren zerknüllt und stellenweise eingerissen, als ob eine Horde Bären darin genächtigt hätte. Wenn sie die Augen aufmachte, konnte sie nichts erkennen, aber sie artikulierte ihre Phantasien in dem eintönigen, schizoiden Ton eines Psychotikers: «Du Nigger ... du dicker schwarzer Bock! Gib's mir. Stoß ihn rein. Ich will noch mal kommen. Laß mich doch noch mal kommen ...»

Und gehorsam rammte Ulysses gegen ihre wunde offene Pussy.

Ungerührt von ihrem Stöhnen und ihren Zuckungen knabberte Mounty Babbit an seinem Apfel. Laut Kinseys Skala war er ein KG-Homosexueller.

Stan Oedipusky machte Fortschritte. Seine Hand war unter Marys Rock und drängte sich sanft gegen den Stoff ihres Höschens. «Bitte», sagte Mary gequält. «Bitte, Stan ...» Er war nicht sicher, was sie wollte und bedeckte ihre Lippen mit neuen Küssen, ehe sie deutlicher werden konnte.

Aber dummerweise mußte er ja auch mal Luft holen, und prompt hatte sie ihre Chance. «Ich kann nicht», keuchte sie mit aufgerissenen Augen. Sie sah aus wie die einzige konfuse Überlebende einer ausgebombten Stadt. «Ich habe *Angst*, Stan.»

«Ich tu dir nicht weh», stöhnte er und schob einen Finger in ihr Höschen. «Ich schwöre bei Gott, Mary, ich tu dir nicht weh . . .»

Rhoda stand auf der Spitze des Empire State Buildings, und diesmal waren Floyd Bennett Fields Flugzeuge ein bißchen spät dran. Da schwebte er über ihr, grunzend und schnüffelnd; endlich waren sie allein, seine dunklen Augen funkelten vor roher und brutaler Leidenschaft für sie (für sie!). Langsam schwoll sein enormer Pimmel an – dreißig Zentimeter, sechzig, neunzig Zentimeter. Als er unglaubliche pulsierende hundertfünfzig Zentimeter lang war, warf er seinen bestialischen Kopf zurück, hämmerte sich auf die Brust und brüllte seinen wilden leidenschaftlichen Schrei gen Himmel.

Endlich, endlich frei von jeder Zensur, in der Abgeschiedenheit von Rhodas fieberndem Kopf – nahm sich King Kong seine Braut.

«Noch was, was mich zu Tränen rührt», sagte Sput philosophisch, «ist die unglaubliche Schwachsinnigkeit der sogenannten Opposition oder Gegenkultur in dieser untergehenden Republik. Clowns, die versuchen, eine Massenrevolution zu organisieren und dann die Masse beleidigen, wenn sie nur ihren Mund aufmachen. Lahmärsche, die gegen die Zensur hier zu Hause wettern, aber elegante Entschuldigungen parat haben, um sie überall anders auf der Welt zu rechtfertigen. Idioten, die nach Freiheit schreien, aber jeden hergelaufenen Diktator unterstützen. Epistemologische Schwachköpfe, die nicht mal den Unterschied zwischen einer Behauptung und einem Beweis kennen. Tolpatsche mit nicht viel mehr Anstand als die Jukes-Familie, nicht mehr Toleranz als der Ku-Klux-Klan, nicht mehr Bildung als Jeeter Lester und nicht mehr Humor als

Cotton Mather. Mensch, wenn ich mir einen von ihnen rauspicke, um ihn in meinem Magazin zu interviewen, dann verplempert er die Hälfte der Zeit damit, mir zu erzählen, was für ein Zuhälter, Kuppler, Sexist und Imperialist ich doch bin – und wenn ich meinen Respekt für die Pressefreiheit damit unter Beweis stelle, daß ich ihr zusammenhangloses Gesabber auch noch abdrucke, dann verspotten sie mich als altmodischen Liberalen. Ich könnte heulen, ich sag's Ihnen, ich könnte heulen . . .»

Neben ihm war der leicht weggetretene Stuart damit beschäftigt, Schlagsahne in Tarantellas Möse zu sprühen. Sie lag völlig entspannt, nackt und glänzend vor ihm auf der Erde und sagte: «Also vergiß nicht, wenn du das willst, dann mußt du es schon richtig machen, und zwar gut. Dieses Zeug ist klebrig, wenn es eintrocknet. Du mußt versprechen, daß du es alles wieder ableckst, aber *alles*.»

«Ich versprech dir, was du willst», sagte Stuart glückstrahlend, «ich versprech es, Foxy Lady.»

«Und noch was», fuhr Sput fort, obwohl ihm kein Mensch zuhörte. «Die Dummköpfigkeit der zeitgenössischen Wissenschaft ist fast genauso groß wie die der gottverlassenen Kirchen. Also, ich kann mich erinnern, als sich vor ein paar Jahren all die Buddhisten verbrannten, um gegen die amerikanische Invasion in Vietnam zu protestieren, da ließ die *Science News* ein Gutachten erstellen, um rauszukriegen, warum sie so ruhig dasaßen, während sie doch wie Fackeln loderten. Und was glauben Sie wohl, wen sie befragten? Einen Haufen von Psychologen und Neurologen – die letzten, die dazu was zu sagen haben. Diese Gutachter befragten keinen einzigen Buddhisten. Nicht einen! Es kam ihnen gar nicht in den Sinn, sich an die Leute zu halten, die es *können*. Was für eine Einbildung! Was für ein okzidentaler Chauvinismus. Was für eine erbsenhirnige Dummheit! Ich könnte heulen, ich sag's Ihnen!»

«Genau», kommentierte Dashwood, der sich plötzlich aufrichtete und gar nicht bemerkte, wie er dabei den Hals der Kleinen verrenkte, die ihm gerade einen abkaute. «Wir haben keine einzige der wirklich entscheidenden Antworten. Wir wissen nicht, ob der Geist im Gehirn sitzt, im ganzen Körper verteilt ist oder vielleicht sogar ein paar Zentimeter über dem Körper schwebt, wie ein paar russische Forscher glauben und alle alten Mystiker behaupten. Wir wissen nicht, warum Sex oder Kunst oder schönes Wetter oder sonstwas Menschen anturnt, und wir wissen auch nicht, warum sie das alles plötzlich langweilt. Und jeder, der sich wirklich bemüht, dahinterzusteigen, wandert ins Kittchen, wie Reich, oder wird verfolgt und zu Tode gehetzt, wie Kinsey, oder eine Zielscheibe des Gespötts, wie ich. Und in all unserer Unwissenheit stolpern wir immer weiter vorwärts und wissen einfach keine Antworten auf die großen Fragen.»

«Die bloßen Fragen», sagte Stuart und sank mitsamt mit Schlagsahne verschmiertem, intelligentem schwarzem Gesicht stoned in die Knie, «passen Sie bloß auf, daß Sie sich keine Blöße geben, wenn Sie soviel darüber nachdenken, Mann.» Unheilvoll rezitierte er: «Was macht eine einzelne klatschende Hand für ein Geräusch? Trinken wir das Wasser oder die Welle? Wer bewacht die Wächter? Wer weiß, welche Bosheit im Herzen der Menschheit lauert? Warum ist eine Ente?» Er schüttelte den Kopf. «Wir werden's nie rauskriegen», schloß er mit Nachdruck und tauchte zurück in Tarantellas sahnige Möse.

«Sehen sie?» sagte Sput. «Ich bin von Philistern umgeben.»

Aber eigentlich fühlte er sich ganz wohl in seiner Haut. Er hatte einen Geistesblitz gehabt und sah plötzlich ganz klar, wie er drei seiner gefährlichsten Konkurrenten auf einmal aus dem Feld schlagen konnte.

«Ich hab noch nie – ich hab noch nie – einen gesehen. Keinen steifen jedenfalls», sagte Mary Kelly und errötete leicht dabei. «Ich meine, nur mal den von meinem Bruder in der Dusche.» Sie wurde schon wieder rot. Das Herz des armen Dings schlug so schnell, daß sie kaum noch was anderes hörte.

Stan zuckte schuldbewußt zusammen. «Dafür werde ich dich bis an mein Lebensende lieben. Ehrenwort. Es ist nur . . . ich kann einfach nicht länger warten. Wir sind schon seit drei Jahren verlobt.» Er betrachtete seinen Penis, der groß und keck aus

seinem Hosenschlitz hervorlugte, und hörte, wie sein Herz pochte.
«Guck mich nicht an», bat Mary schüchtern. «Guck über meinen Kopf. Bitte.»
«Mach ich», versprach er gehorsam und dankbar.
Das Mädchen nahm seinen Penis in die Faust und fing an, ihn zu massieren. Mit Schrecken sah sie, daß er augenblicklich noch größer und härter wurde. *Wenn wir verheiratet sind,* dachte sie, *ob er dann wirklich ganz in mich reinpaßt?* Es schien ihr einfach unmöglich, aber sie wußte doch, daß sie es versuchen wollte – wenn sie verheiratet waren, natürlich. Er würde sie garantiert nicht mehr respektieren, wenn sie jetzt schwach würde.
Stan sah ein paar tausend Zigarren im Fernsehen zu und hörte, wie sie weit entfernt, jenseits von seinem pochenden Herzschlag sangen: «Man muß nicht inhalieren, um zu genießen.» Dann tauchte eine Schauspielerin auf und saugte kokett und mit gespielter Erregung an einer der Zigarren.
«Uh», sagte er, «könntest du – könntest du –»
«Was?» fragte Mary. Sie hatte Mühe, zu atmen. Sein Schwanz schien so heiß und lebendig in ihrer Hand.
«Ach nichts», sagte er und sah der Schauspielerin zu, die lüstern ihre Lippen um die Zigarre wölbte und puren Sex ausstrahlte.
Mary rubbelte weiter an ihm herum.
«Bitte», sagte er. «Laß mich dich doch angucken.»
Sie wurde schon wieder rot. «Ich kann nicht.»
«Bitte.»
«Nein, wirklich! Wir sollten lieber das Licht ausmachen. Wenn meine Eltern plötzlich zurückkommen, *sterbe* ich.»
«Dann laß mich dich anfassen. Nur anfassen.»
«Nein, Stan. Ich gebe dir schon, was du brauchst. Aber bring mich nicht in Schwierigkeiten.»
«Ich steck ihn nicht rein. Ich schwöre bei Gott, ich steck ihn nicht rein. Laß mich doch nur mal anfassen – nur einen Moment.»
«Also wirklich! Ich hab jetzt schon ein schlechtes Gewissen.» Sie rieb jetzt schneller, versuchte, es hinter sich zu bringen. Aber ihre eigenen Gefühle ließen sie im Stich. Sie versuchte nicht hinzugucken, aber ihre Augen wurden immer wieder magisch angezogen. Stans Pimmel war jetzt riesig, pantagruelisch, zyklopisch.

Aus unerfindlichen Gründen jagte ihr die Größe jetzt keinen Schrecken mehr ein, und sie wußte, daß er sicher in sie hineinpassen würde (nach der Heirat natürlich); sie *wußte* einfach, daß es klappen würde – vielleicht, weil sie sich plötzlich so, na ja, leer und hohl vorkam, da unten.
Stan stöhnte. «Könntest du – könntest du –»
«Was?»
«Ach nichts.» Er hatte eine Heidenangst, sie zu fragen; sie würde ihn garantiert für ein Monster halten. Verdammte blöde Kuh mit ihrer blöden Zigarre.
«Wo willst du – es hin – tun?» fragte sie plötzlich mittendrin.
Er konnte nicht überlegen. «Auf den Teppich?»
«Wenn meine Eltern den Fleck sehen, *sterbe* ich.»
«Mein Taschentuch?»
«Wenn deine Mutter den Fleck sieht, *sterbe* ich.»
«Den Blumentopf?»
«Das ist zu nah am Fenster. Man könnte unsere Schatten sehen.«
«Himmel noch mal, irgendwo muß ich schließlich kommen!»
«Ich weiß», sagte das Mädchen aufmunternd. «Du kommst in meinem Mund, und ich schluck alles runter. Dann wird es kein Mensch erfahren.»
«O ja», sagte Stan schwach. «Wieso hab ich bloß nicht daran gedacht?»
«Sag mir, wenn du soweit bist», sagte sie mit erstickter Stimme.
«JETZT!» schrie er. «JETZT!»
Vorsichtig und nervös nahm Mary die Schwanzspitze zwischen die Lippen, zog die Zunge ganz weit zurück und machte keine weitere Bewegung.
«MEHR», bettelte er. «ZWEI ZENTIMETER MEHR, BIIIITTE!!!!»
Sie zog ihn raus, und das Gefühl ihrer Hand . . . gleich würde er ihr mitten ins Ohr spritzen!
«Okay», sagte sie verschämt, «aber dann mußt du schnell sein.»
«Ich bin schnell, ich bin schnell!» Stan lag mit offenem Mund und hervorquellenden Augen vor ihr.
«Also dann . . .» Diesmal schob Mary ihn fast vier volle Zentimeter rein. Stan katapultierte in einen Rausch von Sinneseindrücken und stieß noch fünf Zentimeter nach, wobei sich seine Hände verzweifelt in ihrem Pullover verkrampften.

Plötzlich stieß er ins Leere. Ihr Mund war verschwunden.
«Meine Güte», murmelte sie nervös. «Bin ich froh, daß es vorbei ist.»
«VORBEI?» schrie er. «VORBEI? Ich bin doch noch gar nicht gekommen!!»
Mary kicherte verstört. «O ja, natürlich. Ich hätte es wohl schmecken müssen. Tut mir leid, ich war für einen Moment ganz weg und ich dachte, du bist fertig.» Sie schloß ihren Mund wieder um seinen Penis, und diesmal bewegte sie ihre Lippen rhythmisch, sechs Zentimeter, zehn Zentimeter . . .
«Eine Titte», flüsterte er verzweifelt. «Laß mich nur eine Titte sehen.»
«Mmmmmm, mmmmmm», sagte sie, aber es klang zustimmend. Überrascht und glücklich sah er, wie sie mit beiden Händen ihren Pullover bis zum Hals nach oben schob und sich den BH aufhakte – und das alles, ohne seinen Schwanz auch nur eine Sekunde loszulassen. *Mein Gott, sie hat wirklich Talent*, dachte er. Die Brüste hingen jetzt frei, und zwei niedliche kleine Nippel starrten ihn an. Er griff danach, beugte sich vor und bekam einen zu fassen. Er war hart. Er stieß blindlings drauflos, hielt den Nippel zwischen den Fingern und rammte ihr seinen Schwanz immer tiefer in den Mund. Er schloß die Augen und ritt auf den Wellen der Verzückung in eine heiße schwarze Leere. Ein dröhnendes Nichts drohte ihn zu überschwemmen.
Plötzlich war ihr Mund schon wieder weg.
«VERFLUCHT NOCH MAL», fauchte er. «WAS IST DENN JETZT SCHON WIEDER????!!!?!?»
Das Mädchen starrte ihn mit totenblassem Gesicht an. «Steck ihn bei mir rein», murmelte es. «Ich *sterbe*, wenn du es nicht machst.» Stan sprang mit einem Satz von der Couch, zerrte sich die Hosen herunter und wäre fast über sie gestolpert, als er ihr half, den Pullover ganz auszuziehen, und den Reißverschluß ihres Rockes aufmachte. In weniger als einer Minute lag er über ihr auf der Erde und tastete nach der Spalte zwischen ihren Lippen.
«Laß mich», sagte sie und dirigierte seinen Schwanz in sich hinein. «Ganz rein», keuchte sie. «Ganz. Nein, beweg dich jetzt nicht, halt ihn ganz still, tief drinnen. Oh, Jessas! Oh, Maria und Joseph! Oh, Schwester Maria Agnes! Beweg ihn, los, beweg ihn!! *Stoß zu, du Bastard!!*»

Gehorsam stieß Stan so schnell und hart er nur konnte zu. Sie war heiß und naß, als ob er sie zwanzig Minuten gefingert hätte, und ihre Nägel bohrten sich in seinen Rücken, als sie sich aufbäumte, um ihn wieder und wieder zu küssen. Die Nägel bohrten sich in seinen Arsch – sie schien zu versuchen, ihn mitsamt den Hüften in sich hineinzusaugen. Ihre Beine reckten sich in die Luft und schlangen sich dann fest um seinen Rücken, und dann fing sie plötzlich an, wie eine übergeschnappte Priesterin zu heulen: «Oh, fick, oh, fick fick, oh fick fick fick fick ficky, ficky ficky fick fick ficky fick mich, fick mich fick fickfickfickfick . . .» Er vergrub beide Hände in ihrem Haar, bog den Kopf nach hinten und küsste sie so heftig er konnte. Seine Zunge schob sich weit in ihren Mund hinein. «Ick ick ick ick ick mich . . .» sang sie durch seinen Kuß. Ihre jungfräuliche, nach dreiundzwanzig Jahren Frust hungrige Pussy schien ihn genauso stark wie ihr Mund in sich hineinzuschlingen, sie saugte und zerrte an allen stolzen siebzehn Zentimetern seines Penis. Und wenn er aufhörte, sie zu küssen, um Luft zu holen, ging der Singsang weiter: «Schwanz, Schwanz, ich hab einen Schwanz, ich hab einen Schwanz in mir, Heilige Mutter Gottes, ich hab einen Schwanz, Schwanz, Schwanz, Schwanz, ich hab einen Schwanz . . .» Ihre Nägel fetzten über seinen Arsch – er spritzte los . . . spritzte und spritzte und spritzte, und sie kreischte «In meiner Pussy, in meiner Pussy, in meiner Pussy-Pussy-Pussy!» und bäumte sich auf, wieder und wieder und wieder, bis ihm der Kopf schwirrte.

Mary Kelly hatte ihre Jungfräulichkeit hinter sich gelassen.

Der Briefkopf lautete: FLACHE-ERDE-FORSCHUNGS-GESELLSCHAFT. «Im Grunde Ihres Herzens wissen auch Sie, daß sie flach ist.» Darunter stand sauber getippt:

> Der berühmte Forscher Fernando Poo
> Hat den Ozean satt wie 'ne Kuh
> Ihr erratet es schon 024

Ihm bleibt nur die Perversion
Und so treibt er's des Nachts mit 'nem Schuh!

Mit großer runder Handschrift setzte er seine Unterschrift darunter, John Herbert Dillinger, faltete den Brief sauber zusammen und steckte ihn in einen Umschlag, der an Dr. Francis Dashwood adressiert war.
Markoff Chaney war ohne sein Teddy Snowcrop-Kostüm nach Hause ins Y zurückgekehrt und wild entschlossen, seinen Kreuzzug wider den mathematischen Geist fortzusetzen.

Tarantella ging auf Entdeckungsreise und landete schließlich in einem schummrig erleuchteten Raum, wo Stella und ein paar andere Jungs und Mädels nackt um eine Punschbowle herum auf der Erde hockten. Ein Mann mit Spitzbart und geheimnisvollen schwarzen Augen stand im Mittelpunkt der Aufmerksamkeit.
Feierlich sagte er: «Alle Teilnehmer legen jetzt ihre Masken ab. Der Karneval neigt sich seinem Ende entgegen. Jetzt heißt es Farbe bekennen, und zwar körperlich wie geistig.»
«Was soll das?» fragte Tarantella und setzte sich neben Stella.
«Probier erst mal von diesem Wahrheitstrunk», antwortete Stella. «Es ist Zen und die Kunst des Poontang, verstehst du?»
Tarantella nahm einen Schluck von dem Punsch. Außer Papaya und Ananas schmeckte sie nichts, also war die geheimnisvolle Zutat wahrscheinlich LSD.
«Du zuerst», forderte der geheimnisvolle Fremde Stella auf. «Welche sexuelle Vorstellung hast du am liebsten?»
«Na ja», antwortete sie. «Die ist eigentlich ziemlich albern.»
«Kein Traum des menschlichen Herzens ist albern», sagte der Bärtige entschieden.
Zum größten Erstaunen der Anwesenden wurde Stella rot. «Okay», sagte sie. «Ich habe diesen Traum von einem Aufzug, der an mir vorbei nach oben fährt. Darin sind Hunderte von nackten Männern. Und während sie an mir vorbeifahren, tja ... äh ...

kaue ich jedem von ihnen einen ab. Hunderten.» Sie grinste, ein bißchen verzerrt. «Wie die Vorstellung eines endlosen Schwanzes, nicht?»

«Menschenskinder!» sagte eines der Mädchen. Es sah ziemlich verblüfft aus.

«Und wie steht's mit dir?» fragte der Bärtige Stuart.

Der Redakteur zuckte die Achseln. «Ich bin ziemlich geil, schätze ich. Die einzige sexuelle Vorstellung, die mich hartnäckig verfolgt, ist ziemlich alt. Ich würde gern mal kopfüber in ein Faß voller Titten tauchen.» Er fing an zu lachen, eine Spur zu laut. «Und, ja, manchmal verändere ich die Szene auch ein bißchen. Dann würde ich mich gern splitterfasernackt über ein ganzes Feld voller Titten wälzen.» Er lachte wieder.

«Du brauchst dich nicht zu schämen», meinte der Bärtige. «Es ist dein wahrer Wille. Und wie ist es bei dir?» fragte er ein anderes Mädchen.

«Ach, ich stelle mir immer vor, daß ich nackt in einem Swimming-pool liege – in einem leeren Swimming-pool, also ohne Wasser drin. Und am Rand stehen lauter Männer und holen sich einen runter. Aber das Beste ist – sie kommen alle gleichzeitig und jede Ladung Sperma trifft mich zur gleichen Zeit und bedeckt mich von Kopf bis Fuß. Jeden Zentimeter meiner Haut.» Sie kicherte.

Ein anderer Mann meldete sich. «Das ist genau wie bei mir», sagte er. «Nur, da ist es eine Kohlenzeche statt eines Swimming-pools und nur ein Mädchen, nicht ganz viele. Ich stehe am Rand eines Schachts und hole mir einen runter, und sie wartet unten auf dem Grund mit offenem Mund auf meine Ladung.» Er starrte ins Leere. «Himmel, was für Sachen einem so durch den Kopf gehen.»

«Ich habe auch eine Vorstellung mit einem Mann, der sich einen runterholt», sagte ein anderes Mädchen. «Aber er ist mein Vater. Er war immer ziemlich konservativ und, äh, adrett, versteht ihr? Ich stelle mir vor, wie er in einem Zimmer voller Aktfotos vor mir sitzt und sich einen runterholt.»

«Und wenn er kommt, stürzt du rein und machst ihn fertig, was?» fragte Stuart lachend.

«Nein», antwortete sie. «Ich will ihn ja nicht in Verlegenheit

bringen. Ich will nur durchs Schlüsselloch gucken und mit eigenen Augen sehen, daß er auch menschlich sein kann, versteht ihr?»
»Un*glaub*lich», sagte Stella.
«So was kenne ich auch», meinte ein jüdisch wirkender Mann nachdenklich. «Ich meine nicht etwas, was ich selbst tun will, sondern etwas, was ich *sehen* will. Nur ist es nicht so persönlich.» Er lächelte. «Ich würde es gern auf der Bühne sehen, in einem Theater mit großem Publikum. Einen orthodoxen Rabbi, der eine Nonne ableckt.»
«So was sollte man während der Brüderschaftswoche veranstalten», sagte Stuart lachend.
«Ich hatte jahrelang einen Traum, der mich verfolgte», sagte ein etwas farbloses Mädchen, «aber er war zu realistisch. Ich wollte drei Männer auf einmal haben: einen Schwanz in meinem Mund, einen in meinem Arsch und einen, der mich fickt. Heute abend hab ich's endlich gemacht, und jetzt ist meine Idealvorstellung futsch!»
«Du findest bestimmt eine neue», sagte der Bärtige. «Glaubt mir, neue Forschungen haben ergeben, daß Menschen ohne Träume einfach nicht leben können. Wenn man sie jedesmal aufweckt, wenn sich im Schlaf ihre Augen bewegen – was den Anfang der Traumphase signalisiert –, dann können sie keinen Traum zu Ende bringen und werden innerhalb kürzester Zeit krank. Und dasselbe trifft natürlich auch für Tagträume zu.»
«Bist du eigentlich Psychiater?» fragte Tarantella.
«Nein, nichts dergleichen», antwortete er mit einem merkwürdigen Grinsen.
«Aber irgendwas in der Richtung mußt du sein», warf Stella ein. «Das merkt man doch.»
«Ich habe einen viel älteren Beruf», sagte er einfach. «Und du, was ist deine Lieblingsvorstellung?» fragte er zu Tarantella gewandt.
Sie zuckte die Achseln. «Ich wundere mich, daß es bisher noch keine Frau erwähnt hat. Es muß die weiblichste aller Phantasien sein. Ich möchte nackt auf einem Altar liegen und mich von knienden nackten Männern anbeten lassen.»
Der Bärtige betrachtete sie nachdenklich. «Das könnte durchaus passieren, weißt du . . .» sagte er sanft.

Mary Kelly weinte. «Jetzt hast du keinen Respekt mehr vor mir», schluchzte sie. «Ich habe was Schreckliches gemacht, was ganz Furchtbares.»

Stan verzog gequält das Gesicht. «Aber nein. Du warst *wundervoll*. Ehrenwort. Es war wie ein Traum, der in Erfüllung geht.»

«Aber jetzt willst du mich bestimmt nicht mehr heiraten», schniefte das Mädchen.

«Doch, das will ich.»

«Nein, willst du nicht. Ich weiß, was mit Mädchen passiert, die alles mitmachen. Warum die Kuh kaufen, wenn man die Milch umsonst kriegt? Das hat Dear Abby auch immer gesagt.» Sie schluchzte immer noch.

«Baby, ich heirate dich, sobald es geht.» Stan konnte Tränen nicht ausstehen.

«Nein, wirst du nicht.»

«Werd ich doch.»

«Nächsten Sonntag?»

Stan schaute in den Abgrund – und während er noch nachdachte, brach sie von neuem in Tränen aus. «Abgemacht», sagte er und gab sich einen Ruck. «Nächsten Sonntag.»

Währenddessen tobte ein Bulle über den Fernsehschirm, und der Sprecher brüllte dazu: «MERRILL LYNCH EROBERT AMERIKA!»

«So daß», schließt Justin Case triumphierend (er träumt gerade, vor einem Transvestitenpublikum zu lesen), «die Elemente in der Montage von jeder beliebigen Anzahl sein können – fünf, fünfzehn, fünfzig, was auch immer –, und doch sind alle nur denkbaren Emotionen in jedem einzelnen enthalten. Die emotionale Gesamtwirkung geht jedoch immer von der Montage aus und nicht von ihren einzelnen Bestandteilen. Film ist die visuelle Demonstration von Fullers synergetischer Geometrie.»

«Was für'n Scheißer!» kreischte einer der Transvestiten. Wer schiß? Justin schiß! Bullshit! Wer schiß?
Die Zeitzwerge trugen ihn auf einem mit Juwelen besetzten Thron umher – und er trug die Dornenkrone. Es war Mardi Gras. Er amüsierte sich bestens. Er beschloß, sie weiter zu unterrichten.
«Die Montage von Chinatown oder der Kapelle der Gefahren führt uns zur Lehre von Fu Manchu – dem Zentrum der Macht – der neun okkulten unbekannten Erleuchteten, die die Welt regieren – dem Geheimnis von Kapitalismus und Besitz – dem grausamen Kreuz, das das Innere ohne Fenster vom Äußeren trennt.»
Aber dann machte er sich in die Hosen, und alle lachten ihn aus, lachten albern und kindisch und rückten ihm dabei mit Teer und Federn zu Leibe. Sie hatten rausgekriegt, daß er nichts weiter als ein dreckiger Scheißer war.

«Mit anderen Worten: was den Zustandsvektor zusammenbrechen läßt und, äh, um, bewirkt oder wenigstens, äh, erkennen läßt, daß ein neuer Quantenzustand eintritt, kann nur eine Verborgene Variable sein, die in das Gesamtsystem eingebettet ist – das größte Gesamtsystem», dozierte Blake Williams.
«Sie meinen, wenn Ignatz einen Ziegelstein wirft –»
«Wenn Ignatz ein Quantenphysiker ist und ein Photon wirft, können sich Krazy oder Schrödingers Katze in unendlich vielen Eigenzuständen befinden, ähem, ja, so daß letztlich das ganze Universum an der, äh, Entscheidung beteiligt ist, ob die Katze von dem Ziegelstein oder dem, ähem, äh, dem Photon, äh, getroffen wird, je nachdem, wie der Fall liegt.»
«Professor», fragte Natalie plötzlich völlig verwirrt. «Machen Sie sich etwa über mich lustig?»
«Meine Liebe, ich, ähem, referiere Ihnen nur die logischste und einfachste Interpretation von Bells Theorem, so wie sie Dr. Jeffrey Chu an der U. C. Berkeley und Dr. Fritjof Capra in *Der Kosmische Reigen* entwickelten.»

«Das ganze Universum entscheidet!?»
«Nun, das ist natürlich, äh, gewissermaßen, ähem, metaphorisch zu verstehen . . .»
«Wissen Sie was, Professor», Natalie richtete sich auf und schaute ihm in die Augen, «ich kannte mal einen Zwerg, einen häßlichen kleinen Mistkerl, aber der hat mir mal was gesagt, das ich nie mehr vergessen konnte. Alles, was existiert, ist eine Metapher, hat er gesagt, *und der, der unsere Metaphern kontrolliert, kontrolliert uns.*»
«Als Anthropologe muß ich ihm zustimmen», sagte Williams. «Leben wir in einem okkulten Thriller, einem Pornostreifen, einer philosophischen Abhandlung oder einem Science-fiction-Roman? Das hängt ganz davon ab, welche Teile unserer Erfahrung wir besonders herausstellen wollen. Und das wiederum bringt uns zu der Frage: schreiben wir unsere Lebensskripte selbst oder gibt es eine Verborgene Variable, wie die neuen Quantentheorien vorschlagen?»
«Sie meinen also, das ganze Universum entscheidet mit, was wir als nächstes machen?» Natalie wollte unbedingt eine eindeutige Antwort.
«Nun, also das ist die Alternative zu der Behauptung, daß es multiple Universen gibt, wo alles, was passieren kann, auch passiert, und, äh, demokratisch ist sie auch, denn jedes Teilsystem innerhalb des Ganzen hat eine eigene Stimme.»
Natalies semantischer Schaltkreis war überbelastet. «Sie wollen also behaupten, daß jeder von uns beiden, plus der Stuhl da drüben und jedes Atom in uns und im Stuhl und in Marvins Koks – daß wir alle eine Stimme haben?»
«Hmmm, nun ja, vielleicht haben wir die Metapher ein wenig überstrapaziert . . .»
«Es klingt wie Mozart», sagte Natalie und sah plötzlich wieder ein Fenster. «Genauso mechanisch wie ein Uhrwerk und doch so frei wie ein Traum.»

Hölle

GALAKTISCHE ARCHIVE:

Präsident Hubbard hatte das Verbrechen zum größten Teil dadurch abgeschafft, daß sie die Gefängnisse aufgelöst hatte.

Das war eine ihrer erstaunlichsten Leistungen, da die meisten Primaten bisher geglaubt hatten, daß Gefängnisse das Verbrechen verhüteten, statt es zu begründen.

Unnötig zu sagen, daß Eve Hubbard schon immer eine außergewöhnliche Erdenbewohnerin gewesen und schließlich auch deshalb der erste schwarze Präsident von Unistat geworden war. Obwohl sie wie die meisten außergewöhnlichen Menschen extrem gut aussah – die genetische Verbindung zwischen Gesundheit, Hedonismus, Klugheit und gutem Aussehen trifft übrigens für alle Spezies der bekannten Planeten zu –, war Eve nach ihrem berauschenden Erfolg als supersexy ebenholzfarbener Android in *Gentlemen Prefer Clones* aus der Filmindustrie ausgestiegen, hatte an der U.C.L.A. Philosophie studiert und sich beinah den Ph. D. verscherzt, weil sich ihre Examensarbeit gegen alle bisherigen, von terranischen Primaten erfundenen Philosophien auflehnte. Danach ließ sie sich zu einem der ersten Neurogenetiker des Landes ausbilden. Und folgerichtig waren es dann auch gewisse Entdeckungen in der Primatengenetik, die sie darin bestärkten, in die Politik zu gehen.

Der Code Hubbard, die bedeutendste Revision der Primatenrechtsprechung seit dem Code Napoleon, schied alle Verbrechen in drei Klassen.

Verbrechen gegen die Konvention, sogenannte «opferlose» Verbrechen, wurden fast überhaupt nicht mehr verfolgt. Über ein derartiges Verhalten durfte ein Bürger nur noch nach Beschwerden von mindestens hundert seiner Mitbürger verhört werden. Nach dem Verhör durch ein Team von speziell ausgebildeten Neurogenetikern wurde dann ein Bericht verfaßt, in dem man entweder eine *Umsiedlung* des Ketzers empfahl oder aber, und das war öfter der Fall, die Nachbarn strengstens ermahnte, sich um ihre eigenen Angelegenheiten zu kümmern.

Viele Libertianer protestierten gegen dieses Verfahren, weil sie Verbrechen ohne Opfer generell abgeschafft sehen wollten. Hub-

bard sah jedoch ein, daß ein solch freizügiges Strafrecht so lange unpraktisch war, bis die Primaten alle moralische Selbsttäuschung über Bord geworfen hatten.
Diejenigen, die sich mit einer Umsiedlung einverstanden erklärten, wurden vom Biest für eine Umgebung bestimmt, in der ihre abweichlerischen Anschauungen «normal» waren. Die meisten landeten auf seine Empfehlung in L5-Raumstädten und waren ganz zufrieden, wenn sie sich dort eingelebt hatten. Sie hatten *futistische* Gene.
Andere Häretiker beschlossen, da zu bleiben, wo sie waren und ihre Nachbarn auch weiterhin auf die Palme zu bringen. Das ist ein typischer, widerspenstiger Zug, der sich bei bestimmten domestizierten Primaten aller Planeten beobachten läßt.
Verbrechen gegen das Eigentum wurden mit einer fehlerhaft funktionierenden Ökonomie erklärt, die nach Korrektur verlangte. Der Straftäter wurde dazu verurteilt, alles, was er beschädigt oder zerstört hatte, in voller Höhe zu erstatten. Wenn er nicht bezahlen konnte, stand er im wahrsten Sinne des Wortes in der Schuld der Regierung. Die Regierung entschädigte das Opfer und der Täter die Regierung, indem er für die Hälfte des normalerweise üblichen Lohns bei einem gesellschaftlich nützlichen Projekt wie Langlebigkeitsforschung, Raumforschung usw. mitarbeitete oder auch einfach als Forstarbeiter in den vielen Nationalparks, die wie Pilze aus dem Boden schossen, seit die Industrie von der Oberfläche des Planeten in den schwerelosen Raum verlagert worden war.
Gewaltverbrechen wurden als natürliches, unvermeidliches, tragisches, aber nicht zu tolerierendes Resultat einer willkürlichen Kombination von Genen, Prägungen und Konditionierung verstanden. Biots, die solche Verbrechen begingen, wurden ohne Verurteilung, aber unwiderruflich zur Hölle geschickt.
Früher war der Staat Mississippi die Hölle gewesen. Nachdem man die Einwohner in eine Umgebung umgesiedelt hatte, die für Schaltkreis-Zwei-Primaten (Prä-Hominide) geeignet war, machte man Mississippi einfach dadurch zur Hölle, daß man es mit einem Laserschild umgab, der jedes Entkommen unmöglich machte. Innerhalb des Schildes blieb alles beim alten. Die gewalttätigen Biots konnten darin machen, was sie wollten und hatten inner-

halb kürzester Zeit mehrere Formen von Feudalismus, Krieg, Primatentum, Handel, Sklaverei und anderen frühen Primateninstitutionen auf die Beine gestellt, die ihnen normal erschienen.
Es gab auch gewalttätige Biots und Genpools, die sich freiwillig zur Hölle schicken ließen, denn das war der einzige Teil der Welt, der noch ihren Anschauungen von einer richtigen Primatengesellschaft entsprach. Der Ku-Klux-Klan, die Black Panthers, die amerikanischen Nazis, die Hell's Angels und ein Großteil der People's Ecology Party migrierten en masse und stellten ansehnliche Regierungen oder Räuberbanden in der Hölle auf.
John Wayne war mittlerweile schon fast hundert Jahre alt, sah aber aus wie dreißig und fühlte sich dank FOREVER auch so. Nachdem eine Org-Kur ihn vom Krebs geheilt hatte, ging er ebenfalls zur Hölle. Man munkelte, er habe es zu einem der reichsten Sklavenhändler und Kriegstreiber im westlichen Sektor gebracht.
«DIE HÖLLE IST DAS PARADIES», lautete der stolze Slogan dieser Region.

Weißes Licht

Hugh Crane feierte seinen vierzehnten Geburtstag 1938, indem er ins Bett von Sophie Hagé, dem schwarzen Dienstmädchen der Familie, kletterte. Sie hatte ihn schon eine ganze Weile beobachtet und war auch über das Timing nicht weiter erstaunt. Der Akt selbst, das hatte sie schon vor einer ganzen Weile gelernt, war für die Söhne und das weibliche Personal der besten Familien auf der Park Avenue übrigens obligatorisch. Es paßte jedoch ganz und gar nicht in die Tradition, daß ihre Leidenschaft füreinander über mehrere Monate hinweg anhielt. Auch die Macht, mit der sie selbst davon ergriffen und verführt wurde, erstaunte sie. Bald teilten sie alle Geheimnisse miteinander, genauso wie wahre Liebende, die einander gleichwertig sind, nicht wie Dienstmädchen und Herr.
«Nägel und Glassplitter in deinen Schuhen?» fragte sie ihn an dem

Tag, an dem die Panzer der Nazis die Grenze zur Tschechoslowakei überrollten.
«Ich habe das in einem Buch über Heilige aus der Forty-second Street-Bibliothek gelesen», sagte er.
«Aber das ist doch verrückt, Mann.» Sie stammte aus Haiti.
«Irgendwie schon. Aber ich war ja damals erst zwölf. Und irgendwie hab ich es ja dann auch geschafft.»
«Was geschafft?»
«Na ja, es war auf dem Land. Ich hab mir eine Peitsche aus dem Stall organisiert und mir damit den Rücken gegeißelt und gebetet: ‹Herr, hab Erbarmen mit mir armem Sünder.› Die ganze Nacht. Und haargenau zur Morgendämmerung erschien er.»
«Jesus?»
«Ja. Mit Heiligenschein.»
«Du warst wirklich ein Verrückter.»
«Aber ich hab ihn gesehen.»
Sophie betrachtete den Jungen versonnen. «Ich hab sogar mal noch mehr geschafft», sagte sie endlich. «Ich *wurde* Gott. Oder Göttin vielmehr. Damals auf meiner Heimatinsel.»
«Was für eine Göttin?» fragte er eifrig.
«Du kennst sie bestimmt nicht. Erzulie, eine große Göttin in der *Voudon*-Religion. Ich war etwa dreizehn, es war kurz vor meiner ersten Periode. Solche Sachen passieren Kindern in dem Alter öfter. Genau wie bei dir.»
«Und was ist passiert?» Er war ganz aufgeregt.
«Sie schlugen die Trommeln, und wir tanzten. Plötzlich sah ich ein weißes Licht, größer als die ganze Schöpfung. So ein Licht sieht man einfach nie im Leben, außer man starrt so lange in die Sonne, bis man blind wird.»
«Und dann?»
«Dann», antwortete Sophie einfach, «wurde es Morgen. Sie erzählten mir, daß ich die ganze Nacht Erzulie gewesen war.»
«Ich will noch mehr erreichen», sagte Hugh Crane entschlossen. «Ich will es machen, erkennen und mich dran erinnern.»

Teil 3

Da unten

Die Sache mit Chinatown ist die, man kann sich da unten über nichts sicher sein.

Roman Polansky

Das rote Auge

Mister, was hat das zu bedeuten, wenn ein Mann ausbricht?

Ida Lupino in *High Sierra*
Skript von John Huston

24. DEZEMBER 1983:
Das Auge schwebte hell wie ein Diamant und rotglühend über dem Kopfende der Couch, als Joe Malik ins euklidische Flachland auf dem Grund des Gravitationsschachtes zurückkehrte.
Blutunterlaufene Augen, die mich verfolgen, dachte er bitter, immer noch mit den Dimensionen des Dreiecks beschäftigt. 3 × 3 × 3. Kein Zweifel. 333. Die Zahl des mächtigen Teufels Choronzon, der im 17. Jahrhundert schon Dr. Dee und Sir Edward Kelley zur Verzweiflung gebracht und im frühen 20. Jahrhundert Aleister Crowley genervt hatte. Choronzon, der wachsame Hüter des Eingangs, der sich jedem Okkultisten in den Weg stellte, der versuchte, die letzte Tür aufzustoßen und die Grenze zum unsichtbaren Reich zu überschreiten. Choronzon, Avatar der Großen Lüge, Geist der Enge, Schützer der Illuminaten.
Choronzon mit Kater, den geröteten Augen nach zu urteilen.
«Mmmm, war das gut, oh, Liebling, ach du Süßer, du süßer arabischer Scheich du», plapperte Carol glücklich vor sich hin.

Und Blake Williams ist immer noch nicht fertig:
«Ein Anhänger Freuds wird natürlich viel mehr in Krazys Liebe zu Ignatz sehen, nämlich eine Tendenz zu Sadomasochismus. *‹Li'l Dollink always fetful›*, murmelt Krazy jedesmal zufrieden, wenn ein Ziegelstein auf ihrem Kopf landet. Schlimmer noch: Krazy ist nur in manchen Folgen weiblich. In anderen ist diese beachtliche Katze unbestreitbar männlichen Geschlechts. Ein Psychoanalyti-

ker würde sagen, daß Herriman Fehlschaltungen in seinem Schaltkreissystem hatte, als ihm das einfiel.»

«Manchmal erinnern Sie mich an Burroughs, Professor», sagte Natalie.

«Nun ja, ich bewundere, was er geschrieben hat, vor allem *The Job* . . .» Williams fühlte sich von dem Vergleich geschmeichelt.

«Nein, den anderen, den Burschen, der *Tarzan* geschrieben hat, Edgar Rice Burroughs.»

«Und ich? – erinnere Sie? – an Edgar Rice Burroughs?»

«An etwas, das er mal gesagt hat. Er sagte, seine Phantasie würde ihm viel Spaß machen und daß er sich gut vorstellen könnte, was für einen Spaß Gott gehabt haben muß, als er das Universum erschaffen hat.»

Immer noch nicht schlüssig, ob die verdammten Amöben wirklich unsterblich sind, schnieft Marvin Gardens noch ein *kleines* bißchen mehr Koks, eine winzig kleine Linie, so klein, daß sie fast gar nicht zählt und mit Sicherheit die letzte für heute, diesmal aber wirklich, und plötzlich fällt ihm ein: Moment mal, natürlich müssen wir uns selbst klonen kein Außerirdischer wird mit menschlichen Wesen verkehren zweimal ich viermal ich achtmal ich rotten sie aus bei Gott.

Joe Malik glaubte nicht mal an Choronzon. Der Skeptiker in ihm hatte beschlossen, praktischerweise alle Ereignisse, die naive Okkultisten «Choronzon» in die Schuhe schieben würden, als Synchronizitäten zu klassifizieren, die entweder von der Anwesenheit des Archetyps «Schlauer Gott» im Jungschen kollektiven Unterbewußtsein oder Learys neurogenetischem Archiv, oder irgendwo sonst da unten im Thalamus oder Hirnstamm aktiviert wurden.

«Die Sache mit Chinatown . . .»

Auch nur eine Sekunde anzunehmen, daß Choronzon eine objektive Existenz jenseits dieses Archetypus im unbewußten Schaltkreissystem des Zentralnervensystems haben könnte, bedeutete, in präwissenschaftliche *Theologie* und *Dämonologie* zurückzufallen.

So weit, so gut. Aber der Skeptiker war nur ein Programm in Maliks Biocomputer und in Augenblicken wie diesem hier nicht gerade auf dem Höhepunkt seiner Kraft. Das Schamanentape spulte seine eigenen Programme ab, als der Skeptiker sich langsam ausblendete. Joe bemerkte zum tausendstenmal, wie der Ego-Schaltkreis mit dem neuen Programm genauso leicht verschmolz wie mit dem alten, so daß er jetzt plötzlich Joe Malik, der Schamane «war», Nachkomme eines tausendjährigen Stammes von Sufis, und wenn Choronzon hier wirklich seine Hand im Spiel hatte, machte er sich besser schleunigst aus dem Staub.

«Es ist dieses verflixte *loa*», sagte Carol sauer. «Wir müssen irgendwas falsch gemacht haben.»

Choronzon war ein Gedankenprodukt der Primaten, die sich auf die Enochsche Version der kabbalistischen Magie spezialisiert hatten. Aus beiden Mundwinkeln gleichzeitig sprechend, wie es für die Primaten-Mystiker gang und gäbe war, sagten die Kabbalisten, daß Choronzon die astrale Verkörperung aller Illusionen und Täuschungen auf Terra (besonders von Egoismus und Boshaftigkeit) war. Sie fügten noch hinzu, daß Choronzon gleichzeitig Teil der Psyche des Adepten war, dem es entgegenzutreten und den es zu besiegen galt, wenn man die Erleuchtung erlangen wollte. Wenn man sie fragte, ob Choronzon dann im Inneren oder im Äußeren Bereich war, antworteten sie grundsätzlich: «Beides.» Diese Antwort ergab überhaupt keinen Sinn, bis G. Spencer Brown seine *Laws of Form* veröffentlichte.

Ein *loa* war das Gedankenprodukt von Primaten, die sich auf *Santaria*, auch *Magicko de Chango* oder *Voudon* genannt, spezialisiert hatten. Wie der Stand, kann auch ein *loa* gelegentlich ohne Gewalt bezwungen werden. Ein Wächter*loa* jedoch, das auf eine Frau angesetzt wird, um sie am Geschlechtsverkehr zu hindern (außer mit dem Primaten, der dieses *loa* mittels *Santaria* erschaffen/projiziert/kontaktiert hatte), war dafür bekannt, berüchtigt, extrem bösartig, teuflisch, hinterhältig, boshaft und gemein zu sein, kurz – es konnte einen ganz schön fertigmachen. *Loas* operierten wie der Stand und die diversen kabbalistischen Engel und Dämonen jenseits des Raum-Zeit-Kontinuums in der «Traumzeit», wo echte Freimaurer Realitäts-Friese erschaffen.

Ein Archetypus war das Gedankenprodukt eines Primaten namens Carl Jung, der sich auf präneurologische Psychologie spezialisiert hatte. Ein Archetypus existierte nur auf der *«psychoiden»* Ebene, die jenseits des individuellen oder kollektiven Unterbewußtseins lag, dort, wo das Organische und das Unorganische ineinander übergehen und in psychoide Matrizen verschmelzen, die – wenn sie vom richtigen Archetypus aktiviert werden – so erstaunliche Realitätskonstrukte produzieren, daß es wie Magie oder ein äußerst merkwürdiger «Zufall» aussieht. Diese psychoiden archetypischen Effekte nannte Jung *Synchronizitäten.*

Natürlich waren diese primitiven Ideen nichts als grobe Vermutungen über die tatsächlichen Gesetze der Quantenkausalität, die erst mit Sarfattis Demonstration (1986), Gilhooeys Gesetz (1992) und Sirags Einheitlicher Feldtheorie (1993) zum Vorschein kamen und später die Grundlagen für die Quantenpsychologie bildeten.

Und Marvin Gardens, den Kopf voller Koks, liest völlig versunken weiter:

> *Syngamie bildet eine Zygote, die sich zu einer neuen diploiden Form weiterentwickelt, und schon beginnt der Kreislauf von neuem.*

Kreisläufe, das ist es, denkt er aufgeregt, wir sind alle Permutationen und Kombinationen dieser ersten Amöbe – jede Ejakulation ein neuer Geburtstod oder Knoten in dem sich immer weiter ausbreitenden wie hieß es doch gleich . . . oh Mann das ist stark macht mich echt an Kreisläufe in der Zeit große Räder die sich drehen wie der Kalender der Mayas die genetische Uhr wie Musik aber oh Scheiße – vielleicht ist das bloß das Coke und ich hab immer noch nicht raus ob die verflixte Amöbe unsterblich ist.

Malik bleibt cool, wenn auch mit einiger Anstrengung. «Also gut», sagt er laut und trotzt dem Auge, ohne mit der Wimper zu zucken. «Willst du mich bloß maßlos erschrecken oder hast du mir was zu sagen?» *Laß sie deinen Hochmut spüren, damit sie keinen Grund haben, dich für einen Schwächling zu halten,* hatte Dr. Dee gesagt.
«Am besten, wir machen den Exorzismus noch mal», flüsterte Carol Christmas – nackt, golden, zum Anbeißen – und blieb ebenfalls cool.

Carol wußte, wie man cool blieb. Ihre Karriere war typisch für die selbstbewußten Frauen von Unistat, die in den frühen siebziger Jahren aufwuchsen: eine Vergewaltigung beim Trampen mit fünfzehn (danach trampte sie nie wieder); zwei Abtreibungen, Ehemann Nr. eins, der sich so frei von Macho-Allüren und den üblichen männlichen Stereotypen entpuppte, daß nicht mal *God's Lightning* ihn des Chauvinismus bezichtigen konnte (er weinte zum Steinerweichen, als Carol die Nase voll hatte, ihn durchzufüttern und ihn kurzerhand vor die Tür setzte); Ehemann Nr. zwei, der klug, sanft, großzügig, sensibel und süchtig war; ein paar mittelmäßige Liebhaber mit einem oder zwei dazwischen, an die sie sich immer noch gern erinnerte, mit denen sie aber nicht für alles Gras von Acapulco hätte zusammenleben wollen; Produzenten, die davon überzeugt waren, daß eine so begabte Schauspielerin wie sie nur in Rollen auftreten sollte, in denen sie sich irgendwo im dritten Akt und ab und zu in ihren Privatbüros entblättern mußte; Ehemann Nr. drei, der sie mit diesem gottverdammten *loa* belegt hatte, als sie sich trennten, und Ronnie.

«Für ein behindertes Kind macht Ronnie seine Sache wirklich sehr gut», hatte der Doktor ihr beim letzten Besuch im Heim versichert. Was für ein verflucht kunstvoller Euphemismus für einen mongoloiden Idioten, dachte sie wütend. Aber der Doktor versuchte ja nur, nett zu sein, und so verzieh sie ihm.

Zwei Abende später hatte sie Premiere mit einem neuen Off-off-off-Broadway-Stück, *Hiroshima Werewolf*. Am nächsten Morgen hatte ihr ein Schreiberling in seiner Kritik des Stückes «eine besondere kindliche Ausstrahlung ähnlich der der Monroe» angedichtet; ihr wurde fast schwindlig, als sie das las. Wenn der Doktor und dieser Schreiberling nicht unter einer Decke steckten, um sie endgültig fertigzumachen, dann war das die finsterste Art von Synchronizität, die man sich überhaupt vorstellen konnte. Aber sie blieb cool.

Und jetzt hatte sie auch noch dieses gottverdammte *loa* am Hals. Trotzdem: sie blieb cool.

Marvin Gardens ist immer noch in sein Buch vertieft; sieht völlig klar, kristallklar, vollkommen kosmisch klar: die Vision der genetischen Roulette-Scheibe, die sich dreht und dreht, Amöbe zu Reptil zu Zufall, Joe Malik und Vlad der Barbar und du und ich als Nukleinsäure, Verbindung und Trennung, wirbeln wieder aufeinander zu wie Mozarts Harmonien und splittern und splittern in alle Ewigkeit wie unendliche Spiegel die tausendfachen Verwandlungen dieser einen ursprünglichen Amöbe Gott im Himmel ein Körper.
Aber Anisogamie hier und diploid da ich wünschte wirklich sie würden so was einfacher ausdrücken ist es denn immer noch das gleiche Ich?

Währenddessen walzte Justin Case mit Judge Wishingdone am Arm in tiefem Schlaf, in schlaffem Mief, den Owld Broadway entlang, an der Punker Hall vorbei überall Nebelfetzen und da der Zoo der Städtische Zoo, ein Nixsohn und ein Gemüse. Und er, Don Judge Lincoln, munter, närrisch und hopfig, pfiff nach Amen und grub nach Namen, hoch oben aus seinem Schenkeleck, wütete gegen Dollarkriege und gab seinen Sklaven Seil, bis er ertappt wurde mit Topsy! in der Scheine!! am vielten Juri!!! Keine Gnabe! So haut Jokeson dich ums Ohr, Toomsayer.
Aber das hier war die kirschbaumartige Werlt, ein ehrlicher Affe, er wußte nicht mal, was ein Telefon ist. Ein nuckiges Individuum mit Ma in ihrem Gurdjef und Paps auf der Staffelei, für die Republik, für welche Hände, im Donzernden Licht. Wer taucht denn da auf, sind das nicht Indrarabam und Rashowsunnier und Shivabull, ja jede Bänge von ihnen, vierzig Stück im ganzen, mit ihren Fords und Porz und Gauchos und Cheekos und Harpuns inem (corpus whalem!). Sie fragen nach den Barkassen und den

Spendern und die tausendneunzig Dinge, die sie fragen, schnaufend und schwindelnd und schnüffelnd, bittend und bettelnd, vierzig im ganzen, Ali Bayas Kotter, infernalisches Bohren – du Sodaasche, du ewige Tatsache des Zweifels, bei allen Haudegen von Chinatown!
Justin stöhnt im Schlaf auf, als die iranischen Rastuys-Schiiten ihn langsam einkreisen.

Williams brabbelt weiter (*Achtung: das ist die Lektion über einen epischen Roman, in dem wir alle Nebenrollen spielen, impliziert sein Ton*): «Der Marxist mit seiner alternativen Tunnelrealität hält den Freudschen Realitätstunnel für irrelevant. Herriman dagegen, der als schwarzer Künstler in einer von Weißen beherrschten rassistischen Gesellschaft . . .»
«Herriman war ein Bimbo!» rief Natalie aus. «Das wußte ich gar nicht!»
«Ja», sagt Williams. «Krazy ist der archetypische Schwarze Clown, Stepin Fetchits Considerable Feats der Satire, der sich zur reinsten Selbst-Satire zwingen muß. Die surrealistische Minstrel-Show, verstehen Sie, eine bittere Parodie der weißen Gesellschaft in der Maske schwarzer Selbst-Karikatur, verstehen Sie? So kirre wie Onkel Tom, der einen Quantensprung aus Harriet Beecher Stowes Roman in eine der süßesten Romanzen von Masoch oder Sade macht. Venus im Katzenpelz . . .»

«Papa Legba, Papa Legba, Papa Legba», singt Joe Malik zusammen mit Carol Christmas, während die astrale / elektrische / pranische / orgonische / psionische / bioplasmische / od-Energie oder die Macht der Phantasie im Raum noch immer ins große Quantendurcheinander aufsteigt.

Papa Legba gilt als Öffner des Fensters, so behauptete es jedenfalls die *Santaria*-Metapher. Genau wie Maxwells Dämon konnte er nach Belieben Entropie ab- oder zunehmen lassen und einen in alternative *Eigen*zustände versetzen. Er war Boss Honcho auf der astralen *potentia*-Ebene, das Alpha-Männchen des Rudels. Er schickte jedes *loa*, das einen seiner Freunde bedrohte, zum Teufel, und Carol hatte, seit sie mit Hugo de Naranja zusammengelebt hatte, gelernt, wie wichtig es sein konnte, zu seinen guten Freunden zu gehören.

Joe Malik hatte keine Ahnung von Papa Legba, aber er verstand die Maske, in der Thoth, der Meister der Schnellen Verwandlungskünstler, im *Santaria*- oder *Voudon*-Spiel auftauchte. Von Thoth wußte Joe Malik über Hagbard Celine, der die kabbalistischen/Golden Dawn-Metaprogramme immer dann zu Rate zog, wenn er versuchte, Quantenveränderungen an der Realität vorzunehmen. Thoth war Herrscher über achtundsiebzig Diener, die er in seinem *Book of Signals*, normalerweise als Tarotkarten bekannt, für die Menschheit verschlüsselt hatte. Jede Tarotkarte symbolisierte einen verschiedenen Quanten-*Eigen*wert. Wenn sie beliebig gemischt wurden, enthüllte die Reihenfolge der Karten die Verborgene Variable, die den «akausalen» Quantensprung zum nächsten Realitätsnetz verursachten.

Malik der Skeptiker neigte dazu, diese Erklärung als pseudowissenschaftliches Geschwätz abzutun, aber Malik der Schamane fand es als Arbeitshypothese für nächtliche Ruhestörer wie Choronzon ganz nützlich.

«Zeno von Elias andererseits erinnert uns daran, daß, ehe der Ziegelstein Krazy je treffen kann, er die halbe Distanz von Ignatz' Pfote zu Krazys Kopf zurücklegen muß, aber ehe er das kann, muß er die Hälfte *dieser* Distanz zurücklegen, also ein Viertel der eigentlichen Distanz . . .»

Die Fötusleute

Eigentlich war John Disk wegen der Fötusleute auf Moral und Ideologie gestoßen. Das war die geniale Bezeichnung des *Pussycat*-Magazins für die Anti-Abtreibungs-Bewegung der siebziger Jahre. Die Fötusleute mochten sie nicht, sie selbst nannten sich Komitee für ein Recht auf Leben.

Disk war damals noch ein Teenager und hatte mit den üblichen Hormonen zu kämpfen, die durch seinen heranwachsenden Primatenkörper pulsierten. Er schlug sich mit hartnäckigen sündhaften Sehnsüchten herum und hatte dabei keine Ahnung von der Rolle des Testosterons bei pubertierenden Primaten.

Er war Mitglied bei der Wahren Römisch-Katholischen Kirche, einer Splittergruppe, die sich gebildet hatte, nachdem der zweite Vatikan einen Großteil der römischen Religion zu Häresie und Modernismus verführt hatte. Die Mitglieder waren Überlebende des irisch-amerikanischen Faschismus, die einst Father Coughlin, Father Feeney und Senator Joe McCarthy unterstützt hatten. Sie hielten die englische Messe fast für ein so großes Sakrileg wie die Abtreibung, und soziale Sicherheit war für sie nur einen Schritt vom Stalinismus entfernt.

Die Fötusleute oder das Komitee für ein Recht auf Leben war eine Vereinigung von wahren römisch-katholischen Christen mit der Sorte fundamentalistischer Protestanten, die man nur selten nördlich von Bad Ass, Texas, zu Gesicht bekommt. Wie alle Primatenideologen und -moralisten waren sie hauptsächlich damit beschäftigt, *dreckige Scheißer* aufzutun und sie *fertigzumachen.*

Für sie standen die Abtreiber in einer Reihe mit allen anderen dreckigen Scheißern, einschließlich der Rockefellers, der internationalen kommunistischen Sexualaufklärer, Lebensverlängerungsforscher, Viehverstümmler, der NASA und der intergalak-

tischen Schwarzmagier der Illuminaten unter der Führung des berüchtigten Cagliostro des Großen.
Außerdem waren sie davon überzeugt, daß die Regierung von Unistat noch nie einen ungerechten Krieg geführt hatte, daß das Haar eines siebtgeborenen Sohnes eines siebtgeborenen Sohnes Warzen kuriert und einen Großteil dessen, was in *Reader's Digest* stand.

1982 waren die legalen Auseinandersetzungen über das Für und Wider der Abtreibung vorbei. Die ganze Sache schien so lange her wie der Krieg der Rosen. Das lag an der hundert Prozent sicheren empfängnisverhütenden Pille *für den Morgen danach*, die seit 1980 auf dem Markt war und sich als so wirksam erwiesen hatte, daß die Nachfrage nach Abtreibungen praktisch auf Null gesunken war. Um 1983 glich die Nachfrage nach Abtreibungen der nach Pferdepeitschen im Jahr 1923, als jede Stadt in Unistat sich von Pferdekutschen auf Automobile umgestellt hatte. Ein weiterer soziologischer Quantensprung war vollzogen.

Wie jeder Biochemiker zugeben wird, war die Pille für den Morgen danach eigentlich ein chemisches Abtreibungsmittel. In der Öffentlichkeit sprachen die Biochemiker das jedoch nie aus, denn sie waren durchwegs agnostische Liberale, und es verstieß gegen ihre Prinzipien, zu lügen, indem man die Tatsachen leugnete, oder den Fötusleuten zu helfen, wenn man die Wahrheit sagte.
Das Resultat dieser Politik sah so aus, daß nur eine Handvoll Fötusleute gegen die Pille kämpfte, als die Abtreibung nicht länger im Schwange war. Die Wirkung der Pille für den Morgen danach unterschied sich für das menschliche Auge in keinster Weise von jeder normalen Menstruation, und so erschien es sogar den Fötusleuten irgendwie exzentrisch, gegen sie vorzugehen.

Die Mehrheit der Fötusleute splitterte sich wie Amöben in Gruppen und Untergruppen auf, als sie ihrer *raison d'être* beraubt waren.
Manche, die sich wirklich für die Rechte des Ungeborenen eingesetzt hatten, kämpften jetzt für die Rechte des Geborenen und bildeten neue Gruppen, die gegen die übriggebliebenen Reste von Krieg, Todesstrafe oder Armut in zurückgebliebenen Teilen des Planeten protestierten.
Der Großteil jedoch, der hauptsächlich damit beschäftigt gewesen war, dreckige Scheißer aufzutun und sie fertigzumachen, schloß sich jetzt Organisationen wie NOODLE (National Organization Organized for Decent Literature and Entertainment – Nationale Organisation zur Förderung von Anständiger Literatur und Unterhaltung) oder der Ersten Bank der Religiosophie an.
John Disk landete bei einer Organisation namens Weiße Helden gegen Roten Extremismus, die alle Hände voll zu tun hatte, Parapsychologie, übersinnliche Medien, UFO-Dämonen, Sexualaufklärer, Viehverstümmler und natürlich den verhaßten Cagliostro den Großen zu bekämpfen.

Nicht zu überschreiten

TERRANISCHE ARCHIVE 2803:
Einer der verwirrendsten Aspekte im Geheimnis um *Schrödingers Katze* ist der folgende Dialog, der in der ersten Ausgabe nicht erschienen war und erst später von einem Herausgeber im 21. Jahrhundert hinzugefügt wurde. Einige Koryphäen auf dem Gebiet behaupten, daß es sich durchaus um einen echten Dialog zwischen Wilson und seinem Freund, dem Anthropologen Blake Williams handelt, der jedoch nie Teil von *Schrödingers Katze* werden sollte. Andere halten ihn für völlig fiktiv und offensicht-

lich als Teil der Operation Mindfuck geplant. Das war Wilsons Bezeichnung für die Gruppenkunst, zu der die *Illuminatus!*-Trilogie, Dr. Timothy Learys *Was will die Frau?*, Gregory Hills *Principia Discordia* und Camden Benares' *Zen ohne Zenmeister* gehörten. Wieder andere, zum Teil angesehene Autoritäten auf dem Gebiet der Exzentrik in der Literatur des 21. Jahrhunderts, behaupten, daß der Dialog den Leser absichtlich im unklaren darüber lassen soll, ob er echt oder fiktiv ist und auch darüber, ob Wilson und/oder Williams wirklich an irgendeiner Stelle die Wahrheit sagen oder nicht. Um dem Ganzen noch die Krone aufzusetzen, ist auch nie eine Quelle zu dem angeblichen Art Kleps gefunden worden, der laut dieses Dialogs das Gerücht verbreitet hat, daß *Illuminatus!* in Wirklichkeit von Dr. Timothy Leary stammt.

Alles, was man dazu sagen kann, ist, daß es sich so eingebürgert hat, diesen Abschnitt in *Schrödingers Katze* zu belassen. Der Leser mag selbst entscheiden, was er oder sie damit anfangen kann. Weitere Kommentare finden sich im Anschluß an den Dialog.

DR. BLAKE WILLIAMS: Die erste Frage lautet natürlich: existieren Sie wirklich? Das heißt, leben Sie irgendwo, atmen und essen Sie usw., oder sind Sie tatsächlich nur ein Pseudonym für Tim Leary, wie Art Kleps behauptet? Sind Sie der Autor unseres Seins?

RAW: Ich habe den Eindruck, daß ich wirklich bin. Ich scheine eine schöne Frau und drei wundervolle Kinder zu haben und einen VW, der ständig in die Werkstatt muß. Ich habe, wie die meisten Amerikaner, finanzielle Probleme. Mit Sicherheit DENKE ich, daß ich wirklich bin. Aber was Art Kleps angeht, da habe ich so meine Zweifel. Ich glaube, daß *er* nur von irgendwem ausgedacht ist.

WILLIAMS: Was ist mit *Illuminatus*? Haben Sic das wirklich geschrieben? Oder Tim Leary, wie Kleps behauptet?

RAW: Das ist eine ziemlich philosophische Frage. Bob Shea hat etwa ein Drittel geschrieben. Die andern beiden Drittel stammen entweder von mir oder wurden mir von einer Gruppe hündischer Intelligenzen vom Sirius diktiert; ich bin noch nicht ganz sicher, was stimmt. Als Kleps behauptete, Leary sei der Verfasser, dachte ich daran, ihn zu verklagen. Aber dann entdeckte ich, daß er auch nicht mehr Geld hat als ich und überlegte, ob ich ihn zum Duell fordern sollte. Bücher auf zehn Schritte. Unverkaufte Exemplare von seinem *Millbrook* gegen unverkaufte Exemplare von meinem *Sex and Drugs* in Fünf-Sekunden-Intervallen mit der Hand geschleudert. Der erste, der völlig damit zugedeckt ist, verliert. Ich habe aber dann noch mal drüber nachgedacht und entschieden, daß es vermutlich das beste ist, wenn man hingeht und das Gerücht in die Welt setzt, daß Leary Kleps' *Neo-American Catechism* geschrieben hat.

WILLIAMS: Stimmt es, und bitte bedenken Sie, daß das Galaktische Archiv Sie in einem kosmischen Kontext befragt, stimmt es also, daß Shea in Wirklichkeit mit Leary und Thomas Pynchon zusammen an *Illuminatus!* arbeitete, während Sie *Was will die Frau?* schrieben? Und Sie dann die Namen vertauschten, um die Kritiker auf die falsche Fährte zu locken?

RAW: Nein, aber ich hätte durchaus nichts dagegen, wenn diese Story verbreitet würde. *Was will die Frau?* ist viel witziger als *Illuminatus!*, und wenn ich die Wahl hätte, wären mir die Lorbeeren dafür ganz recht.

WILLIAMS: Wie steht es um Berichte, denen zufolge Sie heimlicher Großmeister der Illuminaten sind und die ganze Trilogie bloß ein Trick von Ihnen war, um die Leute zu verwirren und die «Realitäten» der Anti-Illuminaten-Kräfte durcheinanderzubringen? Ist das auch nur eine Erfindung des heimtückischen Kleps?

RAW: Nein, das ist meine eigene Erfindung. Ich dachte, sie würde jede Menge Birchers dazu bringen, das Buch zu kaufen, um zu erfahren, wie ein «echter» Illuminat der Welt sein Phantasieleben enthüllt.

WILLIAMS: Und wie steht's mit der Eintragung zu Ihrem Namen im *Who's Who in the Midwest*? Sie belegt klar und deutlich, daß Sie Mitglied der amerikanischen Vereinigung für Bürgerrechte sind und auch der Bayrischen Illuminaten. Wollen Sie behaupten, daß es sich um einen Irrtum handelt?

RAW: Darf ich mich einen Augenblick mit meinem Anwalt beraten?

WILLIAMS: Selbstverständlich. Wir wollen, daß diese Prozedur dem vornehmsten Stand der Primatenjustiz entspricht. Nehmen Sie sich Zeit, soviel Sie wollen.

RAW: Wir sind soweit.
WILLIAMS: Und wie lautet Ihre Antwort?
RAW: Ich verweigere die Aussage auf Grund der Tatsache, daß sie mich belasten könnte.
WILLIAMS: So. Würden Sie uns dann erklären, Mr. Wilson, warum Sie so hinterhältig den Versuch unternommen haben, auf Seite 86 des ersten Bandes von *Illuminatus!* anzudeuten, daß Dr. Leary der Anführer der Illuminaten ist?
RAW: Nur ein netter kleiner Scherz. Hat nichts zu bedeuten. «Gift im Spaß», wie der unsterbliche Barde sagt.
WILLIAMS: Wie kann Leary der Anführer der Illuminaten sein, wenn er alle Hände voll zu tun hat, das CIA-Programm zur Zerstörung der Jugend der Welt mittels Drogen am Laufen zu halten, heimlich das Unsterblichkeits-Programm der Regierung managt, mit Außerirdischen kommuniziert und all die anderen Sachen treibt, die ihn so in Verruf gebracht haben?
RAW: Nun mal langsam! Im Moment gebe ich nur zu, daß *Illuminatus!* – ganz im Gegensatz zu anderen Romanen über die Ermordung Kennedys, wie *Rush to Judgment*, *Whitewash*, *Six Seconds in Dallas*, *The Warren Commission Report* usw. – nicht behauptet, das letzte Wort zu haben. Es ist jedoch durchaus möglich, da selbst dem Aufmerksamsten ab und zu etwas entgehen kann, daß Wilson und Shea oder Leary und Shea oder wer auch immer die drei Bände von *Illuminatus!* verfaßt hat, dann und wann eines Schwindels überführt werden können.
WILLIAMS: Wer ist der wirkliche Anführer der Illuminaten, wenn Sie es nicht sind?
RAW: Oh, das ist ganz einfach. Der «wirkliche» Anführer der Illuminaten ist Reverent T---- P---- Mc------ aus San Francisco. Er hat es mir selbst gesagt. Außerdem ist der «wirkliche» Anführer der «wirklichen» Illuminaten R----, d-----d. P----- aus dem Sanktuarium der Gnosis, ---r-----s, Kalifornien. Er hat's mir ebenfalls höchstpersönlich erzählt. Ach ja, da wäre auch noch R--------e aus Roanoke, West Virginia. Er ist der dritte im Bunde. Und Frater Paraganis aus Zürich. Er hat es zwar nicht mir gesagt, aber Francis King; es steht in seinem Buch *Sexuality, Magic and Perversion*.
WILLIAMS: Die meisten Kritiker haben angenommen, daß *Illumi-*

natus! eine Satire, ein Zen-Comic ist. Wollen Sie nun behaupten, daß es nicht nur eine wirkliche Illuminaten-Gesellschaft, sondern gleich vier davon gibt?

RAW: Fünf, um exakt zu sein. Die Kritiker haben das Wesentliche übersehen. Wie schon Mailer gesagt hat, das Blöde an Rezensionen ist, daß der Kritiker sich beeilen muß, um seinen Abgabetermin einzuhalten, genau wie ein Journalist, und daher nicht viel Zeit zum Nachdenken hat. Die Trilogie ist so geschrieben, daß der Leser dazu neigt, sie ganz oder wenigstens teilweise für bare Münze zu nehmen, oder er wird so manipuliert, daß er beschließt, alles für einen gigantischen und komplizierten Schwindel zu halten. Die Kritiker kommen nur soweit und haben ihre Termine im Nacken. Wenn man das Ganze nämlich noch mal liest, oder auch nur noch mal drüber nachdenkt, verkehrt sich diese Wirkung allmählich. Wie Prof. Marsh am Ende des ersten Bandes sagt: «Der gewöhnliche Schwindel ist nur Fiktion, die als Tatsache präsentiert wird, aber dieser Schwindel hier ist eine Tatsache, die als Schwindel verkauft wird.»

WILLIAMS: Sie verlangen doch wohl nicht, daß unsere Leser Ihnen das abnehmen, oder?

RAW: Glaube ist eine überholte aristotelische Kategorie. In Schrödingers Katzenhaus kriegt jeder sein Fett. Wie Lichtenberg sagte: «Dieses Buch ist ein Spiegel. Wenn ein Affe in den Spiegel schaut, kann freilich kein Apostel heraussehen.»

WILLIAMS: Es gibt Leser, die immer noch davon überzeugt sind, daß Sie bloß eine Fiktion sind und die ganze Trilogie rein zufällig aus dem Chaos entstanden ist.

RAW: Die befinden sich in Art Kleps' Realität, und das ist die reinste Hölle. Kleps ist ein Solipsist, wie er uns immer wieder unter die Nase reibt, und das bedeutet, daß jeder, der ihm seine Realität abkauft, zur Fiktion wird, zu einer Illusion in Kleps' Kopf. Das ist ein ziemlich gefährlicher Zustand. Schließlich macht es einem Solipsisten ja auch nichts aus, ob er Oregano raucht oder Columbian Gold.

WILLIAMS: Nehmen wir einmal an, jemand wollte herauskriegen, ob Sie *wirklich* existieren. Wie könnte er das am besten anstellen?

RAW: Nun, er könnte zum Beispiel Bob Shea anrufen, den Koautor von *Illuminatus!*. Fragen Sie Shea, ob es stimmt, daß eine bestimmte Einheit namens Wilson fünfeinhalb Jahre lang jeden Tag bei *Playboy* erschien, sein Büro direkt neben ihm hatte und mit ihm zusammen *Illuminatus!* verfaßt hat. Natürlich könnte Kleps wie ein konsequenter Solipsist einwenden, daß er sich nur *vorstellte*, daß Shea das glaubte, während er jedoch zur gleichen Zeit *wußte*, daß *Illuminatus!* von Leary stammte. Da wir alle nur in Kleps' Kopf existieren, gibt es keine Möglichkeit, recht zu behalten. Aber das ist nur eine Realität. In meiner «Realität» sind sie alle Figuren in meinem Kopf, oder besser gesagt, in meinem Roman.

WILLIAMS: Das wäre wohl eine Anspielung auf *Schrödingers Katze*, die neue Trilogie, in der wir uns gerade befinden?

RAW: Ich bin froh, daß Sie die Frage gestellt haben, Dr. Williams. Ja, in der Tat, die ganze Frage, wer der Autor von *Illuminatus!* ist, ist auch in *Schrödingers Katze* verborgen. Ein anderes Thema ist, wer eigentlich *Schrödingers Katze* schreibt. Vielleicht ist es Joe Malik – oder Jo Malik. Vielleicht ist es Roberta Wilson. In gewissem Sinne existieren wir alle im Kopf von Epicene Wildeblood. In *Illuminatus!* glaubte er, er würde das Buch rezensieren, während er in Wirklichkeit eine Figur daraus war. Im Moment stellt Epicene (oder Mary Margaret) sich vor, daß sie/er ein abstruses gelehrtes Werk mit dem Titel *Die Suche nach dem historischen Vlad* liest. (Sie beendete die *Hundertzwanzig Tage von Sodom* vor ein paar Seiten.) Tatsächlich ist sie immer noch eine Figur in einem Roman – in *Schrödingers Katze* nämlich.

Und da haben Sie's – einen neo-platonischen Dialog, der in *Schrödingers Katze* gehört oder auch nicht, und der vollkommen ehrlich sein kann oder auch nicht.

Der Mangel an Material über den angeblichen Kleps hat weitere akademische Dispute über dieses verwirrende Kapitel zur Folge gehabt. Manche behaupteten, Kleps habe nie existiert und sei bloß ein Pseudonym Wilsons gewesen, um das Gerücht zu verbreiten, daß Leary der Verfasser von *Illuminatus!* war – ein Trick, um Kontroversen anzuheizen und den Verkauf zu fördern. Da keine Hinweise auf die Existenz Kleps' überliefert sind, könnte die Theorie durchaus der Wahrheit entsprechen.

Andere dagegen argumentieren, daß Wilson, der für seine übertriebene Eitelkeit bekannt war, überzeugt war, daß sein Werk über das von Kleps triumphieren und dieses Geheimnis Literaturwissenschaftler bis in alle Ewigkeit verfolgen würde. Mit anderen Worten, Wilson wollte, daß Kleps in der Literaturgeschichte nur als Geheimnis existiert, eine Figur, von der man nie wissen würde, ob sie Wirklichkeit oder nur Teil von Wilsons Phantasie gewesen war. Die, die diese Hypothese vertreten, glauben, daß Wilson in Wirklichkeit tief verletzt war von Kleps' Behauptung, daß Leary der Verfasser der *Illuminatus!*-Trilogie sei und sich auf diese Weise an dem Solipsisten rächen wollte: indem er ewigen Zweifel säte, ob der Solipsist tatsächlich oder nur in *irgend jemands Vorstellung* existiert hatte.

Rosenfelt hat mich zerstört

1941 gastierte der Carter Brothers Circus in Xenia, Ohio, wo ein paar Studenten aus dem Antioch College versuchten, Cagliostro mit einem drachenköpfigen, japanischen Kondom aus der Fassung zu bringen. Seine Reaktion auf diese Provokation löste Bewunderung und Ehrfurcht bei allen alten Zirkushasen aus. Noch mehr allerdings erstaunte sie seine Freundschaft zu Rambo, dem Löwen.

Vor allem der Löwenbändiger Sandoz wunderte sich über Cagliostros Fähigkeit, stundenlang im Käfig zu sitzen und dem Löwen verliebt in die Augen zu starren.

«Hypnotisierst du ihn?» fragte Sandoz ihn eines Tages.

«Unsinn», antwortete Cagliostro lachend. «Er hypnotisiert *mich*. Oder vielleicht lernen wir auch nur, aus unserer Haut zu schlüpfen. Darum geht es nämlich im Leben, weißt du – Fenster zu machen, aus jedem Käfig zu entkommen . . .»

Der gescheiterte Versuch der Studenten, Cagliostro zu verunsichern, lockte ein paar Professoren an, die am nächsten Abend auftauchten und ihm verschiedene wissenschaftliche Gerätschaften vorlegten, die mit Sicherheit nicht in normalen verbalen Standardkodes verzeichnet waren. Gelassen identifizierte Cagliostro Regelwiderstände, Wheatstonebrücken, PH-Meter, Bunsenbrenner und sogar ein Gyroskop. Am nächsten Abend rückten sie mit einer chemischen Formel an, die noch nie zuvor synthetisiert worden war.

«Sind Sie in der Lage, das bestimmte Objekt, das man mir diesmal gegeben hat, zu erkennen?» fragte seine Assistentin.

Und Cagliostro erwiderte mit verbundenen Augen ruhig: «Ein Reagenzglas. Mit einer blauen Flüssigkeit. Eine Kupfersulfat-Verbindung.»

«Das ist wirklich ein *verdammt* guter Kode», mußte der etwas überzeugtere Professor auf dem Rückweg nach Antioch zugeben.

(*Es gibt keine Hoffnung, irgendwas zu retten*, stand auf dem Zettel des Selbstmörders. *Also muß man es einfach selbst machen, so wie ich. Rosenfelt hat mich zerstört, und genauso wird er die freie Marktwirtschaft zerstören.*)

In diesem Winter gastierte der Zirkus in Biloxi, Mississippi, wo Cagliostro seine neue Show, eine Mischung aus houdiniähnlichen Entfesselungen und Hellseherei testete. Er ließ sich in eine Truhe einschließen, und die lokale Polizei half dabei mit ihren besten Sicherheitsschlössern aus. Drinnen begann er mit langsamen regelmäßigen Yoga-Atemübungen. Die Flucht selbst dauerte nur ein paar Minuten, aber er folgte Houdinis Erkenntnis, daß das Publikum beeindruckter war, wenn man es eine halbe Stunde auf das Wunder warten ließ. Die Yoga-Übungen konservierten den Sauerstoff in der Truhe, für den Fall, daß er gegen Schluß doch noch Panik kriegen könnte und schneller atmen mußte. Er stimmte seine Atemzüge auf ein langsames AUUUMMMMM ab . . . seine Gedanken trieben zurück zur Park Avenue und zu einem schwarzen Dienstmädchen, dessen gerahmtes Bild von einem sehr katholisch wirkenden Jesus manchmal, in bestimmtem Licht, Hörner zu haben schien. Er entspannte Hände und Füße (denn wenn die Extremitäten völlig schlaff sind, gibt es später auch keine Muskelverkrampfungen), stellte sich klar und deutlich ihr Gesicht vor und hörte sie plötzlich rufen: «Wir haben Krieg! Die Japaner sind los und haben Pearl Harbor bombardiert!»

In dieser Zeit trug Cagliostro ständig ein Buch mit dem Titel *Homo Ludens* bei sich.

«Ist das über Schwule?» fragte Sandoz einmal.

Cagliostro lachte. «Nein», antwortete er. «Das ist lateinisch. Es heißt . . . äh, ja, weißt du, es ist gar nicht so einfach zu übersetzen . . . *der spielende Mensch*, nehme ich an.»

Sandoz grinste. «Das kannst du auch lernen, wenn du dir die Spießer anguckst. Schau, ich bin jetzt schon fast zwanzig Jahre beim Zirkus, und bei allem, was ich schon so mitgekriegt habe, schwör ich dir, du könntest dich mit einem Blackjack-Spiel und einem Schild DIESES SPIEL IST GEZINKT an jeden beliebigen Ort hocken, und trotzdem würde die Hälfte der Spießer noch ankommen und versuchen, dich zu schlagen. Die Spießer *wollen verlieren*», schloß er nachdrücklich, fast aufgebracht.

«Nein», antwortete Cagliostro. «Der Spießer will hypnotisiert werden. Er will die Welt der Magie betreten, mit Spiegeln und blauem Rauch und sich verschiebenden Konturen . . . er ist bereit, sich beschwindeln zu lassen, nur um einen Blick in diese Welt zu erhaschen.»

«Steht das auch in deinem Buch?» fragte Sandoz.

«So ungefähr», antwortete Cagliostro. «Im soziologischen Jargon.»

Von Jesus auserwählt

24. DEZEMBER 1983:
Mary Margaret Wildeblood fand einfach keinen Schlaf, und die *Suche nach dem historischen Vlad* war völliger Schwachsinn. Sie stieg aus dem Bett und watschelte zum Schreibtisch hinüber, um sich die neuesten Rezensionsexemplare anzusehen.
Von Caligari bis Vlad.
Noch so ein hochtrabendes Werk neofreudscher Filmkritik von George Dorn, das offensichtlich auf der aktuellen Modewelle mitschwamm. Schund.
Die radikale Epistemologie Smokey Stovers.
Hmmm? Schon wieder Marshall McLuhan. Sie schlug es aufs Geratewohl auf:

> *... und das Notar Sojac Signal, durch seine außerordentliche Unergründlichkeit stark kommunikativ, ist nicht alphabetisch, sondern ideogrammisch und bringt Stammesgeheimnisse zum elektronischen Kontinuum, genau wie der Häuptling Cash O. Nutt, der wahre Schamane ...*

Blödes Geschwätz. Was gibt's denn sonst noch?
In Vlads Schloß.
Noch einer, der auf Marvin Gardens' Kosten absahnen will.
Vlads Zeitgenossen.
Modisches Gelaber.
Modelle faschistischer Kunst.

Wer wird denn da wieder auseinandergenommen? Wagner, Pound, Celine, Riefenstahl, Vonnegut ... *Vonnegut*? Ah, es ist von Kate Millett.
Jackie war's!
Die neueste Theorie über Kennedys Ermordung. Weg damit!
Ich erwarte seine Rückkehr.
Wessen Rückkehr? Rebecca Goodman. War sie nicht die Verfasserin dieses anthropologischen Werkes vor ein paar Jahren, *Die goldenen Äpfel von* sowieso? Worum geht's denn diesmal? Hm. Hat ihren Mann nach seinem Tod einfrieren lassen. Hm.

Na ja, also mal sehen. Millett, glaub ich.
Unter der Tünche schicken Liberalismus offenbaren sich Vonneguts sexistische Vorurteile, hm, überspringen wir das, *Weigerung, die Dialektik kapitalistischen*, blablabla, *eine wirklich düstere Atmosphäre wird bei der chauvinistischen Karikatur Montana Wildstacks erreicht*, blabla, *hinter all seiner Sentimentalität eine wilde Entschlossenheit, sich Frauen zu unterwerfen, ja, sie zu demütigen.*
Mary Margaret merkte, wie sie schon wieder geil wurde, die kleinste Andeutung von Unterwerfung oder Demütigung konnte die Reaktion bei ihr entfachen. Verstohlen holte sie den Vibrator wieder aus der Nachttischschublade, kletterte mit den *Modellen faschistischer Kunst* ins Bett zurück und erinnerte sich erst dann an das kleine Stückchen Haschisch, das sie im Wohnzimmer hatte liegenlassen.

«Vielleicht würde ein Diagramm helfen», meinte Blake Williams, nahm einen Block vom Tisch und zeichnete rasch:

A ⟶ B ⟶ C ⟶ D ⟶ E

«Das ist die gewöhnliche Kausalität, so wie wir sie normalerweise erfahren», erklärte er, während Natalie ein Gähnen unterdrückte. «A verursacht B, was wiederum C verursacht und so weiter. Ich gehe auf Wildebloods Party (A), treffe Sie (B), wir kommen hierher (C) und unterhalten uns über Krazy Kat (D), was uns wiederum auf Schrödingers Katze bringt (E). Capito?»
«Ja, das Gutenberg-Modell; die lineare Methode, wie McLuhan sagt . . .»
«Ganz genau. Nun, die Quantenkausalität funktioniert vor dem Auftauchen der später auftretenden Phänomene Raum und Zeit und daher ganz anders, wenn wir uns Bells Theorem einmal anvertrauen wollen. Es sieht eher so aus . . .»
Und Williams zeichnet rasch:

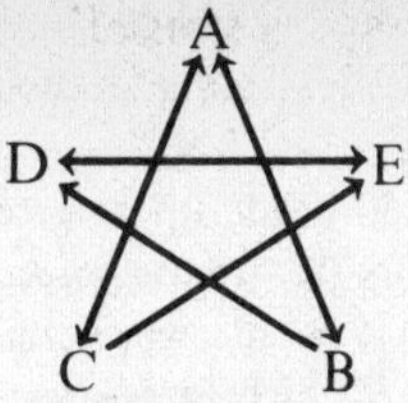

«A ‹verursacht› B, C, D und E, aber B ‹verursacht› ebenfalls C, D, E und außerdem noch A, und C ‹verursacht› A, B, D und E . . . und so weiter. Verstehen Sie? Alles vor dem Auftauchen der komplizierten Raum- und Zeit-Vielfalt.»
«Sie meinen, es funktioniert in jeder x-beliebigen Zeitrichtung?»
«Nein, es passiert, bevor die Zeit selbst mit dem Raum zusammen als Nebenprodukt der Quantenverbindung ins Spiel kommt . . .»

BRRRRRRRZZZZZZMMMMMMBRZ summt der Vibrator Mary Margaret gibt sich Ihm (Ihm!) noch einmal hin macht fast ein Gedicht daraus «Erdrück mich mit deinem dionysischen Bizeps, o Herr» das klang aber ein bißchen zu sehr nach Hopkins und die Realität war sowieso jenseits von aller Poesie (Häresie: so was durfte sie in literarischen Kreisen natürlich nie zugeben) ah und dieser Drang dieses Summen diese Qual und Ekstase Himmel Herrgott
denn sie erinnerte sich plötzlich an einen alten Sufi-Spruch über die drei Ebenen des Weges und die hießen «Herr, verfüge über mich» und dann «Herr, verfüge über mich, aber zerbrich mich nicht» und schließlich «Herr, ich sorge mich nicht, wenn du mich zerbrichst»
aber Er zerbrach sie zerschmetterte sie löschte sie auf ewig aus der große Magier des Tarot nackt auf dem Bett und sie/er rammt ihm seinen/ihren Schwanz in den Arsch
schwarzdunkle Augen, die das Ganze aus dem Gemälde heraus beobachten, es mußte wirklich wahnsinnig gutes Hasch gewesen sein denn Er kam aus dem Bild heraus und plötzlich hatte sie/er

seinen Schwanz im Mund das heilige Herz in seiner Brust glühte blutrot und orange und der Heiligenschein um seinen Kopf die Sonne hinter dem Sohn
seine ganze Männlichkeit brach unerwartet heftig hervor und er tat was er schon immer hatte tun wollen zerriß die Kleider der hl. Theresa der Blumen und saugte wie verrückt an ihrer haarigen kleinen Fotze während sie sich in Göttlicher Ekstase unter ihm wand die Jungfrau lehnte sich über ihnen aus dem Fenster und schob ihm ihre kleine Titte in den Mund
während Gottvater ihn in den Arsch fickte
und die Luft die glühende Luft war der Heilige Geist immer tiefer und tiefer stieß sie den Vibrator hinein 69 mit Jesus die Lust war unerträglich und die Kühe und die Esel und der Geruch des Stalls um sie herum es war zum erstenmal Weihnachten und sie brachte ihn zur Welt
ganz New York war ihr Körper und jeder Teil jede einzelne Zelle war sich ihrer bewußt wie auch sie sich ihrer bewußt war
ganz Terra war ihr Körper
und sie erkannte daß Mary Margaret und Epicene nur temporäre Fiktionsstadien von Verschmelzung und Metamorphose waren sie war bisexuell sie war unsterblich und endlich wieder und wieder und wieder gekommen
und Er war wirklich und wahrhaftig bei ihr
«Jesus Gott» rief sie bei der kosmischen Geburt.

Stella Only fand sich plötzlich in einem Taxi wieder, zusammen mit Dr. Dashwood und dem geheimnisvollen Bärtigen von Sputs Party. Sie hatte ziemlich stark das Gefühl, daß sie auf Acid war und die beiden andern auch, aber Dr. Dashwood schien nichts davon wissen zu wollen.
«Was soll das heißen: ‹wissenschaftlicher Illuminismus›?» fragte Dashwood mit kaum verhüllter Abscheu. «Klingt ganz nach irgend so einer bekloppten Sekte», fügte er schnell hinzu, ehe sich irgendwer einmischen konnte.

«Wir haben die L5-Raumstädte entwickelt», antwortete der Bärtige gelassen.
«Sie arbeiten für die NASA?» Dashwood war skeptisch.
«Keineswegs. Die NASA arbeitet für uns. Oder besser gesagt, wir haben sie programmiert – genau wie Hubbard und Leary und Jack Parsons und von Braun . . .»
«Oh», warf Stella ein, «jetzt erinnere ich mich. Gehören Sie zu dieser Geheimgesellschaft, die die ganze Welt regiert? Hinter den Kulissen und die ganze Scheiße . . .»
«Das sind wir», antwortete der Bärtige mit aufreizender Ruhe.
Dr. Dashwood schnaubte verächtlich. «Kann ja nicht sehr geheim sein, wenn Sie überall herumlaufen und jedem, der Ihnen über den Weg läuft, davon erzählen», bemerkte er bissig.
«Nacktheit ist die beste Maske», zitierte der Fremde. «Unser Hauptquartier ist ein Altbau oben in den Nineties, und auf dem Schild steht: Erste Kirche des wissenschaftlichen Illuminismus. Jeder, der da vorbeikommt, *denkt genau wie Sie, Dr. Dashwood*, daß wir irgendeine verrückte Sekte sind und achtet nicht weiter drauf. Wenn wir versuchen würden, geheim zu bleiben, wären alle möglichen Leute hinter uns her. So wie es jetzt ist, wissen nur die Leute von der hiesigen John Birch Society Bescheid, und die nimmt sowieso kein Mensch ernst.»
«Die alte okkulte Mischpoke», murmelte Dr. Dashwood.
«Mensch», meinte Stella. «Der Gestohlene Brief und die ganze Scheiße.»

Scheiße

24. DEZEMBER 1983:
Die Nacht ging in Dämmerung über.
Markoff Chaney schlief noch und sah dabei aus wie die reine Unschuld in der sentimentalen Phantasie eines Charles Dickens, nur daß er wie die meisten Männer einen fast steifen Schwanz beim Schlafen hatte – ein physiologisches Symptom fürs Träumen, wie die Medizin vor kurzem entdeckt hatte.

Während der Midget schlief und träumte, kamen diverse Gestalten an seine Tür geschlichen, machten sich verstohlen mit Instrumenten am Schloß zu schaffen und machten sich nach einer Weile frustriert wieder aus dem Staub, wenn sie merkten, daß sein extra angebrachtes Sicherheitsschloß ihren Bemühungen standhielt. Man wollte ihn jedoch weder berauben noch angreifen. Diese Typen gehörten zu der Brigade der Schwulen und heimlichen Oralisten, die alle Y.M.C.A.s der Welt bei Nacht unsicher machen. Ungestört wanderte unser kleiner Nihilist weiter durch das plastische Universum des Willens, das wir abschätzig Unbewußtes nennen.

Manchmal lächelte er im Schlaf mit dem unschuldigen Charme eines Kindes, dem er auf so erschreckende Art ähnelte.

Drüben in Sputs Wohnung wurde es allmählich ruhig. Die meisten Gäste waren mittlerweile gegangen. Sput saß auf seinem Sitzkissen, nahm ab und zu einen Zug aus der Wasserpfeife und hielt seinem übriggebliebenen Publikum, das aus dem Butler und zwei Pussyettes bestand, einen Vortrag.

Der Butler hörte höflich zu, ihm war völlig klar, daß der Große Mann auch mal jemand brauchte, der seinen metaphysischen und kosmischen Spekulationen lauschte. Die beiden Pussyettes waren schon seit einer geraumen Weile so stoned, daß sie meinten, es wäre Donnerstagnachmittag. Sie lagen erschöpft ineinander verschlungen auf dem Teppich und leckten sich gegenseitig seit einer Stunde die Muschi.

Sput beobachtete die beiden nachdenklich. Seit etwa einer halben Stunde hatten sie keinen Orgasmus mehr gehabt, während sie vorher beide mehrmals gekommen waren. «Warum machen sie weiter?» fragte er rhetorisch. «Sie *brauchen* ja jetzt nicht noch einen Orgasmus und bewußt sind sie auch gar nicht darauf aus, würde ich sagen. Sie sind in der Sache an sich verloren, genau wie Taoisten oder Alchimisten. Das ist praktischer experimenteller Mystizismus, was wir hier sehen, Jameson.»

«Jawohl, Sir», antwortete Jameson. «Das haben Sie sehr gut gesagt, Sir.»

«Und außerdem sind sie keine Lesben, jedenfalls keine echten», fuhr Sput fort. «Ich weiß es. Ich habe sie bei verschiedenen Gelegenheiten genossen. Gut im Bett, *alle beide*.» Nachdenklich nahm er noch einen Zug. «Und doch liegen sie da so gemütlich aneinander gekuschelt wie Gertrude Stein und Alice B. Toklas. Warum? Weil sie sich in der Hitze der Orgie zusammengetan haben und jetzt keinen Grund sehen, aufzuhören. Und warum? Hat das verdammte Haschisch sie so durcheinandergebracht? Ich glaube nicht. Ich glaube eher, daß es ihre Köpfe mal ganz gut durchgepustet hat. Es *gibt* nämlich auch keinen Grund, aufzuhören. Sex *ist* gut, und zwar jede Spielart, hetero oder homo, ganz egal. Es ist das Beste auf der Welt. Und jeder, der was anderes behauptet, ist entweder ein gottverdammter elender Lügner oder ein Neurotiker. Stimmt's?»

«Stimmt, Sir.» Der Butler unterdrückte ein Gähnen. Sput schaute den beiden Pussyettes zu, die sich hingerissen und mit geschlossenen Augen die haarigen Muschis leckten. «So muß das Königreich des Himmels aussehen», schloß er nachdenklich.

Der Butler gähnte zum zweitenmal.

Sput hievte sich hoch. «Die ganze Welt ist verrückt», sagte er. «Buchstäblich verrückt. Total verrückt. Stellen Sie sich vor, da gibt es Burschen, die haben heute nacht nichts Besseres zu tun, als durch stinkende fliegenverseuchte Dschungel zu kriechen und andere Leute – Frauen und Kinder eingeschlossen – in die Luft zu sprengen. Und wieder andere haben alle Hände voll zu tun, den Kreis zu quadrieren oder subatomare Teilchen zu entdecken, die noch kleiner als Quarks sind. Stellen Sie sich das nur mal vor! Wenn wir einander im Grunde alle bumsen könnten! Die ganze Welt ist verrückt. *Mädels*», sagte er liebevoll, *«der Hahn kräht!»*

«Sehr wohl, Sir», sagte der Butler, ein Gähnen unterdrückend. «Kann ich jetzt gehen, Sir?»

«Ämmm, ja», murmelte Sput. Er lag jetzt auf dem Boden und manövrierte die beiden Mädchen in eine Position, die er mal bei einer Spezialshow in Tijuana entdeckt hatte. Eine saß auf seinem Bauch und nahm seinen Penis in ihre Möse, während die andere so über seinen Schultern postiert war, daß er seine Zunge in ihre feuchte kleine Pussy stecken konnte. «Jetzt», sagte er, «küßt euch, spielt mit euren Titten, macht weiter mit dem Lesbenkram. *Du* bist Gloria Steinem und *du* Kate Millett, alles klar?«

«Gute Nacht, Sir», sagte der Butler und zog sich zurück.

«Mmmmmmmm», keuchte Sput unter der Pussy hervor. Der Butler begab sich geradewegs in die Küche. Als die Köchin ihn kommen hörte, war ihr klar, was sie zu erwarten hatte. Sie legte die Zeitung weg, in der sie gelesen hatte, und nahm einen pelzbesetzten Handschuh aus der Schublade.

Und Markoff Chaney schlief den Schlaf des Gerechten, während immer wieder verstohlene Gestalten an seine Tür geschlichen kamen, am Schloß herumfummelten, «Scheiße» murmelten und wieder verschwanden.

Verwirrung

Sein bedeutet bezogen sein.

Cassius Keyser, *Thinking About Thinking*

24. DEZEMBER 1983:

«So daß der Ziegelstein sich rein logisch überhaupt nicht von der Stelle bewegt», sagte Williams.

«Ja, das hatte ich schon auf der Schule, ‹Paradox und Persönlichkeit›, es basiert auf, Sie wissen schon, Relativistische Ego-Therapie, wir sind alle empedoklessche Konzepte in sozialer Topologie.» Natalie hatte eine eins in dem Seminar gemacht.

«In *territorialer* Topologie, meine Liebe, ich, äh, habe die Relativistische Ego-Therapie erfunden», sagte Williams und meinte: *Ich habe das Seminar geschaffen.*

«Sie sind *der* Professor Williams, mein Gott, wissen Sie, daß Sie

auf der New School sehr angesehen sind?» Natalie war schwer beeindruckt.
«Und in Esalen auch, äh, ja, meine Liebe, aber die Welt –» gab Williams zu bedenken.

«Gott sei Dank bin ich Atheist», sagte sich Joe Malik dankbar. «Wenn ich für eine Sekunde oder auch nur den Bruchteil einer Sekunde daran geglaubt hätte, daß der *Schein* eines Dämons funktional gleichwertig mit seinem *Sein* sein könnte . . . nur sch zu s machen . . .»

Marvin legt die *Britannica* beiseite (steht sowieso nie das drin, was man wirklich sucht) und fummelt am Radio herum. Irgendwas Erträgliches muß es doch geben, irgendwas, das man hören kann.

I'm in love with Vlad the Impaler
With Hitler and Nixon and Ahab the Whaler

Er dreht hastig weiter (nachdem er sich einen Moment lang übcr den neugewonnenen Ruhm gefreut und gleichzeitig über die Kakophonie der Civic Monsters geärgert hatte), bis er auf einen klassischen Sender stößt, wo das Ende der *Neunten* läuft. All diese himmlischen Heerscharen, die vor über einem Jahrhundert vom Omega-Punkt sangen und klangen, lange ehe die Wissenschaft ihn wirklich entdeckte («Lies Nietzsche und lausche Beethoven» war eins seiner Prinzipien, wenn es um langfristige evolutionäre Perspektiven ging). Er schluckt eine Beruhigungspille, um das Kokainzittern zu mildern, noch bevor es anfängt, schlüpft unter die Bettdecke und verliert sich in Lindas Mund drei Zentimeter sechs Zentimeter dreizehn verdammte Zentimeter Wahnsinn schlabber schlabber sich stetig teilend und doch eins ist das wirklich so? Wie Ludwig sagt: ja, ich will, ja.

I never died said he

«Aber die größte Beleidigung für unseren einfältigen Realismus stammt natürlich von unseren Freunden, den Physikern», erklärt Williams. «Wenn Krazy Schrödingers Katze in der berühmt gewordenen Demonstration ist, dann, meine Liebe, *dann* treiben wir tatsächlich ohne Paddel den ontologischen Fluß hinauf, denn wenn der Ziegelstein losfliegt, kann er sich in einem von mehreren Eigenzuständen befinden, mehreren mathematischen Wahrscheinlichkeitsmatrizen. In einigen wird der Ziegelstein sie mit Sicherheit treffen und in anderen mit Sicherheit nicht.»
«Oh, Mann!»
«Oh, Mann, in der Tat. Um mit Descartes zu sprechen: Ich denke, also bin ich verwirrt.»

Seit dreiundzwanzig Jahren war Euclid Hearst Milchmann im Garfield Park-Bezirk, und in den frühen Morgenstunden hatte er schon so einiges an Merkwürdigkeiten erlebt. Dieser Morgen jedoch verwandelte sich in ein geradezu fürstliches Spektakel, das er nie im Leben vergessen würde.
Der erste Hammer kam, als er dem Konvent der heiligen Marion Calpensis seine übliche Milchlieferung brachte. Wie immer öffnete er die hintere Pforte und stellte sechs Flaschen Milch auf den kleinen Pfad, der zur Küchentür führte. Aber gerade, als er wie immer auf Zehenspitzen wieder zur Straße zurückschleichen

wollte, bemerkte er mit Erstaunen die schwirrenden Lichter und merkwürdigen Geräusche. Neugierig machte er ein paar Schritte darauf zu. Und da, unter den Bäumen, erblickte er eine merkwürdige Prozession.

Mutter Claustrophilia, die Äbtissin des Konvents, führte die Nonnen, die alle brennende Kerzen in der Hand hielten, in einer Art Tanz oder Orgie an. Sie waren durchwegs splitterfasernackt, was schon schockierend genug war, aber der Gesang war auch nicht gerade sakral. Euclids Ohren brannten, als er die Melodie erkannte.

Es war «Mr. Wong hat den größten Schwanz von Chinatown».

Er machte, daß er zu seinem Laster zurückkam. Er war sich nicht ganz sicher, ob er seinen Augen und Ohren trauen sollte.

Ein paar Häuser weiter stolperte er über den nächsten Hammer.

Er parkte den Laster vor Cacklers Haus. Cackler war der schlimmste Miesepeter auf seiner ganzen Route. Er war der Präsident von NOODLE (National Organization Organized for Decent Literature and Entertainment – Nationale Organisation zur Förderung von Anständiger Literatur und Unterhaltung) und beschwerte sich pausenlos, daß seine Milch sauer war oder daß er Sahne bestellt, aber Buttermilch bekommen hatte oder irgendwas in der Richtung. Euclid hielt Mr. Cackler für einen Irren.

Und an diesem erstaunlichen Morgen, gerade als die ersten Strahlen der Dämmerung am Himmel erschienen und Euclid das Portal zum Cackler-Haus aufschob, um die zwei Flaschen Milch in der Halle abzustellen, bellte eine heisere und erregte Stimme: «Jetzt, Shirley, jetzt!»

Vor Schreck hätte Euclid beinah seine Flaschen fallen lassen.

«Laß mich in deinem goldenen Regen baden», bettelte die Stimme. «Piß mich voll, mein Liebling!»

Euclid stellte die Flaschen so leise ab, daß nicht mal die feinsten Seismographen der Welt ihn entdeckt hätten. Mister Cackler hätte bestimmt was dagegen, bei was auch immer er da gerade war, beobachtet zu werden.

«Oh, Liebling, Liebling, mein Engel», polterte die Stimme völlig kirre weiter. «Meine süße Pissy-Pussy.»

Euclid konnte nicht länger widerstehen. Mit der Leichtigkeit eines Nijinski machte er auf Zehenspitzen zwei kleine Schritte auf den

Durchgang zum Wohnzimmer zu. Und dort erwartete ihn ein höchst außergewöhnliches Spektakel.
Mister Cackler, dessen Gesicht mit verbranntem Kork geschwärzt war, lag auf der Erde. Über sich hielt er zärtlich eine von diesen niedlichen «lebensgroßen» Puppen, die sich «naß machen kann», wie es immer in der Werbung heißt. «Mach das noch mal, Shirley, Liebling», heulte Cackler und hielt der Puppe eine Flasche an die rosigen Lippen. «Piß deinen alten Bojangles voll!» Das Wasser, das er oben in sie hineinschüttete, kam unten wieder raus.
«Liebling, Liebling», stöhnte Mister Cackler. Offensichtlich hielt der Idiot sich für Bill «Bojangles» Robinson, den berühmten schwarzen Steptänzer aus den dreißiger Jahren, und seine Puppe für Shirley Temple.
Was es alles gibt, dachte Euclid nachdenklich. Er war sich nicht darüber klar, daß das das letzte Resultat des allgegenwärtigen Heiligenscheins war, den Rhoda Chiefs Mama Vibe geschaffen hatte.

In einem Hotelzimmer, das nur zwei Stockwerke über dem von Simon Moon lag, den er im übrigen gar nicht kannte, putzte Franklin Delano Roosevelt sich die Zähne.
«Du bist wirklich ein toller Hecht», meinte er anerkennend zu seinem Spiegelbild. Letzte Nacht auf Sputs Orgie war er wie eine Spaghetti mit mindestens neun Pussyettes gleichzeitig verknäuelt gewesen.
Ein Gedanke segelte beiläufig durch seinen Kopf: bis auf eine chinesische Pussyette waren alle Frauen weiß gewesen.
Er spülte sich den Mund aus und dachte an die Probleme, die eine solche Tatsache noch vor zwanzig oder auch zehn Jahren verursacht hätte.
«Die Dinge gehn nun mal so voran, wie sie müssen», meinte er etwas ernster zu seinem Spiegelbild. «Innerhalb der nächsten fünf Jahre kriegen wir sicherlich alle den Zukunftsschock noch ganz schön zu spüren.»

Er kletterte ins Bett, und da er eigentlich noch gar nicht schläfrig war, schaltete er das Wand-TV an und wählte einen seiner Lieblingsfilme aus der hoteleigenen Videobibliothek aus, Kubricks *2001*. Geistesabwesend nahm er seine FOREVER-Pille, während langsam Erde und Sonne über dem kreisenden Mond auftauchten.
«Der Zukunftsschock kriegt uns alle», wiederholte er nachdenklich.

Eskapismus

> Auf einer kosmischen Ebene jedoch gibt es wahrscheinlich unzählige Rassen, die die Realitäten, die Maxwell oder Einstein in ihren Gleichungen definiert haben, durchschauen und uns vermutlich für zurückgebliebene Primitive halten, weil wir die visuelle Realität mit der «wirklichen» Realität gleichsetzen.
>
> Wilson, *The Book of the Breast*

Seine ersten Lorbeeren verdiente sich Cagliostro, als er während des Krieges mit den U.S.O. auf Tournee war. Um diese Zeit hatte er die Hellseherei völlig aufgegeben. Seine Show war ganz und gar auf die Fähigkeit zugeschnitten, aus sämtlichen Fallen und Fesseln, die die M.P.s sich für ihn ausdachten, auszubrechen.
1945 nannte *Variety* ihn den «neuen Houdini»; das war nur wenige Monate vor Hiroshima.
Im Herbst dieses Jahres verhaftete man ihn zum erstenmal wegen Besitzes von Marihuana, ließ die Anklage jedoch später ohne Verhandlung fallen. (Nicht nur die Beziehungen seines Agenten, der Familienanwalt der Cranes und die Tatsache, daß ihr Vermögen sich doch nicht *ganz* in Luft aufgelöst hatte, als sich herausstellte, daß ORGASMOR ein Reinfall war, sondern auch gezielte Bestechungen der im Showbusiness und der Unterwelt als «Zinnsoldaten» bekannten lokalen Behörden trugen zu diesem glücklichen Ausgang bei.) Er war einer der ersten Gäste in der «Ed Sullivan Show», wurde jedoch auf Grund einer weiteren Verhaf-

tung 1948 nie wieder eingeladen: das Mädchen war noch ziemlich jung gewesen, und man überführte ihn, eine «widernatürliche Handlung» mit ihr begangen zu haben. Wieder einmal wusch eine Hand die andere, und die Anklage wurde fallengelassen.
Danach spielte sich seine Karriere hauptsächlich in Clubs ab, denn Hollywood und TV befanden sich gegen Ende des Jahrzehnts beide in einem ihrer chronischen Anfälle von Feigheit. Einer dritten Verhaftung folgte kurz darauf die vierte, wiederum wegen Besitzes von Haschisch, und schon war er für die meisten Clubbesitzer zu heiß geworden. Trotzdem folgten ihm die Menschen, wo immer er auftauchte. Schnelles Geld war immer noch besser als Vorsicht, und so ließ man ihn weitermachen. Bis zu seinem skandalösen Auftritt vor dem Komitee für unamerikanische Umtriebe im Jahr 1950.
«Du *bist* kein Kommunist und du *kennst* keine Kommunisten, also hättest du singen können wie ein Vogel, ohne dir selber zu schaden», sagte sein Agent später. «Warum zum Teufel mußtest du das bloß machen, Baby?»
«Hör zu», antwortete Crane sauer. «Glaubst du, ich könnte aus einem verflixten Paar *Junior-G-Man*-Handschellen entkommen, wenn ich auch nur ein Fünkchen Angst im Hirn hätte? Du hast ja keine Ahnung. Ich darf einfach nicht zulassen, daß irgendwer mir angst macht – und erst recht nicht solche Wichsköpfe wie die!»
«Es ist deine Beerdigung», meinte der Agent düster. «Ich gebe dir nur die klaren und eindeutigen Tatsachen. Du wirst noch mal so enden wie Chaplin. Zwei Sexskandale, zwei Drogenskandale und jetzt auch noch das. Du wirst noch schlimmer als Chaplin enden. Vom heutigen Tag an bist du Gift für jede Theaterkasse.»

Die H.E.A.D.-Revolution

GALAKTISCHE ARCHIVE:
Obgleich die H.E.A.D.-Revolution die terranischen Primaten zur Zeit unserer alten Romanze beträchtlich veränderte, weiß doch keiner genau, wann sie begann. Manche führen sie bis auf gewisse

alchimistische Sekten im frühen Mittelalter zurück, andere behaupten, daß sie erst als organisierte Bewegung einsetzte, als die Neuropharmakologie allmählich die überholte «Psychologie» im späten Mittelalter ablöste (also kurz vor der Zeit, in der dieser epische Roman spielt). Wieder andere versuchen, ihre Ursprünge im primitiven Schamanismus und Yoga festzustellen.

Eins ist jedoch klar: *einige* Primaten auf Terra fingen viele Jahrhunderte oder gar Jahrtausende, bevor die wahre Neurowissenschaft etabliert war, an, über ihr genetisches Vier-Schaltkreis-System hinauszuwachsen. Ob das das Resultat einer Mutation, leichtsinniger empirischer Experimente mit Alkaloiden oder anderer Faktoren war, ist nicht bekannt. In Ägypten, China und anderswo gab es Primaten, die von ihren Verzückungen des fünften Schaltkreises berichteten – das neurosomatische Bewußtsein dämmerte zwei oder drei Jahrtausende vor dem Raumfahrtzeitalter auf.

Diese Entwicklung wiederholt sich auf allen Planeten. Eine Handvoll Biots erhebt sich plötzlich über ihre Angriff-Flucht-Prägungen des amphibischen Bio-Überlebens-Schaltkreises, über die Beherrschen-Unterwerfen-Prägungen ihres säugetierischen territorial-emotionalen Schaltkreises, über die Entweder-Oder-Logik des hominiden semantischen Schaltkreises und die «guten» und «schlechten» Werte des sozio-sexuellen Stammes-Schaltkreises. Sie haben die infantilen Nahrungsaufnahmeprogramme, die kindlichen emotionalen Programme, das Philosophieren des Heranwachsenden und die «Verantwortlichkeit» des Erwachsenen (Gruppenrolle) alle auf einmal hinter sich gelassen.

Natürlich haben diese Biots nichts anderes getan, als einen fünften Schaltkreis in ihrem Gehirn zu entwickeln. Man nennt ihn neurosomatischen Schaltkreis, weil er ein bewußtes Feedback zwischen dem Nervensystem (in der präwissenschaftlichen Sprache auch «Geist» genannt) und dem Soma («Körper») erlaubt. In der larvalen Phase dieser hedonistischen Revolution durchläuft jeder Planet die gleichen, sich wiederholenden Stadien:

Mystizismus und Monomanie: Viele der mutierten Biots sind mehr und mehr davon überzeugt, daß sie alles kontrollieren (das «Ich bin Gott»-Syndrom), ohne zu erkennen, daß sie nichts weiter als ihren eigenen Wahrnehmungsbereich kontrollieren.

Wunderheilungen: Die neurosomatische («Geist-Körper») Feedback-Schleife erlaubt den mutierten Biots, gesünder, jünger und besser («hübscher») auszusehen, als der Rest der Menschheit. Nach kurzer Zeit glauben sie (und werden von ihren Bewunderern darin bestärkt), daß sie alles «heilen» können.

Neurosomatische Intoleranz: Die mutierten Biots reagieren sauer und extrem kritisch, wenn es um die Robotermechanismen der ersten drei Schaltkreise (sich nähern/vermeiden; beherrschen/unterwerfen; entweder/oder) und das statische Geschlechtsverhalten des vierten Schaltkreises geht. Sie fordern alle Leute dazu auf, so frei wie sie selbst oder wie der Wind umherzuschwirren.

Die übrigen Biots erklären die Mutanten des fünften Schaltkreises entweder zu Göttern oder sie bringen sie um. Manchmal auch beides.
Auf Terra fing man zur Zeit dieser Quantenkomödie gerade an, diesen Zustand zu verstehen – die Neuropharmakologen zogen langsam aber sicher die nötigen Verbindungslinien zwischen Neurochemie und der Erschaffung wahrgenommener Realitätstunnel.

Grapefruit in der Nacht

24. DEZEMBER 1983:
Jedermann mit Augen in der Kapuze konnte sehen, was für eine angespannte Cityschaft auf der Bonger Howl herrschte, eine ganze Nation unter Arrest gestellt, und Case wälzt sich in seinem Alptraum hin und her, und mit ihren Tommyhawk-Fans und den übelgelaunten Reserven und den zänkischen Resten treibt man es auch noch weiter, eine ganze Nation in einen Zeppelin gepfercht. Vierzig von ihnen mit Stadtfedern sammelten so viele Münzen,

wie sie nur kriegen konnten, heimtückisch, habgierig, aufrührerisch, mit sternenbefetzten Flammen und all die Bosse, die wir übers Ohr gehauen haben und durch die Nox mit dem Lox einer Glotzbirne, da kommt das Mädchen mit Kolitis vorbei, Case wirft sich ran und strahlt cool auf mit dem Ganzen, stößt tiefer und taucher ins Zweifeln, schleift vor Wegs mit ihren Desotos und Pontiacs. «Kauft Chinatong Hochdackel», sangen sie.
Es war der Guylum Bardot oder der Bardot Theodial oder wenn nicht das, dann war's der Vektor, der da stöhnte, alle summten 0000 Atum Bombe 00000 Adom Bom vie grien send unum plapper. Der chaotische Inbegriff einer typischen Motel Tea Party: Opfer, Auferstehung, soundso.
Und Justin Case wachte auf.
Nur ein Alptraum, nur ein Alptraum . . . Indianer, die sich über seine Einkommensteuererklärung hermachten und alles andere verblaßt langsam, nur ein Alpentrauma, oder ein Drama, ja, blassern.
Justin setzte sich auf und machte Licht.
Im ersten Moment dachte er, er hätte nur geträumt, aufgewacht zu sein.
Denn am Fußende seines Bettes stand ein kleines grünes Männchen in einem Mini-Raumanzug von der NASA.
«Ich bin Apollon vom Mars», sagte er. «Kommen Sie bitte mit.»

Ich²

Als er nicht Ich, sondern Ich² wurde, merkte Dodgson, daß er einen Verbündeten hatte, einen heiligen Schutzengel, ein Heimliches Ich sozusagen. Diese Person lebte wie Ped Xing oder Anon von Ibid eher in den Ritzen des Kodes, als daß sie ein eigenes Signal bildete, und nannte sich Lewis. Wie Seth und JHVH fing sie an, Dodgson Bücher zu diktieren, und wie Jane Roberts und Moses transkribierte er sie gehorsam. Er veröffentlichte sie unter dem Namen Lewis Carroll, denn Lewis hatte die Angewohnheit, beim Diktieren zu singen und Dodgson liebte Wortspiele.

Dodgson machte sich eine Menge Gedanken über die Offenbarungen, die Lewis ihm diktierte, begriff aber die Implikationen, die keiner voll verstehen würde, ehe die Mathematik sich nicht um hundert Jahre weiterentwickelt haben würde, nur vage.
Manchmal übernahm Lewis für ein paar Minuten das Kommando, wenn Dodgson an seinem Meisterwerk mathematischer Logik arbeitete, und dann konnte er beweisen, daß es Matronen gibt, die in Wirklichkeit Disteln sind. Es war ein ganz gutes Arbeitsverhältnis. Gemeinsam untergruben Dodgson und Lewis das gesamte Gefüge viktorianischer Moral und Wissenschaft. Trotzdem konnte Dodgson seine nackten kleinen Mädchen auch weiterhin nur *fotografieren*, er brachte es einfach nicht über sich, sie zu berühren.

Weit und breit kein Aufpasser in Sicht

Sein Statement zur Verachtung des Kongresses lieferte Hugh Crane in der staatlichen Strafanstalt von Lewisburg, dem «Gentlemen's Club», wie die Mafiosi sie nannten, wo nur die intellektuellen Burschen untergebracht wurden, bei denen es ziemlich ausgeschlossen war, daß sie einen Aufseher angreifen oder über eine Mauer klettern würden.
Er arbeitete mit Alger Hiss in der Bibliothek. Sie schauten sich im Fernsehen des Aufenthaltsraums die berühmte Checkers-Rede an. Das war wirklich ein Meisterstück an Primatenrhetorik, in der der Vizepräsidentschaftskandidat Richard Nixon erklärte, daß diverse große Geldsummen, die er von verschiedenen Geschäftsleuten erhalten hatte, nicht als Schmiergelder betrachtet worden waren und daß man auch keine Vergünstigungen seinerseits dafür erwartet hätte. «Was halten Sie als alter Zirkushase von dieser Vorstellung?» fragte Mister Hiss Mister Crane.
«Das Hundestück war nicht schlecht», erwiderte Crane professionell. «Aber er hat die Mutter vergessen.»

Ein anderer distinguierter Gast in Lewisburg war der alternde Poet und Folksänger Ezra Pound aus Idaho, der ebenfalls wegen unamerikanischer Umtriebe saß. Er und Crane verstanden sich aber trotzdem nicht so recht, denn Pound, der nur selten außerhalb von Idaho gewesen war, mißtraute allen Leuten aus dem Osten.

In seiner Zelle machte Crane jeden Tag Yoga-Übungen. Später überprüften die Illuminaten natürlich auch die Notizen, die er sich zu diesen neurophysiologischen Experimenten gemacht hatte. Die interessantesten Eintragungen waren folgende:

23. April 1952: Es ist wirklich sehr hilfreich, wenn man die einzelnen Buchstaben von AUM mit einem der drei Götter der hinduistischen Dreifaltigkeit in Verbindung bringt. A ist Brahma, der Schöpfer – laß es vom Zwerchfell aufwärts explodieren, wie der große Knall der Schöpfung selbst. U ist Vishnu, der Erhalter – halte es so lange, bis es wie der Rhythmus des Lebens, der große Takt in Beethovens *Siebter* vibriert. Und M ist Shiva, der Zerstörer – schließe die Lippen zu einem entschlossenen «So endet die Welt» und betrete das Schweigen.
1. Mai 1952: Heute gänzlich unerwartet reines *Dhyana*. Es war so viel einfacher, als ich immer geglaubt hatte und ist offenbar nichts weiter als Übung. Kein Wunder, daß die Gurus immer behaupten, es sei gefährlich, sich ohne Guru daranzuwagen. Moralisch bin ich jedoch weder besser noch schlechter, weder weiser noch «spiritueller» als vorher. Wiederholung ist der einzige Schlüssel. Beherrsche Nerven, Muskeln und Drüsen, beherrsche sie Tag für Tag, und es wird geschehen. Die Hauptfunktion des Gurus besteht darin, sicherzustellen, daß man die neue Freiheit nicht zu

schnell mißbraucht und mit den Autoritäten aneinandergerät. Der Guru hat keinen Einfluß auf die Sache selbst (wie die ehrlichen unter ihnen auch zugeben) – diese Arbeit muß schon jeder selbst erledigen. Der Guru sorgt nur dafür, daß die Verzückung in «sichere» (domestizierte?) Kanäle geleitet wird. Ohne einen solchen moralischen Aufpasser kann ich jedoch verdammt noch mal machen, was ich will.

Mir ist soeben klargeworden, warum die ganzen okkulten Schulen so verflucht geheimnisvoll tun, warum der gewöhnliche Suchende immer jede Menge Doppeldeutiges zu hören kriegt und zur selben Tür hinausgeworfen wird, durch die er eingetreten war. Wenn jeder diesen Zustand beherrschen könnte, wäre die ganze Welt bald eine einzige Revolution*.

27. Mai 1952: Noch ein erfolgreiches *Dhyana*. Es ist wirklich nichts dabei. Offensichtlich funktioniert das Gehirn nach dem gleichen Prinzip wie diese Burschen in *The Hunting of the Snark*: «Was ich dir dreimal sage, ist wahr.» (Nur dreimillionenmal genauer.) Es war phantastisch, besser als das erste Mal. Ich werde mich nie wieder mit «Cagliostro dem Großen», «Hugh Crane» oder auch nur mir oder der ersten Person Singular identifizieren.

Mehr und mehr wird mir klar, warum all das «mit sieben Siegeln versiegelt» und allen möglichen Geheimnissen versteckt wird. *Gesellschaft, so wie wir sie kennen, basiert auf Folter und Tod oder der Androhung von Folter und Tod.* Ich bin hier, um gefoltert zu werden, auch wenn die Autoritäten dieses Staates das natürlich nie eingestehen würden. (Was sie mit Dissidenten in anderen Ländern machen, ist Folter; hier bei uns nennt man es Strafrecht.) Die Erfahrung des Eingesperrtseins ist für den Durchschnittsmenschen wie für jeden Primaten eine harte Strafe, und es ist die

* *Terranische Archive 2803: Dhyana* war sie Sanskrit-Bezeichnung, die die indischen Primaten benutzten, um das Öffnen und Prägen des neurosomatischen Schaltkreises zu beschreiben. Name und Techniken für diesen Zustand wurden in China zu *Ch'an* und in Japan zu *Zen*. Er wurde immer von einem Alpha-Männchen überwacht, und zwar genau aus den Gründen, die Crane vermutete. Er repräsentiert das Aufdämmern postprimatischen Bewußtseins und der H.E.A.D.-Revolution und löst den Biot damit aus der Abhängigkeit primatischer Dominanz-Unterwerfungs-Hierarchie.

Form von Folter, die unsere Gesellschaft akzeptiert hat. Für mich ist es keine Folter, weil ich mich in verschiedenen neurologischen Künsten auskenne, die jeder Bühnenmagier beherrscht.
Aber was würde passieren, wenn jedermann die Erfahrung des *Dhyana* machen könnte, wann immer er Lust dazu hat? Keiner könnte noch mit Androhung von Gefängnis, Peitsche oder Elektroschocks oder gar mit Androhung der Todesstrafe kontrolliert werden. Alle gegenwärtigen Gesellschaftsformen leben davon, diese Ängste zu schüren, um so die Masse unter Kontrolle zu halten.
Zehn Leute, die wissen, was ich weiß, wären gefährlicher als eine Million bewaffneter Anarchisten.
23. Juli 1952: Ich kann kaum schreiben. Heute habe ich das *Samadhi* erreicht. Daneben erscheint das *Dhyana* wie ein Kinderspiel. Meine ganze Sicherheit ist hin. Ich sollte zu Tode erschreckt sein, statt dessen bin ich ekstatisch. Wenn das möglich ist, ist *alles* möglich*.

Diese Notizen wurden nicht veröffentlicht, als Hugh Crane aus dem Gefängnis entlassen wurde. Statt dessen brachte er ein Buch mit dem verheißungsvollen Titel *Weit und breit kein Aufpasser in Sicht* heraus, das einige, nicht alle, seiner magischen Entfesselungen beschrieb und sie in den Kontext einer Philosophie brachte, die jedes Individuum zum Schöpfer seines eigenen Universums erklärte. Die Polemik gegen die Regierung und die organisierten Kirchen war, milde gesagt, taktlos für einen Künstler, der von der Gunst seines Publikums abhängig war, doch Crane selbst zögerte keinen Augenblick, seine Anschauungen schlicht mit Atheismus und Anarchismus gleichzusetzen.
Jedermann, einschließlich des Autors selbst, war überrascht, als das Buch zum Bestseller wurde. Plötzlich war er der umstrittenste Mann der Vereinigten Staaten. Trotz der ängstlichen Fünfziger,

* *Terranische Archive 2803: Samadhi* war die hinduistische Bezeichnung für das Öffnen und Prägen des sechsten (metaprogrammierenden) Schaltkreises in der vorderen Hälfte des Post-Primatengehirns. Die meisten, die diesen Zustand vor der H.E.A.D.-Revolution erreichten, waren genauso durcheinander wie Crane und konnten nur berichten, daß die Erfahrung «unbeschreiblich» war.

trotz der amerikanischen Legion und John Birch-Tiraden, die pausenlos an seine Drogengeschichten, Sittlichkeitsverfehlungen und die eindeutige Tatsache erinnerten, daß die Gefängnisleitung seine Bewährung verweigert hatte, weil er einen jungen Mitgefangenen verführt hatte, fand Hugh Crane immer neue Anhänger. Das Fernsehen wagte einen mutigen Vorstoß und testete ihn im Eierkopf-Ghetto am Sonntagnachmittag. Das Ergebnis war so vielversprechend, daß er in die Talk-Shows am späten Abend befördert wurde.
Er brachte es fertig, jeden seiner zahlreichen Auftritte mit den Worten: «Es ist weit und breit kein Aufpasser in Sicht, ihr seid alle vollkommen frei!» zu beenden.
Zu dieser Zeit etwa beschloß ein Clubbesitzer – zum einstimmigen Entsetzen von Presse und Klerus –, eine «Freak-Show» mit ihm zu machen («Sie werden ihn zwar hassen, aber sie werden kommen!»), und Crane konnte endlich wieder als Magier arbeiten. Die Leute standen bis auf die Straße an, um Karten zu ergattern, viele mußten wieder nach Hause geschickt werden. Cagliostro führte eine neue Show ein, bei der er aus einer Bleikiste flüchtete, die vor den Augen des Publikums zugeschweißt worden war. «Es gibt keine Beschränkung, aus der man nicht fliehen kann», sagte er eindringlich. «Wir sind alle vollkommen frei.»
Ein untersetzter kleiner Broadway-Kolumnist namens Benny Benedict, der gerade anfing, sich ein eigenes Publikum aufzubauen, interviewte ihn am Tag nach der Premiere. «Wie zum Teufel haben Sie es geschafft, aus der zugeschweißten Kiste zu fliehen?» fragte er geradeheraus.
«Reine Magie», antwortete der große Cagliostro.
«Ach, hören Sie auf», meinte Benedict. Aber Cagliostro grinste ihm bloß unverschämt ins Gesicht.

Die nächste Tür

Langlebigkeit ist das Paradies für Optimisten und die Hölle für Pessimisten.

Anonymes Graffiti
Larry Blakes Pub
Berkeley, Kalifornien,
ca. 1980

TERRANISCHE ARCHIVE 2803:

Robert Anton Wilson war Mitglied mehrerer «Geheimbünde» und Begründer und Anführer mindestens eines solcher Bünde. Als Eingeweihter praktisch jeder okkulten Organisation seiner Zeit, die nicht völlig ausgeflippt war, war er durch alle möglichen feierlichen Schwüre zur Geheimhaltung verpflichtet. Seine Arbeiten und seine Autobiographie zeigen in aller Deutlichkeit, daß er diese Schwüre sehr ernst nahm. Er schrieb eine Reihe von Büchern, manchmal allein und manchmal zusammen mit Shea oder Leary, in denen er systematisch die Hauptpunkte der sogenannten Wissenschaft des Okkultismus abhandelte – die Illuminatenlegenden, den Heiligen Gral, die Troubadour- und Templerorden im Europa des Mittelalters, die Freimaurerei, das *I Ging*, die Alchimie, die Astrologie, die rituelle Magie, die Hexerei und vieles mehr.

Mit der einzigen Ausnahme von *Sex and Drugs*, wo Wilsons Sprache nur schwach verhüllt ist, vielleicht weil das, worüber er schrieb, in der Gegengesellschaft dieses schrecklich barbarischen Zeitalters sowieso gut bekannt war, zielen alle seine Werke darauf, zu verleugnen, was Wilson tatsächlich war, statt etwas zu beweisen, eher beiläufig preiszugeben für die, die Augen haben zu sehen. Wenn man diese Tatsache nicht berücksichtigt, kann sein Trick zumindest irreführend, wenn nicht gar ärgerlich sein.

Illuminatus! zum Beispiel gibt vor, die Existenz der geheimen Chefs des westlichen Okkultismus gleichzeitig zu leugnen und zu parodieren. In Wirklichkeit ist es ganz anders. Wenn das Wilsons wirkliches Ziel gewesen wäre, hätte er das Buch nie geschrieben; das wäre, um es mit seinen rüden Worten auszudrücken, «Titten in den Vatikan tragen». Es ist jedoch mit Sicherheit irreführend. Es führte zum Beispiel Nomis von Noom in die Irre.

Jahrelang wollte Nomis von Wilson nichts wissen. In Band XII seiner *Gesammelten Werke*, die bei Algol Press erschienen sind und in denen viele von Nomis' Arbeiten über den wissenschaftlichen Schamanismus nachgedruckt sind, wird Wilsons Name kein einziges Mal erwähnt. Im Band XVII dagegen, der einzigen Stelle, wo Nomis Wilson zur Kenntnis nimmt, greift er ihn genau an dem Punkt an (die fünf Dillingers), wo Wilson seine Spuren verwischt, vgl. den Essay «Die letzten Stimmen des Unistat Empire: Dekadenz und Fall».

Warum unterläßt Nomis jeden anderen Hinweis auf Wilson? In der gesamten Geschichte des wissenschaftlichen Schamanismus ist Wilson der einzige Autor, der tatsächlich und unbestreitbar die Karten auf den Tisch gelegt und das Geheimnis beim Namen genannt hat. Man sollte eigentlich annehmen, daß Wilson Nomis' Lieblingsautor war, der sogar C. G. Jung und Robert Graves ausstach. Wenn man annimmt, daß Nomis seinerseits bewußt und absichtlich schwieg, um *seine* Spuren zu verwischen, läßt man sich von den kleinen Paranoias der Idioten verführen, die das Thema insgesamt verhindern wollen. Trotzdem ist es sicherlich sehr verwirrend.

Das Martyrium Rhoda Chiefs

Als Rhoda Chief 1958 mit siebzehn Jahren zur erfolgreichsten Rocksängerin des Landes gewählt wurde, war ihre Bildung gleich Null. Sie kannte nur wenig Tatsachen, dafür aber jede Menge Halbwahrheiten: die Längsseite eines Dreiecks heißt Hypotenuse und ist genauso lang wie die beiden andern Seiten zusammen, oder eine Seite mit der anderen multipliziert oder so ähnlich; mit dem, was sie in ihrem Höschen hatte, konnte sie eine Menge Kapital machen, wenn sie es richtig anstellte, oder eine Menge Ärger kriegen, wenn sie sich dumm anstellte; wenn man auf einen Radiergummi spuckt, kann er sogar Tinte ausradieren; Kolumbus ging 1492 auf die Reise; die Revolution fing 1776 entweder an oder hörte in dem Jahr gerade auf; Lincoln hat die Sklaven

befreit; wenn man laut genug schreit, hört kein Mensch, ob man richtig oder falsch singt; früher oder später geht sowieso alles in die Luft; die *Gelben* lassen alle Probleme verschwinden, und die *Roten* sollte man am besten vor einem Konzert oder einer Aufnahmesession einschmeißen.
Nach einer Abtreibung lernte sie so viel über Geburtenkontrolle, daß sie einen Kurs im Y.M.C.A. abhalten konnte. Nachdem zwei Plattenkonzerne sie hintereinander reingelegt hatten, lernte sie so viel über Vertragsrecht, daß sie es den Studenten von Harvard beibringen konnte.
Aber ihre eigentliche Ausbildung begann erst, als Cagliostro der Große sie zu seiner Geliebten machte.
Die erste, die ihre Peitschennarben auf dem Rücken zu sehen kriegte, war eine alte Freundin von der Arkham High School, Doris Horus.
«Warum verläßt du ihn nicht?» fragte Doris.
«Ich mache es freiwillig», sagte Rhoda eisig. «Es ist mein freier Wille.»
Der Skandal wurde schließlich ein offenes Geheimnis – «Ein Nostradamus der Nachtclubs, der schon früher durch Sex- und Drogenskandale von sich reden machte, behandelt seine balladeske Freundin auf höchst perverse Art und Weise. Kenner eines gewissen französischen Marquis werden wissen, wovon die Rede ist», war die erste gedruckte Version des Gerüchts in der beliebtesten Klatschspalte der Nation. «Du hast dir den Ruf eines Sadisten erworben», meinte der Literaturkritiker Epicene Wildeblood am selben Tag zu Crane.
«Angst, in der Öffentlichkeit mit mir gesehen zu werden?» fragte Crane zurück. Sie befanden sich in Wildebloods Jet-Set-Apartment am Sutton Place.
«Aber nein, ganz und gar nicht, Liebling», schnurrte Eppy.
«Ist doch komisch, daß nur ich wirklich über dich Bescheid weiß, was, Baby?» Er schob seine Schuhspitze unter Cranes Kinn.
«Ja, Herr», murmelte Crane.
«Oh, das hört sich aber mürrisch an. Ich glaube, du bist heute ein bißchen rebellisch, Freundchen. Das muß bestraft werden, meinst du nicht?»
«Ja, Herr», erwiderte Crane und holte die Stricke aus dem

Schrank. Er zog sich aus, legte sich bäuchlings aufs Bett und ließ sich von Eppy Hände und Füße an den Bettpfosten festschnüren. «Du bist mein Sklave und kannst nicht entkommen», sagte er.
«Ich bin dein Sklave und kann nicht entkommen», wiederholte Crane gehorsam, während Wildeblood sich auf ihn setzte. Beide waren sich darüber klar, daß Crane die Fesseln jederzeit lösen konnte, wenn er wollte.
An diesem Abend führte Crane Rhoda in den Rainbow Room, wo er sie während des ganzen Essens auffällig und brutal demütigte. Sie akzeptierte es (wie ihre hundert intimsten Freunde und Feinde mißbilligend bemerkten), als ob er sie hypnotisiert hätte.
Rhoda brauchte fast ein Jahr, um zu bemerken, was mit ihr geschah. Ihre Geschichte hatte mit dem üblichen Routine-Fick angefangen, aber plötzlich schob er sie in eine ungewöhnliche Position.
«Was zum Teufel ist das denn?» fragte sie.
«Tibetanisch, Engelchen», sagte er sanft. «Du mußt dich nur entspannen, dann kannst du es auch genießen.»
Sie entspannte sich, und es wurde die außergewöhnlichste sexuelle Erfahrung ihres Lebens. Danach befolgte sie zwei Monate lang seine Anweisungen mit wachsender Begeisterung und der festen Überzeugung, daß sie auf dem Weg zum Totalen Orgasmus war, von dem Mailer immer schrieb. Eines Abends brachte er Fesseln mit.
«He, Moment mal», protestierte sie. «Das ist englisch. Das ist kinky. Geh doch nach London, wenn du auf so was stehst.»
«Ich liebe dich», murmelte er, während sein Mund über ihren Bauch streifte und in südlicher Richtung auf das Schamhaar zusteuerte. Sie willigte ein. Er schnürte sie ziemlich fest, brachte dann aber zu ihrer Erleichterung keine weitere Waffe zum Vorschein. Nicht mal seine eigene, es war ein vollkommen orales Erlebnis. Nach fünf Orgasmen setzte er sich auf und zündete sich einen Joint an, den er nach ein paar Zügen an ihre Lippen hielt. «Für den Großen», sagte er. Sie zog gierig, während er sie weiter küßte, streichelte und Liebkosungen murmelte. Immer noch spürte sie ihre Fesseln. Als sie den Joint aufgeraucht hatte, schwang er sich auf sie und galoppierte mit ihr in eine zuckende Dimension, die sie noch nie zuvor erlebt hatte.

«Lieber Himmel», stöhnte sie, als sie wieder zu sich kam. «Das *war* der Große.» Aber er lag schon wieder auf ihr und leckte ihr die Möse, bis ihr die Sinne schwanden.

Nach ein paar Wochen tauchten die ersten Anzeichen von Disziplin auf. «Das heizt erst richtig auf», erklärte er, und sie merkte, daß er recht hatte. Schon bald mußte sie zugeben, daß mehr Disziplin sogar noch schärfer machte. Als sein Sadismus auch auf die psychologische Ebene überwechselte, war sie schon zu weit gegangen, um noch umzukehren. Sie existierte in einer dunkel pulsierenden Höhle von Ekstase und Schmerz, die Millionen von Lichtjahren von der normalen Welt entfernt war. Sie akzeptierte Degradierung, Demütigung und seinen wachsenden Vampirismus, der so kalkuliert zu sein schien, daß er die letzten Reste ihres Egos zerstörte.

Ein- oder zweimal, erinnerte sie sich später, hatte sie schwach protestiert. «Genug. Das reicht. Bitte.»

«Nein», brüllte er. «Wir stehen genau auf der Kippe. Jetzt machen wir auch weiter.»

(«Jawohl, Herr», sagte er ein paar Stunden später zu Epicene Wildeblood. «Was immer Sie wünschen, Herr.»)

«Du könntest jede Menge gute Auftritte haben, statt ständig in diesen Kneipen rumzuhängen», sagte sein Agent. «Ich könnte dich in erstklassigen Häusern unterbringen. Die Leute würden sogar die Drogensache und die Mädels vergessen, wenn du sie nicht pausenlos daran erinnern würdest, indem du alles noch schlimmer machst. So wie du und Rhoda euch in der Öffentlichkeit benehmt, muß man euch ja für Verrückte halten. Und du und dieser schwule Wildeblood, man könnte glatt auf die Idee kommen, daß du selbst auf Rosa stehst, mein Junge. Warum reißt du dich nicht endlich zusammen, verflixt noch mal? Du wirst noch in der Gosse enden.»

(Erinnerung: möglicherweise eine frühere Inkarnation: Hesse im Zürcher Hauptbahnhof: «Das Meskalin, ja, das Meskalin ist ein großartiger Lehrmeister.» Und Crowley in Berlin: «Die Frage ist nur, wer sucht das wahre Ich?» Alles so lange her, so weit weg, und Richard Jung: «Ich bin Buchhalter, ich halte nichts von diesem mystischen Kram», und bettelt auf der Straße, in der Nähe des Old Granary, wo Paul Revere und die echten Fünf begraben liegen, Rancid, der Butler und Mama Sutra, die bei den Leichen von Chateau Thierry schluchzt. «Bitte, lieber Jesus, laß mich nicht sterben, bitte laß mich nicht sterben . . .»)

Der Junge, der eines Tages Cagliostro der Große werden sollte, hörte: «Du wirst noch in der Gosse enden», drehte sich um und sah, wie der Tramp zu Boden fiel, ganz langsam, genau wie der Baum, den er langsam fallen sah, nachdem der Verwalter draußen auf dem Craneschen Gut ihn angesägt hatte. Und genau wie der Baum bewegte sich der Tramp nicht mehr, kein bißchen mehr, als er einmal auf dem Bürgersteig lag; er schien sogar so steif zu werden wie der Baum, nur ein bißchen schneller.

«Auf die Knie», befahl Cagliostro streng, und gehorsam kroch Rhoda vor ihm her.

«Bitte darum», sagte er.

«Ich bitte dich, Herr, steck deinen Schwanz in meine Fotze und fick mich, bis ich komme, wieder und wieder komme. Bitte, o Herr.»

Er zündete sich eine Zigarre an, wie um darüber nachzudenken, und blies ihr den Rauch ins Gesicht. «Nein», sagte er dann. «Kau mir lieber einen ab. Für *dich* gibt's heute abend nichts.»

Aber ein paar Nächte später, als er auf und in ihr war und feierliche tibetanische Gesänge rezitierte, meinte sie plötzlich, ein neues Licht um ihn herum zu sehen und zwei Hörner, die auf seiner Stirn sprossen. Eine Million Ballons zerplatzten in und über ihr gleichzeitig. Aus jedem Ballon strömte ein funkelndes Licht und jedes war eine andere Art von Orgasmus. «Rhoda Chief» existierte nicht mehr. Ewigkeiten später, als sie wieder in die Zeit zurückkehrte, lag er mit dem Kopf zwischen ihren Beinen am Fußende des Bettes und leckte sie inbrünstig. Sie verlor das Bewußtsein.

Er besaß eine riesige, auf Bühnenmagie und Okkultismus spezialisierte Bibliothek, in der Rhoda gelegentlich herumstöberte. Am nächsten Morgen, als er noch schlief, ging sie hinein und blätterte in verschiedenen Wälzern über Rosenkreuzer, Therion, Jambacchus, Prinn, Dee und Kelly. «Die Messe des Heiligen Geistes» war mehrfach beschrieben. Jedesmal war die Rubinrose mit Wasser identifiziert und dem ersten H in JHVH, dem H der Mutterschaft. Das Goldene Kreuz hatte ebenfalls verschiedene Bedeutungen, symbolisierte aber hauptsächlich Feuer und das J in JHVH, das J der Vaterschaft. Wenn man J und H zusammenbrachte, und die Vereinigung von Kreuz und Rose ermöglichte, manifestierte sich der Heilige Geist in Form einer Hostie, die der Alchimist anschließend essen mußte.

Mein Gott, dachte sie, *das Kreuz ist sein Schwanz und die Rose ist meine Pussy, deshalb leckt er mich hinterher noch mal genauso wie vorher*. «Die Hostie ist sowohl männlich wie auch weiblich», sagte der alte Prinn arglos dazu, «sowohl lebendig wie auch tot, Feuer und Wasser zugleich, und doch bedeutet ihre Schöpfung keine Vergewaltigung der Natur, sondern im Gegenteil Gehorsam den Gesetzen der Natur gegenüber, jedenfalls im Einklang mit der angemessenen spirituellen Haltung.»

Professor Nosferatu von der Columbia University, ein alter Freund Rhodas, lauschte aufmerksam, als sie ihm Cagliostros Worte wiederholte.

«Tibetanisch ist das jedenfalls nicht, egal, was er dir gesagt hat», meinte er. Er wiederholte sie mit der richtigen Betonung: «IO PAN IO PAN IO PAN GENITOR IO PANPHAGE. Es ist eine Beschwörung des Gottes Pan in klassischem Griechisch. IO PAN IO PAN PAN IO PAN-ALLES-SCHÖPFER IO PAN-ALLES-VERSCHLINGER.» Er betrachtete sie neugierig. «Hör mal, Rhoda, mir sind da ein paar ziemlich merkwürdige Gerüchte über euch beide zu Ohren gekommen . . .»

«Was immer du gehört hast», antwortete sie mit einem schwachen Lächeln, «ist wahrscheinlich wahr. Ich möchte, daß du mir die Adresse des besten Psychiaters gibst, den du kennst. Ich möchte, daß jemand meinen Kopf wieder in Ordnung bringt und mir hilft, von ihm wegzubleiben.»

Handelsbeihilfen

GALAKTISCHE ARCHIVE:

Als die R.I.C.H.-Wirtschaft Leben und Erwartungen der Unistatler innerhalb und außerhalb von Terra revolutioniert hatte, erkannte Eve Hubbard, daß nun die Zeit gekommen war, um die

Armut völlig abzuschaffen. Deshalb erklärte sie jeden Bürger zum Teilhaber (Aktionär) an den L5-Raumstädten und schüttete jedes Jahr eine nationale Dividende aus.
Wieder offenbarte sich Hubbards politisches Genie. Andere, die derartige Pläne schon früher vorgeschlagen hatten (beispielsweise die Ingenieure C. H. Douglas und R. Buckminster Fuller, der Erfinder Tom Edison, der Semantiker Alfred Korzybski oder der Physiker Frederic Soddy), waren davon ausgegangen, daß solche Dividenden in Form von «Geld» ausgezahlt werden müßten. In dieser Form führte deshalb der Vorschlag auch stets zu hitzigen Protesten von seiten der Alpha-Männchen im Bankgeschäft, die klar durchschauten, daß eine erweiterte Geldzufuhr die Zinsraten senken und ihren Profit ernstlich gefährden würden.
Hubbard gab ihren nationalen Dividenden den Namen *Handelsbeihilfen.* Diese Bezeichnung stammte von einer Werbeagentur, die sie damit beauftragt hatte, den domestizierten Primaten ihre Idee schmackhaft zu machen.
Handelsbeihilfen ähnelten nur insoweit Geld, als man mit ihnen Dienstleistungen aller Art oder Wareneinkäufe bezahlen konnte. Sie unterschieden sich von Geld dadurch, daß man sie nicht gegen Zins verleihen konnte – so behielten die Banken ihre Monopolstellung auf dem Zinsmarkt und waren besänftigt.
Handelsbeihilfen unterschieden sich auch darin von Geld, daß man sie nicht horten konnte. Alle Exemplare waren datiert und fielen jeden Monat nach dem Ausstellungsdatum um ein Prozent im Wert, so daß sie nach hundert Monaten oder acht Jahren und vier Monaten völlig wertlos wurden. Auf diese Weise war gesichert, daß man sich bemühte, sie so rasch wie möglich wieder auszugeben.
Als die ersten Handelsbeihilfen ausgegeben wurden, stellte sich heraus, daß selbst die ärmsten Bürger von Unistat umgerechnet einen Wert von achtzigtausend Dollar an Kaufkraft in den Händen hielten, auch wenn man sie nicht «Geld» nannte.
Bürger mit einer solchen Kaufkraft sorgen natürlich für eine riesige *Nachfrage*, im ökonomischen Sinn von Kauffähigkeit. Die Wirtschaft nahm einen größeren Aufschwung als jemals zuvor, und neue Wirtschaftszweige, sowohl auf Terra wie auch in den Raumstädten, sprossen wie Pilze aus dem Boden.

Schon nach kurzer Zeit kopierten auch die anderen Staaten von Terra diese Neuerung – die sozialistischen Staaten allerdings nur langsam und zähneknirschend. Um 1995 war der Hunger auf der ganzen Welt verschwunden, genau wie es das Hungerprojekt, das Erhard in den siebziger Jahren entwickelt hatte, vorgesehen hatte. Um diese Zeit hatte Hubbard ihr Amt im Weißen Haus schon seit sechs Jahren aufgegeben und arbeitete längst wieder in der Genetik- und Langlebigkeitsforschung. Unter Freunden pflegte sie zu sagen, daß ihre ganze politische Karriere nur ein Experiment gewesen war, um die Parameter der Soziobiologie der Primaten zu verändern.

Verschwörung zu viert

Es war Lemac, die Lunans Hinweis als erste bemerkte, und sie machte sofort Meldung an Kral.
«Das ist wirklich die faszinierendste Spekulation über uns, die ich bei einem irdischen Schriftsteller je gelesen habe», sagte Lemac mit ihrem typisch retikulanischen Humor.
Kral schaute sich das Buch – *Interstellarer Kontakt* von Duncan Lunan – neugierig an. «Was sind die Schwerpunkte?» fragte sie. Sie war immer ein bißchen im Zweifel, was Lemacs Auffassung von Humor anging.
«Ach, alles, einfach alles», sagte Lemac. «Lucan ist Astronom bei einem wissenschaftlichen Forschungsteam auf Terra, das sich Association in Scotland for Technology and Research in Astronautics, kurz ASTRA (Schottische Vereinigung für astronautische Technologie und Forschung) nennt. Das Buch handelt von all den möglichen Erklärungen für interstellare Kontakte, die die ASTRA-Mitglieder bei ihren regelmäßigen Konferenzen zu diesem Thema untersuchen. Aber da ist eine Passage, die ist so köstlich, die mußt du einfach lesen. Sie erörtern die Möglichkeit, daß wir – als menschliche Wesen getarnt – schon längst hier sind . . .»
Zum erstenmal in ihrem Leben lachte Kral über etwas, das Lemac

witzig fand. Das war ein rassisches Problem: Retikulaner finden nichts auf der Welt lustiger als primitive Terraner, die zufällig über die Wahrheit stolpern, indem sie einfach der bizarren Logik des terranischen Gehirns folgen. «Laß mich sehen», sagte sie eifrig. Lemac schlug die Seite 275 auf. «Hier», sagte sie. Kral las:

> Wir würden erwarten, daß die Außerirdischen als erstes in der Raumfahrt oder in der Regierung auftauchen. Damit übernehmen sie eine Idee aus der Science-fiction, um sich in unsere Geschichte einzuklinken.
> (Sie könnten natürlich auch einer Organisation wie ASTRA beitreten, denn kein Mensch würde es glauben, wenn man sie entdeckte. «Wenn vier eine Verschwörung planen, sind drei Geheimagenten und der vierte ist ein Narr.» Seltsamerweise waren wir zu viert, als wir diese Möglichkeit diskutierten, und da *ich* kein Außerirdischer bin . . .)

Kral und Lemac hörten plötzlich auf zu lachen.
«Wo war eigentlich Tropwen, als diese Konferenz stattfand?» fragte Kral beunruhigt.
«Sie nahm an den UFO-Veranstaltungen in den Vereinigten Staaten teil», antwortete Lemac, «aber Melas war irgendwo in Europa.»
Sie brauchten fünfzehn Nednukes, um Melas an den Triparat zu kriegen.
«Hast du dich in Schottland je mit einer Gruppe namens ASTRA beschäftigt?» fragte Lemac.
Melas kicherte. «Wie hast du denn das rausgekriegt?» fragte sie.
«Du stehst in einem Buch, du emmud Huk», sagte Lemac lachend. «Wie haben sie reagiert, als du mit der Idee rausrücktest? Darüber schweigt sich das Buch nämlich aus . . .»
Melas lächelte. «Sie lachten», sagte sie. «Genau, wie man erwarten würde.»

Wieder zu überqueren

24. DEZEMBER 1983:

Simon Moon nahm einen tiefen Zug aus der Pfeife, füllte seine Lungen bis zum Platzen mit Haschischrauch und schwebte wie ein Ballon davon.

Der 23. Dezember war schrecklich gewesen. Ubu, Knight und die andern Typen vom FBI hatten überall im Laden rumgemacht, verlangten eine Erklärung, *warum* das Biest ihnen nicht mehr über die verschwundenen Wissenschaftler verraten konnte und warnten sie bedeutungsvoll, daß es ein persönliches Anliegen Präsident Hubbards war. Und so weiter und so fort, das übliche Staatstheater. Simon blieb sowieso nur da, weil die Arbeit mit dem Biest ihm unheimlichen Spaß machte – die Regierung von innen sozusagen. Aber selbst dieses Vergnügen nutzte sich mit der Zeit ab und so hatte er eine Sub-Orbital nach New York genommen. Während der Feiertage wollte er mit Washington nichts, aber auch gar nichts zu tun haben.

Er blies eine Wolke von Cannabismolekülen in die Luft und kehrte wieder zu seinem Lieblingseinschlafbuch, Browns *Laws of Form*, zurück.

Wieder zu überqueren ist nicht überqueren

Es mußte am Hasch liegen, jedenfalls erschien ihm dieses simple axiomatische Statement plötzlich voller neuer und bedrängender Bedeutungen. Der Zug eines Springers auf der Schreibmaschine würde von F zu N gehen, den FBI in den N.B.I. verwandeln und alle Ritterlichkeit unterwegs abstreifen.

Und nur das Quantenunteilbarkeitsprinzip würde eine Erklärung dafür bieten, warum Furbish Lousewart beim selben Zug einfach von der Bildfläche verschwand.

«Ich kann nicht raus. Meine Hörner passen nicht durch die Tür.»
ICH KANN NICHT RAUS . . .

Simon merkte plötzlich, daß er vom Schlafzimmer in die Toilette gewandert oder teleportiert worden war und versunken auf das Waschbecken starrte. Die beiden Wasserhähne, einer mit H und einer mit K, schienen irgendwelche enormen kabbalistischen Bedeutungen zu haben. Vielleicht hatten sie mit der Tatsache zu tun, daß Joe Malik vor dem Zusammenbruch des Zustandsvektors Jo Malik gewesen war.

Natürlich werden Erfahrungen außerhalb des Buches von der orthodoxen Wissenschaft noch nicht anerkannt. Parapsychologen, die es wagen, über solche Dinge zu spekulieren, werden auf den letzten Seiten des *Scientific American* von Marvin Gardens rituell auseinandergenommen und in der Luft zerfetzt. Das entmutigt Simon Moon jedoch noch lange nicht. Schließlich ist er ein guter Bekannter des Biests und kennt das Geschäftsgeheimnis jeden Programmierers: alles, was existiert, ist Information, alles andere sind nur säugetierische Sinneseindrücke und deshalb halluzinatorisch. Außerdem ist Simon ja gerade dabei: und kann in einem einzigen Augenblick, im Bruchteil einer Sekunde sämtliche Zusammenhänge des Romans erkennen, ein reines Wunder an Mikro-Miniaturisation der vorderen Stirnhälfte, während gleichzeitig der metaprogrammierende Schaltkreis seine Arbeit aufnimmt.
Der Roman hieß *Das Universum nebenan.* Er existierte – wurde gekauft, bezahlt und ausgeliehen – in einem Super-Kontinuum namens Vereinigte Staaten von Amerika, was gleichbedeutend mit Unistat in andere Dimensionen erweitert war.

Alles in diesem Roman war unausweichlich, wie auch alles in dem Super-Kontinuum, das den Roman enthielt, unausweichlich war.
Alles, was in Unistat geschah, *mußte* geschehen, wie auch alles in den Vereinigten Staaten von Amerika geschehen *mußte*.
Das, was oben war, wurde in dem, was unten war, Stück für Stück reflektiert.
Wieder zu überqueren war nicht zu überqueren.

«Also gut», sagte Joe Malik, während er Simon durch das Dreieck anstarrte. «Willst du mich bloß maßlos erschrecken oder hast du mir was zu sagen?»

Simon stand auf Mary Margaret Wildebloods Balkon, wo jemand ihn ganz entsetzt anstarrte. *«Meine Güte, das ist Bigfoot!»*

Simon kehrte in die Form zurück und dachte darüber nach.
Im Mai 1984 wurde die Zivilisation von einem atomaren Holocaust vernichtet, weil Furbish Lousewart zu einer bestimmten Sorte von Männern gehörte und Franklin Delano Roosevelt zu einer anderen; und sie waren, was sie waren, auf Grund ihrer genetischen Programme und zufälligen Prägungen und Konditionierungen, einem Funken Bildung und der Gesellschaft um sie herum. Diese Gesellschaft war das Resultat diverser aufeinanderprallender historischer und neurogenetischer Ursachen. Daß Lousewart Präsident wurde, hatte tausend verschiedene Ursa-

chen, von denen nur eine, der Unfall von Three Mile Island im Jahr 1979, selbst das Resultat Tausender von Gründen war, einschließlich der üblichen Kontroversen zwischen Technikern und Geldgebern. Um Stuart auf die Spur zu kommen, mußte man dagegen mit der Institution der Sklaverei vor rund sechstausend Jahren anfangen und . . .

Alles in dem Roman war unausweichlich, wie auch alles in dem Super-Kontinuum, das den Roman enthielt, unausweichlich war. Und doch war Simon Moon aus dem Roman entwischt.

Simon konnte sogar um die Ecken der Seiten schielen und wußte, daß das neue Universum, in dem er sich befand, *Der Zauberhut* hieß.

Zwar war Simon Moon kein Mitglied der Warren Belch Society, aber natürlich kannte er die Theorie, daß es irgendwo ein Universum gab, in dem Bacons Hauptwerke immer jemand anders zugeschrieben werden. Von Natur aus war Simon nicht phantasievoll genug, um zu erkennen, daß Bacon in diesem Universum an Lungenentzündung gestorben war, während er Experimente mit künstlicher Kälteerzeugung durchführte. In Simons normalem Universum dagegen lebte der Autor von *Novum Organum, Neu Atlantis, King Lear* usw. fort, um das Wurzelgesetz in der Schwerkraft zu entdecken, und an Isaac Newton erinnerte man sich nur als einen leicht exzentrischen Astrologen.

In einem anderen Roman, etwa in der Mitte zwischen dem alten und dem neuen Universum, war Simon 1968 während des Parteitags der Demokraten in Chicago von einem Bullen erschossen worden. Dort war Bacon übrigens so waghalsig gewesen, seinen hohen Rang in der Unsichtbaren Akademie (Illuminaten) öffentlich zuzugeben und war deshalb von James I. wegen Ketzerei geköpft worden. In diesem Universum nahm nicht nur die Zivilisation, sondern alles Leben 1984 ein schreckliches Ende, weil der Präsident eines Morgens nicht scheißen konnte und deshalb die falsche Entscheidung traf. Die Technologie in diesem Universum war so weit fortgeschritten, daß die Hälfte des Sonnensystems mitsamt der Erde explodierte.

Im nächsten Universum, das Simon erforschte, wurden wir verschont, weil ein rothaariger tantrischer Techniker namens Babs Lashtal dem Chef morgens um zehn einen erstklassigen Superblowjob verpaßte, seine verkrampften Muskeln lockerte, die Drüsen besänftigte, die Frustration beseitigte und ihn so dazu brachte, sich für den Rest des Tages einigermaßen normal zu verhalten. Er drückte also nicht auf den Knopf und rettete damit Millionen von lebenden Spezies auf der Erde und Tausende von mikroskopischen Lebensformen auf der Venus.

Versteht sich von selbst, daß alle anständigen Leute Babs Lashtal verachteten. Sie hatten keine Ahnung, daß sie ihr Leben der geschickten Extraktion von präsidentschaftlichen Spermatozoen durch zärtliches, sanftes, anmutig rhythmisches Küssen, Lecken und Lutschen verdankten.

Und selbst, wenn sie es gewußt hätten, hätten die anständigen Leute gesagt, daß Babs sich was schämen sollte.

Der ganze Roman war ziemlich didaktisch, fand Simon. Er war nur geschrieben worden, um etwas zu beweisen: unterschätze nie die Wirkung eines guten Blowjob. Es war notwendig geworden, einen solchen Roman zu schreiben, weil die Leute dort so dumm und abergläubisch waren, daß sie tantrische Techniker immer noch «Nutten» nannten.

Jedes Universum ist unausweichlich, aber es gibt so viele Universen wie Wahrscheinlichkeitsmatrizen. Der Metaprogrammierer entscheidet selbst, *welches* Universum er betreten will.

Es gibt eine Liebe, die uns alle miteinander verbindet, und diese Liebe findet bei den Primaten in der Liebe der Eltern zu ihren Kindern Ausdruck. So war Simon nicht weiter überrascht, daß Tim Moon alles durchströmte oder doch wenigstens eine Art ständiges Tim Moon-Potential existierte, das entweder in eine neue Form kodiert oder auch lange Zeit latent bleiben und vage jedes Buch durchdringen könnte. Hunderte von Tausenden von anderen Wobs begegneten ihm hier: Frank Little und Joe Hill und Pat Murfin und Neal Rest und Big Heywood, ein Freudenchor der Gesetzlosen, der sang:

Trotz feigen Schrecks, trotz Hohn und Spotts
Machen wir die Schwarze Flagge flott

– und Dad selbst sprach zu mir, das schwöre ich, er sagte: «Du mußt ihnen eins klarmachen, mein Sohn, der Kapitalismus ist immer noch nicht mehr als ein Haufen Scheiße. Je mehr Kohle du hast, um so weniger Scheiße mußt du fressen, und je weniger Kohle du hast, um so mehr Scheiße mußt du fressen. Sag ihnen das.» Aber eins scheint doch darauf hinzuweisen, daß diese Erfahrung vom Gehirn gesteuert wird: der Stil ist Simon-*puer*, nicht Tim-*pater*, selbst, wenn die Idee als solche dem alten Tim Moon sicher schon seit langem auf der Seele brannte.

Vielleicht eine Kollaboration zwischen dem Teil Tim Moons, der sich in Simons Gedächtnis erhalten hat und dem, der nur im Geist des Autors unseres Seins existiert.

Simon informiert die Leser mit ernster Stimme: «Atheismus ist die dümmste Philosophie, die die Menschheit je erfunden hat, bis auf die diversen Abarten von Theismus. Ich selbst bin transzendentaler Atheist, ein gnostischer Agnostiker. Jeder Gott, mit dem wir es zu tun haben, muß auf der Stelle beseitigt werden, weil er viel zu klein ist, um die Intelligenz von Erdenmenschen und Zeitzwergen von Zeta Retikuli gleichzeitig in sich zu vereinigen.

He, wart mal, ehe du umblätterst und das nächste Kapitel liest, will ich noch was sagen. Diese Wasserhähne auf dem Waschbecken *haben* was zu bedeuten. Jedesmal, wenn ich sie in tiefe Meditation versunken anschaue, bin ich kurz davor, mich an was enorm Wichtiges zu erinnern. Zwei Wasserhähne auf dem Waschbecken, einer mit H und der andere mit K darauf. Erinnere dich daran, das ist H. K. Das ist wichtig.»
Und das e fiel immer noch vorbei.

Du bist liebreizender und milder

Der Zigeunerdreh

Die Zukunft existiert zuerst in der Vorstellung, dann im Willen und dann in der Realität.

Eve Hubbard

Im Frühjahr 1963, als ein gewisser Mr. Oswald per Post ein Carcano-Mannlicher-Gewehr bestellte, hielt sich Hugh Crane in Cambridge auf, wo er mit einem berühmten Psychologen zusammentraf, der erst kürzlich von Harvard geflogen war, weil er eigene Forschungen betrieben und den ersten Zusatzartikel der Verfassung mißachtet hatte.
«Es gibt also wirklich mehr als die körperliche Verzückung von Marihuana?» fragte Crane.
«Bestimmt», sagte der Psychologe. «Es führt einen in so etwas wie ein Paralleluniversum aus der Science-fiction. Ich fange schon an, daran zu glauben, daß es parallele neurologische Universen oder verschiedene Arten von Hirnspielen sind . . .»
«Spielen?» fragte Crane.
«Lebens-Skripte, Romane», schlug der Psychologe vor und vertauschte damit nur die Metaphern.
«Hört sich gut an», sagte Crane gelassen. «Wie schnell kann ich dieses Lysergsäuredi . . . – wie war das noch? – probieren?»
«Diäthylamid.»

«Also, wann?» wiederholte Crane. «Ich bin ein sehr williges Versuchskaninchen, Dr. Frankenstein.»

Cary Grant hatte schon sämtlichen Klatschtanten der Filmindustrie erzählt, daß diese Chemikalie sein ganzes Leben verbessert hatte, und es war typisch für Cagliostro, daß er noch einen Schritt weitergehen mußte und jedermann aufforderte, es selbst auszuprobieren. Als dann der große Rückschlag kam, wurde er zusammen mit dem Psychologen, der ihn damit bekannt gemacht hatte, ein paar anderen Forschern und einem Häuflein berühmter Dichter und Schriftsteller als «Hohepriester des Drogenkults» denunziert. Er wurde zum Lieblingsthema der Sonntagsbeilagen und der eher farblosen Herrenmagazine. Jeder Schreiberling brachte mit Leichtigkeit eine gute Story auf die Beine, wenn er alles zum x-tenmal durchkaute: seine Verhaftungen wegen Besitzes von Marihuana, die sittlichen Verfehlungen, die Gerüchte über sexuelle Perversionen, sein öffentliches Eintreten für LSD und Anarcho-Atheismus, das Mantra: «Weit und breit kein Aufpasser in Sicht», und die allgemein wachsenden Spekulationen, daß er seine Bühnenshow mit Hilfe von Schwarzer Magie vollbrachte.

Für alle, die ihn von ganzem Herzen haßten, war es eine Riesenenttäuschung, als bekannt wurde, daß er die bekannteste Sexgöttin von Hollywood, Norma Nelson heiraten würde und offenbar vorhatte, sich in ein monogames und ganz und gar nicht mediengerechtes Treueverhältnis zurückzuziehen.

Norma selbst war erleichtert, daß die Gerüchte über seinen angeblichen Sadismus nichts mit der Wahrheit zu tun hatten. Ihr Sexleben war völlig normal, und die Messe des Heiligen Geistes wurde ohne jede Einschränkung vollzogen. Außerdem entdeckte sie das grundlegende Geheimnis seiner Entfesselungskunst: er nahm ein Angebot nie sofort an, sondern schob jedesmal einen «dringenden Termin» in einem andern Teil des Landes vor. Er nahm also zunächst nur schwache Notiz von dem Angebot, bis er es schließlich nach ein paar Tagen ganz cool und eher beiläufig akzeptierte. In der Zwischenzeit verdoppelte er die vorgeschlagenen Konditionen, suchte nach dem Dreh, der in diesem Fall funktionieren würde und überlegte sich, welchen falschen Hinweis er geben mußte, um das Publikum im entscheidenden Augenblick abzulenken. Norma lernte auch den Kern des *okanna borra* oder Zigeunerdrehs kennen, der die Basis fast aller Magie und der meisten Schwindeleien bildet. Die Leute, die sich einbildeten, daß bei Cagliostros Entfesselungen ihre Schrauben, Schlösser und Ketten im Spiel waren, lagen genauso falsch wie die, die einer Zigeunerin ein Taschentuch mit hundert Dollar in die Hand drücken, um es segnen zu lassen, und dann glauben, es sei das gleiche wie das, was sie ihnen zurückgibt.

Und sie lernte, worum es bei der Alchimie eigentlich geht. «Ich hielt das immer für Aberglauben», sagte sie einmal und deutete auf die Regale voller alter Bücher über die Transmutation von Elementen, die Messe des Heiligen Geistes, die Kabbala und das Elixier des Lebens.

Er lächelte. «Wir machen es fast jede Nacht. Du hast den Kelch und ich das Schwert. *Solve et coagula*, teile und verbinde – darum lecke ich dich hinterher immer noch mal. Die mythische Zahl 210 – das heißt, wir *zwei* werden *eins*, wenn wir den Höhepunkt erreichen, und dann kommt der Fall ins *Leere*, ins *Nichts*. Du hast das Dreieck und ich sorge für die physikalische Manifestation.»

«Du meinst, es ist alles ein Kode? Warum mußten sie das denn alles verschlüsseln?»

«Die, die das nicht gemacht haben, sind auf dem Scheiterhaufen gelandet», sagte er. «Lies nur mal, was sie mit den Hexen und Tempelrittern gemacht haben.»

Dann brachte er ihr die Bedeutung des Tarots bei. «Also der Narr korrespondiert mit aleph in der Kabbala, dem Ochsen- oder Bullengott Dionysos. Aber aleph ist auch die Verbindung zwischen Kether und Chokmah und deshalb Symbol für den Heiligen Geist oder Samen. Der Zauberer ist Beth, das Haus oder der Tempel, das heißt die Verbindung zwischen Kether und Binah, dem Schoß . . .»

«Glaubst du wirklich, daß du ewig leben wirst?» fragte sie ihn einmal.

«Wenn nicht», antwortete er, «dann sterbe ich bei dem Versuch.»

Schlaumeier und Langweiler

Als Simon Moon zum Chef der Computerabteilung von GWB-666 befördert wurde, verwarf er als erstes alle Personaltests, die bis dahin im Gebrauch gewesen waren, und ersetzte sie durch einen simplen Eine-Frage-Test, den er auf der Basis des Vlad-Rätsels entwickelt hatte. Potentiellen Bewerbern wurde die Story von Vlad und den Mönchen vorgelegt, und sie mußten dann entscheiden, welchen Mönch Vlad pfählen ließ. Die, die sich für den lügnerischen Schmeichler entschieden, klassifizierte Simon als Langweiler; sie gehörten zu der Sorte von Dummköpfen, die trotz aller gegenteiligen Beweise alle Regierungen und Autoritäten für ehrlich und gerecht hielten. Sie würden ihren Vorgesetzten die Wahrheit sagen. Er heuerte sie auf der Stelle an. «Ein Büro voller Eichmanns und Calleys», meinte er stolz. «Keiner von ihnen wird je auf die Idee kommen, einen Befehl anzuzweifeln oder peinliche Fragen zu stellen.» Er konnte endlose Anarchie programmieren, und sie würden keinen Verdacht schöpfen, weil er in der Hierarchie des Rudels über ihnen stand.

Diejenigen jedoch, die sich für den ehrlichen Mönch entschieden, wurden für eine Einstellung beim GWB abgelehnt. Simon nannte sie Schlaumeier und sorgte insgeheim dafür, daß ein Agent der Diskordischen Gesellschaft irgendwann Kontakt zu ihnen aufnahm. Sie glaubten kein Wort von dem, was die Regierung sagte oder tat, hatten ketzerische Ansichten zu allen möglichen Sachen und rauchten gewöhnlich Dope. Jedenfalls gehörten sie mit Sicherheit nicht in eine Bürokratie.

Manchmal nannte Simon die Langweiler auch *Homo neophobia* und die Schlaumeier *Homo neophilia*.

Aber das stammte aus einem anderen Roman. Simon hatte keine Ahnung, ob er in diesem Roman auch noch mit dem Biest arbeitete.

Allmählich identifizierte er sich mit der Form.

Einige Dinge blieben trotz der Transformation des Springers konstant – Marvin Gardens hatte immer noch seine Paranoia und sein Vlad die barbarischen Bücher, die vermißten Wissenschaftler waren immer noch nicht aufgetaucht, Simon war immer noch Mathematiker (jedenfalls hatte Mary Margaret das auf der Tee-

party behauptet, obgleich er diesmal nur sehr vage daran teilgenommen hatte).
Dafür hatten sich ein paar andere Sachen erstaunlich verändert: Josephine Malik war Joseph Malik, F. D. R. Stuart war Herausgeber statt Revolutionär und statt Lousewart war Hubbard jetzt Präsident.
Aber all das war im Grunde nicht der Rede wert. Simon zückte seinen Kuli und fing an, sich auf dem Rand der *Laws of Form* die wichtigsten Dinge zu notieren, die er während seiner Erfahrung außerhalb des Buches gelernt hatte:

1. Ein Roman oder ein Universum ist ein Geschlossenes System.
2. Wer wir sind und was wir tun, hängt von dem Roman oder Universum ab, in dem wir uns gerade befinden. Jeder Teil ist eine Funktion des Ganzen.
3. Es ist ziemlich schwierig, den ganzen Roman bzw. das ganze Universum im Kopf zu behalten, weil unsere Hörner nicht durch die

Simon starrte auf die Seite und vergaß die Bedeutung des Moonens, vergaß die Frage selbst, während sich seine ganze Aufmerksamkeit auf diese einzelne Seite, dieses Kapitel, dieses Hotelzimmer in New York am Morgen des 24. Dezember 1983 konzentrierte und er kaum noch fähig war, sich zu erinnern, was ein paar Seiten vorher oder später passierte.
Das Fenster schloß sich. Und einen Schlüssel gab es nicht.

Habt ihr nicht gehört?

> Das unermüdliche, jedoch kaum verstockte Streben des Menschen nach Göttlichkeit nimmt neue nichtinstitutionalisierte Formen an. Das führt zur einfachsten aller Angaben: entweder muß die Spezies sehr bald das Problem des Todes lösen, sich selbst in die Luft sprengen, oder ihr Denken revolutionieren.
>
> Alan Harrington, *The Immortalist*

Als Norma schwanger wurde, verwandelte Cagliostro sich in den idealen Ehemann schlechthin, der Auftritte absagte, um bei ihr zu sein, ihre Entscheidung zugunsten einer natürlichen Geburt freudig unterstützte und ihr Yoga beibrachte, um die Lamaze-Konditionierungstechniken ihrer Hebamme zu ergänzen. Er überhäufte sie mit Blumen – und Fotos vom Mond. (Hier spielten wohl einige seiner okkulten Kenntnisse mit, vermutete sie.)

Eines Nachts klingelte das Telefon, und als Crane den Hörer aufnahm, schnurrte Epicene Wildeblood am anderen Ende: «Ich bin für eine Woche in Hollywood und dachte, daß du mich vielleicht sehen wolltest.»

«Da dachtest du falsch», sagte Crane. «Tut mir leid. Ich bin dieses Jahr auf einem andern Trip.»

Normas Wehen setzten zu früh ein, und der Doktor entdeckte ziemlich bald, daß das Baby eine Steißlage hatte. Nach ein paar Stunden entschied er, daß eine natürliche Geburt ausgeschlossen war. Sie akzeptierte den Äther, und er machte einen Kaiserschnitt, nur um zu sehen, daß das Baby sich in der Zwischenzeit gedreht hatte und an der Nabelschnur erstickt war.

«O Gott», sagte sie, als sie aufwachte und der Doktor ihr das erklärte, «was ist das bloß für ein lausiger Gott, der so etwas zuläßt.»

Als er das Krankenhaus verließ, stürzte sich eine Horde von Reportern auf Cagliostro. «Wie fühlen Sie sich?» war die erste Frage.

«Wie zum Teufel glauben Sie wohl?»

«Wo wird der Gottesdienst stattfinden?»

«Es wird überhaupt kein Gottesdienst stattfinden», rief Cagliostro und warf sich in ein Taxi. «Habt ihr Dummköpfe es denn

noch nicht gehört? Gott ist tot!» Er machte Schlagzeilen und inspirierte Leitartikel. Einer davon, «Schmerzlicher Verlust ist keine Entschuldigung für Blasphemie», fiel einem vierzehnjährigen Jungen namens John Disk in die Hände, der mit Sehnsüchten zu kämpfen hatte, die die Priester böse nannten.
Als Cagliostro seine Arbeit in den Clubs wiederaufnahm, hatte sich seine Show beträchtlich verändert. Die früher leicht satirische Einlage zwischen den einzelnen Akten war nun beißend und sarkastisch geworden – «Ein neuer Lenny Bruce!» – und kreiste nur noch um seine erklärte Philosophie von Anarchismus und Atheismus. Die Entfesselungen selbst variierten von Auftritt zu Auftritt, weil er jede einzelne auf dem Höhepunkt der Vorstellung genauestens erläuterte und ihre Durchführung offenlegte.
«Jetzt wißt ihr, wie ich euch ausgetrickst habe», erklärte er dem Publikum. «Nun versucht mal, das auf eure Abgeordneten zu übertragen. Oder eure Geistlichen. Es gibt keine Grenzen, die ihr euch nicht freiwillig setzt: ihr seid alle vollkommen frei!»
Eines Tages berichteten die Zeitungen, daß Norma und er sich Joan Baez' Weigerung, Steuern zu bezahlen, angeschlossen hatten. Am gleichen Abend machte ihn ein Betrunkener während der Vorstellung an: «Warum gehst du nicht nach Rußland, du drogensüchtiges Kommunistenschwein!» Diese Art.
«Kein Mensch auf der Welt haßt den Kommunismus mehr als ich», antwortete Cagliostro eindringlich.
Ein paar Wochen später verhaftete man Norma und ihn wegen Besitzes von LSD. «Jetzt wird's langsam brenzlig», meinte sein Anwalt. «Du bist inzwischen einfach zu bekannt. Die einzige Chance, die ich noch sehe, ist, daß du vor Gericht schwörst, umzukehren, den Irrtum deines Handelns bedauerst und versprichst, eine Lesetournee über die Gefahren von Drogen für Teenager durchzuziehen. Dann kann ich dich unter Umständen für die Mindeststrafe rauspauken. Unter Umständen –» Hughs alter Freund, der Psychologe aus Boston, war im nepalesischen Exil, seit er vor einer 30-Jahre-Haftstrafe in Texas geflohen war. In den Vereinigten Staaten hatte die politische Opposition nichts zu lachen.
«Ich denke drüber nach», antwortete er.
Schon eine Woche später führte er das Kontingent der Showbu-

siness-Leute beim Protestzug gegen den Parteitag der Demokraten von 1968 an. Auch heute noch kursiert ein Foto von ihm, wie er vor dem Hilton in Chicago mit Tränengas beschossen wird.
«Tja, das war's dann wohl», sagte sein Anwalt. «Als Mitglied des Gerichts darf ich dir natürlich nicht sagen, was ich wirklich denke, aber ein Anwalt ohne ethische Prinzipien würde Norma und dir raten, schnellstens aus diesem Land zu verschwinden.»
Aber Unistat erlebte eine dramatische Veränderung, als der neue Präsident Hubert Humphrey alle Truppen aus Vietnam abzog und den politischen Gefangenen Amnestie gewährte. Auf diesem Umschwung zum Liberalismus erhielten Norma und Cagliostro für das LSD nur Bewährungsstrafen und wurden nicht mit den neun Rädelsführern von Chicago der terroristischen Verschwörung angeklagt. Die I.R.S. plünderte ihr Bankkonto, um das Steuergeld einzutreiben, statt sie gerichtlich zu belangen. Um 1970 galt er als einer der zehn Spitzenverdiener des Showbusiness. Die Amerikanische Gesellschaft der Magier sagte anläßlich einer Preisverleihung, daß seine Entfesselungen besser als die von Houdini seien. Und die Angewohnheit, jedes «Wunder» nach der Vorstellung zu erklären, steigerte das Interesse des Publikums nur noch mehr.

Anon von Ibid

Der berühmteste arabische Kommentator des *Necronomicon* ist der mit Recht berüchtigte Anon von Ibid, dessen gesammelte okkulte Schriften um soviel geschmackloser als das *Necronomicon* selbst sind, daß keine einzige Kopie die Bücherverbrennungen der Jahrhunderte überlebt hat. Anon, angeblich ein illegitimer Großneffe von Nasreddin, war ein sehr angeturnter Typ, was zahllose Fragmente seines Geistes und seiner Weisheit, die sich trotz aller Verfolgungen in populären Anthologien erhalten haben, beweisen. Man sagt von ihm, daß er alle bekannten sexuellen Perversionen ausprobiert hatte, noch ehe er dreiunddreißig war und danach in wilder Ehe mit einem Et-Zeichen gelebt und dreihundert-

dreiunddreißig illegitime Ejakulationen hinterlassen hat, die die Semantik bis auf den heutigen Tag verfolgt: linguistische Gespenster, die die Form von Freudschen Versprechern, Trugschlüssen, undefinierten Termini, imaginären Zahlen, Empedoklesschen Paradoxen, Desinformationen und die Klasse aller Klassen annehmen, die nicht Mitglieder ihrer selbst sind.
Außerdem war Anon der erste, der den unsterblichen Satz geprägt hat: «Du denkst, daß ich denke, daß du denkst, daß ich das denke, aber in Wirklichkeit denke ich, daß du denkst, daß ich denke, daß du denkst, daß ich denke, daß du das nicht tun wirst.»

Nächtliches Poltern

Von Ghulen und Geistern
Langbeinigen Bestien
Und Dingen, die durch die Nacht poltern –
Erlöse uns, o Herr.

Altes Gebet

24. DEZEMBER 1983:
Sput Sputnik schlief schließlich allein ein. Visionen von Dollarzeichen tanzten durch seinen Kopf, und gleichzeitig träumte er von einem Miniaturschlitten voller Bierfässer. Sie kannte es, er hatte es, Ra Hoor gurrte es, die guten alten Ichs, aber über allem dieser Geruch nach gebratenen Zwiebeln und Janes schleppende scheppernde Ketten, die wieder hin und her rasselten.
Leise stöhnend warf Sput sich im Bett herum, und die klirrenden sirrenden Ketten rasselten vor und zurück.
Und da tauchte ein russischer Spion namens Igor Beeforshot auf, da ein Unterer Boulevard und dort eine Obere Straße, denn jede Pershing kommt zu Potte, aber die schallenden hallenden Ketten rasseln wieder hinein und hinaus.
Hoor ist hinter dir her, Freundchen! Es war ein weiträumiges Haus, ein Maison Blanche, eine gemütliche Bianca, aber da waren immer noch Kräne, Kräne, Kräne, die darüber hinwegrauschten.
So spuckte er den zappelnden Ovamor aus, und ganz plötzlich

war er wach. In der Dunkelheit hörte er die Ketten immer noch rasseln. Irgendwas polterte und rumpelte an seiner Tür, irgendwas, das Ketten hinter sich her zu schleppen schien.
Sput hatte mit der S-M-Szene nichts am Hut, und jeder im Haus wußte was Besseres, als mitten in der Nacht an seine Tür zu hämmern, wenn er schlief. Aber das Poltern und Rumpeln und Kettenrasseln nahm kein Ende.
Er war jetzt hellwach. Das war kein Traum. Irgend etwas Unheimliches und Unheiliges klopfte an seine Schlafzimmertür wie in einem Schauerroman.
Und dann hörte er zum erstenmal im Leben dieses *schauerliche Lachen*, genau wie es in diesen Büchern immer beschrieben wird, und es kam tatsächlich durch die Tür, bewegte sich geradewegs durch das solide Holz – ein grünliches, ältliches, geisterhaftes, kettenrasselndes Etwas.
«Jessas!» keuchte Sput. So was passierte sonst nur in Büchern.
«Sput Sputnik», sagte die widerhallende Stimme.
«Ja?» keuchte er. Er fragte sich, ob ihm die Haare zu Berge standen, wie es orthodoxe Mode zu sein schien.
«Sput Sputnik», sagte die Gegenwart. «Ich bin der Geist der vergangenen Weihnachten.»

Der leere Spiegel

> Bells Theorem beweist, daß Realität nichtörtlich ist . . . Im Licht von Bells Resultaten haben die Physiker nur zwei Möglichkeiten: erstens, eine notwendigerweise nichtörtliche Realität zu akzeptieren, oder zweitens auf die Realität an sich zu verzichten.
>
> Dr. Nick Herbert, *Mind Science*

Der Engländer benahm sich herausfordernd ernst, obgleich er den verrücktesten Blödsinn erzählte.
Sein Name war John Babcock, hatte er gesagt. Er hatte schlohweißes Haar, einen langen weißen Bart und war gekleidet, wie es in London wahrscheinlich konservativer guter Geschmack war,

hier in New York wirkte es jedoch plump. Und er beharrte darauf, ein Repräsentant der Illuminaten zu sein.
Cagliostro beschloß, es kurz zu machen. «An die Illuminaten glauben doch bloß die allernaivsten Okkultisten. Versuchen Sie bloß nicht, einem alten Zirkushasen Schlangenöl anzudrehen.»
«So», sagte Sir John noch immer völlig ernst. «Sie wissen also ein bißchen mehr als jeder hergelaufene Roboter auf der Straße und schon glauben Sie, Sie kennten sämtliche Geheimnisse der Eingeweihten.»
Das Ganze spielte sich in *Von Neumann's Catastrophe* ab, einem Nachtclub, wo Cagliostro in den siebziger Jahren häufig gastierte. Nach der Acht-Uhr-Vorstellung hatte Sir John den Entfesselungskünstler an seinen Tisch gebeten.
Cagliostro lächelte. «Ich muß zugeben, Sie spielen Ihre Rolle ausgezeichnet», sagte er und überlegte, ob er eine Weile mitspielen und herausfinden sollte, was es mit dem Mann auf sich hatte.
«Sie sprechen wie ein altgedienter Scharlatan zum andern», sagte Sir John ruhig. «Und doch sind wir alle beide mehr als das.» Er gönnte sich eine Pause.
«Klar», stimmte Cagliostro schließlich zu. «Soweit bin ich einverstanden. Ich kenne mich ein bißchen mit ASW aus, jedermann kann das, nur sind die meisten Leute zu feige, um es auch anzuwenden. Ich könnte zu jedem parapsychologischen Labor der Welt gehen und ihnen was vorspielen, daß ihnen Mund und Nase offenstehen. Aber wozu? Sie wissen, daß ich Bühnenmagier bin. Sie würden versuchen, rauszukriegen, mit welchen ‹Tricks› ich gearbeitet habe.»
«Sie geben hier mehr zu, als man in der Öffentlichkeit von Ihnen gewohnt ist», bemerkte Sir John und nippte an seinem Wein.
«Das Geheimnis macht die ganze Faszination aus», antwortete Cagliostro schroff. «Die Wahrheit ist das letzte auf der Welt, was die Leute interessiert. Haben Sie von Uri Geller aus Israel gehört? Er scheint die gleichen Hirnschaltkreise aktiviert zu haben wie ich. Und was hat das bewirkt? Die Presse reitet ständig darauf rum, daß er früher mal Bühnenmagier war und *deshalb* . . . verstehen Sie, was ich meine?»
«Also lassen Sie gelten, daß es viele von . . . *uns* . . . gibt, aber gleichzeitig glauben Sie, daß es nur ein Mythos ist, daß einige sich

zu einem Freundeskreis zusammengeschlossen haben und gemeinsam arbeiten ...»

Crane lachte. «Von innen sieht es vielleicht so aus wie ein Freundeskreis», sagte er. «Aber von außen ist es eine Verschwörung.»

Auch Sir John lachte. «Genau», meinte er. «Ein alter Freund von mir hat einmal gesagt: wenn man sich einer Loge dieser Art verschreibt, weiß man nie, ob man sich der echten Sache angeschlossen hat oder bloß einem Haufen von Betrügern oder Verrückten. Und doch – ist das nicht das Paradox des Lebens selbst? Man muß immer Entscheidungen treffen, und da wir nie alles wissen, ist jede Entscheidung in Wahrheit ein Glücksspiel. Aber Sie kommen mir nicht vor wie einer, der Angst vor diesem Spiel hat.»

Crane nahm einen Schluck seines Manhattan Special, der mit Southern Comfort gemixt war. «Ich habe keine Angst vor Risiken», sagte er sanft. «Aber ich habe auch keine Lust, alle viere von mir zu strecken und zu seufzen, ‹Nimm mich, Herr, ich erkenne es an dem magischen Schimmer um deinen Kopf, daß du der echte Führer bist›.»

Sir John lächelte. «Wie oft etwa haben Sie diese Konversation schon geführt?»

«Dutzende von Malen», antwortete Crane. «Ich habe schon mindestens zwanzig Repräsentanten der echten Illuminaten oder der Großen Weißen Bruderschaft getroffen. Ich bin auch schon mehr als einmal dem ‹wirklichen› Führer der echten Fraternitas Rosae Crucis begegnet und einer ganzen Reihe von Venus- und Siriusbewohnern usw., ganz zu schweigen von den Abkömmlingen der ersten Paarung zwischen unsern Vorfahren und den Ancient Astronauts.»

«Der Grund für die vielen Fälschungen ist der, daß echtes Gold existiert.»

Crane seufzte. «Wir können uns stundenlang im Kreis drehen. Ich könnte Sie um ein Zeichen bitten, aber was auch immer Sie zustande bringen, ich könnte es vielleicht genausogut oder sogar besser. Warum vertauschen wir nicht einfach die Rollen und versuchen es andersherum? Ich bin der Anführer der echten Illuminaten und würde *Sie* gern für uns gewinnen. Welches Zeichen würden Sie fordern?»

Babcock lachte wieder. «Das ist wirklich amüsant», sagte er. «Ich bin nämlich gar nicht hier, um sie anzuwerben, oder so was. So funktioniert das nicht. Sie wählen selbst – das wirkliche Geheimnis ist das, daß Sie nicht eher Mitglied werden, als bis es zu spät ist, um da wieder rauszukommen. Ich versuche nur, herauszufinden, wie nahe Sie sind. Wenn ich Ihnen zum Beispiel eine einfache Frage stellen würde, könnte ich schon eine Menge sagen. Beispielsweise diese: *Was sieht ein Chamäleon, wenn es in den Spiegel schaut?*»

Hugh Crane starrte Sir Bąbcock eine Weile an.

«Sie wissen es auch», sagte er.

«Ich nehme an, ich habe Ihnen genug Zeit gestohlen», sagte Sir John abrupt. «Es war interessant, Mister Crane. Sie werden erfahren, wenn *sie* für Sie bereit sind.» Er stand auf und legte dem Ober ein großzügiges Trinkgeld auf den Tisch. Cagliostro der Große blieb sitzen und starrte eine geraume Zeit ins Leere.

Denn das Blut ist Leben

Ich trinke nie . . . *Wein*

Bela Lugosi

Nachdem Vlad etwa hunderttausend seiner Mitbürger gepfählt hatte, weil sie seinen Vorstellungen über den Heiligen Geist und wer was in der Dreifaltigkeit gezeugt hatte, nicht zustimmten, war sein Ruf beim Volk an sich nicht gerade schmeichelhaft. Tatsächlich gab es ihm den Namen «Dracula», was in der transsylvanischen Sprache soviel wie «kleiner Teufel» bedeutet. Auch nach seinem Tod lebte sein schlechter Ruf fort, und Mütter pflegten ihre unartigen Kinder mit der Drohung «Paß nur auf, sonst kommt Dracula und holt dich ab» zu erschrecken. Vierhundert Jahre später wurde ein Ire namens Bram Stoker, der als Sekretär des bekannten Schauspielers Sir Henry Irving tätig war, auf den Legendenkreis aufmerksam, der sich um Vlad gebildet hatte. Stoker nahm sich vor, ein verdammt grausliches Buch über Vlad zu schreiben. Das war lange, ehe Marvin Gardens auf dieselbe Idee kam, aber Stoker benutzte Vlads Spitznamen statt seines wirklichen Familiennamens. Das Buch bekam den Titel *Dracula*.

Das Auge in der Pyramide

> Ein biologischer Durchbruch wird eine neue Militanz, einen neuen Kreuzzug bedingen. «Macht die Welt bereit für die Unsterblichkeit», wird es heißen.
>
> Segerberg, *The Immortality Factor*

Am ersten Mai 1976 machten Norma und Cagliostro in Mexico City Ferien. Beim Mittagessen nahm sie gedankenverloren ein Zwanzig-Centavo-Stück in die Hand und sagte: «Ist da nicht das gleiche drauf wie auf der Rückseite von unserm Dollarschein?»

«Das kommt von den Freimaurern», antwortete er. «Sowohl die amerikanischen wie auch die mexikanischen Revolutionäre waren hauptsächlich Freimaurer.»

«Was hat das eigentlich zu bedeuten – ein Auge, das über der Pyramide schwebt?»

Er fing an, ihr das dritte Auge und die Zirbeldrüse zu erklären, merkte aber plötzlich, daß sie gar nicht zuhörte.

«Sie warten auf dich», sagte sie mit der Stimme eines Mediums.

Im Jahre 1984 studierte John Disk sorgfältig alle Notizen, die Cagliostro sich während der folgenden drei Tage gemacht hatte: «Ich wollte es nicht glauben. Ich unterzog sie allen möglichen Tests, wenn die Stimme wieder auftauchte. Als ich nach Beweisen für Autosuggestion und Selbsthypnose suchte, fand ich natürlich Beweise für Autosuggestion und Selbsthypnose. Daneben fand ich auch noch siebzehn andere Sachen, die ich mir nicht erklären konnte. Die Tatsache, die mir am wichtigsten erschien, war die, daß die Botschaft, zu der ich sie schließlich brachte, in enochscher Sprache abgefaßt war. Diese Sprache versteht heute kein Mensch mehr, denn alles, was wir noch davon besitzen, sind die neunzehn Fragmente, die Dee und Kelly im 17. Jahrhundert empfangen haben. Und doch – sie gab mir neunzehn neue Fragmente und übersetzte sie gleich, und die Grammatik und das Vokabular stimmen mit den Dee-Kelly-Prophezeiungen überein. Selbst wenn sie deren Fragmente studiert hätte (was sie beharrlich abstreitet), wären selbsterfundene neue Sätze in dieser unbekannten Sprache außerhalb der Macht eines menschlichen Gehirns, ja selbst aller bekannten Computer . . .»

Die neunzehn enochschen Fragmente, die Norma in Trance übersetzte, wurden zu den neunzehn Kapiteln des *Aquarian Gospel*. Im Vorwort schrieb Crane:

«Man kann unmöglich bezweifeln, daß dies Signale einer höheren Intelligenz sind. Wenn der Leser so wie ich Atheist ist (Gott sei Dank!), wird die Identität dieser Intelligenz einige ernste Fragen aufwerfen. Ist sie interplanetarisch – oder interstellar? Ein Wesen, das aus einer fortgeschritteneren Zukunft oder Vergangenheit (Atlantis?) durch die Zeit hüpft? Kommt es von Dimensionen, die sich mit den unseren berühren, ohne jedoch mit ihnen identisch zu sein? Ich selbst habe keine Antwort auf diese Fragen, aber ich bin sicher, daß diese Intelligenz oder andere, die so sind wie sie, Botschaften ausgeschickt haben, die die großen Religionen der Vergangenheit begründeten, und daß solche Übermittlungen die Wurzel des Glaubens an ein Wesen namens ‹Gott› sind . . .»

Am gleichen Tag, an dem das Buch erschien, wurde Norma bei einem Autounfall tödlich verletzt. Daraufhin schrieb ein prominenter Geistlicher in seiner in mehreren Zeitungen gleichzeitig erscheinenden Kolumne: «Was brauchen wir noch weitere Beweise dafür, daß diese abscheuliche und obszöne ‹Offenbarung› nicht von einer göttlichen, sondern einer diabolischen Quelle stammt?»

Cranes erster – und einziger – mißlungener Versuch, sich aus einer Kiste zu befreien, folgte einen Monat später.

Und einige Monate darauf eine Augenoperation. «Eins kann ich retten», sagte der Doktor, «aber keinesfalls beide.»

«Ein blinder Magier ist schlimmer dran als ein tauber Musiker, und ich bin schließlich nicht Beethoven», antwortete Crane ruhig. «Tun Sie alles, was in Ihrer Macht steht.»

Er behielt das Sehvermögen eines Auges.

«So sehr wir auch zu Mitgefühl neigen mögen», schrieb die New

Yorker *Daily News* in ihrem Leitartikel, «so bekennen wir uns doch zu dem starken Gefühl, daß in den Tragödien, die den Drogenapostel Cagliostro ‹den Großen› heimsuchen, so etwas wie göttliche Vergeltung waltet.»

In der gleichen Woche wurde *The Aquarian Gospel* von einer Bürgerinitiative in Cicero, Illinois, verbrannt. «Diese Mächte, wer oder was auch immer dahintersteckt», schrieb Crane in unveröffentlichten Notizen, die Disk später unter Tränen las, «sind entschlossen, mich dazu zu bringen, alles andere aufzugeben und einer ihrer Diener zu werden und ihre Botschaft zu predigen. Aus diesem Grund nehmen sie mir nach und nach alles, was ich liebe. Oder befinde ich mich vielleicht nur im Endstadium einer langen aufgestauten Paranoia-Psychose?»

Seinen vierzehnten Geburtstag feierte Hugh Crane, indem er ins Bett des schwarzen Dienstmädchens der Familie, Sophie Hagé, stieg. Schon bald tauschten sie Geheimnisse miteinander aus, als ob sie wirkliche Liebende wären und einander gleichwertig, statt Herr und Dienerin. Sie erzählte ihm sogar einiges über *Voudon* und die Göttin Erzulie. «Gibt es eigentlich in New York auch *Voudon*-Kulte?» fragte er eifrig.

Die Sekte in Harlem kombinierte derzeit tatsächlich Elemente aus *Voudon* und Freimaurerei. Da *Voudon* schon eine Mischung aus europäischer Hexerei und afrikanischer Magie war und die Freimaurerei Elemente des Rosenkreuzer-Mystizismus mit dem revolutionären französischen Freidenken vereinigt, waren im Grunde vier Traditionen vereinigt und der Aufnahmeritus einmalig. Er machte Anleihen beim dritten Grad der Freimaurer, ersetzte jedoch Jubela, Jubelo und Jubelum durch den *Großen Zombie*, und da auch Marihuana mit von der Partie war, wurde die Aufnahme so echt wie in den Tagen, als die Kandidaten noch wußten, daß sie im Falle ihres Versagens getötet werden würden.

In einem finsteren Keller in der 110. Straße forderte der *Große Zombie*: «Sprich das Geheime Wort oder ich töte dich. Sprich das

Geheime Wort und gib deine Suche nach Wahrheit und Macht auf.»
Hugh wiederholte die Formel, die man ihn gelehrt hatte, und antwortete dann: «Töte mich, wenn es sein muß, aber sobald ich wiedergeboren bin, werde ich von neuem nach Wahrheit und Macht suchen.»
Der *Große Zombie*, ein schwarzes Gesicht über einer schwarzen Robe, hob sein Schwert. «Fürchtest du mich jetzt, Sterblicher?»
«Ich habe eine Ewigkeit, in der ich wirken kann», antwortete Hugh, wie er es gelernt hatte, «warum sollte ich mich fürchten?»
«Dann *sterbe*», schrie der Zombie. Das war der Teil des Ritus, der dem Kandidaten nicht erklärt worden war, und Hugh fühlte das Schwert auf seinem Nacken und sah, wie das Blut spritzte.
Aber er sah auch das Bällchen, das der Zombie drückte, um das Blut aus dem Schwertende spritzen zu lassen.
Und er verstand die Erzeugung von Macht und Realität.

Die Besessenen

Nach Dodgsons Tod schaute sich Lewis nach einem anderen menschlichen Sender/Empfänger gleicher Sensibilität um. 1904 entschied er sich für den exzentrischen englischen Okkultisten Aleister Crowley und fing mit seiner Hilfe an, weitere Offenbarungen zu diktieren.
Crowley verstand Lewi's Namen nicht richtig. Als Freund und Kenner Ägyptens war er fest davon überzeugt, daß die geheimnisvolle Wesenheit, die durch ihn sprach, sich Aiwass nannte, was in seinen Ohren beträchtlich okkulter klang als «Lewis». Bis zum heutigen Tag beschwören Crowleys Anhänger Aiwass und versuchen, ähnliche Mitteilungen aufzuschnappen.
Viele von ihnen haben Erfolg.

24. DEZEMBER 1983:
Marvin Gardens wachte schon nach kurzer Zeit wieder auf, offensichtlich reichten die Beruhigungsmittel nicht aus, um die Wirkung des Koks zu mildern.
Das Radio spielte noch, und das einzige, was sich zu hören lohnte, war Händels *Messias*. Es war diese Woche schon das vierte Mal, daß er einen Teil davon erwischte. Im Moment lief gerade «Wahrlich er trug unsere Qual und litt unsere Schmerzen». Nicht ganz das, was er um die Zeit brauchen konnte, bei all den Selbstmorden und zufälligen Überdosen, die in solch frühen Morgenstunden in den Schatten von Manhattan lauerten. Er wünschte, sie kämen endlich zum Halleluja.
Marvin stieß auf ein Buch, das er nie zu Ende gelesen hatte: *Die Autobiographie Cagliostros des Großen*. Er schlug es aufs Geratewohl auf und fing an zu lesen:

«Besorg dir lieber einen Job», sagte mein Vater. Ich drehte mich um und sah, wie der Bettler zu Boden fiel, offensichtlich ohnmächtig vor Hunger, aber als er fiel, sah ich, wie schwach sein Körper war und wußte, daß es mehr als nur eine Ohnmacht war: der Bettler war tot.
Es kam mir manchmal so vor wie eine Parallele zu dem berühmten Erlebnis Buddhas, der wie ich das Pech hatte, aus einer wohlhabenden Familie zu stammen und erst entdeckte, was das Leben für die meisten Leute bedeutet, als er zum erstenmal einen Bettler und eine Leiche sah. Ist diese Parallele ein Zufall? Ich bin mir nicht sicher. Ich kann nicht sagen, *wann* ich erwählt oder bestimmt wurde, die Botschaft des Wassermanns zu empfangen – diese große Bestätigung «Alles ist Freude» im Gegensatz zu Buddhas gleichermaßen wahrer und gleichermaßen falscher, heute jedoch überholter Erfahrung: «Alles ist Leid.»
Wir erkennen nie das, was sich direkt vor unseren Augen abspielt. Mein Vater sah nicht, was in mir passierte, als dieser Bettler starb. Ich habe Männer und Frauen durch die verschiedensten Taktiken an den Rand einer Vision gebracht, und sie gerieten dermaßen in Panik, daß sie zum nächstbesten Psychiater rannten.

Was wir sehen, ist in unserem Kopf – also eher eine Konstruktion unseres Gehirns als eine Reflektion unserer Augen, und nie hat je einer etwas anderes gesehen als eine riesige Reflektion seines Geistes. Darum lautet die Antwort auf Buddha und die Mystiker nicht Materialismus, sondern Magie, die Transformation des Universums durch den Willen.

Marvin ließ das Buch sinken und starrte wild und leer vor sich hin. Er fühlte die Mama Vibe.

«Es ist wirklich ganz einfach, sich die zehn Planeten einzuprägen», erklärte Blake Williams Natalie. «Man muß sich nur folgenden Satz merken: Manche Vielschichtigkeiten erstaunen mich, auch Schrödinger überrascht mit neuen grandiosen Perspektiven. Haben Sie's?»

«Manche Vielschichtigkeiten erstaunen mich, auch Schrödinger überrascht mit neuen grandiosen Perspektiven», wiederholte Natalie zweifelnd.

«Das ist alles», sagte Williams stolz. «Man nimmt einfach den Anfangsbuchstaben eines jeden Wortes als Eselsbrücke, und schon hat man alle Planeten beisammen: Merkur, Venus, Erde, Mars, die Asteroiden, Saturn, Uranus, Mickey, Neptun, Goofy, Pluto.»

«Junge, Junge», sagte Natalie, «Disneyland in den Sternen!»

«Wer zum Teufel war das», fragte Carol Christmas atemlos, als das Dreieck wieder verblaßte. «Es sah mir ganz und gar nicht nach einem *loa* aus», fügte sie hinzu und runzelte nachdenklich die Stirn.

«Das war Simon», sagte Joe Malik, ebenfalls ein bißchen außer Atem. «Ich habe ihn in einem anderen Universum gekannt . . . oder in einem anderen Roman . . . oder so was . . .»

Carol starrte ihn an: «Spinnst du?» fragte sie grob. «Nein», sagte Joe. «Ich glaube, ich fange an, die Falle zu durchschauen, in der wir alle sitzen, und – wie man wieder rauskommt.»

Damnant quod non intelligunt

Es gibt nur einen Gott!
Das ist der Gott des Lachens!
Ha! Ha! Ha!

Sutani Mulli

Gott befahl John Disk, Cagliostro den Großen zu töten.

So einfach war das; denn wer würde es schon wagen, der Stimme Gottes *nicht* zu gehorchen?

Gott sprach schon seit fast einem Jahr mit John Disk. Am Anfang war die Stimme ziemlich schwach gewesen und eine Weile hielt John sie sogar für die des Teufels, weil sie ihm immer wieder sagte, er wäre verflucht. Sie sagte, er wäre verflucht, weil er immer wieder im Schlaf sündigte. Und sie sagte eine Menge dummer und blasphemischer Dinge, bis John merkte, daß der Teufel mit dieser merkwürdigen Methode versuchte, die Kommunikation zwischen Gott und ihm zu stören und zu verwirren, denn als die Stimme immer stärker und konstanter wurde, gab es keinen Zweifel mehr – es war Gott.

Sie sagte John, daß er auserwählt war, weil er so tugendhaft und rein war, und sie erwähnte kein einziges Mal, was ihm manchmal passierte, wenn er schlief. Sie erzählte ihm, daß er die einzige männliche Jungfrau von ganz Unistat war, der letzte wahre Christ, den *Pussycat*, die sexuelle Revolution oder Schwarze Magie nicht hatten pervertieren können. Sie sagte, daß er sich im Himmel großen Verdienst erworben hatte, weil er sich so selbstlos für die Anti-Abtreibungs-Bewegung eingesetzt hatte und nach den siebziger Jahren für die extremistischen Weißen gegen Kommunismus.

Sie schien John über alles zu lieben und sagte ihm wieder und

wieder, daß er der wichtigste Mensch auf dem ganzen Planeten war, denn er war auserwählt.
Zuerst verriet sie ihm nicht, wozu er auserwählt worden war. Aber jedesmal, wenn ihm eine Zeitungsmeldung über eine neue Frevelei Cagliostros des Großen in die Hände fiel, sagte die Stimme Gottes zu ihm: «Diesem Mann muß Einhalt geboten werden.»
Seit Ende November war die Stimme immer eindeutiger geworden und sagte jetzt ausdrücklich, daß er, John Disk, auserwählt worden war, die verabscheuungswürdige Existenz Cagliostros des Großen zu beenden. Und selbst dabei ging seine Stimme fast unter in Rhoda Chiefs Gesang. «Rabimmel, rabommel, rabanz – ich lutsch dir deinen Schwanz!» sang die Scarlet Woman des Rock, und andere diabolische Stimmen heulten «ohne Frau, ohne Pferd, ohne Schnurrbart» und «Setz dich, wenn du pissen mußt» und anderen Unsinn dazwischen. Der Teufel tat sein Bestes, um Disk daran zu hindern, das Wort Gottes zu hören und zu glauben; er wollte Disk soweit bringen, daß er glaubte, er würde allmählich verrückt. Aber Gottes Stimme wurde immer lauter und mächtiger und erstickte alle anderen. Keiner, der sie hörte, das wußte Disk, konnte je daran zweifeln, daß diese weise und mächtige Stimme dem Herrgott selbst gehörte.
Natürlich sicherte John sich ab. Er verbrachte eine ganze Nacht mit Beten und geißelte sich dabei den Rücken mit einem Bündel nasser stechender Stricke, so wie er es in einem Buch über Heilige aus der Leihbibliothek auf der 42nd Street gelesen hatte. «Herr, hab Mitleid mit mir armen Sünder», flehte er. Als es dämmerte, erschien Jesus mit einem Heiligenschein und beschrieb ihm ganz genau, wo die Pfandleihe lag, in der er sich ohne die üblichen Scherereien und ohne Waffenschein eine Pistole besorgen konnte. Dann verwandelte er sich in ein riesiges rotes Dreieck, durch das das unbewegliche Gesicht eines Löwen John anstarrte, bis sich plötzlich alles in Spiegel und blauen Rauch auflöste. Er fand den Pfandleiher und kaufte sich die Knarre.
Der Teufel schien wild entschlossen, seinen Diener Cagliostro unter allen Umständen zu beschützen. Disk hätte sich in den folgenden Tagen in den immer mehr werdenden Spiegeln und Rauchwolken beinahe verloren. Er war auf dem Weg zu seiner

Theologievorlesung in der Uni, als er plötzlich von Tausenden von Hippies aller Nationen umringt war und eine Stimme

This is the dawning
of the age of Bavaria

sang; oder er fand sich plötzlich in einem gelben Unterseeboot wieder, das über einer gigantischen Unterwasser-Pyramide schwebte; oder er schaltete den Religionskanal auf seinem Wand-TV ein (das war der einzige, der in dieser Zeit nicht nur Schmutz und Schund ausstrahlte) und sah, wie Linda Lovelace ihre perversen Spiele mit irgend jemand namens Marvin Gardens trieb. Aber er betete standhaft weiter, und mehr und mehr erstickte die Stimme Gottes alle Netze und Fallen des Satans.

Am Morgen des 24. Dezember befahl die Stimme Gottes, auf die Central Park West zu gehen, wo Cagliostro seine Suite hatte, und dort auf der Straße zu warten. Zur Belohnung würde er zur linken Hand Gottes, des Vaters im Himmel sitzen. Jesus behielt den Platz zu seiner Rechten, aber der Heilige Geist wurde zusammen mit der Jungfrau in einen niedrigeren Rang verwiesen, damit ihm, John Disk, die dritthöchste Position im ganzen Himmelreich zuteil werden könnte.

Als er am Schulbuchlager vorbeikam und auf das Ford Theatre zuging, heulten Sexverstümmler und Viehaufklärer hinter ihm her, und er merkte, daß der Teufel immer noch nicht aufgegeben hatte, ihn vom rechten Weg abzubringen. Er betete immer inbrünstiger, bis es klar war, daß er wirklich auf der Central Park West war und der Mann, der da auf ihn zukam und seinen Morgenlauf machte, der diabolische Cagliostro war, ein Chamäleon im Spiegel, die Klasse aller Klassen, die ihm ähnlich war, aber er betete und zog die Pistole aus der Tasche, sah undeutlich den *Großen Zombie* mit dem Schwert vor sich, atmete jetzt keuchender, weil der Teufel nicht mehr von ihm abließ und der Interviewer wissen wollte, welchen Mönch Vlad pfählen ließ.

John Disk hielt die Pistole in der zitternden Hand und starrte in Cagliostros eiskalte Augen.

«Oh, da hast du dir aber den falschen Schwarzmagier ausgesucht», sagte Cagliostro mit einem nachgemachten jiddischen Akzent.

John Disk feuerte ihm fünfmal mitten ins Herz.
Das Tor zu Chinatown ging auf.

Englisch

24. DEZEMBER 1983:
Mounty Babbit merkte plötzlich, daß er eingenickt war. Die unvermittelte Totenstille im Labor brachte ihn wieder zur Besinnung.
Rhoda Chief saß aufrecht auf dem Bett und starrte vor sich hin. Die ACE-Maschine war beiseite geschoben. Die exakte Summe ihrer Orgasmen, wie auch immer sie lautete, war für immer verloren, weil er seine wissenschaftliche Pflicht vernachlässigt und ein Schläfchen gehalten hatte. Mounty Babbit war beschämt.
«Er ist tot», sagte Rhoda gespenstisch.
«Was?» Babbit war das Ganze peinlich, deshalb ging er sofort in die Defensive. Er hatte halbwegs den Verdacht, daß sich ihre Bemerkung irgendwie auf sein Gehirn bezog.
«Cagliostro ist tot», sagte Rhoda. «Ich hab's gesehen. Gerade eben in New York.»
Mit einem Schlag war Babbit hellwach. Sorgfältig notierte er die genaue Uhrzeit, 4 Uhr 37, und fügte darunter hinzu, 7 Uhr 37 New Yorker Zeit. Er wußte, daß es ASW gab, denn manchmal passierte ihm selber so was. Wenn ein Übermaß an Orgasmen sie förderte, war das auf alle Fälle wichtig zu wissen. «Sagen Sie mir ganz genau, was Sie gesehen haben», sagte er sanft.
«Es war ein Junge», sagte sie. «Irgend so ein Religionsfanatiker, jedenfalls sah er so aus. Er erschoß Hugh, Cagliostro, vor seinem Hotel auf der Central Park West. Hugh wollte gerade seinen Morgenlauf machen.»
Babbit notierte sich ihre Beschreibung genau. Er hatte keine Ahnung, ob ihre Vision was Englisches an sich hatte, wie die Baseballer sagen.

Massenlandung

24. DEZEMBER 1983:
Justin Case wurde mitten im Central Park aus der fliegenden Untertasse entlassen. Geistig war er noch nicht so ganz wieder da und ein bißchen wacklig auf den Beinen obendrein, also stolperte er zur nächsten Bank, ließ sich ruhig nieder und schaute zu, wie sie wieder starteten.
Seine Armbanduhr zeigte 7 Uhr 15 – was möglich zu sein schien. «Es ist der Morgen des 24. Dezember», sagte er laut. «Morgen ist Weihnachten.» Irgendwie schien es notwendig, erst mal ein paar Dinge klarzukriegen, ehe er sich um die andern Rätsel kümmern konnte.
Solche Sachen passierten New Yorker Musikkritikern nicht. Sie passierten Farmern in Iowa oder Fischern in Arkansas oder anderen ungebildeten Hinterwäldlern, und außerdem waren es ja sowieso bloß Halluzinationen.
Justin beobachtete, wie die fliegende Untertasse quer über den Himmel schoß und verschwand und machte sich noch mal klar, daß das eine Halluzination war.
Aber ihre Worte klangen ihm noch in den Ohren:

> *«Es ist Zeit für deine Spezies, sich der galaktischen Gesellschaft anzuschließen.»*

Schließlich brachte Justin seinen Kopf, die Beine und diverse andere Körperteile soweit wieder in Ordnung, daß er laufen konnte. Er steuerte Richtung Central Park West, in der Hoffnung, dort ein Taxi zu kriegen.
Auf der 58th Street sah er einen Zeitungskiosk. Die Schlagzeile blendete ihn wie ein tibetanischer Dämon:

WELTWEITE UFO-PANIK!

Und unten in einer kleinen Ecke der unvermeidliche, surrealistische Höhepunkt einer solchen Nacht:

Bürgermeister von Chicago wegen angeblicher Sodomie
mit einem Eber verhaftet!

Während Justin noch auf diese bemerkenswerten Nachrichten starrte, hörte er fünf schnell aufeinanderfolgende Pistolenschüsse.

Von irgendwo in der Nähe kam ihm Musik entgegen. Geistesabwesend formte er die Worte zu der Melodie:

He knows when you've been bad or good
So be good for goodness' sake

Hastig kaufte er sich die Zeitung und winkte einem Taxi. Er wollte auf der Stelle nach Hause. Heute würde er zum erstenmal gegen seine Prinzipien verstoßen und sich schon am frühen Morgen ein bis zwei Drinks genehmigen.
Und wenn er betrunken genug war, um nicht mehr zu zittern, würde er sich überlegen, ob er diese Erfahrung melden oder alles denen überlassen würde, die sowieso schon das Maul aufmachten.

Ein paar Blocks weiter auf der Madison Avenue flippte die Erzdiözese von New York aus.
Die Meldungen hatten um drei Uhr früh begonnen und kamen von Gemeindepriestern, Dutzenden gleichzeitig, Wunder aller Arten und Klassen. Blutende Statuen. Hüpfende Monstranzen. Materialisationen der Heiligen Jungfrau. Glühende engelhafte Gestalten mit Botschaften des Friedens und der Hoffnung.

«Das ist die Wiederkehr», hatte ein überenthusiastischer junger Dominikaner gejubelt, als ihnen das ganze Ausmaß dämmerte.
«Vielleicht. Vielleicht ist es aber auch bloß Massenhysterie», antwortete ihm ein älterer Jesuit, der schon viele Wunder in seinem Leben hatte im Sande verlaufen sehen.
Dann hörten sie die Meldungen von UFO-Kontakten, die Radiostationen auf der ganzen Welt ausstrahlten.
Und das paßte ganz und gar nicht in eine katholische Eschatologie.
«Es handelt sich nur um eine Massenhysterie», entschied der Kardinal, «je weniger wir uns da einmischen, um so besser.»

In der Fünften Kirche des Wissenschaftlichen Illuminismus dagegen wurde ein rauschendes Fest nach dem anderen gefeiert, während das Fernsehen einen haarsträubenden Bericht nach dem andern brachte.
Als die «Today-Show» meldete, daß ein Marineboot eine neue Insel im Pazifik mit fremdartigen, euklidischen Gebäuden und unbekannten Wesen, die *«Cthulhu fhtagn»* sangen, gesichtet hatte, stiegen die Illuminaten in den Keller und holten ein paar Flaschen echten bayrischen 1776er, der für derlei Gelegenheiten reserviert war.
«Die Mama Vibe scheint zu funktionieren», sagte der Primus Illuminatus Therion II., während er die Gläser verteilte, «alle *Träume* werden Wirklichkeit.»

Crown Point

Als John Dillinger im Mai 1934 in das Crown Point-Gefängnis von Idaho eingeliefert wurde, galt es als vollkommen ausbruchssicher. Am gleichen Tag, als Dillinger diesen Mythos durch seine Flucht zerstörte, bettelte ein arbeitsloser Vaudeville-Magier im

Central Park von New York. Ein Gedanke verfolgte diesen Mann – *Mit ein bißchen Glück hätte ich ein zweiter Houdini werden können* –, und dieser Gedanke ging ihm auch jetzt nicht aus dem Kopf, während er gegen die Krämpfe in seinem Magen ankämpfte und gleichzeitig vor Tom Crane seine Leier abzog. Plötzlich merkte er, wie in dieser riesigen Blase von Unsicherheiten der Boden unter den Füßen schwankte. Er sah den stets sich erweiternden Lebensbaum vor sich, während Erinnerungen an Adam Weishaupt und Mohammed und Insekten und Bäume durch ihn hindurchströmten, eine Million Ballons in und über ihm zerplatzten, und jeder Ballon gab ein Licht von sich, jedes ein Teil der unendlichen Lichtleiter, und er beobachtete sich, wie er jetzt starb, voller Grauen, aber auch Ekstase, durch die Augen eines kleinen Jungen.

Wie konnte mein Karma mich bloß je hier absetzen? war sein letzter Gedanke, und der Junge hörte ihn denken.

Der Elefant

ANNALEN DER ALLGEMEINEN PSYCHIATRIE, MAI 1984:

Kurz, die Welle von Einbildung, Hysterie und Halluzination, die während der Weihnachtsfeiertage über New York hinwegrollte, kann nur einer paradoxen Macht des Unbewußten zugeschrieben werden. Bei früheren Massenhysterien (beispielsweise den Manien vom Ende der Welt im Mittelalter oder Orson Welles' Übertragung von der Invasion vom Mars 1938) war die Ursache offensichtlich in den Verspannungen, Stressakkumulationen und Ängsten dieser Zeiten zu suchen. Der letzte Ausbruch jedoch, der mitten in eine Zeit des Fortschritts, Optimismus und gesteigerter Erwartungen platzte, läßt sich nur mit Freuds großer Entdeckung erklären, daß Gegensätze für den prälogischen, unbewußten Mind gleichwertig sind (Ambivalenz-Prinzip). Mit anderen Worten, große Hoffnungen, aber auch große Ängste können den träumenden Mind mit einem Schlag erwachen lassen ...

Dr. med. A. Besetzung

ANNALEN DER ALLGEMEINEN PSYCHIATRIE, JUNI 1984:
Mit den Kategorien Halluzination oder Einbildung haben wir das Phänomen, was im übrigen geringfügig noch andauert, nicht ganz abgedeckt . . .
Der Bürgermeister von Chicago «halluzinierte» die schöne Prinzessin «Isis von der Venus», die ihn verführte, in seiner Phantasie, die Zeugen vom Viehhof beharren jedoch darauf, daß er damals einen sehr realen Eber vor sich hatte . . .
Der Mars ist für organisches Leben genauso ungeeignet wie die Venus, doch ein prominenter Musikkritiker erzählte mir im Vertrauen von einer Entführung durch kleine grüne Marsmännchen, die ohne weiteres aus der Science-fiction der dreißiger Jahre hätten stammen können. Diese offensichtlich halluzinatorische Erfahrung erklärt jedoch noch nicht, wie der Mann aus seiner Wohnung in der 23rd Street in den Central Park gelangte, wo er die Schüsse eines Mordes hörte, der nie stattgefunden hat . . .
Einer der Blinden, die von der Jungfrau von Perth Amboy geheilt werden, war erst eine Woche vorher im John Hopkins Hospital untersucht worden. Man stellte fest, daß sein Sehnerv irreparabel geschädigt war. Es handelt sich also hier nicht um eine hysterische Blindheit, die von hysterischem Glauben geheilt wurde, sondern um *echte* Blindheit, die von hysterischem Glauben geheilt wurde . . .

Dr. med. B. Gilhooey

STRENG VERTRAULICH
N.B.I.-BERICHT
NUR FÜR AUTORISIERTES PERSONAL BESTIMMT
Das Weihnachtssyndrom, wie es zum Teil genannt worden ist, nimmt definitiv zu statt ab.

Die Berichte darüber verringern sich nur deshalb, weil die Betroffenen heute weniger dazu bereit sind, sich den Verhören durch Regierung, Massenmedien, Psychiatern, UFO-Freaks und religiösen Fanatikern zu unterziehen als früher. Außerdem hat es den Anschein, als neigten die Betroffenen weniger dazu, ihre Erlebnisse als verwirrend zu bezeichnen, sondern glaubten eher, *eine gewisse Kontrolle darüber zu haben* . . .

R. Ubu

UFO-REPORTER,
JANUAR 1985:
Je mehr das Weihnachtssyndrom weltweit zunimmt, um so offensichtlicher wird es, daß das alte Konzept von Fremdlingen, die in Raumschiffen die Erde besuchen, nicht allein dafür herhalten kann. Selbst die überzeugtesten Anhänger der Raumschiff-Theorie müssen im Licht der neuesten Ereignisse eingestehen, daß die Wissenschaften, die an dem, was der menschlichen Rasse angetan wird, beteiligt sind, primär psychischer oder parapsychologischer Natur sind. Wenn Wesen aus dem Weltraum dafür verantwortlich gemacht werden, dann müssen sie mit Hilfe von Technologien arbeiten, die ich nur vage mit «psychotronisch» umschreiben kann. Nach allem, was wir wissen, brauchten sie dazu nicht einmal ihre Heimat-Planeten zu verlassen. Aus dem gleichen Grund könnten wir auch davon ausgehen, daß es keine Weltraumwesen sind, die dahinterstecken, sondern das psychologische Seminar irgendeiner obskuren Universität oder das Mind-Kontrollzentrum eines Nachrichtendienstes . . .
Menschliche Gehirne werden auf breitester Basis manipuliert, das ist alles, was wir wissen. Alle Theorien über die Art der Manipulation – sei sie nun irdisch oder außerirdisch – sind reine Spekulationen.

Dr. phil. J. Lacombe

UFO-REPORTER,

MÄRZ 1985:

Die Idee, daß *uns* das Weihnachtsphänomen von irgendeiner Stelle (irdisch oder außerirdisch) *aufgezwungen* wird, basiert auf den Kategorien der indogermanischen Grammatik und der aristotelischen Logik, die von der modernen Physik schon längst nicht mehr als adäquat angesehen wird. Ein Taoist oder ein Hopi-Indianer mit anderem semantischen «Hintergrund» beispielsweise würde die Ereignisse als kosmische Entwicklung oder Wachstumsprozeß erklären, ohne zu versuchen, einen Teil des Universums als «Ursache» zu isolieren und gleichzeitig den Rest des Universums in die abhängige Position des «Erleidens» zu versetzen. Die moderne Quantentheorie würde, wenigstens seit Bells Theorem von 1964, argumentieren, daß diese ganzheitlichen chinesisch-amerindischen Konzepte akkurate Landkarten dessen sind, was wirklich passiert, als die aristotelischen linearen Gleichungen A verursacht B usw. . . .

Soll das bedeuten, daß wir die Suche nach einer Ursache aufgeben sollten? Ganz und gar nicht. Es bedeutet nur, daß die Suche nach Menschen oder Übermenschen genauso fruchtlos ist wie die mittelalterliche Neigung, jedes außergewöhnliche Ereignis als Werk von Engeln oder Dämonen zu erklären. Die Ursache sollten wir vor allem in der Quantenstruktur des Lebens und der Materie selbst suchen . . .

Dr. phil. B. Williams

NEUROGENETISCHER ANZEIGER,

JANUAR 1990:

Die einzige Möglichkeit, in den mannigfaltigen Auswirkungen des Weihnachtssyndroms einen Sinn zu entdecken, liegt darin, es als Neurogenetik zu verstehen – ein synergetisches Wiederausrichten der Verbindungen zwischen dem zentralen Nervensystem und den genetischen Programmen von DNS und RNS. Auf diese Weise haben zunächst ein Bürgermeister, der einen Eber vergewaltigt, und ein wohlhabender Verleger, der plötzlich sein ganzes Vermögen verschenkt, um Trappistenmönch zu werden, nichts gemeinsam. Sie selbst geben verschiedene Erklärungen für ihr Verhalten. Der Bürgermeister behauptet, Kontakt zu einer Weltraumprinzessin von der Venus gehabt zu haben und der Verleger erzählt von einem «Geist der vergangenen Weihnachten». Was ihnen jedoch gemeinsam ist, ist die Tatsache, daß die Parameter ihrer erlebten Realitätstunnel sich radikal verändert haben, und zwar auf einem Niveau, das jenseits des hirnspezifischen Organisationssystems liegt, einem Niveau, von dem wir annehmen müssen, daß es neurogenetisch ist . . .

Dr. phil. M. Chambers

NATIONAL ENQUIRER,
JUNI 1991:
Für Leute aus dem Showbusiness ist die verblüffendste Tatsache, die sich aus dem Durcheinander im Gefolge des Weihnachtswunders bis heute erhalten hat, die anhaltende Abwesenheit Cagliostros des Großen. Die Idee, daß das Verschwinden des Magiers ein Publicity-Trick war, der darauf zielte, von den andern Ereignissen zu profitieren, die an jenem erstaunlichen Morgen vor acht Jahren begannen, ist schon lange wieder verworfen worden, da Cagliostro nach wie vor versteckt bleibt, wo auch immer er sich aufhält . . .
Die bizarrste Nebenhandlung dieser Geschichte betrifft John Disk, den Mann, der behauptet hatte, Cagliostro ermordet zu haben. Nach mehreren Monaten, während der die New Yorker Polizei ihn festhielt, wurde er schließlich entlassen, weil Cagliostros Leiche nie entdeckt werden konnte und die Kleider, die man auf der Central Park West fand, und als Cagliostros identifizierte, keine Einschüsse aufwiesen.

Disk, so konnten wir in Erfahrung bringen, ist heute ein Beamter der Ersten Bank der Religiosophie und lehnt es ab, über seine Erlebnisse an diesem verrückten, geheimnisvollen Morgen zu sprechen.

«Es würde mir sowieso keiner glauben», erzählte er unserem Reporter, «sie müßten schon selbst nach Chinatown gehen, um es zu verstehen.»

Teil 4

Der Zauberhut

«Nun schau her, was du mich hast anrichten lassen!»

Oliver Hardy zu Stan Laurel

Interstellare Neurogenetik

GALAKTISCHE ARCHIVE:
Für das Verständnis dessen, was den Primaten von Terra in den achtziger Jahren des 19. Jahrhunderts passierte, mag eine Metapher dienen.
Scharlatane, Jongleure, fahrende Varietékünstler, Bühnenmagier usw. aller primitiver Planeten arbeiten mit einer Erfindung, die als Zauberhut bekannt ist. Er sieht aus wie ein ganz gewöhnlicher Hut und scheint dem Publikum leer, hat aber in Wirklichkeit eine Tasche, aus der alle möglichen erstaunlichen Dinge auftauchen können – Kaninchen, meterweise bunter Stoff, Wassergläser, kurz, alles, was der Zauberer zur Freude und zum Erstaunen seines Publikums herbeizaubern will.
Wie alle Rituale und religiösen Visionen und Ekstasen ist auch dieses tatsächlich eine *Erinnerung an die Zukunft*, aber für die Primaten gibt es einfach noch nicht die Möglichkeit, diese Tatsache zu durchschauen.
Denken wir an den erkenntnistheoretisch erbärmlichen Zustand der terranischen Primaten zur Zeit dieser alten Romanze. Sie wußten, daß sie aus Molekülen bestanden, die sich aus Atomen zusammensetzten, die sich wiederum aus subatomaren Partikeln aufbauten, die Raum-Zeit-Manifestationen der Quantenwahrscheinlichkeitsmatrizen waren. Dieses Wissen war jedoch noch so neu, daß es noch nicht in die Philosophie oder die Regeln ihrer gesellschaftlichen Spiele wie Religion, Politik, Wirtschaft und dergleichen eingeflossen war. Ihr sozialer Realitätstunnel basierte noch auf präquantischem Aberglauben und Unwissenheit. Der soziologische Zusammenhang war euklidisch-aristotelisch-newtonisch, nicht mal Maxwell und Einstein waren von der Mehrheit verdaut worden.

Über zweitausendfünfhundert Jahre zuvor hatte ein Primatenmutant namens Lao-tse gesagt: «Das Größte ist im Kleinsten.» Weniger als ein Hundertstel Prozent (0,01) der terranischen Primaten waren in der Lage, das vor 1984 zu verstehen. Ansonsten suchten sie überall nach Kausalität: einige, die als Astrologen bekannt waren, tasteten den Sternenhimmel ab, andere, die Marxisten zum Beispiel, erforschten die Wirtschaft usw. Sie wußten zwar, daß die Physiker mehr von Kausalität verstanden als alle anderen Gruppen auf dem Planeten, aber selbst unter den Physikern realisierten nur wenige, wie die Quantentheorie auf ihr eigenes Verhalten zutraf. Die Quantenpsychologie tauchte erst in den neunziger Jahren auf.

Das, was man auf ihrem Planeten Bells Theorem nannte – eine elementare Sandkastenentdeckung, die auf allen Planeten etwa zu der Zeit verherrlicht wurde, als Atomenergie und Raumfahrt einsetzten –, war erst einundzwanzig Jahre alt und wurde noch nicht mal von den Physikern ganz verstanden. Die wenigen Quantentheoretiker, die wie Sarfatti über ihre «makrokosmischen Quanteneffekte» zu spekulieren wagten (das sind große Systeme, die mit Quantensprüngen zu tun haben), wurden von ihren eigenen Kollegen normalerweise als romantische Spinner bezeichnet, trotz der Tatsache, daß jede Phase in der Metamorphose lebender Kreaturen, einschließlich der terranischen Primaten selbst, ein offensichtlicher Quantensprung ist.

Die Mystiker, von denen die meisten einen kleinen Dachschaden hatten, rieten den andern Primaten ständig, «in ihr Inneres» zu schauen. Die meisten Primaten nahmen nach primitiver aristotelischer Auffassung an, daß das, was sie in ihrem Inneren vorfinden würden, eine Art geistförmige Einheit war, die sie «Geist» oder «Seele» nannten. Unfähig, eine derartige Abstraktion tatsächlich zu entdecken, gaben sie ihre Suche entweder verzweifelt auf oder hielten ihre negativen Ergebnisse für eine positive Offenbarung und wurden zu Anhängern der «Nicht-Geist»- oder «Nicht-Ego»-Philosophien Buddhas oder David Humes.

Hätten sie wirklich und wissenschaftlich in ihr Inneres geschaut, dann hätten sie bemerkt, daß ihre Gedanken, Regeln und Realitätstunnel von der Struktur des primatologischen Nervensystems abhängig waren, das vom genetischen oder molekularen Entwurf des Evolutionsskripts bestimmt wurde, welches wiederum von den Gesetzen der Quanten-Biophysik abhängig war. Konkret heißt das: ihre Gehirne bestanden aus Zellen, die sich aus Molekülen zusammensetzten, die aus Atomen bestanden, die wiederum von Quantenwahrscheinlichkeiten abhängig waren.

Da die Quantenverbindung nichtörtlich ist, ist es unausbleiblich, daß Introspektion und Meditation kein «Ego» im *Inneren* zutage fördern; innen und außen sind euklidische Parameter, die der Quantenwelt nicht mehr angemessen sind. Aber das konnten die Primaten nicht verstehen. Als ihr neuro-atomares Schaltkreissystem sie auf Grund von Traumata, masochistischen religiösen Praktiken, Alkaloiden oder reinem statistischen Zufall zu Quantenbewußtsein zwang, konnten sie nicht begreifen, daß sie sich völlig außerhalb von Zeit und Raum befanden. Auch nach Einstein glaubten sie, daß Raum und Zeit so fest wie solide Mauern waren. Nach typischer Primatenart konnten sie sich höchstens vorstellen, *im* Raum oder *aus* ihren Körpern hinaus zu reisen. Das nannten sie dann «Astralprojektion» und verknüpften es mit allerlei Aberglauben.

Und wenn einer unter ihnen anfing zu lernen, wie man den metaprogrammierenden Schaltkreis im Vorderhirn gebraucht, begriffen sie noch lange nicht, daß er dabei in alternative Quantenwahrscheinlichkeitsmatrizen geriet. Statt dessen entwickelten sie eine komplette Mythologie mit Himmel, Hölle, Fegefeuer, Astralebenen, Feenreichen, Dämonen, Göttern, Engeln, UFOnauten usw., um euklidische Landkarten solcher Quantenerfahrungen zu ermöglichen.

Doch wir sollten mit den terranischen Primaten fühlen. Alle Planeten sind durch solche abergläubischen Phasen gegangen, ehe sich die H.E.A.D.-Revolution durchgesetzt hat.

Selbstverständlich waren die Primaten mehrmals darauf hingewiesen worden, was auf sie zukam. Nicht nur durch die seit etwa dreitausend Jahren anhaltende Reihe von Mutanten, die die H.E.A.D.-Revolution prophezeit hatten, sondern auch durch das wachsende Crescendo von *Erinnerungen an die Zukunft* während der letzten vier Jahrzehnte. Tatsächlich waren die Primaten der fundamentalistischen, materialistischen Kirche noch nie in ihrer Geschichte so sehr damit beschäftigt gewesen, so viele alltägliche

Erlebnisse als «Halluzinationen» wegzuerklären. Dieses Etikett überzeugte zwar niemand außer den Fundamentalisten selbst, aber die anderen Primaten hatten auch keine besseren Lösungen anzubieten. Die meisten glaubten, daß entweder eine «göttliche Intervention» im Gange war, d. h., daß dem größten Alpha-Männchen von allen die Verantwortung für ihren Planeten in die Schuhe geschoben wurde, oder daß *wir* mit Raumschiffen auf der Erde landeten, eine seit langem überholte Reisemethode, von der sie annahmen, daß wir sie mit ihnen teilten – eine ebenso bemerkenswerte Idee, wie wenn sich dieselben Primaten ein Jahrhundert vorher vorgestellt hätten, daß wir in Planwagen auftauchen würden.

Natürlich hatte die Intervention der retikulanischen Zeitzwerge unter der Leitung von Tobias Knight eine gewisse Wirkung auf den Planeten und auf die H.E.A.D.-Revolution, genau wie die Aktivitäten der «Illuminaten»-Primaten und diversen anderen primitiven «okkultistischen Bruderschaften», von denen alle ohne Ausnahme davon ausgingen, daß das, was passierte, vor allem ihrer eigenen vorsintflutlichen Manipulationen von Wahrscheinlichkeitswellen zu verdanken war. Ohne Bells Theorem zu berücksichtigen, suchten sie weiter nach *lokalen* Ursachen. Sie durchschauten noch nicht, daß alle *lokalen «Ursachen» Einbildungen sind* und die wahre Kausalität in Raum und Zeit nichtörtlich ist.

Der erbärmliche erkenntnistheoretische Zustand dieser Primitiven läßt sich am besten anhand einer Tatsache illustrieren: keiner von ihnen konnte den Ursprung der Sprache erklären. Ihre Anthropologen waren nie auf die Idee gekommen, daß die Sprache ursprünglich «erfunden» worden war. Ihre Psychologen konnten das Wiederauftauchen von Sprache bei jedem einzelnen Kleinkind zu einer genau festgelegten Zeit nicht begründen, was von dem brillanten Primaten-Linguisten Noam Chomsky in einer Kritik gängiger Lernmethoden ausdrücklich betont wurde.

Die Primaten konnten noch nicht erkennen, daß Sprache mit dem Rest der Primatengesellschaft von ihrem genetischen Kode programmiert worden war – genauso wie Tanz-Sprachen und komplizierte Schwarm-Gesellschaften bei der sechsbeinigen Mehrheit auf ihrem Planeten.

Die klügsten Genetiker von Terra, wie zum Beispiel der Nobelpreisträger Herbert Muller, hatten ihnen seit Jahrzehnten eingehämmert, daß das DNS-Skript intelligent war, aber sie hielten seine Idee für «irre», wenn nicht geradezu «mystisch». Sie sahen nicht, daß alle Planeten auf Grund von Bells Quanten-Nicht-Örtlichkeit demselben genetischen Skript folgen, das von Anfang an in die DNS-Informations-Spirale einprogrammiert ist.

Die Primaten glaubten, daß sie Sprache «gelernt» hatten, obgleich sie nicht einmal eine Theorie entwickelt hatten, die ein solches «Lernen» begründen konnte. Sie stellten sich vor, daß die Evolution aus purem Zufall Gehirne wie die ihren hervorgebracht hatte, die nicht nur in der Lage waren, Sprache, sondern auch Mathematik und Synfonien zu verstehen.
Wenn sie nur einen Augenblick das plötzliche Auftauchen von Sprache bei einem Kleinkind mit dem plötzlichen Auftauchen des Sexualtriebs bei pubertierenden Jugendlichen verglichen hätten, hätten sie ihren Irrtum eingesehen. Es wäre offensichtlich geworden, daß nichtörtliche genetische Programme am Werk waren. Doch Genetik und Soziobiologie waren schreckliche Sachen für die Durchschnittsprimaten, denn sie kamen ihren Konzepten von Ideologie und Moral in die Quere.
Kurz, sie waren sich nicht bewußt, daß Sprache als Resultat einer DNS, das RNS-Boten-Moleküle an ihr zentrales Nervensystem schickte, zu verstehen ist. Es fiel ihnen auch nicht auf, daß die Migration von Leben in Wasser zu Leben auf dem Land ganz ähnlich programmiert war, und das Verrückteste von allem, sie bemerkten ebensowenig, daß ihre gerade vonstatten gehende Migration von der Erde in den Weltraum ebenfalls DNS-RNS-programmiert war. Dabei beschäftigten sie sich stundenlang mit der Debatte, ob sie nun in den Weltraum ausschwärmen sollten oder nicht, selbst als dieser Prozeß schon längst im Gange war.
Bei solcher Unkenntnis der galaktisch-genetischen Uhr – dem Informationssystem, das schneller als mit Lichtgeschwindigkeit arbeitete und mit Bells Theorem für ihr damaliges Verständnis

grob umrissen war – konnten sie sich natürlich auch nicht vorstellen, daß weitere Quantensprünge in ihrer Evolution unausweichlich waren, genauso wie die früheren Sprünge unausweichlich gewesen waren. Diejenigen mit besonders scharfen *Erinnerungen an die Zukunft*, denen es klar war, daß ihnen eine Transformation zu Unsterblichkeit und höherer Intelligenz bevorstand, glaubten, daß diese Entwicklung durch den sogenannten Prometheischen Kampf erreicht werden konnte. Sie stilisierten sich gern zu heroischen Kämpfern hoch, die jeden Schritt auf dem Weg vom Urschlamm zum ersten aufrechten Affen «erkämpften» und sich mächtig für die Dampfmaschine und das Zeitalter des Überflusses oder ähnliches «einsetzen» mußten. Daß all dies auf allen Planeten in die DNS einprogrammiert war und sie nur damit zu kooperieren brauchten, war ein Konzept, das ihre Primatenegos viel zu sehr demütigte.

«Es dampf-maschint, wenn die Zeit der Dampfmaschinen gekommen ist», schrieb einer ihrer schlauesten Primatenphilosophen, aber sie wagten nicht, ihm zu glauben. Sie waren überzeugt, daß, wenn sie aufhörten zu kämpfen, sie ins Amöbentum zurückfallen würden, oder noch Schlimmeres.

Als das neuro-atomare Schaltkreissystem, das während eines Großteils ihrer Geschichte nur gelegentlich aktiviert worden war, 1984 seine Arbeit aufnahm, konnten die Primaten zunächst nicht begreifen, was geschah, und zwar aus allen o. a. Gründen. Plötzlich kommunizierten sie nicht mehr mit einem Realitätstunnel, sondern mit allen möglichen Realitätstunneln. Sie konnten Quantenwahrscheinlichkeiten entdecken, die zu allen möglichen Zukünften führten, aber sie waren nicht in der Lage, zu begreifen, wenn es darum ging, Dummheit hinter einem Primatenarchetyp zu verstecken, und projizierten ihren traditionellen Aberglauben auf das, was geschah.

Terra war für mehrere Jahrhunderte ein gefährlicher und verrückter Ort. Riesige Hummer mit Strahlengewehren, tibetanische Dämonen, Ignatz die anarchistische Maus und Dutzende von anderen Phantasiegestalten konnten jederzeit und überall auftauchen, selbst während einer Beerdigung in der Kirche oder während streng geheimer Regierungsdebatten. Der Witz «Wir leben alle in einem surrealistischen Roman» erlangte weite Verbreitung, wenn auch nur wenige erkannten, wie nahe sie damit auch der Wahrheit kamen.

Die intelligenzsteigernde Droge NEURO veränderte die Lage ein wenig, als sie 1988 auf den Markt kam. Allmählich wurde die Phantasie der Menschen anspruchsvoller und philosophischer, und ihre Realitätstunnel paßten sich dieser Entwicklung an. Bei der Publikation von Sirags Allgemeiner Feldtheorie von 1993 erkannten die schlaueren Primaten sofort, was wirklich mit ihrem Planeten und dem gesamten Kosmos los war.

Langsam, aber sicher kamen sie zu der Erkenntnis, daß all ihre Mythen *Erinnerungen an die Zukunft* gewesen waren, die ihnen auf Grund der nichtörtlichen Aktivität von Quantenwellen, die ihre Gehirne ausmachten, zur Verfügung standen. Jahrhundertealte religiöse Visionen von Unsterblichkeit zum Beispiel erkannten sie als Vorwegnahme des unausweichlichen Endprodukts ihrer aktuellen Langlebigkeitsforschung. «Fliegende Teppiche» und «Siebenmeilenstiefel» hatten sie schon; an einem Neuen Himmel und einer Neuen Erde arbeiteten sie eifrig. Die übermenschlichen Helden und Heldinnen der romantischen Fiktion waren die Menschen, zu denen sie selbst jetzt wurden, als die H.E.A.D.-Revolution sie zu immer größeren intellektuellen Leistungen, flexiblerer emotionaler Ausgeglichenheit, neurosomatischer Verzückung und metaprogrammierender Weisheit anspornte.

Sie verstanden plötzlich auch, daß Boddhisattvas Schwur, der bei den östlichen Primaten mit ihrem neurosomatischen Schaltkreissystem wohl bekannt war, nicht nur eitle Phantasie war, obwohl er versprach, alle empfindsamen Wesen zu belohnen. Als Zeitreisen mit Hilfe der Allgemeinen Feldtheorie möglich wurden, konnten sie jede Wahrscheinlichkeitswelle der Vergangenheit korrigieren und ein neues Universum schaffen, wo jede Einheit dem bestmöglichen Weg, statt irgendwelchen traurigen Wegen folgte, um ihr Mitleid und Eingreifen zu provozieren. Sie verstanden Worte, die ihnen vorher völlig undurchsichtig gewesen waren –

die des jüdischen Mystikers Jesus von Nazareth, der gesagt hatte: «Alles, was ich tue, sollt auch ihr tun, und mehr.» Sie verstanden, daß alle politischen und mystischen Ideale von Freiheit, wie verstümmelt sie in ihren Anfängen auch gewesen sein mochten, in irgendeiner Form in dem unendlichen, nichtörtlichen Kosmos, der sich vor ihnen auftat, erreicht werden *mußte*.
Sie verstanden, daß die «Einheit mit der Erde», die so viele in den vergangenen zwei Jahrzehnten entdeckt hatten, nur die Ouvertüre zu der Entdeckung der Nicht-Örtlichkeit gewesen war. Mehr und mehr fühlten sie sich eins mit *allem, was ist* und *allem, was sein kann*. Und sie verstanden natürlich auch die altehrwürdige Allegorie des Zauberhuts, der nur ein Symbol für das Gehirn war. Dieses Ritual wurde von Generation zu Generation weitergegeben, denn es versinnbildlichte den größten Schatz des ganzen Universums, der allen und doch niemand allein gehört: der Fähigkeit zu Kreativität, die teilweise in jedem empfindsamen Wesen vorhanden ist, aber erst zur rechten galaktisch-genetischen Zeit und durch die H.E.A.D.-Revolution aktiviert wird.

Natürlich bestanden die Illuminaten und andere primitive, metaprogrammierende Logen, die sich darüber im klaren waren, daß jede Person im Kosmos ein Freimaurer (also ein Mitschöpfer zukünftiger Realitäten) ist, darauf, daß das meiste von dem, was geschah, ihnen zu verdanken war. Sie behaupteten, daß selbst, wenn es von der genetischen Uhr programmiert war, es nicht notwendigerweise auf allen Planeten passieren mußte, da Quantenwellen schließlich nur Wahrscheinlichkeiten sind. Mit dieser Argumentation erhoben sie Anspruch darauf, in großem Maße für deren Zustandekommen auf Terra verantwortlich zu sein. Diese amüsante Einbildung war besonders auffällig bei Primaten, die Bücher geschrieben und darin versucht hatten, eine derartige Zukunft für das Vorstellungsvermögen und den Willen ihrer Leser zu realisieren.

Glossar: Rat für die Ratlosen

BELLS THEOREM: Eine mathematische Demonstration von Dr. John S. Bell, der beweist, daß, wenn die Quantenmechanik stimmt, zwei beliebige Teilchen, die einmal in Kontakt waren, sich auch weiterhin gegenseitig beeinflussen, unabhängig davon, wie weit sie sich mittlerweile voneinander entfernt haben mögen. Diese Theorie bricht die Spezielle Relativität, es sei denn, sie beeinflussen sich ohne eine bisher bekannte Energie. Das ist, im Spencer Brownschen Sinne, die Form von *Der Zauberhut*.

EIGENZUSTAND: Einer von einer begrenzten Anzahl von Zuständen, in denen ein Quantensystem sich befinden kann. Das Überlagerungsprinzip besagt, daß vor der Messung ein System in all seinen Eigenzuständen berücksichtigt werden muß; die Messung selbst greift dann nur einen bestimmten Eigenzustand heraus.

EINSTEIN-ROSEN-PODOLSKY-EFFEKT: Die sogenannte Quantenverbundenheit, die in einem Aufsatz von Einstein, Rosen und Podolsky definiert wurde. Zweck dieses Aufsatzes war es, zu beweisen, daß die Quantenmechanik nicht stimmen kann, da sie zu einer derart merkwürdigen Schlußfolgerung führt. Seit Bells Theorem haben sich einige Physiker für die Quantenverbundenheit ausgesprochen, egal, wie merkwürdig sie erscheinen muß. Vgl. auch QUIP.

EVERETT-WHEELER-GRAHAM-MODELL: Eine Alternative zu Bells Theorem und der Kopenhagener Interpretation (vgl. u.). Laut Everett, Wheeler und Graham geschieht alles, was dem Zustandsvektor (vgl. u.) geschehen *kann*, auch tatsächlich. Das ist die Brownsche Form von *Das Universum nebenan*.

FORM: Im Sinne von G. Spencer Brown ein mathematisches oder

logisches System, das für systematisches Denken notwendig ist, aber die unausweichliche Konsequenz hat, seine eigenen tiefen Strukturen auf die Erfahrungen, die in der Form verpackt und katalogisiert sind, zu übertragen. Vgl. KOPENHAGENER INTERPRETATION.

INFORMATION: Ein Maßstab für die Vorhersagbarkeit einer Botschaft; das heißt, je unvorhersagbarer eine Botschaft ist, um so mehr Information enthält sie. Da Systeme zu Unordnung neigen (vgl. das zweite Gesetz der Thermodynamik), können wir uns den Grad von Ordnung in einem System nach der Menge der darin enthaltenen Information vorstellen. Normalerweise wird Information als Ordnen von Energie (ein Signal) verstanden, in der Energie und ihre Regelung (die Botschaft) von einem Ort zum andern übertragen wird. Dr. Jack Sarfatti hat vorgeschlagen, daß die Nicht-Örtlichkeit des ERP-Effekts und Bells Theorem den augenblicklichen Transfer von Ordnung von einem Ort zum andern *ohne jede Energieübertragung* erfordern. Auf diese Weise läßt sich sowohl an Bells Theorem wie auch an Spezieller Relativität festhalten, weil Spezielle Relativität nur den augenblicklichen Transfer von Energie verhindert, nichts aber über den augenblicklichen Transfer von Information aussagt.

KOPENHAGENER INTERPRETATION: Die Theorie, die von Niels Bohr formuliert wurde, gemäß welcher der Zustandsvektor (vgl. u.) als mathematischer Formalismus betrachtet werden muß. Mit anderen Worten, gegen die einige Physiker Einspruch erheben werden: die Gleichungen der Quantenmechanik beschreiben nicht das, was in der subatomaren Welt passiert, sondern welche mathematischen Systeme wir überhaupt erst einmal *schaffen* müssen, um diese Welt zu denken.

KOSMISCHER LEIM: Eine Metapher, um die Quantenverbundenheit zu beschreiben, die existieren muß, wenn Bells Theorem richtig ist. Erfunden von Dr. Nick Herbert.

NEURO-: Ein Präfix mit der Bedeutung «bekannt dem oder vermittelt durch das Nervensystem». Da alles menschliche Wissen in diesem Sinne neurologisch ist, kann jede Wissenschaft als Neurowissenschaft angesehen werden. Auf diese Weise haben wir es nicht mehr mit Physik, sondern Neurophysik, nicht mit Psychologie, sondern mit Neuropsychologie und schließlich nicht mit Neurologie, sondern Neuro-Neurologie zu tun. Aber auch die Neuro-Neurologie wäre dem Nervensystem bekannt und würde deshalb in unendlichem Rückzug zu Neuro-Neuro-Neurologie usw. führen. Vgl. VON NEUMANNS KATASTROPHE.

NICHT-OBJEKTIVITÄT: Eine der beiden Alternativen zu Bells Theorem (die andere ist das Everett-Wheeler-Graham-Modell). Um Nicht-Örtlichkeit zu verhindern, bevorzugen einige Physiker, unter ihnen auch Dr. J. A. Wheeler, diese Möglichkeit, die besagt, daß das Universum keine Realität außer der Beobachtung hat. Die extreme Form dieser Theorie lautet: «Esse est percepi» – Sein bedeutet, verstanden zu werden. Dies ist die Form von *Die Brieftauben*.

NICHT-ÖRTLICH: Nicht abhängig von Raum und Zeit. Ein nichtörtlicher Effekt tritt augenblicklich und ohne Abschwächung als Folge von Distanz auf. Die Spezielle Relativität scheint alle nichtörtlichen Effekte zu verbieten, doch Bells Theorem scheint zu beweisen, daß die Quantenmechanik sie erfordert. Die einzigen, bisher zur Verfügung gestellten Lösungen dieses Widerspruchs gehen dahin, daß entweder nichtörtliche Effekte eher «Bewußtsein» als Energie involvieren (Walker, Herbert) oder daß sie eher «Information» als Energie involvieren (Sarfatti).

POTENTIA: Der Name, den Dr. Werner Heisenberg der angenommen Sub-Quantenwelt gegeben hat. Raum und Zeit existieren *in potentia* nicht, aber alle Phänomene des Raum-Zeit-Modells stammen von *potentia* ab, vgl. VERBORGENE VARIABLE und INFORMATION.

QUANTENLOGIK: Ein System symbolischer Logik, das sich nicht durch «Entweder es ist a oder es ist b»-Möglichkeiten der aristotelischen Logik einschränken läßt. Diese Lösung, die wir hauptsächlich Dr. John von Neumann und Dr. David Finkelstein verdanken, vermeidet die Paradoxien anderer Interpretationen von Quantenmechanik, indem sie davon ausgeht, daß das Universum nicht zwei-, sondern multiwertig ist. Dr. Finkelstein drückt das so aus: «Außer einem Ja oder Nein enthält das Universum auch ein Vielleicht.» Vgl. EIGENZUSTAND.

QUANTENMECHANIK: Ein mathematisches System, um den atomaren und subatomaren Bereich zu beschreiben. Es gibt keinen Zweifel darüber, wie man mit der Quantenmechanik arbeitet; das heißt, die Wahrscheinlichkeiten innerhalb dieses Bereichs berechnet. Die Kontroversen zielen vielmehr darauf ab, was die Quantenmechanik bezüglich der Realität aussagt, die sich als Interpretation der Quantenmechanik verstehen läßt. Die wichtigsten Möglichkeiten der Interpretation sind die Kopenhagener Interpretation, und/oder Nicht-Örtlichkeit, und/oder Bells Theorem, und/oder Nicht-Objektivität, und/oder das Everett-Wheeler-Graham-Multi-Welt-Modell.

QUANTUM: Eine Einheit, deren Energie in einzelnen Gruppen auftritt; beispielsweise sind Photonen Quanten des elektromagnetischen Feldes. Quanten haben sowohl Wellen als auch Teilchenaspekte, wobei der Wellenaspekt in der Wahrscheinlichkeit besteht, das Teilchen zu einer bestimmten Zeit an einem bestimmten Ort zu entdecken.

QUIP: Das *quantum inseparability principle* (Quantenunteilbarkeitsprinzip). Ein von Dr. Nick Herbert erfundenes Akronym, um sich auf die Nicht-Örtlichkeit zu beziehen, die implizit in der Einstein-Rosen-Podolsky-These und explizit in Bells Theorem auftaucht.

SUPERDETERMINISMUS: Dr. Fritjof Capras in *Der Kosmische Reigen* erläuterter Ansatz der Quantentheorie. Diese Interpretation lehnt «kontra-faktische Einheit» ab, das heißt, sie geht davon aus, daß alle Erklärungen über das, was *hätte passieren können*, bedeutungslos sind. Eine Konsequenz dieser Ansicht ist, daß alle Unterschiede zwischen dem Ich und dem Universum, zwischen Beobachter und Beobachtetem ebenfalls bedeutungslos werden. Ich hatte keine andere Wahl, als dieses Buch zu schreiben, Sphinx hatte keine andere Wahl, als es zu veröffentlichen, und Sie hatten keine andere Wahl, als es zu lesen, denn nur eine einzige Sache passiert wirklich. Und darin sind wir nahtlos eingeschweißt.

SYNCHRONIZITÄT: Ein Terminus, der von dem Psychologen Dr. C. G. Jung und dem Physiker Dr. Wolfgang Pauli eingeführt wurde, um Verbindungen oder bedeutungsvolle «Zufälle» zu definieren, die unter den Regeln von Ursache und Wirkung keinen Sinn ergeben. Gewisse Kreise sind der Ansicht, daß solche Verbindungen auf die Verborgene Variable bei der Arbeit oder eine Art nichtörtlichem Informationssystem hinweisen.

VERBORGENE VARIABLE: Eine Alternative zu Bell, Kopenhagen und Everett-Wheeler-Graham. So wie sie von Dr. David Bohm entwickelt wurde, geht die Theorie der Verborgenen Variablen davon aus, daß Quantenereignisse von einem Sub-Quanten-System bestimmt werden, das entweder außerhalb oder vor dem uns bekannten Universum von Raum und Zeit operiert. Dr. Evan Harris Walker und Dr. Nick Herbert haben vorgeschlagen, daß die Verborgene Variable das Bewußtsein ist; Dr. Jack Sarfatti glaubt, daß sie Information ist.

VON NEUMANNS KATASTROPHE: oder besser: Von Neumanns Katastrophe vom unendlichen Rückzug. Eine Demonstration Dr. John von Neumanns, derzufolge die Quantenmechanik einen unendlichen Rückzug von Berechnungen erfordert, ehe die Quantenunsicherheit beseitigt werden kann. Das heißt, jedes Meßinstrument ist selbst ein mit Unsicherheit behaftetes Quantensystem; ein zweites Meßsystem, welches das erste kontrollieren müßte, enthält wiederum seine eigenen Quantenunsicherheiten und so fort, bis in Unendlichkeit. Wiener und andere haben darauf hingewiesen, daß diese Unsicherheit nur durch die Entscheidung des Experimentators abgestellt werden kann. Vgl. NEURO-.